氷室冴子とその時代

増補版

嵯峨景子

河出書房新社

はじめに

二〇一九年二月一日、はてな匿名ダイアリーに「コバルト文庫が終了しそう」というタイトルのエントリーがアップされ、話題を呼んだ。(1)

一九七六年五月の創刊以来、コバルト文庫は毎月新刊を世に送り出してきた。しかし、二〇一八年一二月二七日発売の秋杜《あきと》フユ『うちの殿下改め陛下は非力なくせに健気なからかい甲斐のある素晴らしい女性です――最弱女王の奮戦』と、せひらあやみ『ガラスの靴はいりません！――シンデレラの娘と白・黒王子』の二冊を最後に、紙媒体での新刊が初めて途絶える。これ以降の新刊は、紙媒体としては出版されず、電子書籍のみとなっている。四〇年以上の歴史を誇るレーベルの変化はさまざまな憶測を呼び、「コバルト文庫」はにわかにホットワードとなり、Twitter のトレンドに躍り出た。

この一連の流れを受けて、インターネットのニュースサイト「ねとらぼ」は集英社に取材を申し込み、二月四日に「集英社「コバルト文庫」新刊が電子書籍のみになりレーベル終了の臆測広がる集英社は否定」という記事を公開する。(2) このなかで集英社は「「コバルト文庫」が終了するような予定はなく、ネット上での臆測にすぎない」と、レーベル終了の噂を否定した。あわせて、「あくまでも紙での出版が〝未定〟であり、「なくなった」わけではない」ことも説明された。

コバルト文庫の現状については別の話となるため、本書ではこれ以上は掘り下げない。いずれにせよ、はてな匿名ダイアリーから始まった一連の動きにより、思わぬかたちでコバルト文庫は再び注目を集めた。この騒動をきっかけにさまざまな「コバルト文庫語り」が生まれ、SNSにはコバルト文庫を懐かしみ、かつて愛読した作家や作品を語る投稿があふれた。

そのなかで、とりわけ多く名前が挙がった作家の一人が、氷室冴子だった。

八〇年代・九〇年代に青春を過ごした人にとって、氷室冴子という名前はコバルト文庫と分かち難く結びつき、思春期の読書体験の一ページとして記憶に刻まれている。等身大の女の子像が新鮮だった『クララ白書』、古典への扉を開けてくれた『ざ・ちぇんじ!』『なんて素敵にジャパネスク』、男性からも広く支持される『なぎさボーイ』『多恵子ガール』、永遠に未完の古代転生ファンタジー『銀の海　金の大地』……。八〇年代から九〇年代にかけて、氷室はコバルト文庫の看板作家として活躍し、多くの読者を魅了した。

氷室冴子がこの世を去り、すでに一〇年以上の月日が流れた。書店に足を運んでも、かつては一大コーナーであったコバルト文庫の棚は縮小され、そのなかに並ぶピンク色の背表紙の氷室作品を見かける機会も少なくなった。氷室冴子の小説にめぐり合うことは、以前よりはるかに難しくなっている。

作家氷室冴子の歩みは、一九七七年のデビュー以降コンスタントに作品を発表していた時期と、新作長編小説を発表しなくなった一九九六年以降とに分けられる。氷室が逝去したのは二〇〇八年だが、若年層読者のなかでの氷室冴子との「断絶」はそれ以前、二〇〇〇年頃からすでに生じていた（詳しくは第10章を参照）。氷室冴子はある世代以上にとっては懐かしく、それ以下の世代にとっては名前すら知らないという状況が、長らく続いている。

これまでにも氷室が取り上げられる機会はあったものの、その仕事はコバルト文庫、そして少女小説という視点から語られることが多かった。少女小説は、氷室冴子の仕事を捉えるうえで重要なキーワードとなる。しかしながら、氷室の仕事は、この言葉におさまりきらない広がりをもつ。

のちに詳しくみていくように、一九八五年頃から少女小説は社会的に注目を浴びるが、この時期から氷室は少女小説から離れるような作品を発表していった。そのなかで執筆された氷室のエッセイは、同時代への批評的な視点としても、今日につながる問題系を考える手がかりとしても示唆に富む。ときに少女向けの読み物を手がける女性作家として受けてきたハラスメントに抗する姿勢を示し、あるいは自身の体験として母親と娘との葛藤を綴る。そうした氷室の発言は、現在進行形のさまざまな事柄を浮かび上がらせるだろう。

ほかにも一般小説をはじめ、少女マンガ原作仕事など、氷室冴子は幅広いジャンルにおいて活躍をした。しかし現状では、コバルト文庫の小説に比べると、こうした仕事への言及は少ない。コバルト文庫でも、『なんて素敵にジャパネスク』や『クララ白書』など一部作品に注目が集まり、その多様な仕事ぶりが充分に捉えられていないのが実情だ。

本書は、エンターテインメント小説に大きな足跡を残し、後進にも多大な影響を与えた氷室冴子の歩みと功績を総括するものである。氷室にフォーカスするとともに、その作品が執筆された社会状況、同時代における氷室の立ち位置、読者がどのように受容していたのかなど、彼女を取り巻く時代の動きもあわせて取り上げていきたい。タイトルのとおり、「氷室冴子」と「その時代」のいずれにも目を配りながら論を進めていく。

こうした問題意識のもと、刊行された氷室の著作だけではなく、雑誌や新聞、インタビュー記事、その他さまざまな資料も参照して執筆を進めた。また本書の執筆に際し、氷室の関係者へ直接取材を行ない、そこで得られた証言も取り入れている。

本書では、氷室冴子が学生時代に執筆した未発表原稿を二点取り上げる。一つは氷室が大学一年生のときに、藤女子大学国文学科の学生新聞「早蕨」に発表した「モギ店ハンジョー記」という小文で、こちらは第1章で紹介した。

もう一つの原稿「少女マンガの可能性」は、氷室が大学時代に執筆した少女マンガ論で、附録として巻末に全文掲載した。内容は萩尾望都《もと》『トーマの心臓』を中心とした少女マンガ論となっている。氷室冴子の少女マンガに対する関心と、後年の少女マンガ批評への言及を考えるうえで、さまざまな問題提起を含む貴重な資料である。一九九二年に萩尾望都と氷室冴子のトークショーが開催されるが（『物語るあなた　絵描《えが》くわたし――萩尾望都対談集1990年代編』収録）、その時に披露した『トーマの心臓』分析が、「少女マンガの可能性」のなかで展開されていた考察であるというのも興味深い。

氷室冴子を考えるうえで、少女マンガというジャンルは大きな意味をもつ。氷室と少女マンガの出会いは幼年期までさかのぼり、生涯を通じてこのジャンルを愛し続け、その目利きぶりは作品やエッセイなどでも発揮された。さらに、氷室は『ライジング！』をはじめ少女マンガの原作も手がけており、小学館漫画賞の審査員を務めるなど、仕事としても少女マンガというジャンルにかかわっている。「氷室冴子と少女マンガ」は作家氷室冴子を捉えるうえでも重要な視点となり、氷室の貴重な未発表資料も、その一面を示すものとなるだろう。

本書は、全10章という構成をとる。第1章では作家以前の時代を対象とし、第2章からは、デビュー以降の氷室の軌跡をおおむね時系列に沿って取り上げた。作品を読む楽しみを奪わないよう「ネタバレ」には配慮したが、一部作品では言及せざるを得なかった箇所があることを、あらかじめお断りしておきたい。また、時代性を確認しつつ考察を深めるため、刊行年や出来事を繰り返し述べることがあることも、ご了承いただきたい。

執筆に関するスタンスも、あわせて記しておく。私は氷室冴子読者ではあるが、自分の個人的な読書体験と、本書の内容をリンクさせていない。本書の主眼はあくまでも作家氷室冴子の全体像を捉えること、氷室冴子の軌跡を同時代との関連性のなかで考察することにある。私的な氷室冴子体験は、「おわりに　心に金の砂をもつ」のなかで綴っており、筆者個人の氷室冴子語りはそのなかに留めた。本文では自分の個人的な思い入れとは距離を置き、作家氷室冴子を客観的に捉えるよう心がけている。

前著『コバルト文庫で辿る少女小説変遷史』（彩流社）のなかでも氷室冴子を取り上げたが、本のテーマ上、氷室への言及は少女小説史に関連する事項に留まった。本書では前著の問題意識を引き継ぎつつ氷室を主題に据えて、少女小説だけに留まらないその世界を描写することに力点を置いた。

氷室冴子の五一年という長くはない生涯のなかで生み出された作品は、今も色あせない。しかしながら、前述したように現状では氷室冴子の著作を手に取ることは容易ではない。『ホンの幸せ』収録の「瀬戸内寂聴『女人源氏物語　第一巻』解説」で、氷室は「物語はそんなふうに読まれ、愛されることで生きつづけてきた生きもののようなもの、物語の真実は、文字で書かれたテキストとしての紙面にではなく、物語と、それを読む読者の魂の交感のなかにこそ、あるように思える(3)」と記す。

物語は、読者を通じて生き続ける。かつて氷室冴子に親しんだ人々が、再びその作品に触れるきっかけとなるよう、そして初めて氷室冴子の名前を耳にした人には、その作品世界の魅力を知る端緒となるよう――。『氷室冴子とその時代』というこの本には、そんな願いを込めている。

長い前置きはもういらない。氷室冴子の軌跡を、一つ一つ追いかけていこう。

*

本書は、二〇一九年刊行の『氷室冴子とその時代』（小鳥遊書房）を増補したものである。増補にあたり、作家・氷室冴子の姿をより多面的に捉えるため、彼女と仕事上で関わりのあった作家や編集者を中心に、さらなるインタビューを試みた。以下が増補版における追加取材と、インタビュー該当箇所の一覧である。

若木未生《みお》　作家（第10章）
桑原水菜　作家（第10章）
赤木かん子　児童文学評論家（第10章）
村田登志江《としえ》　元集英社文芸編集者（第7章、第9章、第10章）
堀井さや夏《か》　集英社元コバルト文庫編集者（第9章、第10章）
石川景子　集英社元みらい文庫編集者（第10章）
松山加珠子《かずこ》　元KADOKAWA編集者（第7章）
羽田雅美　筑摩書房編集者（第7章）
砂金《いさご》有美　筑摩書房編集者（第10章）

註

（1）はてな匿名ダイアリー「コバルト文庫が終了しそう」https://anond.hatelabo.jp/20190201211020［最終アクセス二〇二三年五月一日］
（2）ねとらぼ「集英社「コバルト文庫」新刊が電子書籍のみになりレーベル終了の臆測広がる　集英社は否定」https://nlab.itmedia.co.jp/nl/articles/1902/04/news091.html［最終アクセス二〇二三年五月一日］
（3）氷室冴子『ホンの幸せ』集英社、一九九八年、一四八ページ

目次

第3章 マンガ原作の仕事と初連載『雑居時代』 87

第4章　一九八三年・八四年にみる多様な作品群　115

第5章　『なんて素敵にジャパネスク』と少女小説ブーム　149

第9章　古代への情熱――『銀の海　金の大地』　275

氷室冴子とその時代

増補版

第1章　氷室冴子以前——文学と少女マンガの揺籃期

氷室冴子、本名碓井《うすい》小恵子《さえこ》は、一九五七年一月一一日、北海道岩見沢市に生まれた。国鉄職員の父久利と、母久子、六歳年上の姉利恵子（氷室が早生まれなので五学年違い）という家族構成で、少し年の離れた姉がいる「いもうと」として育つ。

氷室が生まれた一九五七年は、元号では昭和三二年にあたる。一九五〇年に勃発した朝鮮戦争の特需景気を受け、日本は高度経済成長を遂げた。一九五六年の経済白書には、「もはや戦後ではない」と記される。都市部よりも少し遅れて高度経済成長の影響が浸透する、そんな時代のなかで、氷室冴子は幼年期を過ごした。後年、作家となった氷室はバブルに沸き立つ東京の生活に疲れ、子ども時代をテーマにした作品を執筆する。その時に氷室が立ち戻ったのは、昭和三〇年代の岩見沢という原風景だった。

北海道の空知《そらち》地方に位置する岩見沢市は、日本有数の豪雪地帯として知られており、冬は雪に包まれる。札幌までは、電車で一時間。氷室冴子は大学を卒業するまで、この岩見沢で暮らした。

岩見沢は、煤田《ばいでん》（炭鉱）の発見と開発にともなって生まれた町である。石炭生産とその輸送のための鉄道で発展し、朝鮮戦争の好景気を背景に、五〇年代～六〇年代にかけて岩見沢は活況のピークを迎えた。しかし炭鉱産業の衰退とともに、一九七五年には蒸気機関車（SL）が退役し、一九八〇年には岩見沢操車場が廃止されるなど、岩見沢は鉄道の要衝としての役目を失っていく(1)。

氷室冴子の父は、国鉄に勤める機関士だった。SLの運転士としての父については、エッセイ『冴子の東京物語』収録の「父の国鉄物語」に詳しい。国鉄の栄華と終焉を、氷室は父の姿をとおして綴る。氷室の父の歩みは、岩見沢の発展と衰退の歴史そのものであった。

本章では岩見沢時代の氷室冴子、幼年期から大学卒業までの時期を追う。作家としての歩みは藤女子大学三年在籍時に『小説ジュニア』の新人賞を受賞することから始まるが、その活動は第2章で取り上げる。ここでは氷室の大学時代までの学生生活を中心に、作家以前の姿を考察したい。なお、この頃の氷室は「碓井小恵子」だが、煩雑を避けるため、「氷室冴子」表記に統一する。

岩見沢時代の氷室冴子をみていくなかでとりわけ注目したいのが、彼女の読書体験だ。氷室は読書家として知られ、その膨大なインプットが、後年の作家活動を支える基盤となった。特に氷室冴子の核となったのが、文学と少女マンガである。

幼年期の少女マンガ体験

氷室冴子は文学少女としての顔をもつが、最初に触れたジャンルは文学ではなく、少女マンガだった。幼年期を彩った少女マンガについて、氷室はさまざまなエッセイのなかで、その思い出と影響を記している。

私の子供時代は少女マンガの黄金時代で、形而上的な部分は例えば太宰治の小説にまかせるとしても、「それってわかるよね」というような女の子の日常的な気分・感覚は少女マンガによって育まれたり、確認したりということがあったんです。(2)

世代的にいって、戦後の少女漫画史をそのまま読者として体験してきたようなところがある。小学校にあがるまえから、少女漫画は一番身近な娯楽だった。

主人公の髪型やお洋服、すんでいるお部屋やバレエやバイオリンといった小物類への憧れ（ファッション・文化情報）から、主人公やサブキャラがこのさき、どうなるかといったドキドキ（物語のめざめ）、一冊の雑誌のなかにあるたくさんの漫画の中でも、とりわけ好きな絵柄や作品傾向が出てくる（美意識のめばえ）など、ひとりの人間が成長するにつれて育まれる多くのことを、少女漫画でお世話になった。(3)

氷室の「戦後の少女漫画史をそのまま読者として体験」した具体的な内容は、『クララ白書』の「あとがき——私の少女期」に詳しい。思い出の少女マンガを追想したエッセイのなかで、氷室は自身の少女マンガ体験が、一九六三年の『週刊マーガレット』と『週刊少女フレンド』から始まることを記す。

一九六三年という年は、少女マンガの歴史のうえで、きわめて重要な意味をもつ。この年を境に、それまで発行されていた月刊少女マンガ誌が廃刊となり、新たに週刊少女マンガ雑誌が登場した。講談社では、戦前から続く月刊誌『少女クラブ』（戦前は『少女倶楽部』）が一九六二年一二月号をもって休刊となり、一九六三年一月一日号から新たに『週刊少女フレンド』が創刊された。集英社でも同様の動きが生まれ、一九六三年五月号をもって月刊誌『少女ブック』が休刊、四月から『週刊マーガレット』に移行する。(4)

週刊少女マンガ雑誌の登場は、刊行ペースだけには留まらない変化を少女マンガにもたらした。月刊誌時代は小学生を対象としていたが、週刊少女マンガ誌は対象読者の年齢を引き上げ、小学校高学年から中学生向けとなる。それにあわせ、主人公の年齢も一三歳から一八歳までの少女に設定された。また月刊誌時代の少女マンガは男性漫画家が作品を手がけていたが、週刊誌時代の幕開けとともに男性作家は少女マンガから後退し、女性作家が増えていく。(5)

少女マンガの世界に一大転換が起きた一九六三年は、氷室が岩見沢市立北本町《きたほんちょう》小学校に入学した年にあたる。氷室冴子は、この週刊少女マンガ雑誌時代の幕開けを、少女としてリアルタイムで体験した世代であった。

次ページの**表1**は、前述の「あとがき——私の少女期」のなかで、氷室が言及した少女マンガ作品をまとめたものである（貸本作品を除く）。掲載年号をみると、いずれも氷室が小学生時代の作品

表1　氷室冴子「あとがき――私の少女期」内で言及された少女マンガ作品

作家	作品	掲載雑誌	連載期間	備考
水野英子	黒水仙	週刊マーガレット	一九六三年一号〜六号	
わたなべまさこ	亜紀子	週刊マーガレット	一九六三年二三号〜一九六四年一〇号	
わたなべまさこ	カメリア館	りぼん	一九六三年一月号〜一〇月号	氷室は『週刊マーガレット』作品としているが『りぼん』連載作品
わたなべまさこ	さくら子すみれ子	週刊マーガレット	一九六五年三〇号〜一九六六年一〇号	
細野みち子	白鳥少女	週刊少女フレンド	一九六四年一号〜一九六四年四六号	中尾明原作
細川知栄子	なくなパリっ子	週刊少女フレンド	一九六三年二〇号〜一九六四年一二号	生田直親原作
細川知栄子	星のナギサ	週刊少女フレンド	一九六四年三一号〜一九六五年一号	加納一朗原作。氷室は「星のなぎさ」と表記
細川知栄子	東京シンデレラ	週刊少女フレンド	一九六五年八号〜一九六六年一六号	生田直親原作
細川知栄子	あこがれ	週刊少女フレンド	一九六八年三号〜一九六九年二六号	
細川知栄子	おしゃれな逃亡者	週刊少女フレンド	一九六七年三七号〜一九六八年一号	生田直親原作
細川知栄子	バラのゆくえは	週刊少女フレンド	【第一部】一九六六年四三号〜一九六七年一〇号 【第二部】一九六七年一三号〜三二号連載	生田直親原作。氷室は「バラのゆくえ」と表記
里中満智子	ピアの肖像	週刊少女フレンド	一九六四年三六号	
里中満智子	その名はリリー	週刊少女フレンド	一九六五年二号〜一三号	
谷口ひとみ	エリノア	週刊少女フレンド	一九六六年一五号	

であることがわかる。

氷室は『週刊マーガレット』に掲載されていたマンガのなかで思い出せる最も古い作品として、水野英子の「黒水仙」を挙げる。「黒水仙」は創刊号から連載が始まっており、氷室が週刊少女マンガ雑誌の幕開けをリアルタイムで体験していたことが、改めて確認できよう。

『週刊マーガレット』のなかでは、わたなべまさこ作品への言及が多い。氷室のなかにある寄宿舎への憧れを育んだのは、吉屋信子の少女小説とともに、わたなべまさこの「さくら子すみれ子」や、貸本で読んだ巴里夫《ともえさとお》の『歌って踊って』（若木書房）などの少女マンガであった。ほかにも「亜紀子」や「カメリア館」（これは氷室の記憶違いで実際は『りぼん』連載作品）が紹介されるなど、わたなべまさこは思い入れの強い作家として語られた。

『少女フレンド』では、細川知栄子（現在は「智栄子」。本書では「知栄子」表記に統一）と細野みち子が氷室のお気に入り作家であった。特に細川の「なくなパリっ子」（単行本は「泣くなパリッ子」）「東京シンデレラ」「あこがれ」に夢中になり、中学時代の卒業文集にはデザイナーになりたいと書くほど影響を受けたという[6]。

細川と細野以外の『少女フレンド』作家では、里中満智子の「ピアの肖像」と「その名はリリー」、谷口ひとみの「エリノア」の思い出が語られた。このエッセイでは「ピアの肖像」は里中のデビュー作として作品名の紹介に留まるが、後年刊行された本に関するエッセイ集『ホンの幸せ』収録のポルノ小説論のなかでは、より深い言及がなされていく。

氷室がショックを受けた作品としてその名を挙げた「エリノア」は、一七歳の高校生による作品で、作者がこの一作のみを残して夭折したことも重なり、少女マンガ愛好家の間では伝説的な存在だった。「目も当てられない醜女《しこめ》」が主人公の物語は悲劇に終わり、その救いのない結末にショックを受けつつも、読み返さずにはいられなかったと氷室は振り返る。

ちなみに長らく単行本化されず、ひそやかに語り継がれていた「エリノア」は、二〇一一年にさわらび本工房から『エリノア』として刊行された。そして、この本に掲載された遺族の証言により、谷口ひとみの死が病死ではなく、睡眠薬による自死であったことが初めて明かされた。(7)

少女マンガは幼年期を彩る甘美な記憶だけに留まらず、氷室冴子が小説を書く最初のきっかけを生み出した。氷室が初めて小説を執筆したのは、小学校六年生のときである。西谷祥子《よしこ》の『花びら日記』に触発された氷室は、高校生の女の子を主人公にした学園ものの青春大河小説「青春の四季」を、一八〇枚という分量で書き上げた。(8)

「花びら日記」は、『週刊マーガレット』より少し対象年齢を上げた姉妹雑誌として、一九六八年に創刊された『週刊セブンティーン』に創刊号から掲載されている。小学校時代の氷室は、やや大人びた少女マンガ雑誌も読み込んでいたようだ。もっとも、氷室が自身の初めての小説を同級生に読ませたところ、評判は芳しくなかったという。「当時のマンガの面白いものをリメイクした小説で、高校生群像ですから、クラスの女の子にみせてもあまり評判はよくなかった（笑い）わからないんですよ。というのは、私には五つ年上の姉がいて、姉からいろいろ聞かされたり情報が入ってくる。それで耳年増《みみどしま》になっていたわけです(9)」と、氷室は振り返る。姉を通じて実年齢よりも大人びた世界に触れる機会が多いとはいえ、氷室の着想や早熟ぶりに驚かされるエピソードである。「青春の四季」執筆の過程からうかがえるように、西谷祥子もまた、氷室冴子に影響を与えた少女マンガ家の一人であった。氷室が小説を書くきっかけとなった作品が「花びら日記」だとすれば、精神的な意味で影響を与えたのが、「ジェシカの世界」だ。「ジェシカの世界」は『週刊マーガレット』一九六七年四号から一四号に連載されており、これも氷室が小学生時代に読んだ作品だった。「ジェシカの世界」について氷室は、「女の子が現実とどう関係をとるかの永遠の秘密のようなものを『ジェシカの世界』は期せずして描いていたような気もする[10]」と、その思い出を記す。

一九九三年に刊行された氷室責任編集による『氷室冴子読本』収録のコラム「好きなコミックスベスト10」のなかには、氷室が少女時代に愛読した作品の数々が登場する。西谷祥子『ジェシカの世界』『学生たちの道』、里中満智子『ナナとリリ』『その名はリリー』、わたなべまさこ『ガラスの城』『さくら子すみれ子』、細川知栄子『泣くなパリっ子』『東京シンデレラ』など、氷室の幼年期を彩った作家の作品が、多数挙げられた[11]。

少女マンガ好きは、一度は漫画家になることを夢みる。氷室冴子もまた、その一人であった。特集ムック『文藝別冊　氷室冴子』収録の高校同期による座談会には、氷室が「私、本当は漫画家になりたいの」と自作の絵を見せたエピソードが登場する。もっとも、作品を見せられた同級生によると、その腕前は「どうやって直してあげたらいいか分からないくらい、ダメ」なものであった[12]。絵心には恵まれなかった氷室は、漫画家になるという夢を早々にあきらめざるを得なかった。しかし氷室の少女マンガへの愛は変わらず、中学時代そして高校入学以後も、一読者として作品を読み続けた。

少女マンガを読むことは娯楽の手段であったが、氷室はこの読書体験を通じ、「女の子の感覚にフィットする」読み物の特徴をつかんでいった。のちに作家として活動するようになると、氷室は少女マンガを通じて学んだ女の子の日常的な感覚を、少女向けの小説に持ち込んでいく。また、ある時期までの氷室冴子の作品は、少女マンガに対抗できる、活字によるエンターテインメントが意識されており、そのための手法としてコメディ路線の作品が執筆された。このように、作家氷室冴子の背景には小学生時代から続く少女マンガの読書体験があり、その影響はさまざまなかたちで作中にあらわれていった。

文学少女としての目覚め

氷室冴子と文学との出会いは、少女マンガよりやや遅い。文学好きの姉の存在は、氷室の読書面に強い影響を与えた。その思い出は『マイ・ディア――親愛なる物語』をはじめ、多くのエッセイのなかで語られている。姉に導かれて年齢より大人びた作品に触れる機会を多くもった氷室は、小学六年生で世界名作全集や日本名作全集を読むなど、早熟な文学少女ぶりを発揮する。[13]
一九六九年、氷室は岩見沢市立緑中学校に入学。『冴子スペシャル　ガールフレンズ』のなかで氷室は、自らの中学時代に言及している。「中学時代は、学校の先生にたいする不信感がものすごくて、将来、なにがあっても先生にだけはなるものかと思っていましたが[14]」という回想をはじめ、中学校の校則がかなり厳しかったことなど、思い出は全体的に暗いトーンを帯びている。

氷室の回想を読み比べると、中学時代が一番精神的に鬱屈していた様子がうかがえる。この時期の氷室は思春期特有の自意識、さらには文学少女としての自意識から、精神的に高尚な生活をおくろうとした。精神性を重んじ、中学生の少女らしいおしゃべりや楽しみから距離を置いた氷室は、のちに自分の生活を悔やむことになる。

一九八二年に刊行された『アグネス白書ぱーとII』のあとがきで、氷室は次のように中学時代を振り返る。


なんとか失われたわが中学時代を甦らせたい、思うさまスターの話にうつつを抜かし、妙に悟ったりせず、ささいなことでもきちんと喧嘩し、ステキな洋服や小物に素直に憧れて、友達を情熱的に愛して、男の子にもどきどきして、嬉し楽しの十四、五歳を追体験したい――という、ごく私的な思い入れが「クララ白書」の誕生となったのだ。[15]

氷室が果たせなかった中学時代を小説というかたちで追体験することが、のちに作品を手がける原動力の一つとなった。

氷室冴子の中学時代の読書は乱読で、日本名作全集、海外名作全集、推理小説を読みふける。[16] 氷室がこの時期に読み始めた作家の一人が、堀辰雄であった。氷室は中学・高校・大学時代を通じ、堀辰雄に傾倒する。[17] のちに取り上げるように、氷室冴子というペンネームの由来になったのが堀辰雄で、藤女子大学でも堀の「菜穂子」をテーマにした卒業論文を執筆した。

ほかにも中学時代に氷室が「かぶれた」作家の一人が、フランソワーズ・サガンだった。中学時代の氷室は「毎日、絶望的に学校に通い、ただいまと家に帰ると部屋にこもり、自嘲的に本の世界に没頭しては、心はフランソワーズしてた」[18]日々を過ごす。

そんな鬱屈の日々を経て、氷室は一九七二年、北海道岩見沢東高等学校に進学する。通称「岩《がん》東《とう》」と呼ばれる高校は進学校として知られており、男女比率も三対一と、圧倒的に男子が多い学校であった[19]。校風は自由で、氷室は中学時代とはうって変わり、奔放な高校生活を過ごす。『冬のディーン　夏のナタリー①』のあとがきによると、高校のクラスメイトの親がディスコを経営しており、学園祭の打ち上げコンパ、試験終了のお祝いなどでディスコを貸し切り遊んだという。氷室は「学校で勉強して、夜はディスコにいって、夜中に本」[20]という高校生活を過ごす。

高校時代の氷室は茶道部とＥＳＳ（英会話クラブ）に所属し、ＥＳＳでは英語劇の脚本を手がけた[21]。第４章で取り上げる氷室の小説『恋する女たち』には茶道部やディスコの場面が登場するが、この作品の「あとがき——わが高校時代」では、氷室の破天荒な高校時代のエピソードが追想されている。『恋する女たち』は、フィクションに昇華した氷室自身の青春記と呼べるのかもしれない。後年、氷室は高校時代を振り返り、「戻りたいなあ。美しい情熱的な、破滅的な毎日だったもの。追憶で美化してるんじゃなくてね」と語った[22]。高校では、のちのちまで続く友人たちとの出会いにも恵まれた。氷室は大学卒業後に実家を飛び出すが、札幌での共同生活をもちかけた相手も高校時代の女友達だった。

高校に進学したことは、氷室の読書生活にも変化をもたらした。「中学生のころ、お小遣いはたった二百円で、チープなサガンの文庫本や、当時は百五十円だった岩波新書を、たった一冊買うだけで、のこる二十九日は、お菓子も買えなくなってしまう」[23]という中学時代を過ごした氷室であったが、高校進学を機に姉が両親に頼み、本代だけは本屋のツケが許されるようになった。これにより毎月五、六〇〇〇円分の本を購入することが可能となり、氷室の読書生活はさらなる広がりをみせていく[24]。

高校時代の読書のなかで特筆すべきは、古典との出会いだろう。「高校三年のときに、彌生書房から出ていた『与謝野晶子詩歌集』を読み、それから彼女の『源氏物語』の翻訳を読んで、古典が非常に好きになっていきました」[25]と、氷室は古典文学というジャンルに開眼した契機を語る。『ホンの幸せ』収録の「瀬戸内寂聴『女人源氏物語　第一巻』解説」では、氷室が『源氏物語』の魅力に目覚めた経緯が、関連書籍とあわせて詳しく記された。

高校生のとき、中村真一郎さんの『王朝文学論』（新潮文庫）で王朝文学への扉をあけていただき、与謝野晶子訳で『源氏物語』を読んでアラスジを知り、たまたま田舎の本屋で手にはいる『文藝春秋デラックス——源氏物語の京都』や『別冊太陽——源氏物語絵巻五十四帖』といったビジュアル特集本で、付け焼き刃の知識を入れたりして『源氏物語』の世界になじんでゆきながら、光源氏という人物がどうにもわからなくて、ピンとこなかった[26]。

日本文学や世界文学を中学時代から読みふけっていたことと比べると、氷室と古典との出会いは、決して早くはない。もっとも、読み出した時期は他のジャンルよりも遅いが、王朝文学の魅力に目覚めた後は急激にのめりこみ、氷室はさまざまな作品や関連書籍を読破し、古典への造詣を深めていく。

のちに氷室が手がけた『ざ・ちぇんじ！』は、サブタイトルの「新釈とりかえばや物語」が示すように、平安時代の古典『とりかえばや物語』をベースにした作品であった。氷室は『ざ・ちぇんじ！』執筆の際に参考にした書籍について、「資料に使ったのは八十冊くらいだったんですけど、ほとんど高校時代に読んだもの。あとは京都の平安博物館でいろいろ見たりして、勉強というより、昔から好きで読んでいただけという感じ[27]」と答えている。古典に関する基礎的なインプットは、高校時代にある程度完成していたようである。

一九九〇年刊行のバラエティブック『ガールフレンズ』収録の神奈川県立舞岡高校図書委員会によるQ&A形式のインタビューは、中高時代の氷室冴子の読書状況を総括した回答となっている。

Q　学生時代は、どんな本を読みましたか。

A　乱読でした。中学時代は、日本名作全集、海外名作全集。推理小説。その他でした。高校時代は、好きな作家別に、フランソワ・モーリャック。ジャン・コクトー。レイモン・ラディゲ。

日本作家だと、室生犀星。堀辰雄。民俗学の折口信夫。柳田国男。

あと、家庭小説といわれる、オールコット。ケート・D・ウィギン。ジーン・ポーター。エレナ・ポーター。『赤毛のアン』シリーズなど。

あとは、古典の現代対訳シリーズもの。大学に入ってよりも、高校時代のほうが、そういうものをくまなく読んでました。(28)


この回答が示すように、氷室は高校時代から民俗学に関心をもち、なかでも折口信夫に傾倒していた。『冴子の東京物語』には「私の取材旅行」というエッセイが収録されているが、このなかには当麻《たいま》に泊まり、『古事記』や折口の『死者の書』を再読して心を古代に飛ばしたエピソードが登場する。(29)民俗学に対する氷室の関心は、一九九〇年代に手がけた古代転生ファンタジー『銀の海金の大地』の描写からも読み取ることができる。古代世界に生きる人々の営みを描く筆致には民俗学の知識が活かされており、古代世界のリアリティが作品の魅力の一つとなった。

高校時代に読みだした家庭小説も、氷室の仕事に登場するキーワードとなる。第7章で取り上げるように、氷室は翻訳家庭小説を復刊した「角川文庫マイディアストーリー」というシリーズと、家庭小説ブックガイド『マイ・ディア』を手がけた。家庭小説を復刊する原動力になったのが、高校時代の読書体験だった。

また、このインタビューには登場しない、氷室冴子が高校時代に読んでいたジャンルが、ポルノ小説である。氷室は『ホンの幸せ』収録の「わたしはどうやってポルノ小説を読むか――宇能鴻一郎《うのこういちろう》讃」で、ポルノ小説歴を披露する。「私はそのころから、自分の欲望にはかなり忠実な人間だったから、「こんな本なんか読んで、うわずっちゃって、あたしっていけないコだ」とは間違っても思わずに、もっとおもしろい本、もっと感じるシチュエイションの小説はないかと資料蒐集を重ねて、おかげで、これ以後、ポルノ小説をかなり読みこんだ(30)」と、その読書体験を綴る。婦人雑誌のとじ込み記事や宇能鴻一郎・団鬼六《だんおにろく》をはじめ、氷室はさまざまな作品を読み漁った。このポルノ小説は、『恋する女たち』のなかに、重要なモチーフとして登場する。

　氷室の読書体験について、氷室と高校や大学をともにした同級生の証言から、いくつかエピソードを紹介したい。氷室の同級生は、氷室がゲイ雑誌『薔薇族』も読んでおり、彼女を通じて初めてこの雑誌の存在を知ったという(31)。氷室の幅広い関心と読書ぶりがうかがえる証言である。

　高校時代の同期で、のちに氷室と共同生活をおくった友人の伊藤厚子は、学生時代の氷室が、吉屋信子の地位が低いことに対して怒っていたと証言する(32)。氷室は『クララ白書』のあとがきのなかで、「私が子供の頃、吉屋信子の少女小説はすでに古いものであったのだろうが、作品世界の中で展開される少女の生活や心情は、私にとっては古さ新しさを越えた永遠の憧れであり感動だった(33)」と記している。近年は吉屋信子の少女小説の再評価が進められているが、氷室の学生時代はまだ吉屋の仕事は軽んじられていた。少女のための物語を過小評価する風潮に対する「怒り」や「反発」は、氷室冴子の生涯を通じて揺るがない姿勢である。そんな氷室の原点を、この証言は伝えてくれる。

　文学の魅力に開眼した氷室は文学少女へと変貌するが、それは少女マンガとの別れを意味しない。氷室は引き続き少女マンガを愛好し、作品を読み続けていった。

氷室が高校一年生の時に、『週刊マーガレット』で池田理代子『ベルサイユのばら』の連載が始まった。フランス革命を舞台に、男装の麗人オスカルが活躍する歴史ロマンは、多くの少女を熱狂の渦に巻き込んでいく。氷室もまた、『ベルサイユのばら』に夢中になった一人であった。その思い出は、「わが青春の……池田理代子『ベルサイユのばら』解説」のなかに詳しい。[34] 熱心なオスカルファンだった高校の先輩とのエピソードをはじめ、当時の少女がいかに「ベルばら」に夢中になったのか、その熱を伝えてくれる解説である。

中学時代に読み始めた少女マンガのなかで、のちのちまで氷室に強い影響を与えたのが、萩尾望都と大島弓子であった。萩尾望都は一九六九年に「ルルとミミ」(『なかよし』夏休み増刊号掲載)でデビューし、代表作の一つとして知られる『ポーの一族』シリーズ第一作「すきとおった銀の髪」を、『別冊少女コミック』(小学館)一九七二年三月号に発表する。萩尾は一九七〇年代の少女マンガの世界に革命を起こした「24年組」と呼ばれる作家の一人であり、氷室の高校時代にあたる一九七〇年代前半から、次々と斬新な作品を生み出していった。氷室が大学時代に執筆した講演資料「少女マンガの可能性」(後述)の主題となる『トーマの心臓』は、『週刊少女コミック』一九七四年一九号から五二号まで連載されており、高校時代の氷室は萩尾望都に傾倒する。

後年行なわれた氷室冴子と萩尾望都との対談のなかで、氷室は自身の創作として「少女」をモチーフに選んだ背景を、次のように語った。

私がなんで少女小説といわれるものを意識したかというと、萩尾先生たちがご活躍されていらしたからなんです。私が学生の時、先生の作品は少年をテーマにしたものが多かった。そうしてそれを私が読者として読んだ時に、先生を前にしてあれなんですが、「しかし男の子はいいよな、こうやってやってけるから。現実の女の子は人生の主役にもなれなくて、物語の主役にもなれない……」と思って。その反動で、逆に小説で女の子を主人公にしたものを書こうと考えたのが、今、世間的にいう〝少女小説〟を意識して書くきっかけでした。だからこうして今の私が小説を書いているのも、萩尾先生がいらしたおかげかもしれない。先生たちが虚構の中で少年を描きだしたことで、第3の性というか、男側、女側、どちらからも自由でいられる新しいイメージを、作品から受けたんです(35)。

萩尾望都が少年というモチーフを通じて氷室に影響を与えたとすれば、大島弓子は少女のもつ感覚を描いた作家として、氷室の生理的なリズムに寄り添う存在となる。大島弓子は一九六八年、「ポーラの涙」(『週刊マーガレット』春休み増刊掲載)でデビューし、一九七二年より『少女コミック』に活動拠点を移した。氷室は大島弓子について、「大島さんの作品は生理的にフィットする。それは髪の毛をバサバサさせて女の子が走っていたり、感情がダダッとこみあげて突然昇華されちゃう感じ、その生理のリズムに、リアリティーがあるんです、そんな表現は当時の文学にはなかった(36)」と語った。文学作品では味わうことができない、女の子のもつ感覚やリアリティを体感することが、氷室にとっての少女マンガの魅力の一つであった。

前述の『氷室冴子読本』のコラム「好きなコミックスベスト10」には、萩尾望都作品では『ポーの一族』『トーマの心臓』、大島弓子作品では『つぐみの森』『全て緑になる日まで』『ヨハネが好き』が、お気に入りとして挙げられている。[37] 萩尾望都と大島弓子は、氷室が生涯を通じてその作品を追いかけ、敬愛した作家であった。

一九八七年七月一〇日号の『週刊朝日』の記事には、高校時代の氷室冴子と少女マンガにまつわるエピソードに触れた記事が登場する。「「ベルサイユのばら」に熱を上げ、以来、少女マンガに没入、文化祭で「少女マンガ論」をぶつほどのマンガ少女に変身する[38]」という記述は氷室が少女マンガに目覚めた時期についてはズレがあるにせよ、興味深い内容である。氷室は高校時代からすでに読者であるのみならず、論じる対象として少女マンガを捉えていた。大学時代に執筆する少女マンガ論「少女マンガの可能性」の萌芽は、すでにここにみられるともいえよう。

藤女子大学進学と女子校文化との出会い

一九七五年四月、氷室冴子は札幌にある藤女子大学国文学科に入学した。氷室の姉は藤女子大学の英文学科を卒業しており、氷室も当初は姉と同じ学科への進学を考えていた。だが高校三年生の時に古典の魅力に開眼したことをきっかけに、国文学科へと志望を変更する。

藤女子大学の母体である学校法人藤学園は、一九〇七年にドイツから来札したフランシスコ修道会のヴェンセスラウス・キノルドをルーツとする。一九二五年に開校した北海道初の五年制高等女学校、札幌藤高等女学校に始まり、戦後は学制改革で藤女子中学・高等学校となった。一九五〇年には二年制の藤女子短期大学が創設され、一九六一年には四年制の藤女子大学が開学と、カトリッ

ク系のミッションスクールとして発展を遂げた学園である。(39)

氷室が進学した時代の藤女子大学は、北海道中の才女が集まる名門女子大という位置づけであった。氷室とは卒業年度がずれるが、シンガー・ソングライターの中島みゆきも、藤女子大学国文学科のOGとして知られている。氷室は中島みゆきのコンサート「MIYUKI」(一九八六年)のパンフレットに「歌姫の春の憂鬱——平安朝編」という短編を寄せ、中島の著書『片想い』(新潮社)の解説も担当、中島もまた氷室の『いもうと物語』文庫版の解説を手がけるなど、仕事を通じた交流も生まれた。

藤女子大学へ進学したことは、氷室の作家生活のうえで重要な意味をもつ。高校時代の氷室は、男子生徒の多い学校で青春を過ごした。そんな氷室は中学・高校を併設した女子大へ進学することで、ミッション系の女子校文化に触れる機会を得たのであった。

『白い少女たち』や『クララ白書』など、氷室の最初期作品は、女子校の寄宿舎を舞台にした物語が多い。氷室はインタビューのなかで、「大学が女子大で、中・高といっしょの寮があったんですね。寮に入ってる友だちのところへ遊びに行くと、中学生が「いらっしゃいませ」とか言って、挨拶するんですね。かわいいなって思って(笑)。こういうお嬢さんっぽいところで育ちたかったなって憧れて書いたんです」(40)と、作品の背景を語る。氷室が寮の取材をしていたことは、大学時代の同級生による証言とも一致する。デビュー期の作品には、女子校文化に対する彼女の嗜好が強くあらわれており、こうした寮にまつわる関心もまたその一部と言えるだろう。氷室の出世作『クララ白書』『アグネス白書』には、「クララ」「アグネス」という寄宿舎が登場するが、どちらも藤学園に実在する寮の名前であることは、ファンの間では有名な話である。

国文学科でともに学んだ同級生の姿は、氷室の初期作品のなかに登場する。氷室は一九九六年に刊行した『アグネス白書I』（Saeko's early collection 版）のなかで、『クララ白書』の主人公桂木しのぶの先輩として登場する「虹子《にじこ》女史」や「清らなる椿姫の白路《しろじ》さん」のモデルが、大学時代のクラスメイトであることを明かした。「清らなる椿姫の白路さん」のモデルとなったクラスメイトは落ち着いた物腰の人で、氷室は彼女に憧れていたという。ところがあるとき、彼女が好きな四季派の詩人のことを語る様が「目が完全にイッていて、ツバキを飛ばしてシャベリまくる勢い、優雅な物腰とはあまりにかけ離れたミーハー的熱狂に呆気にとられてしまって、それが投影されています(41)」と、キャラクターが生まれるきっかけとなったエピソードを記す。

氷室の高校・大学時代の同級生は、「氷室冴子は観察眼が鋭かった」と振り返る。氷室は生活のなかのさまざまな人や出来事を見つめ、現実をヒントに、自らの作品世界を作りあげていった。

『源氏物語』研究を志して国文学科に入学した氷室は、入学後、専攻を近代文学に変更する。この変更について氷室は俵万智との対談のなかで、「『源氏物語』の比較文学がはやっていたころで、中国文学も必要だというんです。アカン、と思って近代文学に鞍替えしましてね」と説明した(42)。ちなみに『源氏物語』研究の系譜的に見れば、中国文学との比較研究は古典的な手法であり、氷室の大学時代にあたる七〇年代にことさら流行していたわけではなさそうだ。ともあれ氷室は『源氏物語』研究ではなく、近代文学を専攻することになった。

もっとも、氷室は以後も古典への関心をもち続け、大学でも関連科目を受講していた。のちに『小説ジュニア』でデビューし、大学生作家として誌面に登場した氷室は、一九七七年一二月号の誌面で「ゼミのテーマ『讃岐典侍日記《さぬきのすけにっき》』の研究で忙しい毎日をおくっています(43)」と近況を記す。氷室の在学時の藤女子大学では、『源氏物語』研究で著名な藤村潔や、江戸文学の青木正次《まさつぐ》などが教鞭を執っていた。そうした環境のなかで、大学時代の氷室は文学研究に没頭する日々を過ごしていた。

氷室と古典をめぐる大学時代のエピソードとして、氷室冴子が脚本を手がけた演劇『源氏物語』を紹介したい。藤女子大学は毎年秋に大学祭を開催しており、氷室が大学三年生のとき、氷室冴子脚本・国文学科学生出演による演劇『源氏物語』が上演された。この演劇に参加した同級生は、氷室が執筆した脚本は、『源氏物語』のなかの葵上《あおいのうえ》や六条御息所《ろくじょうのみやすどころ》のエピソードを使用したものだったと振り返る。なお一九八〇年に発行された藤女子大学の記念誌には一九七七年の大学祭の写真が掲載されており、そのうちの一枚には「末摘花《すえつむはな》」を上演する学生の姿が写されている（次ページ掲載）。一九七七年はまさに氷室の大学三年時に該当するが、場面が「末摘花」と先の証言の内容とはややずれるため、これがその時のものであるのかは定かではない。いずれにせよ、氷室が在学した時代の藤女子大学の大学祭や、催し物の様子を伝える資料として紹介したい。

氷室の小説『クララ白書』や『雑居時代』には、学校の行事の一環として、生徒が演劇を上演するシーンが登場する。特に『クララ白書』の劇中劇「佐保彦《さほびこ》の叛乱《はんらん》」の上演場面は、脚本執筆や稽古、衣裳・舞台装置作りなど、準備の過程が詳細に描かれた。こうした場面の背景には、高校時代

1977年の大学祭の一コマ（『藤女子短期大学30年 藤女子大学20年』より）

のＥＳＳでの演劇や、大学時代の脚本執筆や上演の体験が活きているのだろう。

日本近代文学研究へと専攻を変更した氷室は、近代小説の研究に夢中になる。『氷室冴子読本』によると、この時期の氷室は「明治以降の日本近代文学を順ぐりに読み進んだ。そして最後は、志賀直哉と国木田独歩の研究に没頭する。研究といったって何をするかといえば、志賀直哉の文庫本を全部バラして、一日一頁のペースで、その文章の一行一行を分解し、解釈し、読みとる」[44]ものだった。

研究生活に没頭していたため、大学時代の氷室は、高校までのような乱読からは遠ざかった。そんな大学時代に氷室が夢中になった作家として名前を挙げるのが、森茉莉《まり》である。氷室は作品に夢中になるだけに留まらず、ひと目でいいから森茉莉に会おうと上京するなど、ミーハーな一面もみせている。『ホンの幸せ』には、「そしていよいよファンの王道まっしぐら、『文芸年鑑』で彼女の住所をしらべあげ、彼女をひとめ見るためだけに本数冊をもって上京し、ふいに電話をかけ（!）、五分でいいから会ってほしいと頼みこんだりもしたのだった」[45]というエピソードが登場する。なお、氷室の『少女小説家は死なない！』には森茉莉的な要素がある耽美作家が登場し、氷室の森への思い入れをうかがわせる。

一方、近代文学を専攻した氷室が卒業論文で取り上げたのは堀辰雄だったが、こちらでも彼女は優秀な成果をあげていた。『藤女子大学国文学雑誌』二五号には、氷室の代である昭和五三年度国文学科卒業論文題目一覧とともに、優秀卒業論文が掲載されている。同誌に全文掲載された氷室の「「菜穂子」論」は、「『閑古鳥』『山茶花など』の菜穂子原型の女性を実在の人物という仮定のもとに『麦藁帽子』の〝お前〟にまで遡行した(46)」ものであった。

次章で取り上げるように、氷室は一九七七年に作家デビューを果たすが、『小説ジュニア』の新人賞に送った作品のうちの一つは、堀の『麦藁帽子』を少女側の視点から書き直した小説であった。この論文は、堀辰雄に対する氷室の関心のありようや思考を今日に伝えるものである。

碓井小恵子時代の創作

氷室は多くの書物を読む一方で、小説の習作などを中高時代からすでに書いていた。

氷室冴子の最初の小説は、先に言及したように、小学六年生のときに執筆したものである。氷室は中学・高校時代も引き続き作品を執筆しており、「サガンばりの恋愛心理小説(47)」や、「恋愛小説の他に、ファンタジーっぽいものとか、自我意識を人格化した訳のわからん不条理モノ小説なんかを書いてました(48)」など、作家以前の創作について振り返る。

小説に限らず文章を書くことが好きな氷室は、ラジオ番組にも投稿していた。大学受験時代にも深夜放送の番組に作詞の投稿をし、番組中で取り上げられたことがあったという。「十二月ごろ、その番組で名前が読まれましてね。聞いていた友達から「こんなときに、そんなことしてていいのか」なんて、冷やかされたのを覚えています[49]」と、受験時代のエピソードを明かす。なお氷室は後年、早見優のシングル「ほほ笑みあえる」（一九九二年四月発売）のカップリング曲「眠れる森の美女」の作詞を手がけた。氷室の数少ない作詞の仕事である。

「モギ店ハンジョー記」と「少女マンガの可能性」

小説というかたちではない、碓井小恵子時代の創作として、氷室が大学時代に書いたテキストを二点紹介したい。いずれもこれまで未公開の新資料となる。

一つは氷室が大学一年生のとき、文学部国文学科の学生が制作した新聞「早蕨」第三号に掲載されたものである。[50]「学祭特集」と銘打たれたこの号に氷室は「碓井小夜子」名義で、「モギ店ハンジョー記——みそにまみれて」という小文を寄稿した。この「早蕨」には学生による小文が多数掲載されているが、氷室の作品は女子学生同士の会話を取り入れ、他とは異なるキレ味を発揮している。このテキストの冒頭を紹介したい。

モギ店ハンジョー記——みそにまみれて　碓井小夜子

最初きまっていたイモ専門店が、あれよあれよという間にオデンとアイスクリームにかわってしまったのは、というより強引にかえてしまったのは、ひとえにメニュー班メンバーの合理性と経済的感覚の鋭さに起因する。わかりやすくいえば、なまけぐせとがめつさによるのである。

「イモってめんどうなんだよ。」と私。

「アイスクリームにしよう。」と藤塚さん。

「なんかこう、ぱあっともうかるのないかね。手間がかからなくて、けっこううれるの。」と私。

「アイスクリームがいい。」と藤沢さん。

「ともかくさ。アイスクリームはあとで考えるとして、イモはもうだめね。イモはやめよう。なんたって原料費がバカになんないんだ。こーんな小さな金時イモが一本60円だもん。」と私。

「アイスクリームは安くあがってもうかるよ。アイスクリームにしよう。」と藤塚さん。

「で……と、かんたんなもの……と。オデンなんかどう。『海の家』なんかでよくやってるやつなんかさ。」と私。

「オデンでもなんでもいいけどアイスクリームは絶対にしようよ。」と藤さん。

「きまり！　じゃオデンとアイスクリームね。」と私。

ひかえ目にイモを口にする可香谷さんを尻目にかくしてオデンは決定されたのである。

材料買い出しは、私と小倉さん鷲岡さんで、ひたすら安い材料を求めてさまよった。

〈中略〉

追伸
最後に、学祭開始の一週間前から、一日置きにオデンを食べさせられた我が両親の強靭な胃袋に、文国一年のみなさん、敬意を表しましょう。

のちの氷室冴子の小説と比べると素朴な会話ではあるが、大学一年生という早い時期でのアウトプットとして興味深いテキストである。会話によってテンポを作っていくユーモラスな雰囲気や、最後の追伸、そして余白に描かれたオデンのイラストも含め、作家氷室冴子の最初期のシリアス路線の小説とは異なる趣をもつ。

もう一つ、大学時代に氷室が手がけたテキストがある。

の可能性」と題されたその原稿は、氷室が同級生たちを聴衆にして、少女マンガをテーマに行なった講演の配布資料である。講演時の補足テキストとして、同期生などごくわずかな人々に配られる目的で作成されたものであるが、それのみで一本の論考の体裁をなしている。現在、岩見沢市立図書館には、藤女子大学で氷室と同期だった作山敦子が寄贈した、この配布資料の現物が所蔵されている。マスメディアに掲載されたこともなく、同図書館での限られた展示の折などに表に出るほかは、日の目を見ることもなかった資料となる。詳細な執筆時期は定かでないものの、文中に一九七五年六月刊行のフラワーコミックス『トーマの心臓』全三巻についての言及があるため、それ以降に書かれたものと推測できる。今まで知られていなかったこの「少女マンガ性」を、附録として本書の巻末に全文収録した。

論考にはすでに、氷室が後々までもち続ける少女マンガへの分析的視点の原型があらわれている。例えば同論考のなかで氷室は萩尾望都『トーマの心臓』について、作中の場面やセリフにキリスト教や聖書の気配を感じとり両者の関連性を指摘しているが、これは一九九二年に氷室と萩尾望都との間で行なわれた対談の、以下のようなやりとりを先取りするものである。

氷室　『トーマの心臓』のテーマは、やっぱり聖書から発想なさったんですか。
萩尾　いえ、聖書じゃないです。
氷室　えっ！　私、場面場面、全部キリスト教が背景になってて、全部それにひっかけてるのかと思ってましたよ。だって聖書と同じセリフが出てくるじゃないですか。ユリスモールがトーマを拒絶する時に、「きみなんか知らない」っていうセリフは、あれは聖書の中の最後の晩餐でペトロが、「お前は夜明けまでに三度私を否むだろう」ってイエスに言われますよね。で、事実、ペトロはキリストを否むんだけど、その言葉は「私はイエスという男を知らない」。
萩尾　あっほんとだ！（笑）驚き！
氷室　あのセリフで、トーマはユリスモールにとってのキリストになっちゃうわけですよ。私、あれは先生がわかって描いてらっしゃるとばかり思って、さすがに萩尾先生は偉大だな、と感動して読んでたんですけど……。十何年間誤解してた！[51]

萩尾自身が意識していなかった、キリスト教と『トーマの心臓』との類似にまつわる鮮やかな指摘であるが、「少女マンガの可能性」をふまえると、この視点がすでに大学時代から備わっていたことが浮かび上がる。

また、「少女マンガの可能性」には、『トーマの心臓』という個別作品の分析に留まらず、少女マンガというジャンルそのものについての氷室の認識やスタンスが込められている。氷室はこのテキストのなかで、「私が、この講演で述べたり、この文を書いたりすることを、何にでも理屈をつけたがり、いっぱしの専門用語を連ねてもっともらしく論じるのが得意な学生のそれだと思わないで下さい。これは私の、マンガへの公用ラブレターです。愛の告白です。と同時にマンガを排斥しつづける人々へのひかえめな反抗であり、聞かせるおのろけです」と記す。高校時代から少女マンガ論を展開してきた氷室の、並々ならぬ少女マンガへの愛慕があらわれた宣言である。そして、萩尾望都『トーマの心臓』分析を通じて、同作品が秘めるポテンシャルの高さを熱っぽく論じ、少女マンガという表現がもつ意義を伝えてみせる。

そのうえで氷室は、「おめめきらきら、母恋い物語、男の子と女の子のラヴ・ストーリーという侮蔑の言葉と共に、少女マンガを不当に排斥する殿方に、この「トーマの心臓」を、そっと差し出したいという、いたずらっぽい願望を、私は常に抱いている」と結ぶ。ここには彼女の少女マンガへの愛と同時に、少女マンガが軽視される風潮への抵抗の意思がうかがえる。「同じマンガ世代でありながら、特に男性が少女マンガを不当に嫌って軽視しているのを怒り、悲しまずにはいられないかつての少女が、少女マンガの名誉回復を目論んでいるのは確かです」とも綴られたように、「少女マンガを不当に排斥する殿方」への反駁《はんばく》が執筆のモチベーションとなった。

こうした不満は、『プレイバックへようこそ』をはじめとするのちのエッセイのなかでも、たびたび言及されることになる。彼女が不満をつのらせていたのはそれらの批評、特に男性からのステレオタイプな視線に関してであった。萩尾望都や大島弓子の登場は、少女マンガに新しいフェーズをもたらした。氷室はそれをリアルタイムで体験した読者の目線から言及したうえで、少女マンガ評論に対して、次のように苦言を呈す。「そうして、それらのウェイヴめがけて、評論活動がサットウしてしまっていた。わたしの大学時代は、文芸誌で、少女漫画の評論が載ってないことってなかったの。『ユリイカ』だって特集組んだし、今はなき読書マニア向けの『読書新聞』にだって、少女漫画のコラムがあったのね。」「で、たぶん、あの頃のわたしは、そういう、おしきせコピーにも、そういう評論の場にでてくるオジさまたちのおっしゃることにも、読者の側から、ひどくハラをたてていて」「大島弓子さんが、コミックスのはしっこかどこかで書いておられた、(最近の少女漫画論の、ステロタイプなこと、なんとかならんのか)みたいなコメントに、ひとり、頷いていたのだと思う(52)」と、大学生時分の自らが抱いていた不満を説明し、「少女の感性」や「少女幻想」などのステレオタイプなイメージづけへの違和感があったことを述懐している。

一九七〇年代半ば以降、米沢嘉博《よしひろ》や橋本治をはじめとする論者による少女マンガ評論が隆盛をみせた。氷室がこうした少女マンガ論にも目を配っていたことは、『プレイバックへようこそ』をはじめとするエッセイでの発言からも明らかである(氷室は同書のなかで米沢と橋本の仕事に言及し、評価する姿勢をみせている)。しかしながら、大学時代に執筆された「少女マンガの可能性」には、同時代の先端的な批評の流れについての言及はなく、少女マンガがステレオタイプに評され低い位置に置かれているという認識で論が進められている。「少女マンガの可能性」は、こうした同時代的な批評を読む以前に執筆されたものであったのかもしれない。いずれにせよ、この頃の氷室はすでにマンガそのものの一読者であるのみならず、自らもまたそれに鋭敏に呼応してアウトプットする姿を見せていたようだ。

『源氏物語』から近代文学まで、幅広く文学の研究につとめた学生時代の氷室はまた、少女マンガなどからも多大な影響を受けながら、文章の発信者としての自己を育んでいく。そして大学三年生のとき、『小説ジュニア』主催の新人賞で佳作を受賞、作家「氷室冴子」としてデビューを果たす。

註

（1）『まち再生への挑戦――岩見沢駅舎建築デザインコンペ作品集』北海道旅客鉄道、二〇〇六年、四ページ、一二ページ

（2）氷室冴子責任編集『氷室冴子読本』徳間書店、一九九三年、二一ページ

（3）氷室冴子『ホンの幸せ』集英社、一九九八年、一七〇ページ

（4）少女マンガ雑誌の創刊廃刊の歴史は、ヤマダトモコによる「少女まんが作品年表」（二上洋一『少女まんがの系譜』ぺんぎん書房、二〇〇五年）を参照した。

（5）米沢嘉博『戦後少女マンガ史』筑摩書房、二〇〇七年、一四七ページ、一五二ページ

（6）氷室冴子「NowNow インタビュー――先生の標的にされ　顔で笑っていても　心は傷ついていた」『小六教育技術』一九八七年一〇月号、小学館、三四ページ

（7）谷口ひとみ『エリノア』さわらび本工房、二〇一一年

（8）前掲『氷室冴子読本』一五〇ページ

（9）前掲「NowNow インタビュー」三五ページ

（10）前掲『ホンの幸せ』二二三ページ

（11）前掲『氷室冴子読本』一八四ページ

（12）「同級生座談会――岩見沢東高校時代の氷室冴子さん」『文藝別冊　没後10年記念特集　氷室冴子　私たちが愛した永遠の青春小説作家』河出書房新社、二〇一八年、一一三ページ

（13）氷室冴子『マイ・ディア――親愛なる物語』角川書店、一九九〇年、一一ページ

（14）氷室冴子『冴子スペシャル　ガールフレンズ』集英社、一九九〇年、一〇六ページ

（15）氷室冴子『アグネス白書ぱーとII』集英社、一

九八二年、二三二ページ
(16) 前掲『ガールフレンズ』一一七ページ
(17) 前掲『ガールフレンズ』一一五ページ
(18) 前掲『氷室冴子読本』一五〇ページ
(19) 前掲『マイ・ディア』二〇六ページ。
(20) 前掲『ガールフレンズ』一二七ページ
(21) 前掲『ホンの幸せ』九五ページ
(22) 「氷室冴子さんに40Q」『ぱる』一九八五年一一月号、実業之日本社、八八ページ
(23) 前掲『マイ・ディア』四七ページ
(24) 前掲『マイ・ディア』四七―四八ページ
(25) 俵万智・氷室冴子「おたのしみの古典文学」『日本語はすてき』河出書房新社、一九九三年、一一二ページ
(26) 前掲『ホンの幸せ』一四二ページ
(27) 氷室冴子・佐藤響子「わたしたちだってスキゾ人間」『青春と読書』一九八四年一〇月号、集英社、二二四ページ
(28) 前掲『ガールフレンズ』一一七ページ
(29) 氷室冴子『冴子の東京物語』集英社、一九九〇年、一九五ページ
(30) 前掲『ホンの幸せ』二〇三ページ
(31) 二〇一八年三月一日に行なった氷室冴子同級生インタビュー。参加者は弦巻敦子、和田恵、正木優子、寺西初美、佐々木和子。以下出典のない同級生の回想はこの時のものになる
(32) 二〇一八年七月一五日伊藤厚子インタビュー
(33) 氷室冴子『クララ白書』集英社、一九八〇年、二四五ページ
(34) 前掲『ホンの幸せ』一六四ページ
(35) 萩尾望都・氷室冴子「空想からの発想」『物語るあなた　絵描くわたし――萩尾望都対談集1990年代編』河出書房新社、二〇一二年、六八―六九ページ
(36) 『ダ・ヴィンチ』一九九六年七月号、リクルート、二〇ページ
(37) 前掲『氷室冴子読本』一八四ページ
(38) 「空きっ腹青春からジュニア小説の女王へ――氷室冴子はかわゆい」『週刊朝日』一九八七年七月一〇日号、朝日新聞出版、一四六ページ
(39) 『藤女子短期大学30年　藤女子大学20年記念誌』一九八〇年、三一八ページ
(40) 前掲「氷室冴子さんに40Q」八八ページ
(41) 氷室冴子『アグネス白書I』集英社、一九九六年、二五二ページ
(42) 前掲「おたのしみの古典文学」一一二ページ
(43) 『小説ジュニア』一九七七年一二月号、集英社、二九七ページ
(44) 前掲『氷室冴子読本』一五二ページ
(45) 前掲『ホンの幸せ』四〇ページ
(46) 碓井小恵子「「菜穂子」論――菜穂子原型とその周辺」『藤女子大学国文学雑誌』第二五号、一九七

九年、七八ページ
(47)「ミス・ヒーローインタビュー」『ミス・ヒーロー』一九八五年五月号、講談社、一一四ページ
(48) 前掲「氷室冴子さんに40Q」八八ページ
(49)「進学特集　乗り越えて「今」がある――私の受験時代6氏に聞く」『読売新聞』一九九一年一〇月二二日東京朝刊、三六ページ
(50)「早蕨」第三号　学祭特集　文国一年編集局一一月発行。弦巻敦子提供資料
(51) 前掲「空想からの発想」七三―七五ページ
(52) 氷室冴子『プレイバックへようこそ』角川書店、一九九一年、一一五―一一六ページ

第2章　作家デビューから『クララ白書』まで

『小説ジュニア』とジュニア小説の歴史

氷室冴子は藤女子大学国文学科在籍中の一九七七年、『小説ジュニア』が主催する新人賞で佳作を受賞し、作家デビューを果たす。氷室のデビューに話を進める前に、氷室が登場した時代を知るための手がかりとして、この時期の『小説ジュニア』や若年層向け読み物の状況を確認しておきたい(1)。

戦前から続く少女向け読み物としては、少女小説と呼ばれる系譜の歴史がある。そこにジュニア小説という、戦後の新たな価値観を反映した青年男女の青春を描いたジャンルが登場し、一九六〇年代以降に人気を博した。

『小説ジュニア』は一九六六年に集英社が創刊した小説雑誌で、雑誌『Cobalt』（二〇一六年休刊）の前身にあたる。『小説ジュニア』は日本で最初に創刊されたジュニア小説雑誌であり、このジャンルを牽引する媒体となった。代表的なジュニア小説作家として、富島健夫《とみしまたけお》、佐伯千秋、吉田とし、三木澄子、津村節子などが挙げられる。

コバルト文庫編集部の田村弥生は「高校生の時、「小説ジュニア」に連載された富島健夫さんの『制服の胸のここには』で大ブームを体感していました。高校生の恋愛、葛藤、友情などをリアルに描いた作品で、世間の注目を浴びていました」と、当時の状況を回想する。(2) ここで言及された富島健夫の『制服の胸のここには』は、『小説ジュニア』創刊号の巻頭を飾った小説である。高校生の恋愛を描いたジュニア小説は、ある時期から性描写も取り入れて、セックスまで踏み込んだ男女の恋愛が主要モチーフの一つとなっていた。

ところが、若い世代に支持されたジュニア小説は、一九七〇年代に入り低迷期を迎える。ジュニア小説は大人の作家が若い世代に向けて書く小説であり、次第に書き手と読み手の間の感覚のズレが広がっていった。その後ジュニア小説が勢いを失うなかで、少女読者の支持を集めたのは、少女マンガであった。一九七〇年代以降、萩尾望都、竹宮惠子、大島弓子らをはじめとする「24年組」と呼ばれる作家たちが活躍し、少女マンガの世界に革命を起こす。少女の感性を揺さぶる読み物は、少女マンガというジャンルが担うようになっていく。その一方、ジュニア小説は低調となり、ブームのときには複数発行された雑誌も次々と姿を消す。小学館の『ジュニア文芸』をはじめとする雑誌が休刊するなかで、集英社の『小説ジュニア』だけは発行を続け、生き残る道を模索していった。

この時期の『小説ジュニア』に関連する重要な動向として、一九七六年五月の集英社文庫コバルトシリーズの創刊が挙げられる。今日「コバルト文庫」と呼ばれるレーベルの始まりであり、本書も以後は「コバルト文庫」という名称に統一して記述を進めていく。コバルト文庫以前には、一九六五年創刊の「コバルト・ブックス」という、B6版の叢書が刊行されていた。母体誌『小説ジュニア』と書籍コバルト・ブックスというかたちで、ジュニア向け読み物が展開されていたが、時代の流れは文庫へと向かっていく。一九七一年に講談社文庫が発刊され、以後一九七三年に中公文庫、一九七四年に文春文庫と、次々と文庫が創刊される第三次文庫ブームの流れが生まれた。(3)集英社のコバルト文庫も、この流れのなかで立ち上げられた文庫レーベルである。

初期のコバルト文庫作品は、コバルト・ブックスから刊行されたジュニア小説が文庫として再度刊行されることが多かった。やがて、コバルト・ブックスからの移植だけではなく、オリジナル作品も出版されるようになった。コバルト文庫では文学路線の作品だけではなく、豊田有恒《ありつね》や横田順彌《じゅんや》のSF小説も刊行するなど、徐々にエンターテインメント路線も取り込んだラインナップとなっていく。

雑誌『小説ジュニア』も、文学以外の方向性を取り入れようと、リニューアルを計る。一九七七年一月号からA5判へとワイド化し、この一年間の表紙は漫画家が起用された。一九七七年一月号は一条ゆかり、九月号は大島弓子、一二月号はみつはしちかこなど、毎月の表紙を人気漫画家が手がけた。このマンガ表紙は一年限りとなり、以後は実写表紙に戻るが、若い世代が関心をもつものなら何でも取り入れようという姿勢は継続する。

氷室冴子が『小説ジュニア』の新人賞で佳作を受賞したのは、一九七七年のことである。低迷する『小説ジュニア』がさまざまな模索を続けていた時代に、作家氷室冴子が登場したのであった。

新人賞への応募と佳作受賞

第1章でみたように大学時代の氷室は、アルバイトをする時間を惜しんで勉強に明け暮れていた。親からもらう小遣いは月一万で、そのなかで生活をやり繰りせねばならない。そんなときに『小説ジュニア』の新人賞が目に留まり、「好きな活字で小遣いを稼げるなら一石二鳥」(4)と、作品を投稿する。この時期の小説ジュニア青春小説新人賞は入選が三〇万円、佳作が一〇万円という賞金設定だった。

氷室が佳作を受賞するのは第一〇回だが、最初に作品を投稿したのはその一年前、第九回のときである。『小説ジュニア』一九七六年七月号に掲載された第九回の中間発表作品リストには、第二次選考を通過した作品として、碓井小恵子「窓」を確認することができる。(5)「窓」は翌八月号で発表された最終選考の五作品には選出されず、第九回小説ジュニア青春小説新人賞は、吉野一穂《かずほ》「感情日記」が入選を受賞した。

氷室は最初の投稿について、「大学一年のとき、自分がイタズラ書きしている読物が、どの程度のものか知りたくて、『窓』だったかなんだったか忘れたけれど、なにかを『小説ジュニア』に送ったところ、なんと第一次か二次審査まで通ってしまったのが思えば運命の別れ道」(6)と振り返る。力試しのつもりの投稿であったが、予想以上の手ごたえを感じたのであろう。翌年の氷室は積極的に入賞を狙うように、三作品を投稿した。

第一〇回小説ジュニア青春小説新人賞に氷室が送った作品は、『氷室冴子読本』によると、佳作を受賞する「さようならアルルカン」、小学五年生の女の子が主人公の「少女学講座」、堀辰雄の『麦藁帽子《むぎわらぼうし》』を少女側の視点で書き直した「麦藁帽子異聞」であった。(7) 一九七七年七月号の『小説ジュニア』に掲載された中間発表を確認すると、タイトルが氷室の記述とは異なり、氷室冴子名義で「さようならアルルカン」と「天使の翼のかげで」の二作品が二次選考を通過している。(8) 第九回は本名での応募だったが、このときから氷室冴子というペンネームが登場する。氷室冴子は、堀辰雄の「菜穂子」で印象的だった氷室（天然氷を貯蔵する小屋）と本名（小恵子）をもじってつけた名前であった。(9)

一九七七年の第一〇回小説ジュニア青春小説新人賞の応募総数は九一七篇。最終結果は入選作なし、佳作として氷室冴子「さようならアルルカン」、正本ノン「吐きだされた煙はため息と同じ長さ」の二作品が選出された。(10) 今日の視点で振り返ると、第一〇回はのちに「コバルト四天王」と呼ばれる作家（氷室冴子・正本ノン・久美沙織・田中雅美）のうち、二名がデビューした年である。コバルト文庫の歴史を大きく動かした、記念碑的な年と位置づけることも可能であろう。

しかし、同時代における選評を見ると、このときの二人に対する選考委員からの評価はそれほど高くはない。小説ジュニア青春小説新人賞の選考委員は、尾崎秀樹《ほつき》、佐伯千秋、津村節子、富島健夫、三浦朱門《しゅもん》という顔ぶれである。第九回は満場一致で吉野一穂「感情日記」が入選に決まり、同作は高い評価を受けた。それに対して第一〇回では、入選に選出できるレベルの作品はないというのが一致した結論であった。氷室と正本、そして水木亮の「青春ブルース」が甲乙つけにくい水準にあり、このなかから佳作二作が選ばれた。「今回は全体としてレベルが非常に低かった(11)」というのは選評にある富島健夫の言葉だが、これは富島だけではなく、他の選考委員にも共通する見解であった。

選評とともに、雑誌には受賞者のプロフィールや抱負も掲載された。氷室は「『小説ジュニア』は、中学時代からいまもっての愛読誌。〈中略〉テーマ的には、〝少女〟という言葉のもつ独特の雰囲気が好きなので、さまざまな〝少女〟を、自分なりに描いていこうと、意欲を燃やしています[12]」とコメントを寄せている。もっとも、「『小説ジュニア』は中学以降の愛読書」とあるが、これは脚色であろう。のちに氷室は「中学一年の時、交通事故にあって入院しているところに、クラスの男の子が「退屈だろうから」って『小説ジュニア』を持って、お見舞いにきてくれて、その時読んだのが最後で、あとはもう、全然読んでなかった[13]」と記している。

氷室の作品を貫くテーマの一つは、「少女」である。この主題はデビュー当時の抱負、そして作品のなかで、早くも打ち出されていた。受賞作「さようならアルルカン」は少女同士の関係性が重要なモチーフとなった小説で、さまざまな意味で氷室冴子の原点といえる作品である。

デビュー作「さようならアルルカン」

氷室冴子の受賞作「さようならアルルカン」は、『小説ジュニア』一九七七年九月号に、古茂田《こもた》ヒロコの挿絵で掲載された。

「さようならアルルカン」は主人公の〈私〉と、憧れと幻滅の対象となる少女柳沢真琴との小学六年生から高校時代までの関係の変遷を描いた作品である。真琴は正義感が強く、感受性が豊かな少女で、それゆえクラスの輪からはみ出すアウトサイダーとなっていた。小学六年生の試験中、消しゴムを落とした少女がカンニングを疑われる事件が起きる。真琴は教師に対して毅然とした態度で反論し、少女の潔白を主張した。真琴の鋭い発言や態度は他の生徒からは敬遠されていたが、〈私〉は彼女のそんな姿に憧れ、ずっと見つめていた。

しかし真琴は中学二年頃を境に、少しずつ変わっていく。かつてアウトサイダーだった少女は、みんなを笑わせるジョークを口にする道化師《アルルカン》へと変貌し、いつしかクラスの人気者になった。中学三年生のときに起きた教室の窓ガラス割り事件では、真琴は真犯人を目撃していたにもかかわらず、声をあげることはしなかった。そんな真琴に幻滅し、犯人と疑われた少年をかばった〈私〉は、「さようならアルルカン」とだけ記したレポート用紙を彼女のくつ箱にそっとしのばせた。

心のなかで真琴との決別を果たした私だが、彼女の存在を忘れたわけではない。別々の高校へ進学し、真琴とのつながりは途切れるが、〈私〉は中学時代に集めた真琴の図書カードをたよりに彼女の読書歴を追いかけていた。真琴が読んでいた本を図書室で探すなかで、同じ高校二年生の少年宇野緒美《つぐみ》と出会う。宇野は文学を愛好し、絵を描く芸術家肌の少年だった。引用で紹介するのは、主人公が初めて緒美と会話を交わした図書室の場面である。

「ほかの本借りないのか。手に古い図書カード持っているけど、『銀の匙《さじ》』をぬかして、次のを借りればいいのに」

「順を追わなくちゃだめなのよ」

私は苦笑して答えた。

自分の奇妙な読書の道筋を、指摘されたのがてれくさかった。だれの目から見ても、こんな方法は奇怪だった。私自身がよく承知していた。しかし、彼女の図書カードの順を追ってゆきたい自分の心を、私はどうすることもできないのだ。

「愛する人の図書カードを追ってゆくなんて、ずいぶんと古風で情熱的だな」

緒美は、小さな笑いを浮かべながらいった。からかってはいるのだろうが、下卑《げび》たあてつけは感じられなかったので、心安く笑いを返すことができた。

「残念でした。これは中学時代の同級生のものよ。しかも女の子の」

「ぼくがいうのは、広い意味の愛さ。異性間のだけじゃなく」

緒美はなんのてらいもなく、さらりとそういってから、はっとしたような表情で私を見た。

「ごめん、少しキザだったかな。昨夜、徹夜で『知と愛』を読んだせいか、思考が影響されてるなあ。自己批判、自己批判」

そういって、てれくさそうに自分の頭をごつん、とげんこつで叩いた。(14)

作中にはこの宇野緒美という少年が登場するが、彼は恋愛の対象ではなく、同じ感覚を共有できる同志的な立ち位置にいる。物語の最後で〈私〉は緒美と一緒に展覧会へ出かけ、そこで見かけた「月夜に毬《まり》を持つピエロ」という印象的な絵に目を奪われる。その絵を描いたのが、真琴であった。真琴と再会した〈私〉は久しぶりに彼女と会話を交わし、ずっと彼女のことを見ていたはずなのに、真琴について知らない側面があったことに驚く。

ずっとみつめつづけ、なんでも知っていたはずなのに、そんなことには気づきもしなかった。私は苦笑した。

「ふ……ふ、私、あなたのことなんでも見てたつもりなのに……。そんなことも知らなかったのね。全部見ていたわけじゃないんだわ」

「これからじゃ遅いと思う？」

優しい声で、なんでもないことのように彼女はいった。口調の自然さが、私を熱くした。彼女を追うことはムダではなかった、という想いが、静かに心の中にしみ広がる。

「小田桐さん」

私を呼ぶ緒美の声がした。ふり返ろうとする私に、彼女はいった。

「近いうちに、あなたにラブサインを送るわ。じゃあ」

そういい捨て、あっというまに私の前から去った。(15)

「さようならアルルカン」は学校という場を舞台に、思春期の少女の自意識のありようを描いた作品である。『小説ジュニア』掲載の小説の多くが男女の恋愛をモチーフにしているのに対し、同性との関係をテーマに据え、少女の繊細な感情に焦点を当てた氷室作品は、異彩を放つものであった。読者の心を揺さぶるリアルで切実な感情が描かれた「さようならアルルカン」は、デビュー作にしてすでに少なからぬ反響を呼ぶ。当時の誌面には受賞者の本名と年齢・住所が掲載されており、この作品が雑誌に掲載されると、氷室のもとには一〇〇通近い手紙が届いたという。[16]
「さようならアルルカン」が『小説ジュニア』に掲載されたとき、編集部は「個性的な少女と少年が傷つきながらも、自己をとりもどすまでを描く新鮮な力作」というリードをつけた。[17]編集部は従来の小説のモチーフを踏襲して「少女と少年」と記したのだろうが、この物語の核心が少女二人の関係性にあることは、これまで述べたとおりである。

作家の久美沙織は『コバルト風雲録』のなかで、「さようならアルルカン」のもたらしたインパクトを語っている。久美は少女同士の関係性が魅力的であることに着目し、「こんなことというと氷室さんは怒るかもしれませんが、『アルルカン』の少女同士の関係性は、けっしてレズではない。肉体関係なんか皆無です。しかし、非常に抑制のきいた、理知的で濃厚なエロスです。たいへん美しく、読んでいてキモチ悪くならない、こころがぽわぁっと幸福になるようなエロス。「なるほど、ここに、ニーズがあるなぁ！」と、わたしは思いました（ナマイキにも！）」[18]と記す。久美は氷室と年齢の近い作家として、作品の魅力を的確に言語化している。

ジュニア小説は大人の作者が若い世代に向けて書くジャンルとなっており、大人の目線から男女の恋愛や性愛が描かれた。氷室はそこに若い世代の感性、作者と読者が共有可能な少女の世界や感覚を持ち込んだ。氷室冴子の「さようならアルルカン」は、普遍的な少女の自意識をテーマにした作品として、今もなお鮮烈な印象を残す。

『小説ジュニア』にみる氷室冴子最初期作品

「さようならアルルカン」でデビューをした氷室は、学生作家として新たな生活をスタートさせる。以後は『小説ジュニア』誌上に短編を発表し、大学四年生のときには初の書き下ろし長編『白い少女たち』をコバルト文庫から出版した。

一般的に、氷室冴子の最初期作品として挙げられるのは、コバルト文庫の『白い少女たち』と『さようならアルルカン』である。『さようならアルルカン』は、『小説ジュニア』誌上に掲載された読み切りを中心に編まれた短編集だが、同誌に発表されたすべての作品が収録されているわけではない。書籍未収録の短編もあわせて取り上げ、最初期の氷室冴子の活動について検討していきたい（なお、のち二〇二〇年に集英社から『さようならアルルカン／白い少女たち　氷室冴子初期作品集』が刊行され、書籍未収録短編も収録された）。

次ページの表2は、『小説ジュニア』に掲載された氷室冴子関連の読み物をまとめた一覧である。『小説ジュニア』は一九八二年六月号を最後に廃刊となり、後続雑誌として『Cobalt』が立ち上げられた。ここでは『小説ジュニア』終刊を区切りとし、そこまでの氷室冴子の寄稿状況を「作品タイトル・挿絵・書籍収録状況」に着目してまとめた（挿絵は雑誌掲載分のみ記載）。無表記のものはすべて小説で、それ以外の作品は内容がわかるようジャンルを記した。『小説ジュニア』への寄稿とともに、コバルト文庫の刊行状況も記しており、文庫作品には「＊」マークをつけている。

氷室は新人賞受賞後から一九七九年四月号までの一年半ほどは、『小説ジュニア』誌上にコンスタントに作品を発表した。しかし、大学を卒業する頃（一九七九年三月に藤女子大学を卒業）を境に、

表2 『小説ジュニア』寄稿作品

掲載号	作品タイトル	挿絵	書籍収録状況
一九七七年九月号	さようならアルルカン	古茂田ヒロコ	『さようならアルルカン』収録
一九七七年一二月号	悲しみ・つづれ織り	牧野鈴子	★
一九七八年二月号	誘惑は赤いバラ	菅沢貞一	『さようならアルルカン』収録
一九七八年八月号	北海道へのあこがれ【エッセイ】		未収録
一九七八年一〇月	＊『白い少女たち』		
一九七八年一二月増刊号	アリスに接吻を	広野貴美子	『さようならアルルカン』収録
一九七八年一二月号	あなたへの挽歌	小泉澄夫	★
一九七九年四月号	おしゃべり	山本博通	★
一九七九年一二月	＊『さようならアルルカン』		
一九八〇年四月	＊『クララ白書』		
一九八〇年六月号	私と彼女	中村景児	★
一九八〇年一二月	＊『クララ白書ぱーとⅡ』		
一九八一年二月	＊『恋する女たち』		
一九八一年三月号	氷室冴子編・読者の告白体験記／文通の功罪【エッセイ】		未収録
一九八一年四月号	なんてすてきにジャパネスク	峯村良子	『なんて素敵にジャパネスク』収録
一九八一年九月号〜一九八二年六月号	雑居時代（全一〇回）	星野かずみ	『雑居時代』上・下収録
一九八一年一〇月	＊『アグネス白書』		
一九八一年一一月号	売れっ子作家の素顔は乙女チックレディー【インタビュー記事】		未収録

★ 二〇二〇年刊行『さようならアルルカン／白い少女たち 氷室冴子初期作品集』に収録（他★マーク同）

氷室の作品は掲載されなくなっている。新人賞は毎年開催されており、そのときどきの新鮮な作家たちがメインで取り上げられていく。ある時期をもって『小説ジュニア』誌上に氷室作品が掲載されなくなったのも、デビュー直後の優遇期間が過ぎたとみることもできるだろう。

表2をもとに、未収録を含む氷室冴子初期作品を紹介する。なお『なんて素敵にジャパネスク』は第5章、『雑居時代』は第3章で取り扱うため、ここでは言及しない。

「さようならアルルカン」は恋愛が主たるテーマにはなっていない作品だが、受賞後の数作で氷室は、中高生男女の恋愛を主題にした小説を発表する。これが編集部による指示なのか、雑誌の傾向を意識した氷室自身による選択なのかは定かではないが、いずれにせよ氷室は異性愛をテーマに思春期の少女のメンタリティを描いていった。

青春小説新人賞受賞後の第一作として発表された「悲しみ・つづれ織り」は、失恋を主題にした短編である。主人公の唯子《ゆいこ》は、二年以上も付き合っていた藤林湖《ひろし》に失恋する。物語は、唯子が湖から別れの手紙を渡される場面から始まる。湖は主人公の親友姉島花摘《かつみ》のことが好きになり、唯子に「ごめん」と記した手紙を渡す。「失恋」という共感を集めやすいテーマを軸に、等身大の思春期の少女が描かれた。一九七八年一月号の『小説ジュニア』の読者欄には、「悲しみ・つづれ織り」の感想が掲載されている。「氷室冴子先生の『悲しみ・つづれ織り』読み終えたところです。題からしてステキだけど、内容も、それから人物の名前もよいのです。湖《ひろし》、唯子《ゆいこ》、花摘《かつみ》、姿子《しなこ》。だけど、唯子はとってもかわいそう！　唯子が泣いてしまったときは、私も涙がポロポロ……わかるのですよ。唯子の気持ち。[19]〈後略〉」と、失恋に対する共感が語られた。

一九七八年二月号掲載の「誘惑は赤いバラ」は、のちに『さようならアルルカン』に収録された短編である。「さようならアルルカン」や「悲しみ・つづれ織り」では張り詰めた少女の自意識が描かれたが、「誘惑は赤いバラ」ではややユーモラスな雰囲気や筆致で少女のメンタリティが展開された。主人公の〈私〉は「気が強くて、そのくせ自分でいうのもなんだけどお人よしで、だれとでもすぐに親しくなれる自信がある。それなのに、赤面する。向こうっ気が強いくせに、すぐ赤くなるなんて、ひどくちぐはぐで、不名誉だ[20]」と思う少女に設定された。主人公こゆみは私立のミッションスクールの中等科二年で、ボーイフレンドの津島秀雄と、親友の宵子を中心に、思春期の恋愛や友情が描かれた。

初期の氷室作品はシリアスなテイストが強いが、この作品はややトーンが異なる。作中に登場するキャラクター造型やエピソードのいくつかは、のちに氷室が手がける『クララ白書』や『恋する女たち』の原型ともいえる内容だ。初期小説のなかではやや異色の路線といえよう。

「アリスに接吻を」は『小説ジュニア』本誌ではなく、一九七八年一二月に刊行された増刊号『ジュニア・グラフィティ』に掲載された。『ジュニア・グラフィティ』は通常の雑誌より二倍大きいワイド版として刊行され、ヴィジュアル雑誌としての性格が強い。「アリスに接吻を」は『さようならアルルカン』に収録されているが、初出では広野貴美子のイラストが添えられ、挿絵とあわせて硬質なエロティシズムが漂う作品世界が展開された。

本誌ではない増刊号ということも影響しているのか、この作品では恋愛や異性愛ではなく、少女が再びテーマとなる。「アリスに接吻を」は氷室では珍しい二人称小説の形式をとり、子どもと大人のはざまに立つ少女の自意識が描き出された作品に仕上がった。鏡に語りかける一四歳の少女に対し、年上のいとこは「違う世界だなんて、まるで鏡の国のアリスみたいね[21]」と、少女の夢想に理解を示す。しかし兄の友人はその姿を子どもっぽいものだと皮肉り、現実に王子さまでも現れれば、じきに妙な遊びもやめるよと主人公の幼さを指摘する。同級生のキスシーン、鏡の前で服をぬぐ私、子どもでもない、大人でもない時期の少女の不安定な夢の世界。夢みがちな子どもが、現実の恋愛や性の世界に踏み出す手前の姿を幻想的な筆致で描いた佳作である。

一九七八年一二月号掲載「あなたへの挽歌」は「さようならアルルカン」の憧れと幻滅を、少女同士の関係から少女と男性の関係にスライドした小説となった。主人公の〈私〉が通うミッション系女子校の高等科に赴任した青山和志《かずし》は、若い男性教師として生徒たちの注目を集める。しかし青山は、ある一件から全生徒の憎悪の的になる。主人公は詩を通じてそんな青山と近づき、彼の少年のような姿や孤独に惹かれていく。

青山は詩歌集を出版し、その本はO氏賞を受賞する。受賞をきっかけに青山の立場は大きく変わり、生徒の評価も一変した。そんな彼の姿に〈私〉は幻滅し、「あなたは、かつて私をあれほどひきつけた、少年のように笑う人ではなくなっていた。自ら孤独を望み、秘かに野心をもやす皇子《おうじ》ではなくなった。あなたは都にのぼろうとする前に、眼前の小さな幸福に満足してしまった敗北者だ[22]」と切り捨てる。

少女に幻滅される青山は、客観的に見ると、そこまでの俗物ではない。自身の詩集の売れ行きや評価を気にする態度、またO氏賞の受賞を喜ぶ姿は、文学青年としては自然なものであろう。しかし、潔癖な少女は彼に失望しか感じない。憧れと幻滅というテーマは「さようならアルルカン」に通じるものではあるが、相手が大人の男性であるパターンでは、少女側のややもすると過剰に潔癖な性格が浮かび上がる。

一九七九年四月号掲載の「おしゃべり」は、主人公の淳子とボーイフレンドの森太郎を描いた短い作品である。森太郎は淳子のことを内気で控えめな少女だと勘違いし、そんな彼女だからこそ付き合っている。しかし実際の淳子はおしゃべりで、歯科矯正器をつけているから口をきかないようにしていただけであった。歯科矯正器をつけておしゃべりができない〈私〉は、フラストレーションで神経性胃炎になる。男側の抱く幻想と、女の現実のギャップをユーモラスに描いた小品となった。一九七九年五月号の読者欄には「氷室冴子さんの『おしゃべり』とてもおもしろかった。短編で気軽に読めたし、今までの『小説ジュニア』にはなかったムードの小説でしたね。これからも、しゃれたタッチの、かる〜い作品をドンドンのせてください[23]」という読者の声が掲載された。

一九八〇年六月号掲載の「私と彼女」は『クララ白書』刊行後の作品であり、氷室がコメディ路線を開拓した以降の作風が反映されている。「女の子同士のヘンテコな関係を軽快に描く」とリードがつけられた「私と彼女」では、風変わりな少女同士の同居生活が描かれた。主人公の聖子は桐華美大の受験に失敗し、浪人生活をおくっている。そんな聖子の家に高校一年生の愛子《いとこ》が転がり込む。押しかけ同居というモチーフやテンションの高いコメディは、氷室の初連載「雑居時代」にもつながるテーマといえよう。

ここまでみてきたように、『小説ジュニア』の初期作品の多くは、中高生の異性愛がテーマとなっている。「誘惑は赤いバラ」のような異性愛をテーマにした佳作はあるが、氷室の魅力がより強く発揮されたのは「さようならアルルカン」や「アリスに接吻を」など、ほかならぬ「少女」をこそテーマにした一連の作品である。そうした少女をモチーフにした作品は、コバルト文庫の書き下ろし小説として展開されていくことになった。

『さようならアルルカン』と『白い少女たち』

氷室冴子の最初の書籍『白い少女たち』は、コバルト文庫の書き下ろしとして一九七八年一〇月に発売された。氷室はこのとき、藤女子大学の四年生であった。

『白い少女たち』

『白い少女たち』の表紙には、写真家のデイヴィッド・ハミルトンを思わせる作風の写真が使われた。ソフトフォーカスの画面の中で、金髪の少女が寝そべり、うつむいて本を読んでいる。短いワンピースの裾からは肉感的な足が伸び、どこかきわどくエロティックな雰囲気を醸し出す。小説の中身とは直接関係のないイメージ写真ではあるが、少女というテーマに結びつく印象的なカバーとなっている。

作品の舞台は札幌にある紅華《こうか》学園。中学・高校と続くカトリック系のミッションスクールである。少女たちが暮らす寮はフェリス舎とコロナ舎と呼ばれ、中学三年生の編入生として宮崎碧《みどり》がこの学園に来ることから物語は始まる。

物語には、一四歳の少女が四人登場する。宮崎碧は転校の多い生活ゆえに身に着けた明るさですぐに学園に溶け込むが、その人なつっこさは碧の一面でしかなく、社交的な性格の裏には孤独や寂しさがあった。香月倫子《こうづきともこ》は成績が良く容姿も恵まれているが、どこか近寄り難い雰囲気のある少女である。倫子は複雑な生い立ちや暗い秘密を抱え、それゆえ他の少女たちからは距離を置いていた。蔀瑞穂《しとみみずほ》は美人で勉強のできる優等生だが、友人の千佳が失跡し、自分は何も知らされなかったことに衝撃を受けて精神のバランスを崩していく。物語の開始時点で失跡している塚田千佳は、おとなしく目立たない少女だった。千佳はそれほど親しくはないはずの倫子だけに手紙を残して失跡するが、やがて失跡の原因がレイプであることが明らかになる。

「寺田寅彦って随筆家がね」

「え、え？」

まるで関係のないことを言われ、碧は面くらった。倫子はかまわず続けた。

「科学者で随筆家よ。その人の書いたものに、こういうのがあるの。友人の手帳を偶然開いたら、りんどうの花がしおりにしてはさんであった、そしてＦａｔｅという単語がいろいろな書体で書き散らされていた……」

「フェイト……って？」

「調べてみたら、運命、宿命という意味だったわ。悲劇的な結末を暗示することが多いんだって」

　倫子が何を言おうとしているのか、わかるようでわからず、碧は何度かまばたきをした。

「人生という言葉は、私のような子供にはまだ大きすぎてもてあますけど、でも、人は人生に一度や二度、Ｆａｔｅと書き散らさずにはいられないことに出会うものかもしれない、と思うわね[24]」


　引用したのは、作中で彼女たちの置かれた境遇や精神性を示唆する重要な小道具として使われた、寺田寅彦の随筆をめぐる少女たちのやりとりをあらわした場面である。『白い少女たち』のなかで氷室は、ミッション系の女子校を舞台に少女の内面や関係性を、張り詰めた文体で描いていった。シリアスな作品ではあるが、悲劇に着地しないラストに、氷室らしい強靭さをみることができよう。一方で、少女が「奪われる性」として位置づけられている点は、当時のジュニア小説によくみられた少女観や設定と類似してもいる。結果として、ジュニア小説が拭《ぬぐ》い難く有していた価値観や倫理観の名残もいくらか感じさせる仕上がりとはいえよう。

　一九七九年一二月に氷室冴子の二冊めの本として刊行された『さようならアルルカン』は、『小説ジュニア』に発表済みの「さようならアルルカン」「誘惑は赤いバラ」「アリスに接吻を」の三作に、書き下ろしの「妹」を加えた短編集となった。カバーイラストはこうのこのみが手がけている。結末でフランソワーズ・サガンの『悲しみよこんにちは』を想起させる「妹」は、氷室作品のなか

『さようならアルルカン』

でも数少ない、悲劇に終わる一篇である。

『小説ジュニア』一九八〇年一月号に掲載された文庫『さようならアルルカン』の広告では、「個性的なふたりの少女が傷つきながら自己をとりもどすまでの心の軌跡！」[25]というコピーがつけられた。前述のように雑誌掲載時は「少女と少年」と記されていたが、文庫の告知では「ふたりの少女」と、テーマに沿った表現に修正が加えられている。

『さようならアルルカン』までの氷室冴子作品は、文学少女の自意識の延長線上から生まれたものであった。「とはいえ度しがたい文学少女くずれだった私には読者対象などさほど重要ではなく、自分の興味のある小説を好き勝手に書いていた」[26]と、氷室はこの時期を回想する。しかしながら就職浪人という現実に直面し、食べていくために職業作家となることを決意した氷室は、それまでの自分本位の作品作りとは決別する。

実家からの独立

一九七九年三月、氷室冴子は藤女子大学を卒業した。大学時代の氷室はすでに『白い少女たち』という書籍を上梓していたが、この時点では職業作家になるつもりはなく、就職を目指していた。しかし氷室は就職先を決めることができないまま、卒業を迎えてしまう。

大学を卒業した氷室が直面したのは、就職、そして結婚という現実であった。氷室が大学を卒業する頃には姉はすでに結婚し、子どもも生まれていた。両親、なかでも母親の関心は、残されたもうひとりの娘である氷室へと向かう。氷室は大学卒業当時の状況について、次のように振り返る。

父は実直な国鉄職員で、母は田舎の名家育ちの善良な主婦、姉は教師という堅実な家庭で、両親は私の将来についても、それなりの夢を持っていた。

地方の名門女子大を卒業させた後、地元のしっかりした会社に二、三年勤めさせ、その間にお見合いをさせて、できることなら医者か弁護士あたりと結婚させたいという、いつの時代も変わらない、ささやかで、切実な親の夢である〔中略〕

そういうわけで、文章を書いて生活したいという私とは、毎日のように衝突していた。

大学を卒業する頃には、話し合う余地もないほど親娘の関係が険悪になっていて、私は家出同然で独立したのだった。(27)

娘の結婚を望む母親と衝突した氷室は、大学卒業直後の四月、半ば家出のようなかたちで実家を飛び出した。岩見沢を出た氷室は、高校時代の女友達二人とともに札幌で一軒家を借り、共同生活を開始する。

氷室はさまざまな媒体で、この時期の「極貧生活」ぶりを明かしている。一緒に家を借りた友人はそれぞれOL、和裁の専門学校と、氷室とは異なるスタイルで生活していた。三人は互いの生活には干渉せず、食費も個人持ちであった。家賃は三万六〇〇〇円で、一人あたりの負担は一万二〇〇〇円となる。氷室の手元にあるのは、『白い少女たち』の印税で得た貯金のみであった。家賃と食費、煙草代のすべてを一万九〇〇〇円でまかなう切り詰めた生活のなかで、氷室は小説を書き続けた。(28)

食べるものにも事欠きながら職業作家を目指す氷室にとって、より多くの少女に読んでもらえる作品を書くことが、切実な課題となった。そのためにはこれまでの作品のように、ただ自分の書きたいものを書くのではなく、多くの読者に手に取ってもらうための仕掛けを作ることが必要となる。読者の存在を意識した氷室は、それまでに発表した作品とは異なる作風や文体、キャラクターを生み出していく。

その試みが結実したのが氷室冴子の三冊めの本となる『クララ白書』であった。「青春コメディ」と銘打たれたこの作品は、女子校の寄宿舎を舞台にした少女たちの物語である。氷室冴子の出世作であり、コバルト文庫の歴史のうえでもエポックメイキングな作品だったといえよう。「純然たるデビュー作ではありませんが、私の意識の中では、これがプロ・デビュー作かなと思っています」(29)と、氷室自身も『クララ白書』がキャリアのターニングポイントとなったことを語る。

『クララ白書』——少女たちの解放区

『クララ白書』は一九八〇年四月、書き下ろし作品として刊行された。カバーを手がけたのは原田治で、ポップで明るいそのイラストは、ページを開く前から今までの氷室作品とは異なるテイストを予感させるものだった。

主人公のしーのこと桂木しのぶは、札幌にあるカトリック系のミッションスクール徳心学園中等科三年に在学中の一四歳。父親が宮崎へ転勤となり家族が引っ越すなか、しーのは一人札幌に残り、中等部の寄宿舎クララに入り学園生活を続けた。同じくクララに入寮した編入生の佐倉菊花《きっか》と紺野蒔子《まきこ》とともに、新入舎生徒に課せられた課題、夜の調理室に忍び込み四五人分のドーナツを作るというのが、第一章「ドーナツ騒動」の内容である。

『クララ白書』は、しーのが姉に送った手紙から始まる。寄宿舎に暮らす少女が手紙を書くという古典的な少女小説の様式を踏襲したうえで、氷室は主人公にトイレで「勝負が決まらない」という便秘の話題を語らせた。しーのは読者と同じ身体感覚をもった、リアルな少女として登場する。

しーのは特別な少女ではないが、学園の人気者で、読者が感情移入できる等身大の少女に設定された。文体もそれまでの氷室作品とは大きく変わり、少女たちはいきいきとした口調で会話を交わす。以下に引用するのは、マッキーこと紺野蒔子がしーのに向かい、いきなりわめき散らす場面でのセリフである。

冗談じゃないわ。この私、鉈《なた》ふりのマッキーと呼ばれたこの私が、たかだか食糧庫襲撃ぐらいでおたついてるなんて恥よ！　いざとなれば、薪割り鉈で扉の一

『クララ白書』

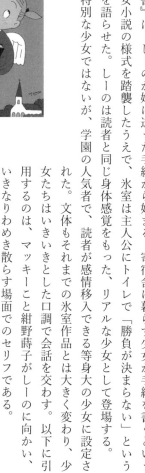

つくらい叩っ切ってやる！　桂木しのぶ、あんたこの学園に何年いるのよ。しかもけっこうな有名人だっていうじゃないの。シスターの一人や二人、まるめこんでるんでしょ。鍵のありかぐらい聞き出せなくてどうするの。甲斐性なし！　今日じゅうに調べあげるのよ。わかった⁉(30)

なんとか鍵を入手し、ドーナツのレシピも調べた三人は、黒のタイツとレオタード、ピンクのバレエシューズ姿で小窓から忍びこみ、見事課題を成し遂げる。

『クララ白書』の第五章「その前夜《イブ》」は、徳心学園の文化祭を描いたエピソードである。しーのは上級生に丸め込まれ、古典文学研究会が上演する創作劇「佐保彦の叛乱」に佐保姫役で出演することになった。劇中劇というかたちで『古事記』が取り上げられており、のちのちまで氷室がこだわる古代の世界が、早くも作中に登場した。

『クララ白書』では、それまでの氷室作品にあった暗さが払拭《ふっしょく》され、明るいコメディ路線へと舵を切る。地の文や会話文もコミカルになり、テンポのよい口語体と個性的なキャラクターが登場する『クララ白書』は、それまでのジュニア小説とはテイストが異なる作品に仕上がった。氷室は『クララ白書』以降もコメディ路線の作品を次々と発表し、少女向けエンターテインメント小説のパイオニア的存在となる。

『クララ白書』にはしーのやマッキーをはじめ、さまざまな少女たちが登場する。読者が素直に感情移入できるしーの、独自の美意識を貫く変人マッキー、のちに漫画家志望であることが判明する菊花。このトリオを中心に魅力的な上級生や一癖ある下級生など、学園ものならではの魅力的なキャラクターが多数描かれた。ネーミングも秀逸で、クララ舎長の有間皇子《ありまのみこ》こと有馬美貴子《みきこ》、高等科のアグネス舎長きらめく虹子《にじこ》女史こと相沢虹子、清らなる椿姫というあだ名の白路《しろじ》さん、女子校の王子さまとして絶大な人気を誇る奇跡の高城《たかぎ》さんなど、登場する愛称にも気の利いたものが多い。下級生の鈴木夢見《ゆめみ》はしーのに対して憎たらしい態度をとる少女として登場するが、のちにその反抗的な態度は、好きの裏返しだったことが明かされる。今の言葉でいえば、「ツンデレ」キャラの走りともいえるだろう。

しーののボーイフレンドとして大学一年生の寿家光太郎《すけこうたろう》も登場し、作中では異性愛も描かれる。しかししーのにとって恋やBF以上に重要なのは、女の子同士の友情であった。「私だって、いつか命を懸けて愛する人が現われてほしいと渇望してるし、それはもちろんレッド・バトラーみたいな男性であってほしいけど、でもだからといって、美しい上級生に憧れたり、頼ってくる年下の子を可愛いと思ったりしていけないわけがあるだろうか」(31)としーのは心中を吐露する。

女子校の寄宿舎という設定を用い、氷室は女の子が女の子でいられる究極の世界を作り上げた。そこは女の子が価値観や美意識を歪めずに生きることができる、解放区でもあった。

『クララ白書』と少女マンガ

『クララ白書』には同時代の風俗が反映されており、さまざまな固有名詞が登場する。作中に描かれた同時代カルチャーの筆頭が、少女マンガであった。それまでの氷室作品のなかで言及される読み物は、堅い文学作品が多かった。「さようならアルルカン」では北条民雄『いのちの初夜』や中勘助『銀の匙』、ヘルマン・ヘッセ『知と愛』、『白い少女たち』では寺田寅彦『花物語』など、文学少女が好みそうな作家や作品が多い。しかし『クララ白書』では、少女たちの口にのぼるのは猫十字社や大和和紀《やまとわき》、青池保子、花郁悠紀子《かいゆきこ》など、同時代の人気漫画家の名前であった。

クララの食前の祈りの場面で、しーのは「我が家は浄土真宗でキリスト教とは縁のない育ちだが、なぜかこの食前の祈りが気に入っている。なんとなく敬謙な感じがするではないか。第一、絵になる。猫十字社という漫画家さんが、キリスト様と仏様の違いは、苦悩する青年と悟りきった中年の違いだとか描いていたけど、あれはあたってるよなあ(32)」と独白する。ここでしーのが指しているのは、猫十字社の『黒のもんもん組』のことである。

ほかにも「おっおっ男道だってさ。あの、涙なしには言えない『男道』の娘がマッキーだってさ。青池保子センセに知らせてやらない？　嬉《よろこ》んで下さるわよ！(33)」というセリフが登場する。マッキーが実家を追い出された理由も、大和和紀の『薔薇子爵』に登場するオレンジを食べる犬を見てその美しさに感激し、父の愛犬サー・トーマスにオレンジを食べさせようとして殺してしまったからであった。漫画家志望の菊花が秋田書店の『プリンセス』に作品を投稿するのも、この雑誌で活躍する漫画家花郁悠紀子のファンだからという設定である。このように『クララ白書』には、同時代の少女マンガの話題が随所に取り入れられた。こうした固有名詞は少女たちの関心を惹くフックとなり、同時にまた、氷室冴子の少女マンガへの愛を込めた描写でもあっただろう。

もっとも、氷室は同時代の少女たちの関心や風俗にただ寄り添っているわけではない。『クララ白書』では少女小説という、当時の読者にとっては縁遠いアナクロなジャンルがたびたび話題となる。

そもそもしーのがクララに入ったのは「その上、私の愛読書の吉屋信子大先生の本にちょいちょい出てくる寄宿生活に、ほのかな、否《いな》、熱烈な憧れを抱いてもいた[34]」からであった。少女小説好きのしーのは「私は吉屋信子や大林清《おおばやしきよし》、西条八十《やそ》や北条誠といった作家の古風な少女小説が大好きで、特に吉屋信子の『紅雀《べにすずめ》』なんていう物語は座右の書にして毎晩読んでいる[35]」少女で、他の生徒には「アナクロもはなはだしいわよ。吉屋信子のお姉さま小説なんて」と茶化されている。氷室は時代遅れとされる少女小説に着目し、愛とリスペクトを込めて『クララ白書』のなかで描写した。

『ホンの幸せ』収録の「私が好きな吉屋信子――私が私でいられる世界」には、「女の子がなにものにも矯《た》められずに生きられる世界を描くことで、私は無条件に自分の性の原型としての女の子を祝福したかったたし、当時は死語になっていた〝少女小説〟という名称をあえて、そのころ自分が書きだしたジュニア小説にかぶせたのは、そのためだった[36]」という、氷室の言葉が記されている。『クララ白書』にみられる少女小説へのこだわりは、一九八三年刊行の『少女小説家は死なない！』へと引き継がれていった。

『クララ白書』から氷室作品の文体は大きく変わり、読者が感情移入できるよう、女の子の日常的な口語が使われた。もっとも、氷室の文体は女の子のしゃべり言葉そのものではない。氷室は「読みやすく、漫画以上におもしろく読まれるために、これまで書いてきましたが、その文体はわたしが本来持っている読みにくい文体とは違います。自作の内容も文体も〝おもしろさを意識した虚構〟と思っています[37]」と、自身の文体を分析する。

氷室の文体はあくまで小説として作り上げられた虚構であり、日常的な用語や崩した表現は、アクセントとして取り入れている。キャラクターやストーリーで読者を感情移入させているが、文体そのものは作品の印象よりも保守的といえる。氷室自身そのことを自覚しており、「ところが、それをお読みになった方々の反応が、若い子ではないんですが、少女マンガのようなしゃべり方だとか、今の女子大生の話し言葉をそっくり持ち込んだみたいな言われ方をするんですよ。わたしはちょっと愕然としましたね(38)」と振り返る。

『クララ白書』はそれまでの氷室作品と比べると日常的な用語を取り入れてはいるが、一人称は「私」のままであるように、書き言葉に寄ったスタイルとなっている。一人称が「あたし」に変わるのは、シリーズ二作目の『クララ白書ぱーとII』以降である。

ところで、この時期の少女小説の文体に革命を起こし、後続に圧倒的な影響を与えたのは新井素子であった。コバルト文庫編集部の田村弥生は、「新井素子さんの影響はすごかったですね。藤原眞莉さん、若木未生《みお》さんの影響を受けた作品というのも後に出てきますが、最も後の作家の文体へ影響を与えたのは新井素子さんです。投稿小説を一色に染めてしまうぐらいでした。「ぱたぱたぱたぱた、ぱたた、おはよー。わたし、〇〇14歳」といった感じで。逆に氷室冴子さんの文体をまねるということはなかったですね(39)」と述懐する。

他方、文体に関して氷室が強く興味を惹かれていたのは、新井素子など自身の身近にあるジャンルとはまた異なる分野の同時代作品であった。「わたしは歳が近いせいか、〔新井素子の〕文体に関しては人が言うほど衝撃的ではなかったですね。言語感覚でいうと、つかさんの方がよっぽどショックでした[40]」と語るように、氷室は世代やジャンルが近い新井よりも、同じく一九七〇年代から八〇年代にかけて旋風を巻き起こした劇作家・演出家のつかこうへいの文体から大きな影響を受けていた。

「そういう意味では、「あッ、これはいましゃべってる話し言葉に近い」と衝撃を受けたのは、つかこうへいさんの小説だったんです。つかさんの『いつも心に太陽を』とか、ああいったものが出てきたときに、つかさんは「何々だわ」とは言わずに「何とかなわけ」とか「何とかなのよ」とかって書いてあって、ぴったりと思ったんです[41]」と振り返る氷室は、まさに日常的な口語に近い、言文一致的なリアリティをつかの作品に見出していた。氷室が自ら意識した文体はあくまで〝おもしろさを意識した虚構〟ではあったにせよ、口語的な本当らしさは彼女にとって重要なものだったに違いない。同じインタビューのなかで氷室は、自身の小説を仕上げる際には原稿を音読して、音がおかしいと感じる箇所をすべてチェックしながら最終的な推敲を行なうと、口語のリズムを意識した文体を取り入れていることを明かした[42]。

氷室が己の意識のうえでのプロ・デビュー作と考えた『クララ白書』には、彼女が職業作家として読者からの支持を集めていく過程での重要なエレメントをいくつもうかがうことができる。同時代的な空気を織り込む意匠として作中には少女マンガにかかわる描写が多く登場するが、少女マンガは氷室が読者として慣れ親しみ、等身大のキャラクター造型や感覚を表現するための血肉としてきたジャンルであった。また、つかこうへいの紡ぐ言葉などにも影響を受けながら作り上げた軽やかな口語文体は、読者層の少女たちが感情移入しやすい活字のエンターテインメントを実現させた。

これら氷室の試みは奏功し、『クララ白書』は発売から一ヶ月で重版する。大学卒業後、家を飛び出して切り詰めた生活のなかでひたすら小説を書き続けていた氷室は、職業作家としての第一歩を踏み出すことになる。

雑誌『宝島』の書評

『クララ白書』を執筆するときに、氷室が読者として想定したのは一〇代の少女たちであった。『クララ白書』以降も、氷室のコバルト文庫作品は中高生が主な読者層である。

そんな『クララ白書』は、本来のターゲット層だけではなく、カルチャーの動向に敏感な男性からも注目を集めた。その一例として、雑誌『宝島』（宝島社）一九八一年一月号掲載の書評を紹介したい。一九八一年一月号は、『クララ白書』が刊行されてからおよそ半年後に出ており、早い段階で発表された書評といえる。少女読者のなかでも少しずつ氷室冴子の名前が知られるようになった時期に、『宝島』は『クララ白書』を大々的に取り上げ、真正面から作品を評価するという目利きぶりをみせた。

書評欄は「BOOKS」というタイトルで、この号ではC・ロシュフォール『追いつめられた子どもたち』（人文書院）、氷室冴子『クララ白書』（集英社）、文：ジョセフ・シュワァルツ／イラスト：マイケル・マクギネス『FOR BEGINNERS　アインシュタイン』（現代書館）、折目博子『虚空稲垣足穂《たるほ》』（六興出版）の四作品が紹介された。書評欄は五ページにわたるボリュームがあり、一つ一つの作品が丁寧に取り上げられていた。

『クララ白書』の書評は他のものとは文体が異なり、作品へのオマージュと思われる会話文のみで執筆された。どのような内容だったのか、雰囲気を伝えるためにその一部を紹介したい。以下は男性二人の会話という形態で記された書評を、適宜抜粋して再構成したものである。


「あのね、あのさ、ウフフフフッ。いま読み終えたとこなの。一気に読んじゃった。『クララ白書』、あれイイねェ」

「あたしもなのよねー。だいたいジュニア小説ってちょっといかがわしいじゃない。少女マンガだと弓子センセとかもいて、わりあいと読みふけってしまえるけど。手抜きが多いのよねー。でもこれはケッ作ですわ、絶対」

「そーね。最初はやっぱし抵抗あったもん。26にもなってさァ、男がさァ、ジュニア小説買うなんて。レジでお金出すときはずかしかったー。〔後略〕」

「おおげさねェ。表紙はビックリハウスでお馴染みの原田治でしょ。あのポンカン娘の絵だったら、そんなに抵抗ないと思うけどなァ」

「うん、氷室さんは少女マンガの権威だって。だからジュニア小説でも新しい感性の人だとおもう。けっきょく『クララ白書』って学園コメディでしょ。で、たいていの学園コメディって、活字だとそらぞらしくって読めないんだけど、その点氷室さんウマく少女マンガの世界を生かしてるよーな気がする」

「でも、『快楽のいちじく灌腸』とか『戦慄の直角注射』なんてことばはけっこう目新しいわよ」

「やっぱり決定打はキャラクターかな」

「そーね。三人組のひとりに『鉈ふりマッキー』って子がいるじゃない。あの子いいな」

「それと、夢見って子。あなたあーゆーケナゲな子好きでしょ」

「ヒロインのしーのと仲良くしたいのに、不器用だからいっつも反対のことといってる子だね。うん、あの子もイイね[43]」


『クララ白書』の文体をパスティーシュした書評は、小説の雰囲気を読者に伝えるとともに、この作品の本質を鋭く突いている。氷室が少女マンガというジャンルの要素を巧く取り入れ、小説として楽しめる学園コメディの世界を確立した点を、この書評は的確に捉えた。キャラクターの魅力にも目を向け、『クララ白書』の面白さや新しさを指摘した力作書評であった。

氷室は一九九三年に刊行された『氷室冴子読本』のなかで、「今でも忘れられないのは、『宝島』という雑誌があって、その雑誌の書評欄で、この本をベタ褒めしてくださった方がいたということです。もう十数年も前のこと。〝少女小説〟なんてマスコミ向けの言葉はまだなくて、ジュニア小説とよばれていたころ、いわば「読んでおもしろい」という、それだけのことで、見開きページで褒めてくださいました。その本をお持ちの方、また書いてくださったご本人の方、もしよかったら、ご連絡ください。私はほんとうに、ほんとうに嬉しかったです。おもしろいものを書いたら、必ずひとりはちゃんと読んでくれると信じることができました。ありがとうございました[44]」と、感謝の言葉を述べている。

本書の執筆にあたり書評の執筆者を調査したものの、書き手を突き止めることはできなかった。無記名の書評なので、当時の『宝島』の編集者が執筆したものなのだろうか。いずれにせよ、『宝島』は少女小説ブームが起きる以前、早い段階から氷室冴子の小説を評価していた雑誌であった。氷室の名前は、たびたび『宝島』の誌面に登場する。一九八一年一〇月号の書評欄「ＢＯＯＫＳ」では、ポプラ社文庫から刊行された吉屋信子の少女小説シリーズ全一〇冊を紹介し、そのなかでは「氷室冴子センセもかつては耽読したのです[45]」と、氷室への言及もなされた。

さらに、一九八二年一月号では福本義裕が「耽美、耽読派のためのイモづる乱読マップ８　寿ぎのはるッ！　ニコニコ小説だぜ。」のなかで、氷室冴子の『クララ白書』シリーズを取り上げた。福本義裕は、のちに『エロマンガ・スタディーズ　「快楽装置」としての漫画入門』などを上梓する評論家永山薫の本名である。このように、『クララ白書』はマンガやサブカルチャーの動向に敏感な男性からも注目を集め、早い段階から高い評価を受けていた。

『アグネス白書』

好評を博した『クララ白書』は続編『クララ白書ぱーとII』、高等科に入学しアグネス寮へ場所を移し『アグネス白書』『アグネス白書ぱーとII』と続き、全四冊のシリーズものとなる。この頃のコバルト文庫には現在のようなシリーズものはほとんどなく、その意味でも先駆的な作品であった。なお『クララ白書』には番外編「お姉さまたちの日々」という読み切りがあり、渡辺多恵子の挿絵で『Cobalt』一九八五年冬号に掲載された。この番外編は長らく書籍未収録であったが、二〇一二年刊行の『月の輝く夜に／ざ・ちぇんじ！』（コバルト文庫）に収録された。

『クララ白書』は、氷室冴子の小説で最初にメディアミックスが行なわれた作品でもある。コミカライズはみさきのあが手がけ、小学館の雑誌『コロネット』で一九八一年冬号から連載、単行本第一巻がフラワーコミックスから一九八二年一一月に発売された（全三巻、『アグネス白書』は全二巻でコミカライズ）。これはコバルト文庫作品のコミカライズとしてはかなり早い時期のものである。マンガ版から『クララ白書』の存在を知り、のちコバルト文庫を読むというルートも生まれる。さらに、アイドルグループ・少女隊の主演で、一九八五年に実写映画化もされた。

多方向に展開された『クララ白書』は人気作となり、氷室の作家としてのイメージやキャリアを方向づける重要な作品となった。

註

（1）ジュニア小説の歴史については拙著『コバルト文庫で辿る少女小説変遷史』（彩流社、二〇一六年）第1章に詳しい

（2）田村弥生・川野俊彦「コバルト編集部ロングインタビュー」『ライトノベル完全読本 Vol.2』日経BP社、二〇〇五年、七四ページ

（3）『物語　講談社の100年』第五巻、講談社、二〇一〇年、二九二ページ

（4）「道産子 WHO'S WHO　氷室冴子」『月刊ダン』一九八五年二月号、北海道新聞、七八ページ

(5)『小説ジュニア』一九七六年七月号、集英社、二六一ページ
(6)氷室冴子責任編集『氷室冴子読本』徳間書店、一九九三年、一九五ページ
(7)前掲『氷室冴子読本』一九五ページ
(8)『小説ジュニア』一九七七年七月号、集英社、三二八ページ
(9)前掲「道産子 WHO'S WHO　氷室冴子」七六ページ
(10)『小説ジュニア』一九七八年八月号、集英社、一五三ページ
(11)『小説ジュニア』一九七八年八月号、集英社、一五六ページ
(12)『小説ジュニア』一九七八年八月号、集英社、一五七ページ
(13)氷室冴子「三晩徹宵で締切りに合せたら6キロ減の仕事」『なれるものなら、なってみな──就職〝絶望〟講座』ピースボート99編、第三書館、一九八九年、一五八ページ
(14)氷室冴子『さようならアルルカン』集英社、一九七九年、二〇─二一ページ
(15)前掲『さようならアルルカン』五八─五九ページ
(16)氷室冴子『冴子スペシャル　ガールフレンズ』集英社、一九九〇年、三〇八ページ
(17)『小説ジュニア』一九七七年九月号、集英社、一五三ページ
(18)久美沙織『コバルト風雲録』本の雑誌社、二〇〇四年、五六ページ
(19)『小説ジュニア』一九七八年一月号、集英社、三九八ページ
(20)前掲『さようならアルルカン』一七〇ページ
(21)前掲『さようならアルルカン』六八ページ
(22)『小説ジュニア』一九七八年一二月号、集英社、三六〇ページ
(23)『小説ジュニア』一九七九年五月号、集英社、四一六ページ
(24)氷室冴子『白い少女たち』集英社、一九七八年、一一八─一一九ページ
(25)『小説ジュニア』一九八〇年一月号、集英社、一五三ページ
(26)氷室冴子「こちら側から」『思想の科学』一九八五年二月号、思想の科学社、五九ページ
(27)氷室冴子『冴子の東京物語』集英社、一九九〇年、六五─六六ページ
(28)前掲『氷室冴子読本』一五四ページ
(29)氷室冴子『クララ白書I』集英社、一九九六年、二三五ページ
(30)氷室冴子『クララ白書』集英社、一九八〇年、三一ページ
(31)前掲『クララ白書』二一五ページ
(32)前掲『クララ白書』二五ページ

（33）前掲『クララ白書』七一ページ
（34）前掲『クララ白書』七ページ
（35）前掲『クララ白書』五四ページ
（36）氷室冴子『ホンの幸せ』集英社、一九九八年、一九〇ページ
（37）『読売新聞』一九八五年六月四日夕刊七ページ
（38）小林信彦・氷室冴子「小説ことばは耳感覚で」『東京人』一九八七年一月号、都市出版、一〇一ページ
（39）前掲「コバルト編集部ロングインタビュー」七六ページ
（40）前掲「小説ことばは耳感覚で」一〇四ページ
（41）前掲「小説ことばは耳感覚で」一〇三ページ
（42）前掲「小説ことばは耳感覚で」一〇三ページ
（43）『宝島』一九八一年一月号、宝島社、七〇―七一ページ
（44）前掲『氷室冴子読本』一九六ページ
（45）『宝島』一九八一年一〇月号、宝島社、一五〇ページ

第3章　マンガ原作の仕事と初連載『雑居時代』

『クララ白書』は、氷室冴子の転機となった。一九八〇年一二月に続編『クララ白書ぱーとII』、翌一九八一年二月に『恋する女たち』と、氷室は続けて著作を上梓する。『クララ白書』の成功により、氷室は一時期の「極貧生活」から抜け出すことができた。とはいえ、作家としての足場はいまだ固まっていない。

この時期の氷室の生活を助けたのが、少女マンガ原作の仕事であった。氷室は「この原作（藤田和子作画『ライジング!』）のおかげで、飢え死にしなかった一時期があることを思えば、涙なしには読めない（ほんとかな）傑作コミック!」[1]と振り返るように、三年半の連載となった『ライジング!』の仕事は、駆け出しの作家にとって貴重な収入源となった。マンガ原作の仕事は氷室を金銭的に助け、さらにはストーリー作りという作業を通じ、小説にも影響を与えていった。

氷室冴子は、少女マンガ原作を三作手がけている。谷川博実作画の『ラブ♥カルテット』（『週刊セブンティーン』一九八〇年四七号～一九八一年三号）、藤田和子とタッグを組んだ『ライジング！』、香川祐美作画『螺旋階段《らせんかいだん》をのぼって』（『別冊少女コミック』一九八五年三月号～一九八六年一月号）というラインナップだ。

　氷室初の少女マンガ原作仕事『ラブ♥カルテット』は、集英社の雑誌『週刊セブンティーン』に連載され、一九八二年五月に集英社漫画文庫から刊行された。この企画が立ち上げられた経緯は定かではないが、連載雑誌がコバルト文庫と同じ集英社なので、編集部つながりでマンガ原作の打診があったのかもしれない。

『ラブ♥カルテット』は豪紀《ひでとし》と敏幸《としゆき》の兄弟、敏幸が恋する唯子、唯子の友人奈津子の四人の恋の駆け引きの物語である。氷室は「『ラブ――』は、ちょっとイカしたピンクコメディ風をやってみたかったの。ジャック・レモンとかモンローとかが入り乱れて、上品で軽いっていうか、そういう雰

『ラブ♥カルテット』

『螺旋階段をのぼって』1巻

囲気のハリウッド・コメディを日本の学園ものでやってみたかったの」(2)と作風を説明する。

二作めが『ライジング！』だが、これは別途取り上げる。三作めとなる香川祐美作画の『螺旋階段をのぼって』は、『別冊少女コミック』の一九八五年三月号より連載され、フラワーコミックスから全三巻で刊行された。親同士の再婚でできた新しい家族の物語で、主人公の民子と義兄となった建《たける》を中心にしたファミリードラマが描かれている。タイトルが印象的な作品だが、ラストシーンのモノローグ「まるで堂どうめぐり　おなじところぐるぐるしてるみたい　だけど少しは建に近づけたかな　あの時よりも……　少しずつ少しずつ　まるで螺旋階段をのぼるみたいに……」(3)と表題を回収し、美しく結ばれた。

演劇を少女マンガのモチーフに

氷室冴子の少女マンガ原作仕事のなかで、最も連載期間が長いのが、藤田和子とのコンビによる『ライジング！』である。女性だけからなる架空の劇団「宮苑《みやぞの》歌劇団」を舞台にしたステージドラマ『ライジング！』は、『週刊少女コミック』（小学館）一九八一年一〇号から一九八四年二四号まで連載され、フラワーコミックスから全一五巻で刊行された。なお、以下コミックを参照する場合は、小学館文庫（全七冊）を使用する。

『ライジング！』は氷室冴子の少女マンガ原作の代表作となり、また作画を担当した藤田和子の代表作の一つとしても知られている。氷室は雑誌『ぱふ』の「一九八四年度まんがベストテン！　原作部門」第一位に選出されるなど、『ライジング！』は同時代においても高い評価を受けた。(4)

氷室と藤田の出会いは、『ライジング！』連載前までさかのぼる。二人の交流は、『ライジング！』小学館文庫版三巻末に収録の「ライジング！――楽屋うら番外長編ホットライン」に詳しい。互いのデビュー直後、二一歳頃に共通の知人を通じて知り合い、少女マンガ好きの友人として意気投合する。そんな二人が、藤田の仕事先である小学館の『週刊少女コミック』でタッグを組むことになった。氷室の小説を高く評価していた藤田の担当編集者が、次の連載の原作を氷室冴子に依頼することを提案し、『ライジング！』の企画が生まれた。[5]

宮苑歌劇団は兵庫に拠点を置く劇団である。この「宮苑」が宝塚歌劇団をモデルにしていることは、暗黙の了解となっていた。なぜ、宝塚をモデルとした演劇ものが主題に選ばれたのだろうか。藤田和子は、「当時は『ガラスの仮面』が人気で、私の担当編集が「氷室さんの原作で舞台もの、どう？」と提案してきたんです[6]」と、企画が生まれた背景を説明する。美内すずえの『ガラスの仮面』は、演技の天才北島マヤを主人公にした演劇マンガとして、この時期に人気を博していた。

演劇マンガでは、ストレートプレイを扱った『ガラスの仮面』というヒット作がすでにある。差別化を図るため、『ライジング！』は同じ舞台ものでも、ミュージカルをテーマに据えた。ミュージカルでは劇団四季という選択肢もあったが、藤田の友人に宝塚ファンがおり、資料面などでより取り組みやすい宝塚をモデルにした歌劇団が選ばれた。[7]

氷室冴子は宝塚ファンとして知られており、一部では宝塚好きゆえ『ライジング！』のモチーフにしたと捉えられているようである。しかし氷室は『ライジング！』の原作仕事を手がけるまで、宝塚の舞台を観たことがなかった。宝塚が選ばれたのも、前述のとおり藤田の友人に宝塚ファンがおり、資料面で氷室が助かるだろうという配慮からであった。氷室は連載が決まった後、藤田の友人が所有する過去の宝塚雑誌やビデオを手がかりに作品執筆のための研究を進めていった。

氷室は宝塚の機関誌『歌劇』一九九〇年八月号にエッセイを寄稿し、そのなかで初めて観た宝塚公演は、雪組の「青き薔薇の軍神《マルス》」だったと述懐する。(8)「青き薔薇の軍神」は柴田侑宏《ゆきひろ》作・演出による作品で、麻実《あさみ》れいと遥くららのトップコンビお披露目公演として上演された。公演スケジュールは、宝塚大劇場が一九八〇年一〇月三日から一一月一一日まで、東京宝塚劇場では一九八一年三月四日から三月三〇日までとなっている。『ライジング！』の連載が決まり、取材の一環として観劇したのだろう。

ストーリー作りのために宝塚の研究を始めた氷室は次第にのめり込み、また活字資料だけをたよりに舞台モチーフの作品を描くことに限界を感じたこともあって、後述するように連載中に宝塚市へ引っ越した。劇場に通いつめ、ファンクラブ活動にもかかわるなど、氷室はファンという立場から宝塚の内側を観察していった。こうした氷室自身のファン体験や観劇体験は、『ライジング！』のテーマである「演じること」にリアリティを与えていく。

『ライジング！』の連載

『ライジング！』の連載初回の巻頭には神戸を取材する藤田と氷室の姿もカラーページで掲載され

ており、注目の新連載であった様子がうかがえる。

主人公の仁科祐紀《にしなゆき》は帰国子女の一五歳、ダンス好きで活発な少女である。祐紀はダンスの専門学校と勘違いして宮苑音楽学校を受験したが無事合格し、未知の世界に飛び込んだ。宮苑には男役と娘役という二つの役割があり、なかでも男役トップスターを中心に演目が構成されるスターシステムを採用した歌劇団である。宮苑に入団する前に生徒は附属の音楽学校で演技や歌、ダンス、さらには男役・娘役の技術を学ぶ。音楽学校に入学した祐紀はトップスターを目指して当初は男役を選ぶが、のちに娘役に転向する。祐紀を中心にさまざまな生徒、さらには舞台の作り手である演出家も登場し、ラブストーリーだけでなく、芝居を通じた人間ドラマも作品の魅力となっている。

『ライジング!』は宝塚をモデルにした舞台ものではあるが、宝塚の象徴的なモチーフである大階段やトップスターが舞台上で背負う羽根などはほとんど登場しない。物語は芝居を中心に展開し、表現者としての葛藤や役者としての模索など、演じることの本質に迫る骨太なストーリーが描かれた。宝塚をモデルとしながらも、主人公が最終的には男役ではなく、娘役となるのも『ライジング!』という作品のユニークさを物語る。祐紀は物語のキーパーソンとなる演出家の高師謙司《たかしけんじ》に導かれ、男役中心主義のスターシステムに一石を投じる娘役へと成長する。さらに祐紀は物語の終盤で宮苑歌劇団を飛び出し、一般の商業演劇の世界で奮闘する。男役中心のスターシステムだけではなく、宮苑歌劇団そのものも相対化された。

『ライジング!』は三部構成で連載され、第一部は一九八一年一〇号から一九八二年一六号（小学館文庫三巻二三五ページまで）、第二部は一九八二年一九号から一九八四年一号（小学館文庫六巻八九ページまで)、第三部は一九八四年二号から一九八四年二四号までとなっている。

第一部は祐紀が宮苑音楽学校へ入学し、男役を経て娘役転向を決意するまでの物語となる。宮苑音楽学校に入学した祐紀は経験の浅い歌や芝居で苦戦するが、粗削りながらもスターとしてのきらめきを発揮していった。二年生に進級した祐紀は男役を選択し、ライバルの藤尾薫と競いながら、男役としての研鑽を積む。

藤尾薫は「宮苑はほかの劇団とは違う　舞台でなにを演《や》るか——じゃない　スターがどんな芝居どんなショーを演《や》るかなんだ　演目も配役もすべてスター中心に構成される　スターの魅力スターの存在が客を動員するのよ」「そしてスターとは男役のことよ　娘役なんて　しょせん男役の引き立て役にすぎないね[9]」という、男役中心主義の人であった。そして、同時にこれは宮苑の現実でもあり、娘役は男役の添え物に甘んじていた。トップスターを目指して男役を選択した祐紀は、典型的な二枚目タイプの薫に対し、少年的な個性を確立する。しかしながら自分の線の細さでは、トップスターとして求められる大人の男は演じられないという、将来的な限界にも直面することになる。

『ライジング!』フラワーコミックス版1巻

演出家の高師謙司は早くから祐紀のスター性を見抜き、時には厳しいアドバイスをしながら、彼女の成長に期待をかけていた。高師は宮苑の男役至上主義に疑問を抱いており、祐紀の限界を指摘したうえで、娘役への転向を勧める。娘役ではスターになれないと転向に否定的な祐紀は、「アラビアの熱い砂」で、娘役十《と》朱《あけ》夏野《なつの》が演じるライラという役に出会う。元男役の夏野は二年前に娘役に転向し、ライラを演じていた。

「アラビアの熱い砂」に出演する石原花緯《かい》は、実力はあるものの、宮苑的ではないと言われ続けてきた男役だった。そんな花緯は夏野とともに、新しいスタイルのコンビを作り上げようとしていた。ライラで初めて娘役の魅力を実感した祐紀は、夏野の代役として花緯の相手を務めあげる。祐紀は娘役への転向を決意し、高師もまた「おれはおまえを　娘役でこの宮苑のトップスターにしてみせる！　必ず!!」[10]と誓う。

　第二部は、宮苑のなかで祐紀が人気娘役としての地位を確立し、そして人気スターゆえの挫折を知る過程が描かれた。高師謙司の演出家デビュー作となるミュージカル「レディ・アンをさがして」が、花緯と祐紀のコンビでバウホール（後述）にて上演されることが決定する。夏野を相手役に望んでいた花緯は、当初は祐紀に反発するが、稽古を通じて徐々にそのスター性を認めていく。『ライジング！』には、氷室が創作したさまざまな劇中劇が登場する。作中で唯一全幕描かれた「レディ・アンをさがして」は、とりわけ読者からの人気が高い演目だ。祐紀に宛書きされた「レディ・アンをさがして」は、通例の男役ではなく娘役の方がメインを張るという、宮苑のスターシステムに挑戦する作品でもあった。「レディ・アンをさがして」は大成功を収め、祐紀は人気娘役としてのポジションを確立する。

　この成功のあと、祐紀はトップスターの相手役として、「鹿鳴館《ろくめいかん》円舞曲」の勢多役に抜擢された。

しかし、感情移入できない女性を演じられないという、実力不足の壁に直面する。さらに公演中に足首を怪我し、二日ほど休演した祐紀は、代役を務めた小夜子の熱演を目にして、その卓越した演技に圧倒されてしまう。観客たちもまた、小夜子の演じる勢多に感情移入して涙を流していた。それにもかかわらず、復帰後の舞台で小夜子よりも拙い演技を披露した自分の方に大きな拍手が送られたことに祐紀は愕然とする。ファンの「あたしたち祐紀ちゃんなら　どんなお芝居でもいいわ　何やってても観に来る　オーエンしちゃう♡」[11] という声を通じ、祐紀は残酷なかたちで己の成功を知った。実力がともなわないまま人気が先行してしまったことを悟り、高師に頼ろうとするも突き放された祐紀は、高師を見返すような役者になると決意し、宮苑歌劇団に退団届を出す。

　第三部は宮苑歌劇団を飛び出した祐紀が、外の商業演劇の世界で奮闘する様が描かれる。祐紀は宮苑に退団届を出すが受理されず、休団扱いのまま商業演劇への出演を目指していく。オーディションに落ちるなど厳しい現実を味わうなかで、高師のライバル演出家倉田悟郎が手がける「メリィ・ティナ」の準主役というチャンスをつかむ。「メリィ・ティナ」の主役を務める清純派女優の樋口鞠子《まりこ》は、高師のかつての恋人だった。倉田の稽古場はつかこうへいをモデルにした口立て《くちだ》（稽古場で作者がその場で生み出したセリフを役者たちに口頭で伝え、演者がそれを復唱して芝居を作りあげていく手法）を取り入れており、祐紀は厳しい稽古を重ねていく。そして「メリィ・ティナ」の役を演じきったことで、自身が役者として殻を破ったことを実感する。

「メリィ・ティナ」の公演を終えたのち、祐紀は宮苑へと戻った。高師演出による石原花緯のトップお披露目公演「黒い瞳にミモザを捧げ」で祐紀は相手役を務めるが、さまざまな演劇の可能性を見たうえで、宮苑を退団することを決意する。高師も同じく宮苑の退団を決めており、二人は外の世界で女優と演出家として仕事をする約束を交わすのだった。

第三部では宮苑の外の世界、娘役や男役とは異なる商業演劇の世界が描かれた。祐紀は汚れ役という宮苑時代とはひと味違う芝居に挑んでおり、ストーリーの展開上人気キャラクターの花緯の登場場面も減っていった。当時の『週刊少女コミック』を確認すると、第三部に入ると、かつてよりも掲載順位が下がっているのが目につく。

しかしこの第三部があったからこそ、『ライジング！』は演劇ドラマとしてより深い世界を追求することができたといえよう。藤田も「当時の読者層は中学生ですが、後半のほうは中学生が読むには大人向きでした。あそこまで話を大人っぽくもっていくつもりは、氷室さんは当初なかったんじゃないかなと。でも「演劇」を掘り下げていった展開を氷室さんが頑張って書いてくれたからこそ、今でも読んでくださる人がいると私は思っています。代表作をいただけた私は本当に幸運です[12]」と、『ライジング！』と氷室への想いを語る。

「舞台に立つものはその一瞬にすべての存在をかけて自分の限界と闘うんだ[13]」という言葉は、作中の高師のセリフである。芝居を通じて裸になる、人間同士が激しくぶつかり合い、一度限りの瞬間に役者はすべてを注ぎ込む。氷室冴子が手がける舞台を通じたヒューマンドラマと、藤田和子の美麗な作画が融合した『ライジング！』は、普遍性のある演劇マンガとして今も色あせない名作である。

宝塚への移住とファン活動

『ライジング！』の連載が始まった当初の氷室は札幌で暮らしており、友人との共同生活を続けていた。しかし氷室は一九八一年、突如宝塚市に引っ越し、一年ほど関西で過ごすことになる。それまでも氷室はたびたび上京し、取材のためにさまざまな舞台を観劇していた。また時には本拠地の宝塚大劇場にも出かけていたが、宝塚の世界を知るためにはもっと現場の空気に触れる必要がある。そう感じた氷室は、引っ越し魔ならではのフットワークの軽さを発揮し、宝塚市へ拠点を移した。

宝塚に移り住み、劇場に通い詰めた氷室は、ある男役のファンクラブにもかかわっていく。この時期にファン活動をしていたことは氷室自身もたびたび記しているが、多くのエッセイでは某男役と名前をぼかしているため、誰の応援をしていたのか、ファンの間でも見解がわかれていた。

結論からいえば、氷室が応援していた男役は、雪組の奈々央《ななお》ともである。奈々央の名前は、『Cobalt』一九八五年秋号掲載の「冴子さんの気まぐれ日記」に登場する。

> 夜、ルミちゃんにTEL。ルミちゃんは大阪の友達で、昔は一緒に宝塚に通った仲。ふたりして、雪組の奈々央とも（愛称レオくん）を応援してたもんだ。楽しくおしゃべり。
>
> レオの幹部（私設後援会の会長をこう言う）、りんこちゃんにTELするが留守。
>
> ちょうど公演中なので、楽屋待ちしてるのかもしれない。楽屋のレオにお花を届ければよかった。(14)

奈々央ともは一九七六年、宝塚に六二期生として入団した。同じ六二期生には、元星組トップスターの日向《ひゅうが》薫、組長や専科男役として活躍した飛鳥裕《ゆう》・夏美《なつみ》よう等がいる。奈々央は一九八二年に新人公演「ジャワの踊り子」の主演を杜《もり》けあきとともに務めるなど、若手男役スターの一人であった。[15]

氷室の宝塚への移住とファン活動については、エッセイ集『冴子の東京物語』収録の「惚れる」に詳しい。「関西のとある劇団の役者」（と名前をぼかしているが奈々央のことである）に惚れ込んだ氷室は、「住む家すら決まっていないのに機上の人となり、着いた翌日、不動産業者を駆けずり回って午前中に居を定め、午後から家具を搬入し、夜にはすでに劇場の楽屋口近くでお目当ての役者が出てくるのを、花束抱えて待っていた。役者の周りをうろついているうちにマネージャーのような人と知り合いになり、その人から公演のスケジュールなどを聞き出しては公演の切符をすべて確保し、連日、マチネのある時はその分も含めて、一公演三十ステージ観破（？）した」[16]という生活をおくる。宝塚への移住は、ファン活動と仕事の両方も兼ねたものであった。同じ舞台を何十回も観劇し、内側から宝塚を体感することで、氷室が書く原作にリアリティが与えられていった。

氷室と藤田は宝塚だけではなく、多様な演劇を取材した。藤田は宝塚以外で氷室と一緒に出かけた舞台として、劇団四季や「アマデウス」初演、つかこうへいの「熱海殺人事件」を挙げる。[17]ほかにも『ガールフレンズ』収録の氷室・藤田対談では、二人が日舞の五條流の稽古場、ジャズダンスの名倉加代子のスタジオ、ＳＫＤの浅草国際劇場の楽屋にも出かけたことが確認できる。[18]『週刊少女コミック』一九八二年一二号には『ライジング！』連載一周年突破記念として、カラーページに氷室と藤田によるＳＫＤ松竹歌劇団の取材記事が掲載され、藤田が男役、氷室が娘役に扮した写真も見ることができる。[19] 氷室と藤田は積極的に舞台に足を運び、血肉化した観劇体験をそれぞれの仕事に反映させていった。『ライジング！』が演劇ドラマとして説得力をもつのは、舞台に対する確かな裏付けがあるからだろう。

バウホールを描くこと

氷室が宝塚へ拠点を移したことは、作中にさまざまな影響を与えた。その最たるものは、『ライジング！』にバウホールが登場したことであろう。

バウホールは宝塚に実在する小劇場で、名前は英語で船のへさきを意味するＢＯＷを由来とする。竣工は一九七八年、こけら落とし公演は同年四月一日花組「ホフマン物語」と、氷室が宝塚に移住した時代は新設の劇場であり、宝塚ファン以外にはあまり知られていない存在だった。バウホールは大劇場とは異なり、座席数が五〇〇席強と規模が小さく、ほかにもオーケストラピットやせりがないなどの特徴をもつ。少人数での上演に適したバウホールでは、宝塚の若手生徒を中心とした公演が行なわれ、さらには若手演出家のデビューの場となるなど、大劇場とは異なる実験性のある劇場として機能していた。

氷室は『歌劇』に寄稿したエッセイのなかで、バウホールの魅力を次のように語る。「５００人収容の小劇場で、あれだけ見やすい劇場はめったになく、演目も多彩で、実験性に溢れている。〔中略〕宝塚といえば、銀橋《ぎんきょう》や大階段《おおかいだん》といったイメージをまず持ってしまっていた私には、世界が広がるような驚きでした[20]」

　氷室が宝塚に移住した一九八一年は、このバウホールから若手演出家が次々にデビューしていた時期にあたる。一九八〇年に三木章雄、翌一九八一年には正塚《まさつか》晴彦と、若手演出家のデビューが続く。宝塚歌劇団の歴史のなかで、「バウホールは開場以来、時代の波をかきわけ、若手を中心とした修練の場として、また小劇場を活かした挑戦的な作品を上演する実験劇場として、突き進んでいる[21]」と位置づけられている。未来のスター候補だけではなく、宝塚の作品を支える新しい世代の演出家たちも、氷室の原作に刺激を与えた存在であった。

『ライジング!』作中でもっとも印象深い劇中劇「レディ・アンをさがして」は、大劇場ではなく、このバウホールで上演された作品だ。『ライジング!』は宝塚をモチーフにした作品でありながら、華やかな大劇場作品ではなく、バウホールで上演される実験的なミュージカルがストーリーの中心に据えられた。劇中劇「レディ・アンをさがして」は一九五〇年代のアメリカを舞台にしているが、第二幕四場「月幻想」ではレディ・アンは人類初の女性宇宙飛行士に扮し、シンセサイザーとレーザー光線による効果を取り入れたダンスを踊る。演出家高師謙司は、このようにクラシックなテイストのなかにも実験的な場面を織り込む、気鋭の演出家として描かれた。氷室はバウホールでデビューした新進の若手演出家に刺激を受け、自分の作品にも実験的な要素を取り入れたのだろう。

　のちに角川文庫から刊行された『レディ・アンをさがして』のあとがきのなかで、「『レディ・アンをさがして』は、さまざまなものがモデルになっていますが、なんとか洒落たセンスにしたいと思ったところなどは、正塚先生〔正塚晴彦のこと〕を見ならわせていただいたのかもしれません[22]」と振り返る。このように氷室は宝塚の最新動向にも触発され、『ライジング！』の作品世界に説得力を与えるクオリティの高い劇中劇を生み出した。

『ライジング！』という作品の特異性は、宝塚をモデルとした歌劇団を主題にしたうえで、男役中心主義に対して一石を投じる視点を取り入れたことにある。主人公を最終的に男役ではなく娘役にすることで、氷室は男役中心主義のスターシステムを相対化してみせた。この時期の宝塚には遥くららという、男役から娘役に転向した生徒がおり、一九七七年に鳳蘭《おおとりらん》の相手役として星組トップ娘役に就任したのち、一九八〇年からは麻実れいの相手役として雪組に組み替えし、活躍していた。こうした宝塚の動向も、氷室の原作作りや娘役という視点に影響を与えたことだろう。また、人気キャラクターの石原花緯は麻実れいをモデルにしており、同時代の宝塚の動向はここにも反映されている(23)。

仕事と趣味的なファン活動を兼ねた宝塚への移住を通じ、氷室は宝塚の最新動向に触れる機会をもち、『ライジング！』の原作はより深みを増していく。演技をする側だけではなく、舞台裏の演出家のクリエイティブな仕事にも光をあてるなど、氷室は宝塚での体験を原作仕事にふんだんに取り入れた。

藤田和子との共同作業

少女マンガとして発表された『ライジング！』は、原作担当の氷室と、作画担当の藤田和子の共同作業のなかで生まれた作品である。

氷室は『ライジング！』の原作を、シナリオ用の原稿用紙に執筆した。シナリオ用の原稿用紙は一行の文字数が一五字と通常より少なく、上が空欄となっている。氷室は小説形式で原作を執筆し、ときどき上の余白にコメントを書き込んだ。[24] 読者からの「原作はどういう形でくるんですか？」という質問に対し、藤田は「小説形式できます。３００字詰め原稿用紙に25〜30枚。たくさんかいてもらって削ってゆきます。[25]」と返答している。小説形式で原作を受け取った藤田はストーリーをマンガ用に整え、そののち作画という流れで原稿を進めていった。

　キャラクターのヴィジュアル作りは、作画を手がける藤田の担当だった。しかし髪の色に関しては氷室自身に強いこだわりがあり、「主要キャラは黒髪」というポリシーを主張したという。『ライジング！』小学館文庫三巻収録の「楽屋うら」のなかで藤田は「重要な人物が登場する時には、たいてい原作者の氷室氏に、キャラクター・デザインを見せてお伺いをたてる。ところで、氷室氏には、独特の美学があって髪は絶対ベタ（黒髪）でなきゃいやだ、というのだ。黒く塗りつぶさない髪は軽薄に見えるという。（本人の髪は真っ黒ではなく、少し明るい色をしてるのだが）よって、主役クラスはみんなベタ髪になり、そうでない髪の場合は、原作者にそっぽむかれて悲惨な一途をたどることになる[26]」と語る。藤田の言葉のとおり、主人公の祐紀、演出家の高師謙司、男役の石原花緯など主要人物は、みな黒ベタ髪である。そして祐紀の元恋人淤見《おみ》一也《かずや》や、祐紀の男役修行の相手役として使われ、さらに高師への恋心も報われない藤尾薫は、不遇な白髪キャラとなっている。氷室の美学やこだわりがうかがえるエピソードである。『ライジング！』では、氷室と藤田による意向のほか、ストーリー作りに影響を与える要素がもう一つあった。それが、読者アンケートである。雑誌連載のマンガである以上、読者アンケートは無視しえない要素だった。氷室は一九八九年のインタビューで「私、小説で食べていけない時、少女漫画の原作書いていたんですけど、原作やってた三年半てもの、ずーっとアンケートに悩まされ続けてたんですよね」と振り返る。このなかではアンケート順位が下がると編集に「男、出せ」と言われ、男の子を出してラブストーリーにもっていくと、アンケートで上位を取ることができたと語られた[27]。別のインタビューでも「もっとも私が原作をやっていた頃も、アンケートで3位から落ちると、男の子を出してキスシーンを入れましょうって言われたけど。くやしいことに、キスシーン入るとアンケートあがるのよ[28]」と、やはりラブシーンを入れると読者アンケートがよくなることが明かされている。

私見だが、『ライジング!』の面白さはラブストーリーよりも、舞台に懸ける人たちの熱いヒューマンドラマにある。しかし『週刊少女コミック』の主要読者層である少女たちは、やはりラブストーリーを好んだのだろう。連載初期の『週刊少女コミック』のページ下には読者からの感想が掲載されており、当時の少女たちがどのように『ライジング!』を読んでいたのかを知る手がかりとなる。祐紀をはじめとする女性キャラクターに感情移入する読者がいる一方で、「すてきな男の人が出てこないかなあ[29]」や、「藤田先生と氷室先生にお願い！　かわいくて、すてきな男の子を出して！　わたし、男の子だ〜いすき[30]」という、魅力的な男性キャラクターを求める声もあった。書き進めたい物語のなかに、いかに「読者ウケ」する要素も盛り込んでいくか。『ライジング!』の原作は、藤田による作画、さらには読者アンケートの結果などさまざまなオーダーに応えたうえで、作り上げられていった。

氷室の原作をもとに藤田は作画を進めていくが、使用するセリフをめぐり、時には意見が対立することもあった。二人の意見がわかれた場面の一つが、高師が祐紀に娘役転向を勧め、男役として出演するはずだった舞台から強引に降ろした場面のセリフである。祐紀は「ひきょうもの‼」と叫ぶが（小学館文庫三巻四八ページ）、原作をもらった当初、藤田はこのセリフは使えないと難色を示したという。しかし氷室はこのセリフに至るキャラクターの感情をロジカルに説明し、藤田は最終的に納得して取り入れた。藤田は氷室と意見がわかれた場面のうち、この箇所が最も印象に残っていると回想し、「氷室さんはそういうところは譲らない。書いた者の責任があるので、「漫画家がそう言うんだったら別にいいよ」という反応はしないんです。でも、ちゃんと論理的に話してくれる」[31]と、そのときのやりとりを振り返る。

『冴子スペシャル　ガールフレンズ』収録の氷室冴子・藤田和子対談でも、二人の意見が対立した別なエピソードが紹介された。ここでは芝居に対する役者の姿勢について、花緯と祐紀の対立が（小学館文庫五巻二二九―二三三ページ）、そのまま氷室と藤田の対立でもあったことが語られた。藤田は「あそこは、氷室さんと私の喧嘩そのものだったしね。私にしてみれば、ユキのゆうことももっともで、花緯さんがユキにいったセリフは、氷室さんが私にいってる気がして、氷室さんに「あんたは未熟なんだ。人間ができてない。漫画を描く描かない以前に、人間的に甘い」って言われてる気がして、感情的になって反論してたんだ[32]」と心中を告白する。『ライジング！』を連載するなかで、時にはクリエイター同士の真摯なぶつかりあいが生まれる場面もあった。

『ライジング！』のストーリー作りは、氷室の小説仕事にも少なからぬ影響を与えていく。氷室は『ぱふ』掲載のインタビューのなかで、「原作を書き始めたことによって小説への影響はありますか？」という質問に対し、「あります。まんがの原作を書くことで、小説の独自性――小説における文章の役割と可能性を以前より強く意識します。小説（文章）でしか表現できない情景、心理といったものに魅力を感じるのは、原作を書いていればこそです(33)」と返答する。

『ライジング！』の連載は一九八一年から一九八四年までの三年半にわたるが、この期間の氷室は、小説も多数執筆している。その旺盛な仕事ぶりは、第4章でみていきたい。

『小説ジュニア』の初連載『雑居時代』

『ライジング！』の原作仕事は一九八一年から始まるが、同じ年に氷室冴子は、『小説ジュニア』でも初の連載をスタートする。『雑居時代』と銘打たれた作品は、高校二年生の主人公倉橋数子と、同じ高校二年生の三井家弓《かゆみ》、浪人生の安藤勉の三人による同居コメディとして連載された。

『雑居時代』は『小説ジュニア』一九八一年九月号から一九八二年六月号まで、全一〇回にわたり発表された。書き下ろしを加えたコバルト文庫『雑居時代』は、一九八二年七月に上下二冊が同時刊行される。挿絵は雑誌連

『雑居時代』上巻

載、コバルト文庫とともに星野かずみが担当した。コバルト文庫版では書き下ろしとして、上巻に三井視点の物語、下巻には山内鉄馬《てつま》視点の番外編が収録された。

『クララ白書』が氷室の方向性を決定づけた出世作とするならば、『雑居時代』は作家氷室冴子の基盤を固めたヒット作と位置づけられる。一九八五年二月のインタビューでは、最新作『多恵子ガール』までの著作は一八冊、『雑居時代』(上・下)が五〇万部を超すなど、あわせて三〇〇万部突破と記されている。(34)『なんて素敵にジャパネスク』は氷室最大のヒット作となるが、少女小説が社会的にクローズアップされる以前のヒット作は、『雑居時代』であった。

『雑居時代』のアイディアは、氷室自身の体験がヒントになっている。氷室は女友達と三人で古い一軒家に暮らしていたが、客員教授として海外へ赴任する隣家の留守番役を頼まれ、揃って瀟洒《しようしや》な邸宅へ移り住む。(35)さまざまな事情でこの留守番役は長くは続かなかったものの、この邸宅での生活が『雑居時代』という作品が生まれる背景となった。

『雑居時代』の主人公倉橋数子は啓明高校開校以来の才媛と名高く、「倉橋さんちの数子さん」としてその名を馳せていた。数子は勉強だけではなく運動も得意、料理もできる、おまけに淑《しと》やかな美少女という非の打ちどころのない生徒であった。しかし、それらはすべて作られた表の顔に過ぎない。数子は同居する叔父の譲に恋をしており、譲との結婚を夢みて彼に好かれるべく、完璧な外面を作り上げていた。本来の数子は性格と口が悪く、その二重人格ぶりがこの作品の面白さの一つとなっている。

数子は譲の妻の座を狙っていたが、大学講師の譲は教え子の清香《さやか》と結婚する。家の離れで新婚生活をおくられることに耐えられない数子は、一年間海外へ赴任する親戚の大学教授花取家の留守番役を引き受けた。花取教授が家を出ようとしたとき、家賃滞納で下宿を追い出された家弓が、花取邸に押しかける。家弓は漫画家志望の少女で、将来をめぐり両親と対立していた。一人暮らしの花取教授の買い物を手伝うなど教授と交流があった家弓は、サロメチールを塗った嘘泣きで教授の同情を買い、花取邸に転がり込む。

予定外の同居人が増えたところに、さらにもう一人、浪人生の安藤勉が花取邸にやってくる。北大医学部志望の勉は代々木ゼミナールの寮に入っていたが、食べ物のブランドにもこだわる「クリスタル族」ゆえに寮の生活に耐えきれず、父の友人である花取教授を頼り、三人目の同居者となった。なお、ここに登場する「クリスタル族」は、一世を風靡した田中康夫の小説『なんとなく、クリスタル』（河出書房新社、一九八一年）から生まれた用語である。

いまだ譲との結婚を諦めておらず、その妻である清香を敵対視し、なんとか離婚に持ち込もうと画策する数子。少女漫画家を目指す家弓、勉強に勤しまねばならない受験生であるにもかかわらず、生活の細部に強いこだわりをもち日々おさんどんに励む美少年勉。この三人を中心にしたスラプスティックコメディというのが、『雑居時代』のストーリーである。

『雑居時代』の各話は一話完結（最終話のみ二回）という構成を取り、読者が入りやすい形式で連載された。上巻第六話「人生は百万のリハーサルと体力を要求する芝居だ」は、男子から告白されるという思春期らしいモチーフを主題に、数子の断りたいが悪印象を残したくないという自意識過剰ぶりが描かれ、さらには意外なオチが笑いを誘う。下巻収録の第七話「漫画家ほど素敵な商売はない！……と思う」は、少女漫画家の修羅場を生々しく描いた作中屈指のインパクトの強いエピソードだ。

売れっ子漫画家の小早川聖子は、寝落ちしないように着物にフルメイクで修羅場に臨む人物として登場する。これはフィクションゆえの大仰な人物造型だろうが、少女漫画家の壮絶な修羅場を書くことができたのも、藤田和子をはじめ、身近に漫画家がいたからであろう。第九話「ヒロインの条件は〝絵になる〟ことなのだ」は、氷室の得意とする劇中劇が登場する演劇エピソードとして印象深い。

『雑居時代』人気と倉橋数子というキャラクター

『雑居時代』はジャンルを分類すれば、同居コメディとなるだろう。同居コメディはエンターテインメントにおける定番ジャンルの一つであり、同時代のマンガ作品では柳沢きみお『翔んだカップル』（一九七八年から『週刊少年マガジン』で連載）や、高橋留美子『うる星やつら』（一九七八年から『週刊少年サンデー』連載）などが人気を博していた。

『翔んだカップル』や『うる星やつら』を筆頭に、同居コメディの多くは、一つ屋根の下で暮らす男女の間で生まれる恋愛がストーリーのかなめとなる。ところが『雑居時代』では数子、家弓、勉の間に一切の恋愛感情は生じない。数子は譲しか見ておらず、家弓も自分の夢である少女漫画家に向かっており、勉も受験勉強と「クリスタル族」的な関心しか示さない。同居コメディとしては、やや変わり種といえよう。

王道路線を外しながらも、読者の支持を集めるヒット作として、『雑居時代』は成功を収める。王道を外した選択はストーリーだけではなく、キャラクター造型の点でも指摘できる。主人公の倉橋数子は二面性のある性格に設定されており、少女マンガでは主人公のライバル役に設定されそうな、ヒール的な要素が強く出た人物である。ところが、数子の内面と外面のギャップという二面性は嫌われず、むしろ思春期の少女たちの共感を呼んだ。『雑居時代』がヒットした最大の要因は、倉橋数子のキャラクターが読者に支持されたことであろう。

数子は成績優秀でさまざまな才能にあふれた完璧美少女だが、その姿は猛烈な努力によって作り上げられており、その努力ぶりが描かれることで、読者の反感を買わない優等生像が成り立った。数子はまた、譲の結婚相手の清香にやり込められるなど、肝心なところで空回りする可愛げのある人物となっている。二面性の強い性格とあわせ、読者が感情移入可能な完璧美少女の優等生という絶妙な匙加減に、氷室のキャラクター作りの巧さがうかがえる。

表では優等生、だが裏では数々の暴言を吐く数子は、『クララ白書』の桂木しのぶのような、愛すべき善良さをもちあわせたキャラクターではない。しかしながら、表裏が激しい数子の屈折した性格は、桂木しのぶとは異なるかたちで、同時代の少女が共感できるリアリティに満ちていた。『クララ白書』以降の氷室作品は、いかに読者が感情移入できる魅力的なキャラクターを作るかが、一つのポイントとなっている。当時の『小説ジュニア』には読者からの感想がたびたび掲載されており、そこから読者がどのように数子を捉えていたのかを読み解くことができる。

初めまして。私、あなたと字はちがうけど和子という名の女の子です。初めてあなたを見つけたショックは今でも忘れられません。だって同じ「かずこ」なのに、あなたは品行方正、成績優秀、容姿端麗の三拍子ぞろい。かく言う私のほうは、平々凡々でつまらない女の子だったから。でもひとつだけ通じるものがあって、ホッと安心。それは、あの表裏のあるすさまじい性格です。にっくき清香に譲さんをとられまいと、ホモの鉄馬とも結託するあたりなんか、思わず笑ってしまいました。それ以来あなたのファンになってしまったのです。今では毎月九日にあなたに会うことを楽しみに日々を過ごしています。いつか譲さんとあなたが結ばれることを信じて。(36)

『雑居時代』を毎月ケラケラ笑いながら、読んでいます。数子さんのタンカの切り方、とても好きです。美人がすごみをきかせると、迫力があるのよね。数子さん、がんばって勉クンをホモ鉄馬から守ってあげてよね。エゴイストホモなんかやっつけちゃえ!(37)

二面性のある数子の性格が好意的に捉えられているのが、読者投稿からもうかがえよう。なお、どちらの投稿にも「ホモ」の鉄馬への言及がある点に注目したい。『雑居時代』の準キャラクターとして活躍する山内鉄馬は、譲の教え子で大学四年生のゲイという人物である。譲の結婚を阻止したいという点で数子と利害が一致し、二人は協力関係にあった。鉄馬は美少年の安藤勉にも目をつけ、頻繁に花取邸に出入りするなど、人気キャラクターの一人であった。

『雑居時代』には、「ホモ」をコメディ的に揶揄する表現がしばしば登場する。こうした揶揄は

「ホモ」だけには留まらず、数子は作中で次々と過激な発言を繰り返し、その過激さが『雑居時代』の面白さと結びついていた。のちに氷室は時代の変化の流れをふまえ、かつてはコメディの手法として作中に描いた過激な発言を修正していく。一九九七年に「Saeko's early collection」として刊行されたリライト版『雑居時代』では、時代に合わせた改変が進められていった。このように、機に応じて既発表作品をアップデートする姿勢も作家としての一つの特徴であった。『雑居時代』の表現とその改稿については、第10章のなかで改めて取り上げる。

ところで、『雑居時代』の数子は叔父の譲に恋をしており、今もなお結婚を諦めていないことが作品の出発点となっている。しかしながら日本の法律では、叔父と姪の結婚は認められていない。作中には鉄馬の「叔父と姪の結婚なんて、よくあることだしさ[38]」という発言があるため、この設定はギャグではなく、氷室の勘違いであった可能性が高い。一九九七年に刊行された『雑居時代』では譲の設定が修正されており、「じーさんが親友の忘れがたみを引き取った[39]」と、血縁関係がない形式的な叔父に変更されたことからも、コバルト文庫版は設定ミスだったのだろう。

一九八一年は『ライジング!』の連載開始、さらには『雑居時代』の連載開始と、氷室にとって大きな動きが生まれた年となった。『少女コミック』は月二回発行で、『小説ジュニア』は月刊誌。この期間、氷室は月に三回締め切りがある生活をおくる。

『雑居時代』というヒット作を生み出した氷室冴子は、この後も次々と人気作を手がけ、作家としての地位を不動のものとした。

註

（1）氷室冴子責任編集『氷室冴子読本』徳間書店、一九九三年、二〇六ページ
（2）氷室冴子『冴子スペシャル　ガールフレンズ』集英社、一九九〇年、四八ページ
（3）『螺旋階段をのぼって』三巻、小学館、一九八六年、一五四―一五六ページ
（4）『ぱふ』一九八五年四月号、雑草社、一三ページ
（5）『ライジング！』三巻、小学館文庫、二〇〇〇年、三七一ページ
（6）藤田和子「氷室さんと共に作った『ライジング！』」『没後10年記念特集　文藝別冊　氷室冴子　私たちが愛した永遠の青春小説作家』河出書房新社、二〇一八年、二一ページ
（7）前掲『ガールフレンズ』五〇ページ
（8）氷室冴子「たからづか随感」『歌劇』一九九〇年八月号、宝塚歌劇団、四八ページ
（9）『ライジング！』二巻、小学館文庫、二〇〇〇年、一五―一七ページ
（10）前掲『ライジング！』三巻、二三四ページ
（11）『ライジング！』五巻、小学館文庫、二〇〇〇年、三〇四ページ
（12）前掲「氷室さんと共に作った『ライジング！』」二八ページ
（13）『ライジング！』四巻、小学館文庫、二〇〇〇年、一九八ページ
（14）「冴子さんの気まぐれ日記」『Cobalt』一九八五年秋号、集英社、四三ページ
（15）新人公演のデータは『宝塚歌劇１００年史　虹の橋　渡りつづけて（舞台編）』（阪急コミュニケーションズ、二〇一四年）二九九ページを参照。
（16）氷室冴子『冴子の東京物語』集英社、一九九〇年、一七八ページ
（17）前掲「氷室さんと共に作った『ライジング！』」二八ページ
（18）前掲『ガールフレンズ』五二ページ
（19）『週刊少女コミック』一九八二年一二号、小学館
（20）前掲「たからづか随感」四九ページ
（21）前掲『宝塚歌劇１００年史　虹の橋　渡りつづけて（舞台編）』二二一ページ
（22）氷室冴子『レディ・アンをさがして』角川書店、一九八九年、二五九ページ
（23）前掲「氷室さんと共に作った『ライジング！』」二四ページ
（24）前掲「氷室さんと共に作った『ライジング！』」二三ページ
（25）前掲『ライジング！』五巻、六〇ページ
（26）前掲『ライジング！』三巻、二四〇ページ
（27）氷室冴子「三晩徹宵で締切りに合せたら6キロ

滅の仕事」『なれるものなら、なってみな――就職〝絶望〟講座』ピースボート99編、第三書館、一九八九年、一六一―一六二ページ
(28) 夢枕獏・氷室冴子「特別対談 ヤングアダルト小説の現在・過去・未来」『花とゆめ増刊 花丸』一九九一年一一月、白泉社、一四〇ページ
(29)『週刊少女コミック』一九八一年六月二〇日号、小学館、六五ページ
(30)『週刊少女コミック』一九八一年八月五日号、小学館、二七ページ
(31) 前掲「氷室さんと共に作った『ライジング!』」二七ページ
(32) 前掲『ガールフレンズ』五四ページ
(33) 前掲『ぱふ』七一ページ
(34)「道産子 WHO'S WHO 氷室冴子」『月刊ダン』一九八五年二月号、北海道新聞、七六ページ
(35) 前掲『冴子の東京物語』二三四ページ
(36)『小説ジュニア』一九八二年六月、集英社、三一二―三一三ページ
(37)『小説ジュニア』一九八二年一月、集英社、三五五ページ
(38) 氷室冴子『雑居時代(上)』集英社、一九八二年、一一ページ
(39) 氷室冴子『雑居時代I』集英社、一九九七年、一三ページ

第4章　一九八三年・八四年にみる多様な作品群

一九八三年と一九八四年は氷室冴子のキャリアのなかで、刊行した作品点数の多さと内容の多彩さが際立つ。本章では多様な作品群を概観することで、人気作家としてのポジションを確立した時期の氷室の軌跡を追ってみたい。

この頃の氷室は、年に四冊というハイペースでコバルト文庫から新刊を出している。一九八三年は一月に『ざ・ちぇんじ！』前編、二月に後編、六月に『シンデレラ迷宮』、一一月に『少女小説家は死なない！』。一九八四年は三月に『シンデレラ ミステリー』、五月に『なんて素敵にジャパネスク』、六月に『蕨《わらび》ヶ丘物語』、九月に『なぎさボーイ』というラインナップだ。氷室はこの間にも『ライジング！』の原作仕事を続けており、多忙を極めた。

刊行された小説のジャンルも、平安コメディからパロディギャグ小説、ファンタジー、恋愛小説と幅広い。このうち、『なんて素敵にジャパネスク』は第5章で、『なぎさボーイ』は第6章で別途取り上げる。これまでに言及しなかった一九八一年刊行の『恋する女たち』と一九八六年刊行の『ヤマトタケル』もあわせ、氷室冴子の多様な作品世界についてみていきたい。

『恋する女たち』――ガールズトークのリアリティ

『恋する女たち』は、一九八一年二月に書き下ろし作品として刊行された。「自分の高校時代を横すべりさせたような形で女の子版の『ライ麦畑でつかまえて』の線を狙ってみようと思った」(1)と、氷室はこの作品を説明する。『クララ白書』は女子校文化の流れを汲んだ小説だが、『恋する女たち』は氷室自身の高校時代をモデルに、共学校ならではの青春模様が描かれた。

『恋する女たち』は主人公の吉岡多佳子、美貌の江波緑子《えなみみどりこ》、秀才だが何を考えているのかわからないところがある汀子《ていこ》の三人がメインキャラクターとなる。物語は、緑子から三度目の「死亡通知」が届く場面から始まる。緑子はパンツのゴムが切れたとか、試験で赤点を取ったなど、些細なことを理由に自身の死亡通知を出し、自らの「葬式」を催す少女だった。多佳子と汀子もそれに応じて黒のフォーマルドレスを着こみ、多佳子はレモン、汀子は曼珠沙華《まんじゆしやげ》を片手に弔問に出かける。

緑子が三度目の死亡通知を出した原因は、失恋だった。美しい緑子は六年間も片思いをしており、その相手が結婚したという。子どもっぽい憧れだと思っていた彼女の恋が、本気だったことを多佳子は初めて知る。多佳子にとって恋愛とは決定的な致命傷であり、「惚れてしまったら、これはもう運命と思い定めて、ひたすら耐えがたきを耐え、忍びがたきを忍ぶしかないんじゃないか」(2)というものであった。

葬式の帰りに汀子と喫茶店へ寄った多佳子は、好きな人はいないのかと問い詰められる。汀子は『万葉集』の歌「こいまろび」を引き合いに出しながら多佳子の恋愛観をずばりと指摘し、自分には男がいることも告白する。おもしろくない気分になった多佳子は、黒いフォーマルドレス姿のまま書店に寄り、富士見ロマン文庫のポルノ小説『エロティックな七分間』を購入する。そしてその場面を秘かに恋する相手、野球部の沓掛勝《くつかけまさる》に目撃される。

小説は湯沢市という架空の街が舞台となっているが、この湯沢市は氷室の故郷岩見沢がモデルである。湯沢市名物として作中に登場する天狗饅頭は、岩見沢の名物として知られているお菓子だ。多佳子がポルノ小説を購入するふるかわ書店も、氷室が高校時代に通った実在した書店である。

多佳子は沓掛勝に惚れているが、それを顔に出すことなく過ごしていた。しかし心のなかでは日々沓掛について考え、恋愛について過剰な自意識をめぐらせている。多佳子にアプローチをかける年下の少年ザキこと神崎基志《かんざきもとし》がいるため、沓掛は多佳子の想いには全く気づいていない。

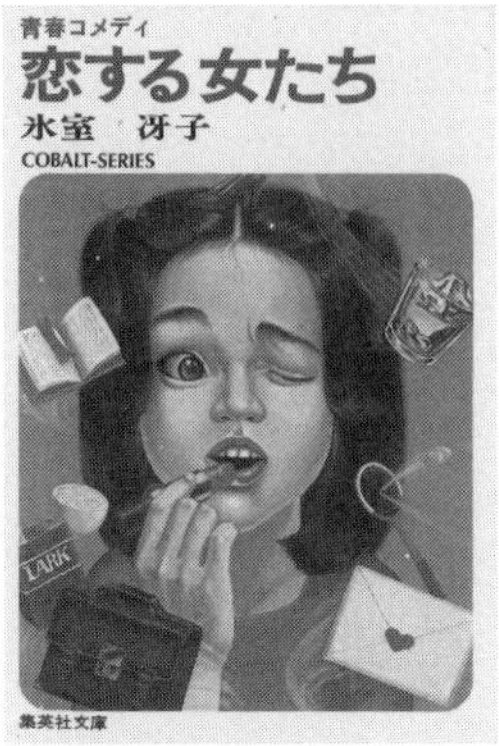

『恋する女たち』

偶然が重なり喫茶店で沓掛と同席した多佳子は彼の恋愛話の相手役を務め、「吉岡って、そういう奴なんだな。普通の女なら、いいのよ気にしないで、なんて言いそうなのにな。だからついつい口を滑らしちまうんだ。なんかこう、置屋の遣り手婆《やてばば》って感じでさ」[3]と言われてしまう。惚れている男に「置屋の遣り手婆」呼ばわりされる多佳子の姿は、悲しくも可笑しい。のちに多佳子は沓掛がガールフレンドに振られる場面に鉢合わせるが、この時も気持ちを打ち明けないまま「置屋の遣り手婆」としてふるまい、失恋する。『恋する女たち』には多佳子、汀子、緑子とそれぞれに個性的な少女が登場するが、美術部の大江絹子《きぬこ》もこの三人に引けを取らない、インパクトの強い人物である。

書店でポルノ小説を購入し、その場面を沓掛勝に目撃された翌日、多佳子は食堂で『少女ヴィクトリア』を貸そうかと大江絹子に話しかけられる。

「昨日、本屋であたしを見たの？」

あたしは尋ねてみた。

いくら二年になってのクラスメートとはいえ、これまで口をきいたこともない子が、突然こんなふうに話しかけてくるとなれば、やっぱり昨日の『エロティックな七分間』のせいだろう、とあたしは見当をつけたのだ。

「そ。ふるかわ書店でね。お葬式の帰りですというようなフォーマルドレスを着た吉岡さんが、颯爽と例の黒表紙本を取ってカウンターに突進するのを、あたしは呆然と見ていたわ。あたしに気付かなかった？」

「全然」

「昨夜は耽読《たんどく》しましたかね」

「おかげさまで」

「あたしね。一度ポルノ小説に読み耽《ふけ》っている清純な少女の図ってのを見てみたいんだ」

絹子はくすくす笑い、サンドイッチに食いついた。

〔中略〕

「これは絵とは関係ない純粋にすけべな興味よ。あたしのために、いつかあたしの前でその手の本、読んでくれる？」

「ご冗談でしょ。ああいうものは、部屋に籠《こ》もって一人で読まなきゃ身が入らない(4)」


『クララ白書』は、桂木しのぶが手紙で姉に「勝負が決まらない（便秘）」相談をする場面から始まる。便秘の描写で顕著なように、『クララ白書』のキャラクターは身体性をもつ少女ではあるが、性的な要素とは切り離されていた。一方『恋する女たち』では、性的な欲望をもつ少女が描かれた。多佳子はポルノ小説を読み、絹子は女性の裸体の魅力をいきいきと語り、汀子はヴァージニティの問題に悩む。汀子は自分の中にある性欲を認めつつも、「あたしはね、おタカおっかないの！ 倫理もへったくれもない、純粋に、生理的に、おっかないの！(5)」と、心情を吐露する。『白い少女たち』では奪われて汚される性であった少女は、『恋する女たち』では自然な欲望をもつ主体となった。

小説家・ゲームシナリオライターの奈須きのこは、氷室冴子好きを公言しているクリエイターの一人である。奈須は『空の境界 the Garden of sinners 全画集＋未来福音』所収のインタビューで、『恋する女たち』の魅力を次のように語る。

『まほよ』（『魔法使いの夜』）の時点でかなり氷室冴子さんの影響受けてた！　当時友達の家でTRPGをやることが多かったんですけど、その友達のお姉さんが「氷室冴子って奈須くんの趣味なんじゃないかな？」って『多恵子ガール』を貸してくれたんですよ。それでドハマリして、その後に読んだ『恋する女たち』でもキャラの立ち具合に感動したりしていました。ヒロインのうちのひとりが黒い喪服を着て書店でエログロ小説を買うようなキャラなんですが、これが凄く可愛くて、かつきちんとした背景がある。「ただ奇抜にしたいから」なんて理由ではなくて、きちんとその人物の生い立ち、性格から生まれたものだった。だからこそ、ヒロイン全員がそのレベルでぶっ飛んでるんだけど、愛らしくも生々しいガールズトークをこなしてくれるんです。女性作家さんならではのリアリティを思い知らされた瞬間ですね。(6)

奈須が指摘するように、『恋する女たち』の魅力は、「愛らしくも生々しいガールズトーク」にある。エキセントリックでありながらただ奇抜なだけではない、個々の物語とリアリティをもつキャラクターを作ること。エンターテインメントのジャンルにおいて、氷室冴子の小説が示したキャラクター作りの方向性は、広範囲に影響を与えているといえるだろう。

『恋する女たち』では思春期の少女の自意識が、クールでやや饒舌な文体で描かれた。少女たちの会話は知的で、「白い手のイゾルデ」といったフレーズも飛び出し、万葉の歌や文学作品を援用して恋が語られる。

『恋する女たち』は少女マンガではなく文学をルーツとし、文学少女的な自意識をエンターテインメントに昇華させた小説と位置づけることができる。この点で『クララ白書』をはじめとする、少女マンガを意識したコメディ路線の小説とは作風がやや異なる。そして『クララ白書』が成功したため、以後氷室はコメディ路線を強めていき、『恋する女たち』のような少し冷ややかな視点の青春小説は、レパートリーからは後退していった。

『恋する女たち』は失恋小説の名作と名高く、『本の雑誌』二〇〇八年一〇月号の「座談会コバルト文庫黄金時代ベスト10」では第一位に選出されるなど、時を経ても高い評価を受けている。(7) 氷室冴子の隠れた傑作の一つである。

『恋する女たち』は映画化、コミカライズのメディアミックスも行なわれた。映画は斉藤由貴主演、大森一樹監督という布陣で一九八六年に公開され、青春映画の良作と高い評価を受けた。なお映画では作品の舞台が北海道から金沢に変更されている。南部美代子によるコミカライズは、『週刊マーガレット』(集英社)に一九八七年一号から一〇号まで連載され、マーガレットコミックスから全二巻で刊行された。このマンガも映画同様、金沢を舞台にした物語として描かれている。

『ざ・ちぇんじ!』——少女小説としての「改変」

数多い氷室冴子の小説のなかで、平安時代を舞台にした作品は今もなお人気が高い。コバルト文庫から最初に刊行された平安小説が、『ざ・ちぇんじ!——新釈とりかえばや物語』(以下『ざ・ちぇんじ!』と略す)である。書き下ろし作品として、前編は一九八三年一月、翌二月に後編が発売された。『ざ・ちぇんじ！』はサブタイトルの「新釈とりかえばや物語」が示すように、古典文学の『とりかえばや物語』を下敷きにした小説として執筆された。

元ネタとなった『とりかえばや物語』は、内気な性格の男児が「姫君」、快活な性格の女児が「若君」として育つという、男女が逆転したユニークな設定の古典である。氷室は『とりかえばや物語』の魅力について、「高校生のころ平安文学にはまって、『源氏』や『枕草子』とはひとあじ違う平安文学をさがして見つけたのが、『讃岐典侍日記《さぬきのすけのにっき》』と『とりかへばや物語』。講談社学術文庫の『とりかへばや物語』4巻を現代語訳のところだけ読みながら、いつか書きたいと思っていました。どこが好きだったかというと、男と女が入れ替わったり、男っぽい姫君がそのまま男姿で参内《さんだい》しちゃったり、女房になって出仕した男君が、女東宮《とうぐう》を妊娠させたりとか、なんかすごい悪趣味なところがよかった[8]」と語る。

『とりかえばや物語』は異色の平安文学であるが、作品には性的な要素も多く、奔放な男女関係が描かれている。氷室は原作に登場する性的な場面の多くを排除し、徹底したハッピーエンドに仕上げることで、少女向けのエンターテインメントとして改変した。氷室流『とりかえばや物語』は、凜々しい綺羅《きら》君（実は女の子）と、美しい綺羅姫（実は男の子）の姉弟による、男女逆転コメディに仕上げられた。

時は平安。権大納言《ごんだいなごん》・藤原顕通卿《あきみちきょう》は二人の子どもに恵まれたが、人には言えない深い悩みを抱えていた。気の強い北《きた》の方《かた》（奥方）政子から生まれた女の子は頭脳明晰で活発な気質で、男の子のように育つ。一方、迷信深い北の方夢乃から生まれた男の子はひ弱で、夢で見た神意により女の子として育てられている。周囲に真相を隠したまま年頃になった二人は、主上の命令により、性別を偽ったまま出仕することになった。

元服を望む綺羅に対し父親は、「あんたな、元服《げんぷく》やら出仕やらは、子供の遊びとは違うのどっせ。一人前の男として、世間にも認められ、それ相応の働きもせなあかんのや。わしがあんたの気違い沙汰の男のカッコを認めとるのは、それがまだ、家の中ですんどるからや。いくら男にしか見えへん言うても、所詮は女、出仕してボロが出たら、あんたもわしも、畏れ多くも主上《おかみ》をたばかった科《とが》で島流し、下手したら死罪でっせ。そこんとこ、わかってはるのかいな」(2)といさめる。

これを不服に思った綺羅は北嵯峨へ出かけ、裸のまま池で泳いでいる姿をある男に目撃される。この男は実は帝で、「北嵯峨の乙女」の姿が忘れられない帝は、その兄である綺羅（実は本人）の出仕を命じる。さらに綺羅だけでなく弟の綺羅姫も、帝の妹の女東宮（女性の皇太子）の相談役（尚侍《ないしのかみ》）として出仕が決まる。

綺羅は出仕だけには留まらず、女であることを隠したうえで、同性の三の姫と結婚する。性的に無知なまま育ち、子どもの作り方もわからない綺羅と、同じく子どもっぽい三の姫との結婚生活は、思いのほか上手く進む。ところが、綺羅の親友宰相中将が三の姫と密通し、姫が妊娠することで、ほころびが生じていった。

『ざ・ちぇんじ！』前編

原作に登場する男女関係のなかで、『ざ・ちぇんじ！』

に唯一取り入れられたのが、この密通の場面である。『とりかえばや物語』では綺羅も宰相中将によって妊娠させられるが、『ざ・ちぇんじ！』では性知識に乏しい綺羅が口づけで妊娠したと勘違いすることで、男女関係は回避された。

『ざ・ちぇんじ！』は、元ネタである『とりかえばや物語』を換骨奪胎するかたちで執筆された小説である。それゆえ物語はキャラクターありきではなく、ストーリー重視の展開で書き進められた。北嵯峨での出会いから始まる帝と綺羅の関係も、さまざまな紆余曲折を経たのち、女に戻った綺羅と帝はハッピーエンドを迎え、物語はきれいに着地する。しかしその過程をみると、帝は最後まで入れ替わりのことを何も知らないまま、蚊帳《かや》の外に置かれている。一方、帝の妹である女東宮は、弟の綺羅姫から秘密を聞かされており、二人の入れ替わりにも協力していた。

ヒロインと結ばれるポジションのキャラクターが、肝心なことを何も知らぬまま、物語は結末を迎える。刊行当時、最も多かった感想が、「帝が騙されっぱなしなのは、後味が悪い。かわいそう」[10]だったという。ストーリー重視ゆえ、帝というキャラクターが物語の核心にかかわれなかった。本書第5章で取り上げるもう一つの平安コメディ『なんて素敵にジャパネスク』は、キャラクターありきの小説として執筆されており、同じ平安時代を舞台にした作品ではあるが、この二作は執筆の方法論が異なっている。

『ざ・ちぇんじ！』の魅力の一つは、平安小説に現代的な用語を持ち込み、言葉を大胆にミックスした独自の文体にある。「おもうさんは本気なの⁉　あんなニヤケに小百合が遊ばれて、平気なの？とんでもないわ。しかるべき名家の殿の信頼も厚い家司《けいし》か、金持ちの受領《ずりよう》かでなければ、妹とも姉とも思ってる大切な小百合を、やれるもんですか。不細工で、まだガキのくせして、いっぱしの交野少将《プレイボーイ》を気取ってるマセガキの、一時の遊び相手になんて、させられますか。いっぱつ、どかんとヤキを入れてやんなきゃ(11)」というのが、綺羅のセリフである。平安時代の少女が現代的な言葉を使い、読者が共感できるキャラクターとして、いきいきと動いていく。

もっともこの時点では、のちの『なんて素敵にジャパネスク』の文体ほどは、口語化が進んでいない。父親をはじめとする一部のキャラクターは京ことばを使っており、綺羅も父親を「おもう」、母親は「おたあ」と呼んでいる。『ざ・ちぇんじ！』は神の視点による三人称を採用しており、時代考証と読みやすさをどのように両立させるか、氷室の試行錯誤がうかがえる。『なんて素敵にジャパネスク』ではより一層口語化が進められ、文体は少女が感情移入しやすいよう、瑠璃《るり》姫の一人称が選択された。

氷室冴子の『ざ・ちぇんじ！』は、『源氏物語』などに比べると知名度が劣る『とりかえばや物語』を早い段階で取り上げ、少女向けエンターテインメント小説に書き換えたという、先駆性を第一に評価できるだろう。ストーリーの改変度は高いが、『とりかえばや物語』の世界を知る、最初の入り口となる作品である。

『ざ・ちぇんじ！』から入った読者は原作を手に取り、氷室がいかにストーリーを改変したのか、読み比べてみるのも面白いだろう。『とりかえばや物語』はさまざまな版元から刊行されているが、ここでは講談社の少年少女古典文学館シリーズの一冊、田辺聖子訳『とりかえばや物語』を紹介したい。少年少女古典文学館は、氷室冴子訳の『落窪《おちくぼ》物語』も収録されているシリーズである。田辺訳の『とりかえばや物語』は、「少々わたしなりの解釈でつけ加えた部分はあるが、おおむね、原典の忠実な訳である」[12]と語るように、原典の世界に沿った内容となっている。この本の巻頭には『とりかえばや物語』を題材にした作品が取り上げられており、氷室冴子の『ざ・ちぇんじ！』や、山内直実によるコミカライズも紹介されている。

『シンデレラ迷宮』――少女の目覚めと心の王国

『シンデレラ迷宮』は一九八三年六月、続編となる『シンデレラ ミステリー』は一九八四年三月に刊行された。いずれも書き下ろしで、挿絵は藤田和子が手がけた。

『クララ白書』以降、氷室冴子はコメディの方法論を取り入れた作品を発表し、読者層を広げてきた。この時期の氷室作品のコンセプトは、活字という特性を活かし、少女マンガと勝負ができるようなエンターテインメント小説を執筆することであった。この手法のもとで書かれたのが『クララ白書』や『雑居時代』、『ざ・ちぇんじ！』などの作品である。

こうした成果をあげながらも、氷室はコメディ路線ではない、新たなテーマや方法論での小説執筆に取りかかる。『シンデレラ迷宮』ではそれまでの作品とは違い、内向的な一五歳の少女利根《りね》が主人公となる。「部屋を出た利根は、いっそう一人ぼっちだった。だから、心の中にも部屋をつくって、やっぱり、そこに閉じこもることにしたのよ。そして、いろんなことを一人で空想する」[13]。

『シンデレラ迷宮』では少女の現実からの逃避と、夢の世界からの目覚めが描かれた。

『シンデレラ迷宮』は、目を覚ました利根が、自分の部屋とは似ても似つかぬ古びた館にいる場面から始まる。暁の国の王女「姫君」、湖の国の舞姫「踊り子」、ソーンフィールドの奥方の「奥方」、そして遅れてきた「王妃さま」。記憶喪失の利根は、彼女たちの国にお世話になりながら、自分が何者であったのかを思い出そうとする。

第二章「森を出るべきではなかった」は王妃さまの国、第三章「シーラカンスの夢」は踊り子の世界、第四章「シンデレラ迷宮」にはさまざまなヒロインが登場する。利根はやがて、ここが物語のなかの世界であり、「王妃さま」は『白雪姫』の継母、「踊り子」は『白鳥の湖』のオディールであることに気づく。継母もオディールも、それぞれの物語では悪役として登場する。

物語の悪役にも別な顔があり、それぞれの哀しみがある。氷室冴子は、少女なら一度は耳にしたことがある物語の悪役をパロディ化し、脇役や悪役の視点から見た別な物語を紡いでいった。氷室は脇役だけでなく、「暁の姫君」ゼランディーヌこと眠れる森のオーロラ姫、「奥方」こと『ジェイ

『シンデレラ迷宮』

『シンデレラ ミステリー』

ン・エア』のジェインなど、主人公格に対しても独自の解釈で別なストーリーを展開する。『シンデレラ迷宮』をきっかけに、『ジェイン・エア』という物語を知った少女も多いだろう。氷室の愛読書の一つである『ジェイン・エア』は、次の『シンデレラ ミステリー』でも重要なポジションとして登場する。「この世界の人達はみんな、傷ついた利根の創り出した利根の分身なのだ。誰も、この悪夢をうち破れない。出口がない！ ここは、愛の絶望と孤独に出口をふさがれた迷宮なんだ。どこまで行っても、この世界から自分を救ってくれる愛しい人が来るのを、ただ待っているばかりの嘆きのシンデレラたちしか、いない。ここはシンデレラ迷宮だ。救いの王子はけして来ない、シンデレラ迷宮なんだわ[14]」と、利根は悲しみに暮れる。

　それでもなお、利根は目覚めることを選ぶ。物語の最後で、火事に巻き込まれたジェインとともに逃げながら、利根は「心は、自分でなんとかするわ。だから、大丈夫よ。ジェイン、早くここを脱出しようよ[15]」と、現実へ戻ろうとする。

　利根が逃げ込んだ心の王国には、美しくも淋しいイメージの数々が登場する。大きな楡《にれ》の木の下で小物を広げ、森から出てしまったことを悲しむ王妃。孤独に傷つき愛に飢えたオディールは、魔性の踊りですべての人の心を惑わす。めくるめく悲しみの迷路を駆け抜け、最終的に目覚めようと決めるラストシーンは、氷室冴子らしい力強さとカタルシスに満ちている。

『シンデレラ迷宮』の優れた点は、現実に少し傷ついた大人の心も、思春期の多感な少女の心も等しく慰撫するような射程の広さにある。大人になったかつての少女に向けてのみならず、現在形で少女という時を過ごしている世代にも届きうる氷室作品を紹介するならば、この『シンデレラ迷宮』は筆頭に挙げられるものの一つだろう。

続編の『シンデレラ ミステリー』は、高校生になった利根の物語として執筆された。高校に入学した利根は万里という友人に出会い、バレーボール部に入部するなど、現実に居場所を見つけつつあった。そんな利根が再び物語の世界へ迷い込み、踊り子のオディールとともに失踪したジェインの謎を追う。「ミステリー」と銘打たれている以上、内容についての言及はあえて避けたい。読者は再び利根とともに、シンデレラの世界を彷徨う。

『シンデレラ ミステリー』のあとがきのなかで、氷室は人が心のなかにもつ自分だけの王国について語った。氷室は「成長するに従って、少しずつ自分だけの王国から抜け出して、もっと大きな世界を知らなくては、ね[16]」と、少女たちにメッセージを送る。少女が自分だけの王国から抜け出して大人になること、それが二〇代の氷室にある美意識であり、理想でもあった。氷室は大人になる痛みを理解したうえで、目覚めようと少女を励ますメッセージを綴る。

『シンデレラ迷宮』は刊行から一〇年あまりを経た一九九四年にミュージカルとして上演されるが、氷室は公演パンフレットに次のようなコメントを寄せた。

『シンデレラ迷宮』を書いて、早や幾星霜《いくせいそう》。

若くて正義感あふれた20代半ばだからかけた物語かもしれません。淋しい王妃も、哀しい踊り子も、孤独に目覚めた眠り姫も、みんなラストの〝救い〟と〝目覚め〟をめざしてハイ・テンションで駆けのぼっていく。そのヒタムキさがわれながらリッパ。

今なら、こんなふうに一途に、救いめざして走り出すことはできないかもしれない。救いはほんとにあるのだろうか。目覚めることは正しいのかしら。
中年の、正義感もすりへった30代半ばの原作者に、もう一度うつくしい凛々しい夢を見せて下さい、シンデレラ御一行様！(17)

三〇代になった氷室は、目覚めることが本当に正しかったのだろうかと自問する。こうした姿勢からも明らかなように、氷室冴子自身の考え方や感覚は、時の流れのなかで変わっていった。この時代の作品の数々は、二〇代の氷室がもつ勢いと、その年齢ゆえの美意識や正義感があればこそ、生み出すことができた物語だったのだろう。

一九九四年のミュージカル化にあわせ、愛蔵版の単行本『シンデレラ迷宮』が集英社から刊行される。この単行本では、コバルト文庫版にあった自閉症に関する記述が削除された。コバルト文庫版では利根は軽い自閉症という設定で、自閉症が思春期の一時的な心の病気という認識で記されていた。(18)しかし実際の自閉症は、先天的な障害である。自閉症に対する誤った認識を修正するため、単行本では削除したのだろう。

ほかにも、一九八四年三月に久石譲によるＬＰ『シンデレラ迷宮　イメージアルバム』が、一九八七年一一月には集英社から全九八分のカセットドラマ『シンデレラ迷宮』が発売され、カセットドラマでは戸田恵子が利根役を務めている。また、前述のように一九九四年には演劇集団キャラメルボックスの成井豊脚本でミュージカル化され、「ＴＯＫＹＯ演劇フェア'94」にて上演された。氷室の原作では利根が一人で謎を解決していくが、ミュージカル版にはROTCODというオリジナルキャラクターが登場し、探偵役として利根の相棒を務める。(19)

氷室はシンデレラシリーズを三部作として構想しており、本来であれば第三作『おやすみのシンデレラ』が執筆されるはずだった。同作は伊豆の別荘地を舞台にした幼女殺人の物語という設定で、氷室は取材にも行き、六〇枚ほど書き進めていた。しかしその最中の一九八八〜八九年に宮崎勤による幼女連続殺人事件が起きたため、執筆を断念する。(20)『おやすみのシンデレラ』はのちに舞台を変え、平安小説『碧《あお》の迷宮（上）』として発表されたが、作品は未完に終わった。『碧の迷宮』については、第7章で改めて取り上げる。

『蕨ヶ丘物語』――ローカルコメディの世界

『蕨ヶ丘物語』は、一九八四年六月にコバルト文庫から発売された。この時期の作品としては珍しく、雑誌『Cobalt』に全編発表した小説をまとめた一冊となっている。雑誌連載時、コバルト文庫ともに挿絵は峯村良子が担当した。「次子さんの駆け落ち物語」として始まったシリーズは、第二話から「蕨ヶ丘物語」というタイトルが登場する。タイトルの推移は以下のとおりである。

一九八三年春号　次子さんの駆け落ち物語（文庫版では「ラブ・コメディ編」）
一九八三年夏号　蕨ヶ丘物語（文庫版では「ライト・ミステリー編」）
一九八三年秋号　蕨ヶ丘物語　純情一途恋愛編

一九八四年春号　蕨ヶ丘物語　大正ロマン編

『蕨ヶ丘物語』は、北海道空知地方にある蕨町大字蕨ヶ丘《わらびまちおおあざわらびがおか》を舞台にした物語である。この一帯の大地主である権藤《ごんどう》家は、戦後の農地解放で大半の土地を失ったものの、今もなお地域で絶大な権力をもつ古色蒼然たる旧家としてその名を馳せている。そんな権藤家の時代錯誤な様子と、その家に生きる女たちを描いたローカルコメディとして、『蕨ヶ丘物語』は執筆された。

『蕨ヶ丘物語』のなかで権藤家は、「なにしろ、わが権藤家は、かつて鳥取一帯を治めていた宮部藩の国元家老《くにもとがろう》という家柄なのだ。そして百余年前、本州から、勇躍、未開の地北海道に渡ってきて、蕨ヶ丘を開拓し、成功すると同時に、かつての使用人や部下の家族を呼びよせ、小作人として雇い入れた。戦後の農地解放で、地主と小作人という関係は消えても、先祖代々からの上下関係は容易に消えず、未だに、蕨ヶ丘ではわが権藤家は〝ご本家〟として、崇められているのだ[21]」と記された。当時の読者は作品の舞台裏を知らされていなかったが、氷室のエッセイ『冴子の母娘草《ははこぐさ》』を読むと、この記述は鳥取から入植し、戦後の農地解放で土地を失った母方の実家の歴史をベースにしたものであることに気づく。『蕨ヶ丘物語』には権藤家の栄華を示すものとして、「因幡の権藤にゃ箒《ほうき》はいらぬ、おヌイおヌエの袖で掃く[22]」というわらべ唄が登場するが、これも氷室の母が唄っていたものだった。

『蕨ヶ丘物語』は時代錯誤な田舎を舞台に、後継ぎから逃れようとする長子《ながこ》・次子《つぎこ》・待子《まちこ》・末子《すえこ》の四姉妹、そして現当主である小梅が登場する物語である。第一話の「ラブ・コメディ編」は、次女の次子が主役のエピソードだ。札幌の北都大学に通う次子は、同じサークルの先輩で「薄野《すすきの》の帝王」と異名をもつ原田洋之介と一緒に駆け落ちをする。権藤家は四人姉妹で跡継ぎがいないため、本来であれば長女の長子が婿養子をもらい、跡を継ぐはずであった。長子は高校を出た後も大学にも行かせてもらえず、家で花嫁修業をさせられていた。しかし次女が札幌の大学に進学したことに反抗し、当主の小梅が認めない分家の三男と通じ、子どもを身ごもる。長子は家名を重んじる小梅に勘当され、権藤家の当主の白羽の矢は次子に立った。次子もまた当主を嫌がっており、自分も勘当されることをしようと、家の事情を伏せたうえで洋之介を駆け落ちに巻き込む。

第二話「ライト・ミステリー編」は四女の末子関連のエピソード、第三話「純情一途恋愛編」は三女の待子、第四話「大正ロマン編」は権藤家の当主で四姉妹の祖母小梅が主役となる。第三話では蕨ヶ丘高校二年生の待子に恋をする少年として上邑《うえむら》三四郎が登場するが、このエピソードはのちの『なぎさボーイ』『多恵子ガール』シリーズへとつながっていく。

『蕨ヶ丘物語』

『蕨ヶ丘物語』のなかで、独特な存在感を発揮しているのが、権藤家当主の小梅である。七三歳の小梅は当主としてのしたたかさと、純情な乙女心の塩梅が絶妙な人物造型となっており、氷室作品にはあまり多くない老女キャラとして印象深い。権藤家の当主を譲り渡したあと、映画『舞踏会の手帖』のように「九人の初恋の相手」を訪ねて第二の青春を送ろうとする小梅は、恐るべきアクティブさと憎めない性格の人物となっている。老女を主人公にした作品はこの一篇のみとなったが、パワフルなその姿は新鮮な印象を残す。

ところで、漫画家の山内直実によるコミカライズを入り口として氷室冴子を知った読者も少なくないだろう。氷室作品を多数マンガ化した山内と氷室とはゴールデンコンビとして知られるが、その山内が最初にコミカライズしたのが、この『蕨ヶ丘物語』だった。山内初のコミカライズ「蕨ヶ丘物語」は、『花とゆめ』一九八五年五月大増刊号に発表される。読み切りは好評を博し、山内は『蕨ヶ丘物語』収録の四作すべてをコミカライズした。以後も山内は『雑居時代』、『ざ・ちぇんじ!』、『なんて素敵にジャパネスク』と、氷室作品を手がけていく。山内の描く明るいキャラクターと氷室の作風はマッチし、相乗効果でそれぞれの読者が増えた。

なお山内が手がける以前にもコミカライズ作品があり、前田博子が『週刊セブンティーン』一九八三年七月一九日号に、「次子さんのかけおち物語」を発表した。この時点ではコバルト文庫の『蕨ヶ丘物語』も発売されておらず、かなり早い段階でのマンガ化といえよう。もっとも前田の手による企画は一度きりに終わり、『蕨ヶ丘物語』は一九八五年以降、全話が山内によって描かれていった。

『少女小説家は死なない!』――パロディにしのばせた少女小説の多様性

一九八三年一一月に書き下ろし小説として刊行された『少女小説家は死なない!』は、ある意味で氷室冴子の運命を変えた一冊といえるのかもしれない。この作品をきっかけに注目を浴びた「少女小説家」という言葉は、氷室を少女小説ブームに巻き込んでいく。
『クララ白書』以降の氷室冴子は、少女向けエンターテインメント小説というジャンルを切り拓き、着実に読者を増やしていった。人気が低迷していたジュニア小説は、氷室をはじめとする若い世代の作家の活躍により、人気ジャンルへと変貌する。一九八三年に入り、氷室は自身の作家活動に手応えを感じはじめていた。その手応えを受けて、氷室はこの状況をパロディ化したギャグ小説を発表する。

小説家・火村彩子《さいこ》と集学社発行の『月刊Jr.ノベルス』を中心に繰り広げられる『少女小説家は死なない！』は、その名前から明らかなように、氷室自身と『小説ジュニア』がモデルとなっている。刊行当初の帯には「氷室サン、もしかしてこれ実話ですか？　恐るべき少女小説家の実態（!?）をあばく書き下ろしスーパー・ギャグ・コメディ！」と記された。『少女小説家は死なない！』は、きわどい内輪ネタをふんだんに織り込んだギャグ小説として執筆された。以下、詳しく内容をみていきたい。

『少女小説家は死なない！』

『少女小説家は死なない！』は、大学一年生の朝倉米子《よねこ》の視点から語られる。北海道の白老町《しらおいちょう》の出身の米子は、大学進学のために上京し、川崎のアパート「曙コーポ」で新生活を始めた。その米子を頼り、作家の火村彩子が北海道から押しかける。火村は『月刊Jr.ノベルス』という中高生を対象にしたマイナーな小説誌で新人賞佳作を受賞した、駆け出しの作家であった。米子はかつて『月刊Jr.ノベルス』を読み、火村が同じ北海道在住であることに親近感を覚え、自らの失恋を脚色した手紙を送ったことがあった。火村はその手紙をネタに米子を脅迫し、曙コーポに居候を決め込む。

第一章「少女小説家は餓死しない」は、氷室冴子自身をパロディ化した内容である。火村彩子は北海道随一といわれる札幌の徳心学園大学出身の、売れない作家である。米子のアパートに居候し、食費を削って栄養失調で倒れながらも、小説を執筆していた。火村は小説を『月刊Jr.ノベルス』に持ち込むものの評価されず、編集者の見る目のなさを日々罵っている。

火村彩子はファンタジー作家という設定で、彼女が手がける珍妙なファンタジー小説の数々が作中に登場する。新人賞佳作を受賞した「火花《ひか》の葬祭《そうさい》」を筆頭に、「暁に燃ゆ」「ムーサ年代記序章――ゲマルツォ城の五頭竜」など、火村の作品が米子の突っ込みとともに紹介される。作品や文体のパロディは、少女小説家をパロディ化した第三章以降もふんだんに登場する。

第二章「少女小説家に明日はない」は、『小説ジュニア』編集部のパロディである。自身の作品が編集者に理解されないことにしびれを切らした火村彩子は、米子を秘書という名目で引き連れ、『月刊Jr.ノベルス』編集部に乗り込む。火村の担当編集者青木、その次の担当となる細田をはじめ、売れない小説誌『月刊Jr.ノベルス』とその編集部が赤裸々に描かれた。

編集者の細田は、米子に向かって『月刊Jr.ノベルス』の実態を切々と語る。

「『月刊Jr.ノベルス』は少年少女向け小説誌華やかなりし頃創刊されて、伝統だけはあるんですけど、ともかく売れません。そりゃそうでしょ。昔は漫画雑誌がなくて、その分、『少女画報』だの『令女界』だの『少女倶楽部』だの『女学生』だの『少女の友』だのと少女小説が百花繚乱、まさに少女小説の黄金期だったんです。戦後も『ひまわり』だ『それいゆ』だと、まだいいのがあって、うちも遅ればせながら、その時期に『月刊Jr.ノベルス』を出したんですよ。しかし、戦後の出版界の台風の目は、なんといっても漫画です。少女漫画の興隆と期を同じくして、少女小説誌はバタバタと倒れ、残ってるのはうちだけですけど、これも社長の奥さんが昔、少女小説家の真似事みたいなことしてて、そのお情けで廃刊になってないというだけのことでね。わが社が毎年出す赤字編集部のベストテンでは、文句なしに、連続ベストワンですもんね。うちの社で、ヒラを脅す殺し文句に、『Jr.ノベルス流しになりたいか』というのがあって、これ言われたヒラは床にひれ伏して心を入れかえるというくらいのもんです[23]」

細田はもともと発行部数二〇〇万部の少女漫画雑誌『別冊マリゴールド』に配属されたが、人気マンガ家を怒らせ、『月刊Jr.ノベルス』に左遷された編集者であった。青木も同様で、『月刊Jr.ノベルス』の編集部は左遷された編集者ばかりが集まる部署としてその悲哀が語られる。なお、作中に登場する編集者の「細田」は、デビュー直後から氷室と交流があった白泉社の細田均をモデルにしたキャラクターであろう[24]。

ここでフィクションのフィルターを通して語られた『月刊Jr.ノベルス』の内情は、ある程度は実態を反映したものであったと思われる。久美沙織の『コバルト風雲録』でも、『小説ジュニア』は集英社のなかではお荷物扱いの部署であったこと、コバルト文庫が売れるようになったことで、集英社内での編集部の立場も上がったことが記されている。(25) コバルト文庫が波に乗ってきたからこそ、氷室はこうした舞台裏をギャグとして描くことができたのだろう。とはいえ版元はこのパロディを歓迎していなかったようで、『ライジング！』が連載中の『週刊少女コミック』一九八三年二三号のなかで氷室は「新作「少女小説家は死なない！」が、出版社の非難にもめげず出ます。ヨロシク」(26) と、裏事情が垣間見える近況を記している。

第三章「少女小説家に良心はない」以降は、少女小説作家のパロディが展開される。起死回生をかけ、『月刊 Jr.ノベルス』は少女小説家の作品を一挙に掲載し、そのなかで一番読者に支持された作家に連載をもたせる方針を決定する。作家たちは連載を勝ち取るため、互いを陥れようと、他作家の原稿を盗み出すべく暗躍する。

ここで氷室が「少女小説」という言葉を使ってパロディ化したのは、この時期におけるティーン向け読み物の多様化であった。連載を懸けたライバルとして五人の作家が作中に登場するが、火村彩子はファンタジー作家、ライバル作家は耽美小説の富士奈見子《なみこ》、ロリータ小説の津川久緒《ひさお》、ジュニア・ハーレクインの関根由子《ゆうこ》、ルンルンポルノの都《みやこ》エリと、それぞれ作風が異なる。

最初に登場した作家が、富士奈見子である。火村彩子と佳作争いをして落選した富士奈見子の「ガラスの夏」は、美少年美青年が登場するサドマゾ小説だった。編集者の細田は「ただ、なんというか、趣味に走りすぎて、読んでてクラクラするんですよ。なんか知らんけど、やたら美少年が出てきて、それがまた、すごい美青年に殺されるんですね。その殺される描写がすごい。ナイフを下腹部に突き立て、そこでのの字を書いて上に持ち上げ、引き抜いたところで返り血を浴び、血だらけになりながらヴェルレーヌの詩かなんか口ずさみつつ、手を腹ん中に突っ込んで腸を取り出すとか何とか、えんえん、そういう描写が二十枚は続くんです[27]」と作風を説明する。

富士奈見子はコバルト四天王の一人で氷室と交流のある田中雅美と、森茉莉の作風をミックスした造型となっている。田中雅美には「玻璃の夏[28]」という作品があり、中央大学仏文科に在籍時は「卒論には悪の世界の魅力にひかれて、マルキ・ド・サドに取り組むそうです[29]」と近況に記されるように、デカダンな作品も手がける作家であった。富士奈見子の美少年趣味や、作中の登場人物の毬絵奴《マリエーヌ》・西園《シオン》・詩士《シド》、沙流留《シャルル》や礼文《レイモン》という人名のセンスは、森茉莉をパロディ化したものであろう。

このように、氷室はさまざまな作家や小説ジャンルをパロディ化し、作中で小説のシノプシスを惜しげもなく披露する。ジュニア・ハーレクイン関根由子の小説として紹介されるのは、「夜明けのフリーウェイ」である。「海が見たいわ」「星が見えない」「今夜だけ、娼婦になりたい」「湘南の風は、優しかったわ」などの火村彩子いわく「陳腐な殺し文句」が頻出する関根作品は、同時代の少女風俗を取り込んだ作品という設定である。

関根由子の小説は原宿や六本木・代官山・下北沢などの人気スポットが舞台となり、ティーンの好きな小物や飲み物が登場し、バイクや車で湘南や軽井沢、横須賀へと出かけていく。同時代の人気風俗を取り入れ、ティーンの憧れる男性や恋愛を描く関根の手法は、一九八〇年代後半の少女小説ブーム（第5章で詳述）時代の花井愛子が得意とした作風であった。氷室冴子が小説執筆の一つのパターンとしてギャグ調で描いた手法が後年、花井愛子によって現実のものとなっていく。

津川久緒は男性作家で、女子校や寄宿舎などを舞台にしたS小説を得意とし、マニア的な人気を博していた。引用は、作中で紹介された津川の「東京ローラ」の一節である。

——真樹は恥づかしさうに笑ひ、銀の針を置いて、かう言つた。

「ね、内緒よ。私《わたくし》の好きな方は、あの方。ほら……」

あはれ、亜砂子こそ、かの君の口から洩れる名の人でありたいと願つたものを。

真樹の眼差しは、ただまつすぐに、コオトの中で、白球を追いし羚羊《かもしか》のごと、宮越さんにのみ、そそがれているのであつた。

「ああ、あの方、あい乃さん……。ぢやあ、その手拭《タオル》はあい乃さんへのプレゼントなのね」

「まあ、どうしませう、私《わたくし》、恥づかしい……」(30)

津川久緒は中原淳一の挿絵入りの吉屋信子作品や、村岡花子訳の『赤毛のアン』を愛好する、少女趣味をこじらせた男性作家として登場する。津川の小説は戦前の吉屋信子をはじめとする少女小説のパロディであり、その懐古的な少女趣味がギャグ化された。

他方、津川久緒と対極の少女を描いたのが、ルンルンポルノ作家の都エリである。彼女の小説「ニャンニャン♡させて」は、以下のような内容と文体であった。

デモ、好奇心♡♡♡　Ｄ《ド》ｏＫ《キ》ｉ　Ｄ《ド》ｏＫ《キ》ｉ。

京介クンてば、オクテなんだもん。
逃げたら、ゴーインにニャンニャンしないと思う。
それは、困るのヨ。アタシ、すっかり、気分はCタイケン、だもの。
But、少しテーコーしないと、カッコつかないでショ[31]。

都エリ自身もまた、お嬢様学校として有名な精華女学院に四歳から二二歳まで通った。彼女の小説は、世間ではお嬢様学校と呼ばれる学校に通う、女子高生の会話をそのまま小説化したものという設定になっている。自身の経験から学校の現実を知り、その校風を踏みにじりたい都エリと、聖少女幻想を抱く津川久緒は犬猿の仲であった。津川は都エリを「少女という至純の美を汚している」と批難し、一方都エリは「どこが清純ですか。あんなもの、不能者の自慰小説だわ!」と罵る[32]。都エリは関根にも「一生、男にオ××コしようなんて誘われっこないブス! と言ったんです!」[33]と叫ぶなど、くせ者揃いの作中でも一番過激な人物となっている。
これらの作品を読んだ米子は「しかし、何というか、かんというか……、少女小説っても、いろいろあるんだなあ[34]」という感想をもつ。このように、ギャグ小説というかたちを通して氷室冴子が示したのは、少女小説というジャンルがいかに多様であるかということであった。しかしながら、一九八五年以降の少女小説ブームのなかで、少女小説は「少女の口語一人称によるラブコメ」という狭い捉え方をされ、氷室が示した多様性や小説としての面白さの部分が抜け落ちていく。第5章で詳しくみていくように、『少女小説家は死なない!』をきっかけに注目を集めた「少女小説」や

「少女小説家」というフレーズは、氷室の望まぬかたちでマーケティングに取り込まれることになった。

『少女小説家は死なない！』はメタ小説として、今もなお面白さが失われていない作品である。残念ながら、同作は電子書籍化されていないが、時を経た今だからこそギャグ小説として新しい読み方ができるだろう。

『少女小説家は死なない！』の番外編「少女小説家を殺せ！」は、『Cobalt』一九八五年春号・夏号に発表された。一九八五年はコバルト文庫が「少女小説家キャンペーン」に乗り出した年で、おそらくはその一環としてこの番外編が執筆されたのだろう。番外編は二〇一二年刊行の『月の輝く夜に／ざ・ちぇんじ！』に収録された。なお、『少女小説家は死なない！』はにしざわみゆきによってコミカライズされており、一九九三年から『別冊花とゆめ』（白泉社）に連載され、花とゆめＣＯＭＩＣＳ全二巻として刊行された。

『古事記』への関心と『ヤマトタケル』

氷室冴子はさまざまなジャンルの小説を手がけているが、長きにわたり関心を寄せたテーマとして、『古事記』を中心とした古代の世界が挙げられる。一九八〇年刊行の『クララ白書』には、『古事記』を下敷きにした劇中劇「佐保彦《さほびこ》の叛乱」が登場するが、その本格的な描写は氷室の『古事記』への傾倒ぶりをうかがわせるものだった。

『クララ白書』と同じ時期に、氷室は「ヤマトタケル」という九一枚の短編を三日間で書き上げた。

その原稿は長らく公開の機会に恵まれずに眠っていたが、『Cobalt』一九八四年秋号への掲載が決まり、氷室は美夜受《みやず》姫と武比古《たけひこ》の章を書き加えて発表した(35)。

雑誌掲載を経て、一九八六年三月にコバルト文庫『ヤマトタケル』が刊行される。氷室はあとがきのなかで、「根本的に長編小説に書き直そうとも思ったのですけど、この小説には、『古事記』を原文で読んだ時の興奮にまかせて、迸《ほとばし》るように書いた、ひと目惚れの初恋のひとに対するような思い入れがあるのです。だから五年前のままで発表して、二年後の今も、手直ししていません(36)」と、作品への強い思い入れを語る。『ヤマトタケル』は、『古事記』のヤマトタケルをモチーフに、氷室が作り上げた独自の物語である。古典をベースに、大胆にアレンジする手法は、『ざ・ちぇんじ！』にも通じるものといえよう。

『ヤマトタケル』

氷室冴子が描く『ヤマトタケル』は、父と息子の愛憎の物語である。誰からも愛される建《タケル》は、ただ一人、父である大王《おおきみ》の愛を得ることができずに苦しむ。大王もまた建を愛したいと思いつつ、建に兄・誉津別《ほむつわけ》の面影を重ね、愛憎を募らせていた。建に対する大王の屈折した感情と、大王の愛情を得られない建の孤独が交差する悲劇が、美しいやまとことばで描かれた。

　大王がその胸中を吐露してみせる「行ってはならぬ、建《タケル》の王子よ。おまえは、わたしのもとにいるのだ。このわたしの足もとに、ひれ伏すのだ。ひとびとが灼《や》けるほどに心から望んでも、ついに行きつくことのできぬ清浄の地を、どうしておまえは生まれながらにして、そうも易々《やすやす》と、その足で踏みしめている。どうして、おまえは知ろうとしない。愛しても愛されぬ渇きを。望んでも得られぬ苦《にが》みを。憎まずにいられぬ人の心の穢《きた》なさと闇を。波のごとく揺り返す失意を。邃《ふか》い、沼のごとき絶望を。そうしたものの渦《うず》から、どうして、おまえだけが杳《とお》く隔たっているのだ[37]」というセリフも、建の諦観がにじむ「よしておこう。痛みは痛みのままに、放っておくことだ。いくら贖《あがな》っても、ゆえのない憎しみの炎が消せぬように、この胸の痛みはもはや、どのような薬草を費やしても消えはしないだろう。わたしはもう長い年月、この痛みに狎《な》れ親しんできたような気がする[38]」という言葉も、父子それぞれが抱く胸のうちを痛切に響かせている。

『ヤマトタケル』には建を愛したさまざまな人物が登場し、美夜受姫、建、大王、武比古と、視点が入れ替わる一人称で小説は進んでいく。この構成は、「佐保彦の叛乱」をモチーフにした田辺聖子の小説『隼別《はやぶさわけ》王子の叛乱』にインスパイアされたものだろう。氷室は「大学を出てすぐのころ、田辺聖子さんの『隼別王子の叛乱』（中公文庫）を文庫で読み[39]」と、その思い出を語っている。

『Cobalt』初掲載、コバルト文庫版ともに、挿絵は森田じみいが手がけた。妖艶なカラーイラストと線の美しいモノクロ画は、匂いたつような色香に満ちており、カラー挿絵が多い『ヤマトタケル』は、目で見ても美しい絵物語に仕上がっている。『ヤマトタケル』には建と出雲《いずも》建《たける》、建と武比古の口づけも登場するなど、氷室作品のなかでは耽美色が強い。妖しく美しい、古代をモチーフにした氷室の異色作である。もし今復刊するのであれば文庫サイズではなく、より大きい版型のヴィジュアルブックとして手に取りたい。そう思わせる、独特の魅力に満ちた一冊である。

『ヤマトタケル』には、のちの『銀の海　金の大地』に登場する日子坐《ひこいます》、大闇見戸亮《おおくらみとめ》、氷葉州姫《ひばすひめ》（『ヤマトタケル』では氷羽州姫）などの名がすでに顔を出している。『古事記』のなかでも氷室が特にどの箇所に関心をもっていたのか、興味のあり方をうかがわせる人物選択といえよう。

刊行時の帯文には「建《たける》よ、若き勇者、猛《たけ》き魂《こころ》よ！」と惹句がつけられ、あわせて「自信作です。ぜひ読んでください」という氷室の言葉も掲載された。氷室にとっては、渾身の一作だったのだろう。しかし、氷室の期待ほどは、『ヤマトタケル』は読者の支持を受けなかった。後年刊行された『銀の海　金の大地』のあとがきのなかで、氷室は「しかし時期が早すぎたというのか、私の才能がなかったというべきか、なんか、あんましウケなくってさ」(40)と、当時の反響を記す。

古いやまとことばを使った『ヤマトタケル』の文体は美しいが、読者にとってはやや敷居が高かった。この作品の反省をふまえ、古代を舞台にしたエンターテインメント小説を書くことが、その後の氷室の目標となる。しかし、その連載を始めるまでには時間が必要で、古代長編小説が始動するのは九〇年代に入ってからであった。

一九八四年は氷室の最大のヒット作『なんて素敵にジャパネスク』の一巻や初の少年主人公小説『なぎさボーイ』も刊行された。一九八三年から八四年にかけての刊行ペース、そして作品の質の高さとバラエティの豊かさは驚異的である。氷室冴子の才気が花開き、次々とヒット作を世に送り出した時代といえるだろう。

この時期の氷室が自らの著作によって示したように、少女小説とはかくも多様な可能性に満ちたジャンルである。しかし氷室の意図とは裏腹に、少女小説はある時期から一つの方向性へとイメージが固められていった。

註

（1）氷室冴子責任編集『氷室冴子読本』徳間書店、一九九三年、一五六ページ
（2）氷室冴子『恋する女たち』集英社、一九八一年、三一ページ
（3）前掲『恋する女たち』一七七ページ
（4）前掲『恋する女たち』五二―五三ページ
（5）前掲『恋する女たち』一九七―一九八ページ
（6）武内崇×奈須きのこ「時の美学――『空の境界』が歩んだ十五年の軌跡」『空の境界 the Garden of sinners 全画集＋未来福音』星海社、二〇一三年
（7）「座談会コバルト文庫黄金時代ベスト10――忘れられないタイトルがここにある！」『本の雑誌』二〇〇八年一〇月号、本の雑誌社、一一ページ
（8）前掲『氷室冴子読本』一九八ページ
（9）氷室冴子『ざ・ちぇんじ！――新釈とりかえばや物語　前編』集英社、一九八三年、六七ページ
（10）氷室冴子『ざ・ちぇんじ！　後編』集英社、一九九六年、二四〇ページ
（11）前掲『ざ・ちぇんじ！　前編』一九八三年、二五ページ
（12）田辺聖子『少年少女古典文学館8　とりかえばや物語』講談社、一九九三年、二八〇ページ
（13）氷室冴子『シンデレラ迷宮』集英社、一九八三年、一六七―一六八ページ
（14）前掲『シンデレラ迷宮』二〇六―二〇七ページ
（15）前掲『シンデレラ迷宮』二五六ページ
（16）氷室冴子『シンデレラ ミステリー』集英社、一九八四年、二八三ページ
（17）『ＴＯＫＹＯ演劇フェア'94』パンフレット、一四ページ
（18）前掲『シンデレラ迷宮』一一六ページ
（19）前掲『氷室冴子読本』六七ページ
（20）氷室冴子『冴子スペシャル　ガールフレンズ』集英社、一九九〇年、三一〇ページ、三一三ページ
（21）氷室冴子『蕨ヶ丘物語』集英社、一九八四年、二一六―二一七ページ
（22）前掲『蕨ヶ丘物語』一六二ページ
（23）氷室冴子『少女小説家は死なない！』集英社、

一九八三年、七〇ページ
(24)『ガールフレンズ』収録の「こんどは温泉デート――山内直実さんのこと」(一六八―一六九ページ)には、『花とゆめ』編集者のエピソードが登場する。名前は出ていないが、これが細田均のことであろう
(25)久美沙織『コバルト風雲録』本の雑誌社、二〇〇四年、九七―九八ページ
(26)『週刊少女コミック』一九八三年二三号、小学館、一三一ページ
(27)前掲『少女小説家は死なない!』七八―七九ページ
(28)田中雅美のコバルト文庫デビュー作『ホットドッグ・ドリーム』(集英社、一九八〇年)に収録
(29)『小説ジュニア』一九七九年九月、集英社、三四一ページ
(30)前掲『少女小説家は死なない!』一二四ページ
(31)前掲『少女小説家は死なない!』一三四ページ
(32)前掲『少女小説家は死なない!』二一〇ページ、二〇七ページ
(33)前掲『少女小説家は死なない!』二五五ページ
(34)前掲『少女小説家は死なない!』一三七ページ
(35)氷室冴子『ヤマトタケル』集英社、一九八六年、一八八ページ
(36)前掲『ヤマトタケル』一八八―一八九ページ
(37)前掲『ヤマトタケル』一〇三―一〇四ページ
(38)前掲『ヤマトタケル』七七ページ
(39)氷室冴子『ホンの幸せ』集英社、一九九八年、一三六ページ
(40)氷室冴子『銀の海　金の大地』集英社、一九九二年、二四五ページ

第5章　『なんて素敵にジャパネスク』と少女小説ブーム

平安時代を舞台におてんばな瑠璃姫《るりひめ》が活躍する『なんて素敵にジャパネスク』は、氷室冴子最大のヒット作として、多くの人にその名を知られている。累計部数は八〇〇万部を突破、山内直実によるコミカライズとともに多くの読者を獲得したこのベストセラーは、コバルト文庫を代表するシリーズの一つでもある。

『なんて素敵にジャパネスク』は、少女にはなじみが薄い平安時代を舞台にしながらも、魅力的なキャラクターと巧みなストーリー展開で読者の心をつかんでいった。古典というジャンルに関心をもつ最初のきっかけとして、平安時代の習俗をふんだんにちりばめた同作が少女たちに与えた影響は計り知れない。

この作品は、もともと氷室自身の結婚にまつわる悩みから誕生した。また、当初は読み切りとして発表されたのち一冊のコバルト文庫にまとめられ、さらには大人気シリーズとして、長い期間にわたり書き続けられていくという経緯がある。親から結婚を迫られるという悩みをフィクションへと昇華させた小説が、やがて氷室冴子最大のヒット作となった。

結婚をめぐる対立から生まれた『なんて素敵にジャパネスク』

第2章でみたように、氷室は大学卒業とともに実家を飛び出し、女友達と共同生活をおくりながら作家修業を続けていた。実家を出る原因となったのが両親、特に母親との将来をめぐる方向性の対立であった。氷室冴子の母親は、「やはり結婚が女の幸せなのである、結婚もしておらず子供もいない女は、一人前には見られない[1]」という価値観の持ち主であった。氷室はこの時期、作家としていかに身を立てていくかを模索しており、結婚よりも仕事が優先の生活だった。娘の結婚を何よりも望む母親と、結婚が最優先事項ではない娘の価値観はすれ違う。

『なんて素敵にジャパネスク』が誕生した背景については、一九八四年刊行の一巻と、一九九九年刊行の新装版一巻のあとがきに詳しい。『小説ジュニア』の読み切り小説のアイディアで悩んでいた氷室は、自身が直面している問題、「親から結婚を迫られて困る少女」をテーマにした作品を思いつく。しかし、読者が感情移入できる年齢の少女を主人公にすると、現代ものでは結婚に悩むという設定に無理が出てしまう。そこで氷室は舞台を平安時代に設定し、一六歳の瑠璃姫を主役に据えた。平安時代であれば、一六歳で結婚問題に直面することの不自然さは解消される。氷室はこの時期すでに『ざ・ちぇんじ!』を着想しており、平安時代を舞台にしたコメディを手がけるための習作という意図もあって、短編執筆に取り組んだ。

このように、『なんて素敵にジャパネスク』は、親に結婚を迫られて困る少女というアイディアありきで生まれた作品であった。当初は『ざ・ちぇんじ！』を手がけるための習作と考えられた短編は、氷室自身も気に入る出来となり、第二話、そしてコバルト文庫版へと書き続けられていった。

『なんて素敵にジャパネスク』シリーズの構成

『なんて素敵にジャパネスク』の第一話は、『小説ジュニア』一九八一年四月号に掲載された。タイトルは「なんてすてきにジャパネスク」と、現在とは少し異なり「すてき」がひらがな表記だった。挿絵は峯村良子が担当した。

続く第二話「初めての夜は恋歌で囁《ささや》いて」は、『Cobalt』一九八二年秋号に掲載され、このときの挿絵は土田よしこが手がけた。最初の読み切りからコバルト文庫版までほぼすべての挿絵を峯村良子が担当しているが、この一作のみ土田よしこが描いている。そしてコバルト文庫『なんて素敵にジャパネスク』は、発表済みの二編に書き下ろしの第三話「初めての夜よ　もう一度　の巻」を加え、一九八四年五月に刊行された。

このように、最初の読み切り発表からコバルト文庫版が刊行されるまで三年近くかかっており、比較的時間をかけて一冊の本にまとまった作品といえるだろう。シリーズものではあるが続巻の発売も断続的で、全一〇冊の最後の巻が発売されたのは一九九一年のことである。

ここで、『なんて素敵にジャパネスク』シリーズの構成を紹介したい。既刊全一〇冊のうち、『ジャパネスク・アンコール！』の二冊は瑠璃姫以外が主役の番外編として発表された。番外編とはいえ、この巻を省くと本編の内容がつながらないため、手に取るときに注意が必要である。次に『ジャパネスク』シリーズ全一〇冊のタイトルと、刊行年月を一覧にした。話の流れとしては、ここで並べたように刊行順で読むのがオーソドックスといえよう。

『なんて素敵にジャパネスク』一九八四年五月
『なんて素敵にジャパネスク2』一九八五年四月
『ジャパネスク・アンコール!』一九八五年七月
『続ジャパネスク・アンコール!』一九八六年六月
『なんて素敵にジャパネスク3　人妻編』一九八八年五月
『なんて素敵にジャパネスク4　不倫編』一九八九年三月
『なんて素敵にジャパネスク5　陰謀編』一九九〇年二月
『なんて素敵にジャパネスク6　後宮編』一九九〇年七月
『なんて素敵にジャパネスク7　逆襲編』一九九一年一月
『なんて素敵にジャパネスク8　炎上編』一九九一年一月

最初の『なんて素敵にジャパネスク』は瑠璃姫の結婚問題と鷹男《たかお》のエピソード、二巻が吉野君《よしののきみ》のエピソード、『アンコール!』の二冊はサイドストーリー、三巻から八巻が帥《そち》の宮《みや》のエピソードとなる。無印から『続・アンコール!』の四冊は瑠璃姫と高彬《たかあきら》が結ばれるまで、三巻以降は瑠璃の人妻時代と区分される。

以下、コバルト文庫『なんて素敵にジャパネスク』をもとに、『ジャパネスク』の世界をみていきたい。

初夜から東宮廃位問題へ

物語は主人公瑠璃姫の、「冬だ。人生の冬よ、まったく」という嘆きから始まる。父は大納言藤原忠宗、摂関家の流れをひくお姫様として生まれた瑠璃姫は、親から結婚を強いられて悩んでいた。瑠璃姫はすでに結婚適齢期を過ぎつつあるが、幼少の頃過ごした吉野の里で出会った初恋の人「吉野君」の面影が忘れられない。吉野君は流行り病で亡くなり、瑠璃姫は初恋の清い思い出を胸に、親からの縁談を拒否して独身主義を貫いている。

『なんて素敵にジャパネスク』

瑠璃姫には一つ年下の融《とおる》という弟がおり、さらに融と同い年の藤原高彬は、幼馴染として顔なじみの間柄であった。高彬は右大臣の四男で、現在は衛門《えもんの》佐《すけ》を務めている。

結婚を考えない娘に業を煮やした父親は、自宅で管弦の宴を開催し、瑠璃姫と一九歳の権少将《ごんのしょうしょう》を引き合わせる。父親は権少将を瑠璃姫の部屋に手引きし、夜這いという既成事実を作ることで、無理やり結婚に持ち込もうとした。

「なに、まがりなりにも瑠璃が権少将に興味を示したのだ。かまうものか。後日、吉野君をだしに訪ねて来る手間も省ける。瑠璃の部屋は教えてあるし、権少将もその気でいる。今夜のうちに強行突破して、既成事実をつくってしまえば、いくら瑠璃でも、結婚はいやだなどと御託を並べまい[2]」

父親の手引きにより初夜を迎えさせられそうになった瑠璃姫は、融の部屋に逃げ込む。そして、たまたまそこにいた高彬に助けを求めた。高彬は権少将に対し、「瑠璃姫とわたくしは、行く末を固く契《ちぎ》った、振り分け髪のころからの筒井筒《つついづつ》の仲ですよ」と、深い関係であることアピールする。やけくそになった瑠璃姫は高彬に調子を合わせ、「そ、そうよ。絶対、そうよっ。あたしと高彬は、ぶっちぎりの仲よっ！」と叫び、なんとか権少将の夜這いをやり過ごす[3]。

この事件を通じ、瑠璃姫はかつて高彬と交わした約束を思い出す。吉野君が亡くなり、傷心の瑠璃姫を慰めた高彬は、ぼくがずっと一緒にいてあげるよと誓い、瑠璃姫もまたずっと一緒ねと約束していたのであった。

『なんて素敵にジャパネスク』は、現代とは異なる平安時代の結婚の風習をもとに、「夜這い」や「初夜」などのきわどい言葉が飛び出す、異例の初夜コメディとなった。第一話では権少将をやり過ごし、瑠璃姫が高彬を男性として意識するところで終わる。

続く第二話「初めての夜は恋歌で囁いて　の巻」は、第一話とはパターンが異なる初夜コメディが展開される。高彬は幼少の頃の約束を信じ、親が勧める兵部卿宮《ひょうぶきょうみや》二の姫との縁談も断り、瑠璃姫のことを一途に想っていた。ところが高彬が断ったはずの二の姫との縁談が、祖母の手によって進められていたことが判明する。ここで婿を逃してなるものかと焦る父親は、「既成事実をつくってしまえば、こっちのものなのだ。先にやってしまった方が勝ちである。わかるな、瑠璃」(4)と、再び強引に初夜を進めようとする。この初夜も中断され、高彬と瑠璃姫が結ばれるのはシリーズ四冊めにあたる『続ジャパネスク・アンコール!』まで持ち越される。

第二話には、和歌が重要なモチーフとして登場する。『なんて素敵にジャパネスク』シリーズには和歌が多数登場するが、これらの歌はみな、氷室が『古今和歌集』や『新古今和歌集』などを参考に作ったオリジナルである。(5)歌の解釈だけでなく、その裏に込められた意味も読み解くなど、和歌は単なるアクセントだけには留まらず、物語の展開にも深くかかわっていった。

第三話「初めての夜よ　もう一度　の巻」は、文庫化のために書き下ろされたエピソードである。いよいよ正式に初夜を迎えようとした瑠璃姫と高彬だが、弟の融が太刀傷を作って帰宅したため、初夜は再び延期された。融が夜盗に切られたと証言したため、都の治安を守る衛門府の左衛門佐である高彬は出勤する。以後忙しくなった高彬は、瑠璃姫への連絡もままならない状態となってしまう。

夜盗事件が解決しない限り、高彬と瑠璃姫は初夜を迎えることができない。行動的な瑠璃姫は自身の結婚のため、牛車《ぎっしゃ》で融を尾行する。初夜が流れた腹いせで調べ始めた夜盗事件は、思わぬ展開をみせ、東宮廃位をめぐる陰謀へと様変わりする。この事件を通じ、瑠璃姫は解決のために暗躍する雑色《ぞうしき》鷹男と出会う。年下で頼りないタイプの高彬とは異なる魅力をもつ鷹男は、『ジャパネスク』シリーズにおける人気キャラクターの一人である。鷹男に協力することになった瑠璃姫は、陰謀を阻止すべく敵方の屋敷に女房として潜入し、大活躍をみせた。

『なんて素敵にジャパネスク』を執筆するときに氷室が意識したテーマは、「活字でどこまでコメディーができるか」であった。そのときにコメディのお手本として思い浮かべたマンガが「小丸栄子の国嗣無双シリーズ」だったと、氷室は『ダ・ヴィンチ』一九九六年七月号のインタビューで明かす。(6) 氷室がいう「国嗣無双シリーズ」とは、『別冊少女フレンド』一九七九年三月号掲載の「でしゃばりラプソディー」に始まる一連の作品のことだろう。『なんて素敵にジャパネスク』を執筆するときに氷室が意識したのが、小丸栄子が手がけた国嗣無双《こくしむそう》と妹・卯羅子《うらこ》の兄妹を中心としたナンセンスコメディであったことは、これまでほとんど言及されてこなかった。氷室冴子がコメディ路線を展開するうえで、同時代の少女マンガに目を配り、そこにヒントを得て自身の作風を作りあげていったことを示す興味深い証言といえよう。

ストーリー展開の巧みさもさることながら、なにより魅力的なキャラクターたちが『ジャパネスク』シリーズを盛り上げた。瑠璃姫は平安貴族の姫らしくない型破りな性格をしており、屋敷に引きこもらず、自分で考え、行動する能動的な少女として造型された。高彬、鷹男、吉野君をはじめ、瑠璃姫を取り巻く男性たちも魅力的で、それぞれのかたちで彼女に思いを寄せる。腹心の女房小萩《こはぎ》、超リアリストの煌姫《あきひめ》など、女性キャラクターもそれぞれに強く、個性的である。

『なんて素敵にジャパネスク』に登場するキャラクターの由来や背景は、『Cobalt』一九九九年四月号の特集記事に詳しい。これによると瑠璃姫は『源氏物語』の玉鬘《たまかずら》の幼名藤原瑠璃君から、高彬は安和《あんな》の変で失脚した源高明、融は左大臣の源融。煌姫は辞書を片手に作ったオリジナル名で、煌姫のエピソードは『源氏物語』の末摘花のパロディとして執筆された。(7) 作品の舞台となった場所は、一九九九年刊行の新装版『なんて素敵にジャパネスク』のあとがきで詳しく明かされた。京都御所や平安博物館（現在の京都文化博物館）をはじめ、宇治の平等院、大覚寺、帯解寺《おびとけでら》など、『ジャパネスク』ゆかりの場所が氷室によって説明されており、『ジャパネスク』の舞台めぐりをする手引きとなる。

『なんて素敵にジャパネスク』一巻発売当時は、高彬よりも鷹男の方が人気が高かったという。二巻のあとがきによると、鷹男派が八割を占めたというほど、圧倒的な支持を集めた。(8) 鷹男は魅力的なキャラクターであるが、年下でやきもち焼きながら破天荒な瑠璃姫を一途に愛する高彬は、少女にとって一つの理想形といえるだろう。第二巻の最後に登場する「ぼくで我慢しなよ」(9) という高彬の言葉は、『ジャパネスク』シリーズ屈指の名台詞である。

『ジャパネスク・アンコール！』からは、高彬の乳兄弟《ちきょうだい》守弥《もりや》、そして煌姫という新キャラクターが登場する。主人の出世を願う守弥は忠誠心から瑠璃姫との結婚を壊そうと画策し、煌姫に取引をもちかける。煌姫は先々帝の親王、水無瀬《みなせ》の宮の姫君であるが、父親亡きあとは困窮しており、守弥の企みに加担する。

『ジャパネスク』にはさまざまなキャラクターが登場するが、煌姫は瑠璃姫とは異なる女性像として印象深い。高貴な生まれの美しい姫だが、辛酸をなめる生活を過ごすなかで、「うまい話には裏がある」「人を見たら泥棒と思え」というモットーをもつに至る。恵まれたお姫様である瑠璃姫とは違い、日々の生活に困る暮らしやリアリストぶりが、物語に奥行きを与えている。煌姫はレギュラーキャラクターとなり、帥の宮編にも登場する。

瑠璃姫の口語一人称で進行する『なんて素敵にジャパネスク』は、現代的な言葉をふんだんにミックスした、カジュアルで読みやすい文体が採用されている。他方で、ベースとなる平安貴族の暮らしぶりは綿密な時代考証に基づいており、このバランスが大きな特徴である。読者たちは現代的な文体を楽しみながら同時に、牛車、御簾《みす》、脇息《きょうそく》などの小道具、和歌をはじめとする文化、作中で瑠璃姫が言及する王朝文学といった平安時代の知識を自然と学んでいった。高度な専門性を忍ばせつつ、中高生が楽しむことのできる軽やかさをもった、優れたエンターテインメント小説といえるだろう。加えて、山内直実の作画によるコミック版の登場で、その間口は一層広がった。コミック版『なんて素敵にジャパネスク』は『花とゆめ』一九八八年二〇号から一九九二年二四号まで、そして『続ジャパネスク・アンコール!』収録の「小萩のジャパネスク日記　の巻」が『花とゆめ』一九九三年四号に掲載された。

一九八〇年代後半の少女小説ブーム、さらにはコミカライズの相乗効果もあり、『なんて素敵にジャパネスク』は大人気作として読者の支持を集めていった。コバルト文庫で初版の部数が一番多かったのが『ジャパネスク』シリーズで、二冊同時刊行された七巻・八巻は、あわせて一〇〇万部近い部数を刷ったという。[10] これは、小説の初版部数としては破格の部数である。いかに『ジャパネスク』が多くの読者を獲得していたか、その人気のほどがうかがえよう。

氷室冴子人気と『ジャパネスク』受容

ところで、氷室冴子は当時の女子中高生の間でどのように読まれていたのだろうか。その一端をうかがうことができるのが、毎日新聞社が毎年実施する「学校読書調査」である。これは小学校四年生から高校三年生までの生徒を対象に、学年別男女別に読書の実態を調査したものだ。同調査から、一九八〇年代から九〇年代にかけての氷室の受容をみていきたい。

学校読書調査に氷室冴子の名前が初めて登場するのは一九八二年のことである。高校二年生の女子が読んだ本として『クララ白書』『アグネス白書』が一二位と、下位ながらランクインする。[11]そして翌一九八三年は人気が急浮上し、氷室作品はトップ10内に多数顔を出す。高校一年女子では三位『雑居時代』、五位『アグネス白書』、七位『クララ白書』『ざ・ちぇんじ！』と、複数の作品が高い順位に入った。[12]この年は新井素子と赤川次郎作品も複数入り、一九八三年の時点で女子中高生の間でコバルト文庫人気が定着した状況が読み取れる。

『なんて素敵にジャパネスク』は一九八四年に初めて学校読書調査に登場し、高校一年女子の四位、高校二年女子の二位と、高校生女子のランキングで高い順位に入った。[13]ここまでのデータが示すように、一九八四年までの氷室の読者層は高校生が中心となっており、比較的年齢層が高い。

一九八五年以降は中学生のランキングでも常連となり、この頃から読者層が広がった様子がうかがえる。この年の中学二年女子四位が『シンデレラ迷宮』、六位が『シンデレラ　ミステリー』『なんて素敵にジャパネスク』、八位が『クララ白書』、一〇位が『なぎさボーイ』という結果になった。

中学三年は一位から四位まで氷室作品が独占し、一位が『なんて素敵にジャパネスク』、二位『多恵子ガール』『なぎさボーイ』、四位『クララ白書』という人気ぶりをみせる。高校生女子のランキングにも多数登場し、高校一年一位が『なぎさボーイ』、二年一位が『なんて素敵にジャパネスク』、三年一位も『なんて素敵にジャパネスク』と全学年の一位を独占する。ランキングには『ざ・ちぇんじ！』『雑居時代』『蕨ヶ丘物語』なども挙がり、一九八五年は、氷室冴子作品が最も多く学校読書調査に登場した年となった(14)。

同時にこれは、氷室作品の読者の年齢が下方に伸びていくということでもある。『朝日ジャーナル』のインタビューで、氷室は「作者が読者のことを分析するのは、なにか僭越な感じがするんですけど、『クララ白書』とかで一部にしか知られていないときは、いろんな本を読んでしまって、漫画も飽きた、ちょっといっぷう変わったものを、そういう感じで読んでいた子だったんですけど、いまはごく普通の子ですね。以前は、女子大生の子なんかも多かったんですけど(15)」と、その変化を分析してみせる。

いくつものタイトルがランクインしていた氷室作品だが、なかでも『なんて素敵にジャパネスク』は突出した人気を誇り、やがてランキングに入るタイトルは同作に収斂していく。『なんて素敵にジャパネスク』人気のピークといえるのが、一九八七年と八八年である。各学年の女子部門で『なんて素敵にジャパネスク』が高い順位に入った。一九八七年の調査では中学三年、高校一年の一位、さらに高校二年の二位に同作がランクインする(16)。一九八八年の調査は前年に創刊された講談社X文庫ティーンズハート（次節を参照）の影響が強く、ランク内の入れ替わりが激しい。こうしたなかでも『なんて素敵にジャパネスク』は高校一年二年三年女子の一位を独占するなど、圧倒的な人気をみせた[17]。

一九八九年以降は講談社X文庫ティーンズハートや吉本ばなな人気の影響を受け、『なんて素敵にジャパネスク』の順位は後退する。かつてほどの高順位ではなくなるものの、それでも女子中高生のランクにコンスタントに登場し、『ジャパネスク』は定番作品として読み継がれていった。

一九八四年の初登場以来、『なんて素敵にジャパネスク』は一九九五年までの一二年間、学校読書調査にその名を刻み続けた。学校読書調査では、文学の古典的な名作は定番作品として安定した順位を占めるが、エンターテインメント小説は毎年作品の入れ替わりが激しい。『なんて素敵にジャパネスク』のように長期にわたりランクインするエンターテインメント小説は珍しく、女子中高生のスタンダードな読み物として一時代を築いた作品といえるだろう（氷室冴子作品受容の「断絶」については第10章を参照）。

氷室作品の存在感もあり、女子中高生の間で人気を博したコバルト文庫は、徐々に社会的な注目を集めていく。一九八四年八月二六日の『朝日新聞』には、「集英社コバルト文庫　朝日ソノラマ文庫　中高生の心つかむ」という特集が掲載された[18]。この頃から、ジャーナリズムをはじめとする大人の世界が、コバルト文庫の人気に気づきはじめた。

コバルト文庫編集長の石原秋彦は一九八五年のインタビューで、「二、三年前から、大人の知らないところで、口コミで女子中・高生の支持を受け始めた」と、コバルト文庫人気の広がりを説明した[19]。コバルト文庫は、新聞広告や電車の中吊り広告など、大人の目にとまるかたちで宣伝がなされたわけではない。クラスメイトや友人などの口コミで読者を増やし、ティーンの間に浸透したレベルであった。コバルト文庫の人気を察知した大人たちは、一九八五年以降「少女小説」という言葉を使い、商業的なプロモーションを展開していく。

少女小説ブームと氷室冴子

前節でみたように、コバルト文庫は一九八三年頃に中高生の間で人気が定着し、その後徐々に大人の世界でも注目されるようになった。コバルト編集部は一九八五年以降、市場をさらに広げようと、「少女小説家」という言葉を使用したキャンペーンを仕掛けていく。「少女小説家」が注目されるきっかけを生んだのが、氷室冴子が一九八三年に刊行した『少女小説家は死なない！』であった。

ここでいまいちど、ティーン向け読み物の呼称について確認しておきたい。富島健夫などが活躍していた『小説ジュニア』の時代は、「ジュニア小説」という呼称が使われていた。その後ジュニア小説は低迷し、一九八〇年頃から氷室冴子をはじめとする若手作家が少女向けエンターテインメント小説を切り拓き、ティーン向けの小説市場が活性化する。その流れを受けて『小説ジュニア』は一九八二年六月号を最後に廃刊となり、新たな雑誌『Cobalt』が同年八月に創刊された（『Cobalt』は一九八九年まで季刊誌として発行）。

『Cobalt』創刊号（一九八二年夏号）には「Cobaltフレッシュ5　女流新進作家フェア」として新井素子、氷室冴子、久美沙織、田中雅美、正本ノンの五人が並んだ写真が掲載されている。編集部は新雑誌『Cobalt』へ移行することで作家の世代交代をはかり、さらにはジュニア小説という古いイメージの残る言葉を払拭《ふっしょく》したかったのだろう。『Cobalt』へリニューアル後、編集部はジュニア小説という言葉は前面には出さず、一九八四年夏号からは表紙に「青春小説」という文字が入る。『Cobalt』の創刊後、編集部が打ち出した新しい呼称が「青春小説」であった。

一九八三年一一月、氷室冴子は『少女小説家は死なない！』を刊行する。「少女小説」という言葉は『クララ白書』のなかでもたびたび登場していたが、本のタイトルになったことで、「少女小説家」や「少女小説」という呼称は注目を集めた。

この作品の刊行後、編集部は『Cobalt』一九八四年冬号で、「少女小説家だけが生き残る‼」という座談会を企画した。氷室冴子、正本ノン、久美沙織、田中雅美の四人による新春座談会は、「どうして、いま、少女小説なのか。みずからの小説作法からプライベートまで、大いに語ってもらう」ものだった。

この座談会のなかで編集長の石原秋彦は、「小説のジャンルでいくと、少女小説というのはもはや死語みたいなところがありますよね。ジュニア小説っていう言い方もあえて使いたくなくって編集部では青春小説って呼んでるんですが」(20)と述べる。こうした言葉からも明らかなように、この時点では、編集部側は「青春小説」という呼び方を推しており、「少女小説」という呼称は作家たちが望んで選び取った用語であった。

一方、同じ座談会のなかで久美沙織は、「SFはSF作家クラブがあるんだもん。少女小説家も少女小説家クラブを作ればいいのよ」(21)と提案する。この言葉がきっかけとなり、『Cobalt』誌上で「少女小説家クラブ」が結成されることになった。一九八四年秋号の『Cobalt』には「少女小説家クラブ」誕生の告知が掲載され、「こむずかしい会則も作らず、おたがいが、セッサタクマすることによって、少女小説の興隆をめざそうというものです。少女漫画家というコトバがあるのだから、少女小説家というのもあっていい――といった意味あいのクラブ。みなさんも応援してください」[22]と、読者に向けた呼びかけがなされた。

『ミス・ヒーロー』一九八五年五月号に掲載されたインタビューのなかで、氷室は少女小説家クラブについて、そして少女小説家と呼ばれることについて、以下のように返答した。

私は、「吉屋信子の流れをくむ少女小説家になろう」なんて思って、仲間内で「少女小説家クラブ」というものを作ったりしてるし、自分のほうから名乗りをあげているようなものだから……。私たちのやっていることに賛同を得ようという気持ちがありますから、〝少女小説家〟と呼ばれることに抵抗はありません。[23]

このように、一九八五年の春頃までは、氷室冴子は少女小説家と呼ばれることに拒否反応を示さず、その呼称を受け入れている。しかし同年の夏から『Cobalt』とコバルト文庫が、「少女小説家」という呼称を用いたキャンペーンを開始したことで、これらの言葉は氷室が本来想定していた文脈から切り離され、マーケティング用語となっていく。

一九八五年の『Cobalt』を詳しくみていきたい。一九八五年春号では「少女小説家クラブ」の結成を記念し、ウエディングドレスを着た氷室冴子・正本ノン・久美沙織・田中雅美の写真が掲載された。[24]この号には『少女小説家は死なない！』の番外編「少女小説家を殺せ！」が掲載されるなど、「少女小説家」という言葉が前面に押し出された。続く一九八五年夏号では、五人の少女小説家（氷室冴子・正本ノン・久美沙織・田中雅美・新井素子）の似顔絵イラストをプリントしたTシャツを七〇〇人にプレゼントする「少女小説家に首ったけTシャツ」キャンペーンが開催された。[25]もともと少女小説や少女小説家という言葉は、書き手である作家たちの執筆スタンスや意識と結びついて使われていた用語であった。しかし、「少女小説家」という用語は文脈をはぎ取られ、キャッチーなフレーズとして濫用されていく。氷室冴子はそれに対して「こういうのはやだ。チョコレート売ってるんじゃないんだし、まがりなりにもモノは小説なんだから、パッケージして売らないでほしい。レッテル貼られたくない[26]」と反発したが、流れを止めることはできなかった。

同時代における氷室冴子評価

「少女小説」という言葉と結びつけられるようになったコバルト文庫は、ジャーナリズムからも注目を集めていった。『朝日ジャーナル』一九八五年七月二六日号には、文芸評論家北上次郎による「少女小説　言葉以前の記号の洪水」という評論が掲載された。この記事は、北上の琴線に触れたコバルト文庫作家への言及から始まる。北上は片岡義男、吉野一穂、窪田僚、久美沙織の四人に言及し、それぞれの作品を好意的に語ったうえで、次のように続けた。

今回、少女小説について何か書けと言われて途端に思い出したのが、片岡義男→集英社文庫コバルト・シリーズ↓吉野一穂、窪田僚、久美沙織という、以上のような流れだった。
ところが、少女小説というのはもっと限定されているらしい。少女が主人公で、読者も少女。となると集英社文庫コバルト・シリーズではあっても片岡義男、吉野一穂、窪田僚らは問題外となる。読者には女性読者もいるかもしれないが、彼らの作品の主人公は多く少年であるからだ。(27)

北上は、少女主人公でなければ少女小説とは呼べないという前提で話を進めている。もっとも文脈から判断するに、これは北上による定義ではなく、すでにそういう見方が流布しており、その枠組みのなかで論じたということであろう。氷室には少年を主人公にした『なぎさボーイ』という作品があり、そもそもこのような狭い少女小説の捉え方には反対する立場にあった。しかしながら一九八五年の時点ですでに、少女小説は少女主人公でなければならないという、狭い見方が定着している。この前提のもとで、北上は氷室冴子『クララ白書』『クララ白書ぱーとII』『なんて素敵にジャパネスク』、久美沙織『ガラスのスニーカー』、正本ノン『クレソンサラダをめしあがれ』、田中雅美『ホットドッグ・ドリーム』の六冊を取り上げ、分析を進めていく。

北上は「読後印象を先に書けば、氷室冴子の小説はさすがになかなかよく出来ている」と、氷室作品を評価する。とはいえ、全体的な内容は好意的とは言い難い。北上は『クララ白書』の「そうして私は、わかった、と答えたっけ……。何でも言うことを聞くって……うわーっ!!」や、『なんて素敵にジャパネスク』の「ちょっとー、うっそでしょーっっ!! あたし、もしかして、その〝一派〟の本拠地の縁の下にいるわけ!?」という文章を取り上げ、作中でいかに奔放な地の文が用いられているかを紹介した。そのうえで北上は、以下のように結論づけた。

こういう文章が頻繁に出てくる。念のためにお断わりしておくが、これ、地の文である。要するに独白である。なるほどね、少女小説がブームになっているのは『ビックリハウス』や『BOM!』などの投稿雑誌がウケている状況と同じであることに気が付く。現代の若い読者は、身のまわりの出来事を時にはフィクションも入れながら自分たちの言語で語られたものだけにリアリティーを覚える、ということなのではないか。つまり小説を読んでいる意識はないのだ。(28)

北上は氷室冴子の文体を、少女たちの言葉そのものとして捉えている。しかし、第2章で取り上げたように、氷室の文体は少女たちのしゃべり言葉をそのまま借用したものではない。それはあくまで「計算された親しみやすい文体」であり、その計算の部分に、作家のテクニックが注ぎ込まれていた。さらに言うならば、北上が引用した箇所は、作中でも特に崩して書かれた文章である。他のところはこのような文体にはなっておらず、氷室が意図的に崩した表現に北上は着目したかたちとなった。

北上の評論が発表された記事には、氷室冴子のインタビューもあわせて掲載された。氷室に質問をするインタビュアーは、「言葉の面でいうと、氷室さんの文章は、新しさと古さが絶妙なバランスを保ってる」と、氷室の文体にある保守的な一面を的確に指摘した。(29)その言葉を受け、氷室は自分の文体は言葉や文法をそれほど崩していないと、文体を生み出すうえでの工夫や手法を解説してみせた。

氷室自身は一九九〇年、『マイ・ディアー――親愛なる物語』収録の「ストーリーテリングということ」の中で、北上の評論に言及した。「私はかつて、キタガミ氏に、かなりキツーい書評をされちゃったことがあって、恨みかさなるキタガミ氏ではあるのですが[30]」と記したうえで、「好みの文章をみつけるために、わりに苦労するのです。（キタガミさん、私、これでも苦労して書いてますのよ、さぞ意外でしょうね？）[31]」と記す。北上の評論は、氷室にとって禍根を残すものであった。

久美沙織によれば、かつて氷室は「いまの読者にウケるものを狙って書いてはいけない。十年後二十年後にも、もっと先の読者にも、ちゃんと楽しく読んでもらえるものを書かなくちゃだめ[32]」と語っていたという。氷室が目指したのは、普遍性のある〝小説〟だった。商業作家として、氷室は同時代の少女たちにいかに関心をもってもらうかという点を強く意識する。しかし、それはそのまま風俗や感性に寄り添い、同時代を切り取ったものではない。なにより、文体やキャラクター、ストーリー展開といった小説の基本的要素の強固さこそが氷室作品の肝である。こうしたエレメントが、ある時代のなかだけでは消費されない、氷室作品の普遍性へとつながる。北上が当時の少女小説のイメージや氷室の文体の表層にからめとられて見逃してしまったのは、まさにこうした氷室の作家としての根源的な思想や周到な企てであった。

少女小説は若者に人気のジャンルとして注目され、流行として消費される側面をもっていた。しかし一方で、氷室の作品はそうしたジャンルの枠のみに回収されず、より普遍的な評価を受けてもいた。一九八八年四月刊行の『高校生のための小説案内』（筑摩書房）に氷室の『なんて素敵にジャパネスク』が収録されたことは、そうした同時代の評価を物語っている。『Cobalt』一九八八年春号ではこのことが取り上げられ、「すでに古典の仲間入り!? なんて素敵にジャパネスク」と題された記事が掲載されている。『なんて素敵にジャパネスク』が選出された経緯について、特に若い人たちを意識してのセレクトであるのかを問われた筑摩書房編集部は、そうではないと返答した。「小説として密度の高いものを、と厳選していったら氷室さんの小説が自然に残ったのです。選考会議でも、ほとんど異論は出ませんでしたよ」と説明する。(33)『なんて素敵にジャパネスク』が収録された、『高校生のための小説案内』の作品ラインナップは、次のようなものだった。

1. はじまりの物語…中島敦『狐憑』／M・エンデ『モモ』／稲垣足穂『星をひろった話』／スタンダール『パルムの僧院』
2. 事実に立つ…C・W・ニコル『ドブネズミたちの優雅な旅』／野上弥生子『真知子』／S・ヴェイユ『工場日記』／金石範『虚夢譚』／G・オーウェル『絞首刑』
3. 記述の魔力…宮沢賢治『ガドルフの百合』／庄野潤三『静物』／三島由紀夫『春の雪』／小林恭二『電話男』
4. 男と女の風景…二葉亭四迷『平凡』／中沢けい『野ぶどうを摘む』／E・ヘミングウェイ『白い象のような丘』／氷室冴子『なんて素敵にジャパネスク』／井伏鱒二『三毛猫のこと』
5. 日常のむこう側…E・シートン『兎が自分でつづって語る生活の話』／きだみのる『気違い

部落周游紀行』／佐藤春夫『田園の憂鬱』／S・レム『ソラリスの陽のもとに』

6. 壁の時代に生きる…J・ハシェク『兵士シュヴェイクの冒険』／井上光晴『ぺぃゔぉん上等兵』／B・マラマッド『修理屋』／大原富枝『地上を旅する者』

7. 異世界通信…T・マン『魔の山』／石川淳『紫苑物語』／P・マンディアルグ『小さな戦士』／谷崎潤一郎『美食倶楽部』／吉田知子『極楽船の人びと』

8. 家族の肖像…日野啓三『天窓のあるガレージ』／瀬戸内晴美『雉子』／島崎藤村『芽生』／干刈あがた『プラネタリウム』／小島信夫『馬』

9. 再生する時間…宮本常一『土佐源氏』／W・ゴールディング『蠅の王』／折口信夫『死者の書』／大江健三郎『M／Tと森のフシギの物語』

全体的に硬派なラインナップとなっており、このなかに氷室の作品が並んだことは画期的と言えよう。収録されたのは『なんて素敵にジャパネスク』第三話「初めての夜よ　もう一度　の巻」の冒頭で、氷室は「従来の堅苦しい文学語に拘束されることなく、現代の若い女性の話語を駆使した自由な作風は、ユーモラスで生き生きとしており、多くの可能性を暗示している」[34]と評価された。

この時期のコバルト文庫は中高生の間では絶大な支持を集めていたものの、保護者や学校側からもろ手を挙げて歓迎されていたわけではない。マンガ的な表紙や文体・内容が、軽んじられることも少なくはなかった。こうした状況にもかかわらず、『なんて素敵にジャパネスク』が高く評価されたことは、コバルト編集部にとっても喜ばしいことだったのであろう。記事には「みなさんに愛されてるコバルト・シリーズ、でも、オトナの世界ではまだ認めてくれない人もいるみたい」「頭のカタイ「オトナたち」――誰とは言いませんケド――に、聞かせてあげたい台詞ですね」と、皮肉が記された。

少女小説マーケットの拡大

少女小説のマーケットは、一九八七年創刊の講談社X文庫ティーンズハート（以下ティーンズハートと略す）の登場により、さらなる拡大を見せた。

なかでも同年四月に刊行された花井愛子『一週間のオリーブ』は、以後のティーンズハートの、そしてある時代の少女小説の方向性を決定づけた。コピーライターであり、少女マンガ原作の仕事も手がけていた花井は、少女小説を「小説」である以上に「商品」として捉えてプロデュースし、従来とは大きく異なる視点をこのジャンルにもたらした。

花井は自分の作品の読者ターゲットを「いままでマトモに活字の本を読んだことがない15歳中3少女」に定めた。そして本の顔となるカバーを重要視し、イラストを『少女フレンド』で人気の漫画家かわちゆかりに依頼する。活字好きではない少女を惹きつけるポップでキュートなパッケージを意識して、花井は本作りを進めていった(35)。また彼女は少女マンガのネームを参考に、改行を多用した短い文体を使い、小説を執筆した。花井いわく「ページの下、まっ白！」と揶揄されることも少なくないこの文体は、少女マンガからの影響だけでなく、宇能鴻一郎のポルノ小説の文体もルーツとなっている(36)。さらにはティーンの好む時事的な話題や、実在するブランドやロケーション、バンドなどを作品のなかにふんだんに取り入れた。『一週間のオリーブ』のタイトルになっているのは雑誌『Olive』であり、作中にはハウンド・ドッグのコンサート、アツキ・オオニシのワンピースをはじめ、現実にあるものが描かれた。

なお、第4章で取り上げたように、氷室冴子の『少女小説家は死なない!』にはジュニア・ハーレクインを手がける関根由子という作家が登場する。「嘘かほんとか知らないけど、関根由子はティーンの好きそうな小物、食べもの飲みものから始まって、一度は行きたい場所、好きなタイプの男、憧れの恋のシチュエイションをパソコンにインプットしてるって話よ」(37)という関根作品のコンセプトは、花井の手法に通じるものといえよう。花井愛子の作品は、普段は本を読まない少女を読者に取り込むことに成功し、少女小説市場の裾野を広げた。勢いづいたティーンズハートは、巨大なマーケットへと成長する。以降も、ティーンズハートからはヒットメーカーが輩出された。その代表格である折原みとは漫画家出身で、自身の小説のカバーもすべて手がけていた。同じくティーンズハートの人気作家小林深雪《みゆき》はライター出身で、デビュー作から一貫して漫画家の牧村久実とタッグを組み、ローティーンから強い支持を受ける。

それまでの少女向けエンターテインメント小説は、コバルト文庫がほぼ独占するかたちであった。そのようななか、一九八七年にライバルレーベルとなるティーンズハートが登場し、破竹の勢いで人気を獲得していく。集英社のコバルト文庫と講談社のティーンズハートという二大レーベルを中心に、一九八七年以降少女小説マーケットは拡大し、出版界や経済界からも注目されるほどのブームとなった。この時期の少女小説全体の発行部数は一年で三〇〇〇万部に達したが、これは文庫本の出版総数の一割近くを占めるほどの部数であった。[38]

また一九八八年は、第二次ベビーブーム世代が中・高校生になる時期にあたる。こうした団塊ジュニアは「イチゴ世代」とも称され、潜在的な消費者層として注目を浴びてはじめていた。[39] 少女小説ブームは、若年層世代の人口の厚さも追い風にしながら勢いづいていった。

少女小説が社会的な注目を浴びるなかで、氷室は本来自分が目指していたものと、少女小説ブームの現状のズレに苦しむことになる。氷室が失望し、いらだちを見せたのは、個々の作家についてではない。少女小説ブームに対する氷室のいらだちは、『氷室冴子読本』収録の『思想の科学』編集部への手紙で、率直かつ具体的に語られた（この手紙は一九九一年一〇月号『思想の科学』「少女小説特集号」への寄稿を断るものとして執筆された）。

〔前略〕時代にハマッたというのか、いわゆる〈少女小説〉がマーケットを広げてゆくなかで、〈少女小説〉のマニュアル化がすすみ（一人称モノローグ体の地の文、共感できるヒロイン造型、マンガチックな展開など）、それによって、かつて、わたしが望んだ〝小説の楽しみ〟の世界が、ひどく狭くなってしまったことに対する失望感が、つい二年ほど前までありました。もちろん原則的に、わたしはあらゆる作家を支持しますが。[40]

一九九二年のインタビューでも氷室は、少女による一人称小説だけが少女小説とされている状況について、少女小説の意味をはき違え、あえてレベルダウンをしていると飽きられてしまうと警鐘を鳴らす。「残念ながら、一般には〝女のコの感性で書く一人称のラブコメ〟が少女小説と受け取られている。何でそういう線引きがされたのか…。そうではなく若い人向けのおもしろい小説すべてが〝少女小説〟であってほしいんです。恋愛だけでなく、ホラーやファンタジー、ミステリーといろいろあって当然だと思うんです。それが〝少女小説〟のイメージに合わないんなら、〝少女小説〟なんて名前、失くしちゃえばいい。ジュブナイル小説でいい。大事なのは、小説のほうで、〝少女〟じゃないと思う(41)」という言葉が、氷室の抱く危機感を象徴的に示している。

少女小説ブームのなかで、やがて氷室は「少女小説」や「少女」という言葉とは距離を置くようになった。一九八八年、故郷の岩見沢市立図書館で、氷室冴子の展示が開催された。少女小説ブームの渦中、『なんて素敵にジャパネスク』人気のピークの時期に企画された展示のために、氷室は挨拶を寄せている。

このたびは故郷の岩見沢の市立図書館で、展示会をしてくださる機会をいただき、感謝しています。まだまだ作家としては新人の部類ですし、なにほどの作品も残しておりませんけれど、読んでくださる読者の方々に支えられて、十年以上、好きな小説を書き続けることができました。小説にもさまざまなものがあり、当然、さまざまな読み方があります。わたしは、読んだ人が少しでも心なごむもの、ひとときでも楽しい、優しい気持ちになれるもの、現実をひととき忘れて物語の世界で遊べるものを書きたいと念じながら、書いてきました。これからも、そういう大衆作家、娯楽作家、物語作家であれたらと思っています。この展示会が御縁で、興味をもって、読んでくださる方がおられるなら、望外の幸せです。最後になりましたが、今回、御尽力くださいました関係各位の方々に、感謝いたします。ありがとうございました。(42)

氷室は挨拶のなかで、「大衆作家、娯楽作家、物語作家であれたら」と記した。少女小説や少女小説家という言葉は、意図的に避けたのだろう。

少女小説ブームの渦中で疲弊した氷室冴子は、少女小説や少女というテーマから離れ、新しい方向性を模索することになる。氷室が取り組んだ新しい方法論の一つが、第6章でみていく少年を主人公にした物語である。氷室はさらに、一般小説やエッセイ仕事など、新しいジャンルの仕事に取り組んでいく。こちらについては、第7章で詳しく取り上げる。

註

(1) 氷室冴子『冴子の東京物語』集英社、一九九〇年、一三九ページ
(2) 氷室冴子『なんて素敵にジャパネスク』集英社、一九八四年、二三ページ
(3) 前掲『なんて素敵にジャパネスク』三〇—三一ページ
(4) 前掲『なんて素敵にジャパネスク』五九ページ
(5)「氷室冴子さん・制作秘話を語る!」『PUTAO』一九九八年一月号、白泉社、一八ページ
(6)『ダ・ヴィンチ』一九九六年七月号、リクルート、二〇ページ
(7)『Cobalt』一九九九年四月号、集英社、一〇—一三ページ
(8) 氷室冴子『なんて素敵にジャパネスク2』集英社、一九八五年、三〇八ページ
(9) 前掲『なんて素敵にジャパネスク2』三〇五ペ

ージ
(10)田村弥生・川野俊彦「コバルト文庫編集部ロングインタビュー」『ライトノベル完全読本 Vol.2』日経BP社、二〇〇五年、七八ページ
(11)毎日新聞社東京本社広告局編『学校読書調査』一九八三年版、毎日新聞社東京本社広告局、一三六ページ
(12)毎日新聞社東京本社広告局編『学校読書調査』一九八四年版、毎日新聞社東京本社広告局、一三七ページ
(13)毎日新聞社東京本社広告局編『学校読書調査』一九八五年版、毎日新聞社東京本社広告局、一八五ページ
(14)毎日新聞社東京本社広告局編『学校読書調査』一九八六年版、毎日新聞社東京本社広告局、一四八ページ、一五〇ページ
(15)「筑紫哲也のクラクラ対談　少女小説家氷室冴子」『朝日ジャーナル』一九八六年一〇月三日号、朝日新聞社、五三ページ
(16)毎日新聞社東京本社広告局編『学校読書調査』一九八八年版、毎日新聞社東京本社広告局、一一九ページ、一二一ページ
(17)毎日新聞社東京本社広告局編『学校読書調査』一九八九年版、毎日新聞社東京本社広告局、一四一ページ
(18)「集英社コバルト文庫　朝日ソノラマ文庫　中高生の心つかむ」『朝日新聞』一九八四年八月二六日朝刊、二六ページ
(19)「口コミから一〇〇万部へ」『朝日ジャーナル』一九八五年七月二六日号、朝日新聞社、一一ページ
(20)正本ノンVS田中雅美VS氷室冴子VS久美沙織「少女小説家だけが生き残る!!」『Cobalt』一九八四年冬号、集英社、一九ページ
(21)前掲「少女小説家だけが生き残る!!」、一九ページ
(22)『Cobalt』一九八四年秋号、集英社、二七八ページ
(23)「ミス・ヒーローインタビュー」『ミス・ヒーロー』一九八五年五月号、講談社、一一六—一一七ページ
(24)『Cobalt』一九八五年春号、集英社、一七九ページ
(25)『Cobalt』一九八五年夏号、集英社、一八〇—一八一ページ
(26)氷室冴子責任編集『氷室冴子読本』徳間書店、一九九三年、一二三ページ
(27)北上次郎「少女小説　言葉以前の記号の洪水」『朝日ジャーナル』一九八五年七月二六日号、朝日新聞社、一〇ページ
(28)前掲「少女小説　言葉以前の記号の洪水」一一ページ
(29)「氷室冴子　ウフフと笑いながら心は真剣」『朝

日ジャーナル』一九八五年七月二六日号、朝日新聞社、一三ページ
(30) 氷室冴子『マイ・ディア――親愛なる物語』角川書店、一九九〇年、一一二ページ
(31) 前掲『マイ・ディア』一一四ページ
(32) 久美沙織「正しい少女小説の書きかた」『本の雑誌』二〇〇八年一〇月号、本の雑誌社、五ページ
(33)『Cobalt』一九八八年春号、集英社、三〇五ページ
(34) 梅田卓夫／服部左右一／清水良典／松川由博『高校生のための小説案内』筑摩書房、一九八八年、九二ページ
(35) 花井愛子『ときめきイチゴ時代――ティーンズハートの1987―1997』講談社、二〇〇五年、五五―六〇ページ
(36) 前掲『ときめきイチゴ時代』七七―八一ページ
(37) 氷室冴子『少女小説家は死なない！』集英社、一九八三年、一三二ページ
(38)「少女小説いまブーム」『日本経済新聞』一九八九年五月八日夕刊、八ページ
(39)「大衆文学の地平14　少女小説　イチゴの心をとらえる」『読売新聞』一九八九年九月二七日夕刊、一三ページ
(40) 前掲『氷室冴子読本』一二一ページ
(41)「執筆現場におじゃま虫　氷室冴子」『Palette』一九九二年七月号、小学館、一七ページ
(42) 氷室冴子による挨拶、岩見沢市立図書館所蔵資料

第6章　男の子の行方——氷室冴子の少年主人公小説

『なぎさボーイ』シリーズと複数視点の描写

一九七七年のデビュー以来、氷室冴子は少女を主人公にした小説を書き続けてきた。思春期の女の子のメンタリティをテーマに据えていた氷室は、次のステップとして、少年を主人公にした作品に挑戦する。

一九八四年九月に刊行された『なぎさボーイ』は、氷室冴子初の少年主人公小説である。第４章で取り上げたように、一九八三年と一九八四年は氷室の多作期とも呼べる時代であった。バラエティに富んだ作品を発表するなかで、少年主人公という新しいジャンルに取り組む気持ちが生まれたのだろう。

のちに『なぎさボーイ』としてまとめられる一連の作品は、雑誌『Cobalt』掲載の短編としてスタートする。読み切り短編「なぎさボーイ」は峯村良子の挿絵で『Cobalt』一九八四年冬号に発表

『なぎさボーイ』

された。

多くの読者にとって、『なぎさボーイ』、そして『多恵子ガール』のイメージは、漫画家渡辺多恵子の描くイラストと結びついているだろう。しかし渡辺はあくまで文庫版の挿絵担当であり、雑誌『Cobalt』に連載された「なぎさボーイ」や「北里マドンナ」は、峯村良子のイラストで掲載された。「なぎさボーイ」を執筆したきっかけについて氷室は、「『クララ白書』の桂木しのぶの男の子版を書いてみようと思って、雑誌掲載のときに、80枚ばかり書いてみて手応えがあったので、第2章も書いて。第3章は書きおろしました[1]」と振り返る。「なぎさボーイ」は『クララ白書』の系譜に連なる、コメディ路線を踏襲した小説である。一方で、『クララ白書』ではメインテーマとはならなかった男女の恋愛が、「なぎさボーイ」では主題として浮上した。

蕨《わらび》第一中学校三年生の雨城《うじょう》なぎさは、「なぎさ」という中性的な名前がコンプレックスだった。女に間違われやすい名前、さらには小柄な身長と女顔が相まって、学校では男女問わず「なぎさちゃん」と呼ばれることに屈辱を感じている。「なぎさちゃん」と呼ばれる元凶を作ったのが、同じ学校の原田多恵子であった。なぎさと多恵子の関係を中心に、思春期の少年の心情が、テンポのよい少年の口語一人称で語られた。

蕨第一中学校という名前が示すように、「なぎさボーイ」は『蕨ヶ丘物語』と同じ世界を舞台にしている。なぎさの友人上邑《うえむら》三四郎は、「蕨ヶ丘物語——純情一途恋愛編」で権藤待子《ごんどうまちこ》に恋する少年として、すでに登場済みのキャラクターである。なぎさたちが受験で目指す学校は、待子の通う蕨町高校というリンクもみられる。

第一話の「なぎさボーイ」は『Cobalt』一九八四年冬号に、「なぎさボーイⅡ」は一九八四年夏号に発表された。コバルト文庫『なぎさボーイ』は、一九八四年九月に刊行。先に発表済みの二編は「俺たちの序章」「俺たちの革命」と改題され、さらに書き下ろしとして第三章「俺たちの乱世」が収録された。

『なぎさボーイ』はなぎさと多恵子の恋愛関係を主軸に、なぎさの友人森北里《きたさと》や上邑三四郎、多恵子の友人で北里の従妹の麻生野枝《あそうのえ》らが登場する。森北里は日本舞踊の九条流分家家元で、九条紫川《くじょうしせん》という名取り名がある。麻生野枝は美人だが辛辣で口が悪く、男嫌いだと囁かれていた。この五人を中心に、さまざまな登場人物が絡み、物語は展開する。

『多恵子ガール』

小説のジャンルとしてはラブコメディであり、受験や部活動、恋愛など、思春期の少年少女の日常生活と揺れ動く気持ちが描かれた。

「なぎさちゃん？　いるわよ。なぎさちゃん、北里くんが呼んでるよ」

オンナは声を張りあげた。

俺は真っ赤になって、立ち上がった。

「なぎさちゃんって呼ぶなって言ってるだろ。名字で呼べ、名字で！」

同年代の男を、ちゃん付けで呼ぶ神経がわかんないよな。最近のオンナは、何を考えてんだ。

男に対する尊敬ってもんがないのか。

「雨城と呼べよ。何度も言ってるだろ」

「だって、なぎさちゃんがいちばんぴったりだもん。いいじゃない、三年間もそれで通ってきたんだしさ。いいかげん慣れなさいよ。今さら雨城なんて言われても、誰のことかわからないわ。ね、北里くん」

「まあ、そうだな」

北里がしたり顔で頷くのも小《こ》面憎《づらにく》く、奴の腕を引っぱって廊下に出た(2)。


なぎさは自分の名前と女顔にコンプレックスがあるため、やたらと男らしさにこだわる少年として描かれており、そのギャップがチャームポイントになっている。少年主人公の小説は氷室にとって初めての挑戦であったが、チャーミングなキャラクターを作り上げることに成功する。

『なぎさボーイ』には対となる『多恵子ガール』という小説があり、こちらでは同一の世界設定を共有しながら原田多恵子が主役となる。同じ出来事を男の子の視点、女の子の視点の両方から記すことで、氷室は一つのエピソードを多角的に描いてみせた。『なぎさボーイ』を読んだうえで『多恵子ガール』を読むと、同じエピソードが別の見え方で語られるのが、このシリーズの醍醐味である。

同じ世界を複数の人物の立場から描く。このことから連想するのが、氷室作品は主役だけではなく、物語の脇役にもストーリーが作りこまれている点である。氷室の作りだすキャラクターが魅力的なのは、それぞれにきちんとした背景があり、リアリティと説得力をもつからであろう。『シンデレラ迷宮』のあとがきのなかで、氷室は脇役について、次のように語った。

でも、やっぱり脇役に感情移入してしまう傾向は今も変わらず、自分の小説でも、主人公を中心に書きながら、頭の中では「この出来事だって、脇のA子から見れば、全然違った様相を帯びるんだぞ。主人公がこう言っている時、脇のB子はきっと、心の中でこう思ってるんだ」などと考え、主人公をコケにして一人で喜ぶという、実に陰湿な、書き手のみに許された楽しみに耽っている。

だから私は、私の小説に関しては、ただちに、あらゆる脇の人物を主人公にして、話を再構成することが可能である。(なーんて、今さら自慢たらしく書くまでもないのだけど。書き手は多かれ少なかれ、脇役にドラマをつくっているから)(3)

ここで言及された「話を再構成すること」を実践したのが、『なぎさボーイ』シリーズにみられる視点の移動である。同じエピソードが『なぎさボーイ』ではなぎさ視点、『多恵子ガール』では多恵子視点から語られることで、両者のズレが浮かびあがっていく。視点をずらした描写がどのようになされているのか、『なぎさボーイ』第一話の「俺たちの序章」を例に、具体的にみていきたい。

「俺たちの序章」では、なぎさが「なぎさちゃん」と呼ばれる原因となった球技大会が登場する。小柄ななぎさは運動神経こそ悪くないものの、体格的に不利なバスケの試合に出場することになり、試合中に苦戦する。多恵子は「ジャンプ力生かして、跳ぶのよっ。なぎさちゃん、逃げないで自分でショット決めて！　絶対できるから!!」(4)と、大声で叫んで応援した。多恵子の声は目立ち、これが原因でなぎさは全校生徒から「なぎさちゃん」と呼ばれだす。なぎさは多恵子をおせっかいな女の子だと考え、「なぎさちゃん」と大声で応援したのもお祭り女だからだと腹立たしくなる。この件以来、多恵子だけはなぎさのことを「雨城くん」と呼び続けた。一方で、同じ球技大会の多恵子側の視点は、『多恵子ガール』収録の「第一章　女の子以前――十三歳」で語られる。ここではあえて多恵子側の心理を詳述することは避けるが、あの応援の裏側にあった女の子の気持ちが明らかになることで、同じエピソードが違う色を帯びていく。

男女による視点の違いは、「俺たちの序章」のラストシーンにも登場する。年上の権藤待子に恋をし、積極的にアプローチをかける三四郎を見たなぎさは、本当は多恵子のことが気に入っていたのだと己の気持ちを自覚する。なぎさは多恵子の家まで出かけ、告白のつもりで「――名前のほうが呼びやすかったら、呼んでもかまわないって言いに来たんだ」(5)と告げた。

同じ場面は『多恵子ガール』の第二章「遅過ぎた予感――十五歳」のなかで、多恵子視点から描かれている。なぎさは告白をしたつもりだったが、名前で呼んでもいいという彼の言葉を多恵子は球技大会以来の和解としてしか受け止めていなかった。なぎさにとっては「革命」となるはずだった行動が、女の子には全然伝わっていなかったという決定的なズレが、ここで判明する。ラブコメディ色の強い『なぎさボーイ』を読んだうえで『多恵子ガール』を読むと、屈折した女の子の心理が明かされるのが興味深い。なぎさと多恵子の関係は、蕨町高校でクラスメイトになる槇修子《まきしゅうこ》の登場で、さらに複雑なものになっていく。

『なぎさボーイ』『多恵子ガール』で描かれたのは、ごく普通の中高校生の学校生活である。彼らの悩みは受験勉強や部活、そして恋愛で占められる。何気ない日常のなかでの感情の揺れ、そして人を好きになる気持ちや嫉妬など、思春期の少年少女の内面を掘り下げたエンターテインメント小説として、『なぎさボーイ』『多恵子ガール』は人気を博した。また次項でみるように『なぎさボーイ』シリーズは、登場人物と同じ中高生読者から支持を集めるだけには留まらず、クリエイター層にも影響を与える作品となった。

クリエイターにみる氷室冴子作品の影響

『なぎさボーイ』『多恵子ガール』で試みられた複数視点から物語を描く手法は、氷室冴子のオリジナルではない。しかしながら八〇年代という早い時期に少女向けエンターテインメント小説にこの手法を取り入れたことは先駆的であり、後進に与えた影響についていえば、少女小説というジャンルに留まらない射程の広さがあった。

複数視点を用いた氷室のスタイルの巧さは、後進の作家の語りからも跡づけることができる。

『ブギーポップは笑わない』(KADOKAWA)などで知られる作家の上遠野浩平《かどのこうへい》は、作品内で視点や時系列を頻繁に入れ替えた「視点をずらす」手法を得意とする。上遠野は二〇〇五年のインタビューで、複数視点による物語を書いた作家として、氷室冴子の名前に言及した。

複数視点から書くというのは、氷室冴子先生の得意技だったんですよ。だから〈ブギーポップ〉シリーズのやり方は氷室冴子先生が八〇年代にやったことの繰り返しなんです。そういうのはとくにネットの論説では流れにくいんですよね。(6)

また、それを自身の作品に昇華させた作家として、漫画家の青山剛昌《ごうしょう》がいる。『週刊少年サンデー』(小学館)で連載中の『名探偵コナン』には、「蘭GIRL」「新一BOY」という連作がある。それぞれ前編後編の四話構成で、二〇一五年二四号から二七号まで掲載された。「蘭GIRL」「新一BOY」は毛利蘭と工藤新一の幼稚園時代のエピソードを、少女と少年の両方の視点から描いている。タイトルが示すように、氷室冴子の『なぎさボーイ』『多恵子ガール』へのオマージュから生まれた連作である。

このエピソードが収録された『名探偵コナン』八七巻のカバー袖で、青山は氷室について次のように語った。

この巻に収録されてる「蘭GIRL」と「新一BOY」は氷室冴子先生の「なぎさボーイ」と

「多恵子ガール」が元ネタ。「なぎさボーイ」を読んだ後で「多恵子ガール」を読み、「女の子ってこんなこと考えてたんだ。おもしれー」と感動し、いつかオレもこんな連作を描いてみたいなぁと思っていたら30年もたってしまった…（笑）まぁウチの新一も実はドキドキしてたって事で、生意気なところは大目に見てね（笑）[7]

青山はデビュー三〇周年にあわせて刊行された『青山剛昌30周年本』のなかでも、氷室冴子を取り上げている。この本に収録された「青山剛昌の頭のなかをさぐる。」は、青山の好きなエンタメ作品を紹介するガイドとなっており、氷室の『なぎさボーイ』『多恵子ガール』が登場する。この本によると、青山が『なぎさボーイ』を初めて読んだのは日本大学在籍時で、漫画研究部「熱血漫画根性会」の先輩である阿部ゆたかに「ラブコメをやるなら読んだほうがいい」と勧められて手に取ったという。[8] なお「青山剛昌の頭のなかをさぐる。」では、『なぎさボーイ』とあわせて『海がきこえる』も紹介されている。第8章で取り上げる『海がきこえる』は、『なぎさボーイ』シリーズと並び、男性人気が高い氷室作品の一つである。

このように『なぎさボーイ』シリーズが、後進のクリエイターに与えた影響は少なからぬものがある。エンターテインメントへの影響という点において、改めて注目されるべき作品といえよう。

『北里マドンナ』――「少女」から離れて

『なぎさボーイ』『多恵子ガール』シリーズには、もう一冊、森北里《きたさと》を主役にした作品がある。『北里マドンナ』は、『なぎさボーイ』シリーズではなぎさの友人として登場する脇役の北里視点の物語として執筆された。

森北里という少年が主人公となっているところから、この作品を『なぎさボーイ』と同じ少年ものと分類することができるだろう。しかし、『北里マドンナ』は同じ少年主人公でも、書き手である氷室側の意識のうえで、『なぎさボーイ』とは大きく隔たっていた。『なぎさボーイ』を手がけた動機は少年主人公小説への挑戦であり、少女小説のヴァリエーションの一つとして少年が描かれている。一方で、『北里マドンナ』を執筆した一九八六年の氷室は、一九八五年以降の少女小説ブームで疲弊し、「少女」を描くことへの意欲を失っていた。

〔前略〕実は私のなかでは、'86〜'87年くらいから女の子というものに対して興味を失っていたんです。アンチ・女の子のキャラクターとして男の子を書きたいと思っていて、それっぽい作品も書いていたんですが、私の中では、この『海がきこえる』はその最終決着として書いたという感じなんです。(9)

『北里マドンナ』は、まさにこの時期に執筆された作品であった。アンチ・女の子として少年を描いた『北里マドンナ』では、恋愛だけではなく、男の子同士の関係性を書くことにも重点が置かれている。なぎさとの友情だけではなく、今西敏雄や久保田伸利などの新キャラクターが、それぞれ北里とかかわっていく。『なぎさボーイ』シリーズより少し時間が流れ、高校二年生になったなぎさたちの姿が、北里の視点から語られた。

『北里マドンナ』は『Cobalt』誌上に四話連載（一九八六年春号・夏号・秋号、一九八七年冬号）されたのち、一九八八年一一月に単行本で発売された。この時期の集英社はコバルトセレクションというハードカバーのシリーズを出版しており、同書はそのうちの一冊である。『Cobalt』連載版の挿絵は峯村良子、単行本版のカバーは渡辺多恵子が手がけた。単行本には発表済みの四話と、書き下ろしの「第5章　雨城なぎさ」が収録された。

『北里マドンナ』は、のちにコバルト文庫にもラインナップされる。コバルト文庫版は一九九一年三月に刊行されたが、この文庫化にあたり氷室は作品をリライトした。基本的なストーリーは同じだが、細かい箇所で削除や手直しがなされており、比較的修正の多い文庫化といえる。コバルト文庫版は第五章が「オールスター・キャスト」というタイトルになり、挿絵も江野和代に替わる。ここではコバルト文庫版『北里マドンナ』を参照して、話を進めていく。

『北里マドンナ』文庫版

　森北里はハンサムで優等生、女の子にはモテて人当たりがよく、それゆえ一部の男子からは反感をもたれる、そんな少年である。父親を早くに失くし（単行本では父はいなくなった設定）、母を中心に女系家族のなかで育った。そんな北里が、実はなぎさに対してコンプレックスを抱いていたことが『北里マドンナ』のなかで明かされる。

以前、イトコの野枝が、ぼくに言ったことがある。

「あんたって気の毒よね。女系家族で、小さい頃、お父さんも死んじゃってさ。おかげで軟弱な性格になっちゃって。だから雨城のダンナに、へんなコンプレックスもっちゃうのよ。男の子って、最後には、勝ち負けにこだわるのね。権力が好きだから。やっぱり戦争するのは、あんたたち男のせいよ」

野枝がそう言ったとき、ぼくはしみじみと、こういう毒舌オンナを恋人にする、勇気ある男のツラを拝みたいもんだと、思ったものだった。

一番言ってほしくないことを、そんなふうに面と向かって言う野枝が、ほんとうに憎らしかった。

でも、たぶん野枝は正しいのだ。

ぼくはちゃんとした父親か、兄をもつべきだった。

そうすれば、ある時期、あんなになぎさに入れこむこともなかったのだ。(10)

北里は鬱屈した内面を抱えており（特に単行本版ではその描写が目立つ）、決して「格好良い」男の子ではない。『北里マドンナ』では、北里という少年がいかにコンプレックスから解き放たれ、精神的に大人になるかという変化にスポットが当てられた。同じ少年主人公作品でもコメディ色が強かった『なぎさボーイ』に比べ、『北里マドンナ』は北里の内面の鬱屈が、やや大人びた自意識のなかで描かれている。

あとがきのなかで氷室は「素敵な男の子になってね」と、世の中の少年たちにエールを送る。「なにもいまさら、白馬にのった王子さまになれっこってんじゃないんだし、「も少し、根性いれて、愛さずにいられなくなるような、素敵な男の子になってね」と思うのです[11]」と、氷室は記す。こうした箇所からも、氷室がこの時期に女の子よりも男の子に関心を示し、自分なりの手法とテーマで少年に向き合い、小説を執筆した様子がうかがえる。

氷室の関心が少女から離れた一九八六年頃から、氷室はそれまでのコメディ路線を脱却し、コバルト作品でも作風の変化が顕著となる。一九八四年に第一巻が刊行され、平安コメディと銘打たれた『なんて素敵にジャパネスク』シリーズでは引き続きコメディ路線を踏襲するが、それ以外の作品では主人公を少年に据え、コメディ路線とは異なる文体や作風を追求していった。『北里マドンナ』と、次に取り上げる同じく少年主人公の『冬のディーン　夏のナタリー』は、脱コメディを果たした氷室による少年主人公小説である。

ところで、結局刊行されることはなかったものの、氷室は麻生野枝を主人公にした小説も企画していた。一九九〇年刊行の『ガールフレンズ』には、「麻生野枝編は、準備中です[12]」と、新作が準備中であることが語られた。『北里マドンナ』には、部屋に食料や飲み物を蓄え、籠城にそなえる野枝のエピソードが登場する。その姿を見て、北里は「女のコなんて、どこでどんな覚悟を固めて、どんな武器を準備しているか、知れたもんじゃないという気がする[13]」と独白する。毒舌で男嫌い、自分以外のすべてを敵にまわす覚悟のあらわれとして籠城の準備をする、そんな孤独な戦士野枝は、どんなことを考えていたのだろうか。

氷室冴子の仕事道具

やや余談とはなるが、ここで氷室冴子の仕事道具をみていきたい。一九七七年のデビュー以来、氷室は長らく手書きで原稿を執筆していた。一九八五年の時点での氷室の仕事道具は「名前入りの原稿用紙と辞書、消しゴムカス用のほうき。2Bの100円シャープペンを愛用。消しゴムはプラスのオムニ1。他に、お茶セットと鏡、なぜか時計が二つ。壁には地獄のスケジュール表[14]」と紹介されている。

ここに登場する名前入りの原稿用紙は、氷室が特注したものであった（次ページ掲載）。氷室は経済的に余裕ができた段階で、「氷室冴子」の名前入りの原稿用紙をオーダーした。いつ頃原稿用紙を特注したのかは定かではないが、一九八三年刊行の『なぎさボーイ』収録の書き下ろし「俺たちの乱世」は、市販の紀伊國屋製の原稿用紙に執筆されている[15]。少なくとも、この時点ではまだオーダーしていなかったと思われる。

名前入りの原稿用紙は、おそらく満寿屋《ますや》製のものであろう。満寿屋の原稿用紙は、『少女小説家は死なない！』にも登場する。「その原稿というのがまた、原稿用紙だけは一流有名作家並みに満寿屋謹製だけど、そこに書いてある字は、これこそ漢字のルーツとも言うべき崩れきった象形文字そのもので、とても読めたもんじゃない[16]」という、火村彩子の姿が描かれた。

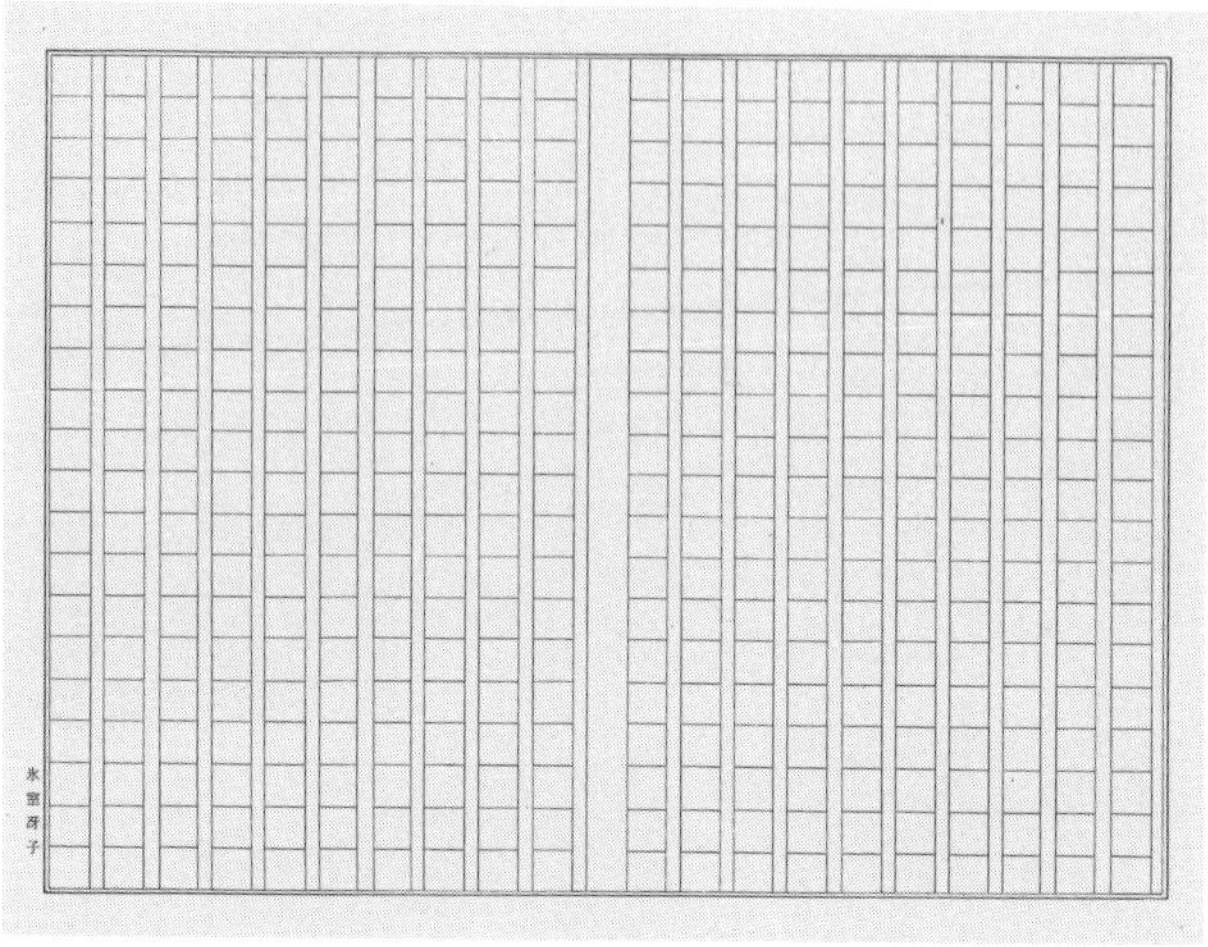

名前入りの特注原稿用紙（寺尾敏枝提供）

　仕事道具として特注の原稿用紙を用意した氷室だが、名前入りの原稿用紙を使った期間はそれほど長くはなかった。氷室の死後、家を整理した友人の寺尾敏枝によると、自宅には未使用の原稿用紙が沢山残されていたという。[17]
　氷室は一九八六年からワープロに切り替え、オアシスF－2を導入する。[18] 以後、親指シフトキーボードを駆使し、数々の小説を執筆していった。

『冬のディーン　夏のナタリー』――プレ『海がきこえる』としての模索

　『冬のディーン　夏のナタリー』もまた、氷室冴子が「少女」から離れようとしていた時期に発表されたシリーズである。少年を主人公にした作品という点では『北里マドンナ』に通じるが、登場人物の年齢が大学入学前後と、それまでのコバルト文庫作品と比べてやや高くなった。

『冬のディーン　夏のナタリー』1巻

『冬のディーン　夏のナタリー』は、優柔不断で優等生な檀ワタルと、ひねくれて反抗的な弟のタケル、ワタルの元恋人でタケルと関係をもったゆり絵、ワタルとひと夏の体験をした蓉子を中心としたラブストーリーである。

シリーズは三冊刊行されており、挿絵はコバルト文庫、『Cobalt』連載ともに藤田和子が担当した。

『冬のディーン　夏のナタリー①』は一九八八年一二月、二巻は一九八九年五月刊行で、いずれも書き下ろしとして発売。三冊めとなる『冬のディーン　夏のナタリー③』は『Cobalt』一九八九年一二月号から一九九〇年六月号までの連載が収録され、一九九三年一月に刊行された。

『冬のディーン　夏のナタリー』というタイトルが暗に示すように、この作品はジェームズ・ディーン主演の映画『エデンの東』をモチーフにしている。優等生の兄、そしてジェームズ・ディーン演じる不良っぽい弟、弟と兄の恋人が惹かれあう点など、映画を踏襲したストーリーが展開された。

弟のタケルは反抗的で喧嘩っ早い問題児であるが、人に好かれる性質をもっていた。優柔不断で優等生の兄ワタルも、弟のそんなところが好きである反面、コンプレックスを抱いている。一方、タケルもまた優れた兄に対してコンプレックスを抱いており、ゆり絵と寝たのも、彼女が兄のガールフレンドだからであった。

『冬のディーン　夏のナタリー』はラブストーリーではあるが、根底には兄と弟の関係性というテーマが流れている。優等生の兄、そして反抗的な弟というモチーフは、一九九〇年に発売された『冴子スペシャル　ガールフレンズ』収録の「ニューヨーク物語」にも登場する。

「ニューヨーク物語」は未完成作品のプロットで、ミュージカルプレイ版とストレートプレイ版の二つのバージョンの脚本が蔵出しとして収録された。ロバートとジョイスという兄弟（実際はロバートが養子で血のつながりはない）の葛藤を描いており、優等生の兄、反抗的な弟という構図で、こちらでは弟のガールフレンドが兄の方を愛する展開となる。氷室作品にみる兄と弟の葛藤というテーマは、八〇年代後半のこの時期に集中している。兄弟の葛藤を書きたいと氷室のインスピレーションを掻き立てる作品が、この時期にあったのかもしれない。

氷室は『冬のディーン　夏のナタリー』を手がけるにあたり、「（1）急激なもりあげ、（2）わざとらしいドラマ、（3）極端なキャラクターを排除して、センスとか雰囲気だけでフラフラしたラブストーリーを書いてみよう」としたと説明する。[19]

優柔不断なワタル、弟のタケルと関係をもったものの、未だにワタルに未練があるゆり絵。高校三年生の時にワタルとひと夏の体験をし、大学で再会したうえ住まいまで同じアパートになって気まずい蓉子。ゆり絵の看病に呼び出されたワタルは、女手を求めて蓉子にゆり絵の看病を手伝わせる。すっきりとしない人間関係は、まさに「フラフラしたラブストーリー」と言えるであろう。

『冬のディーン　夏のナタリー』のなかで氷室は、これまでとは異なるタイプの文体を採用した。ワタルと蓉子はそれぞれに失恋し、傷心を慰めるために高知へ来ていた。ワタルは自分に起きた出来事を蓉子に告白するが、ワタルとしてではなく、自分を弟のタケルであると偽って話す。以下の引用は、その時のワタルの心情を描いた箇所である。

それは、ふしぎな解放感だった。
そうなんだ。
ようするに、そういうことなんだろう。
これは、単純なことなのだ。
タケルが奪ったとか、そういうことではなく、ゆりが、気をうつした。
ぼくに、それだけの魅力が、なかった。
そういうことなんだ、たぶん。(20)

具体的な場面をもう一つ取り上げたい。ワタルと蓉子がアパートで再会した場面におけるワタルの心理描写である。

ワタルはしばらく、ぼんやりと立ちつくして、ドアを眺めていた。
なんとなく、彼女が、ドアに、へばりついているような気がしたのだ。
ドアレンズから、こちらを注視しているような気がして、ならない。
だとしたら、ここはしばらく、受けて立たなければ、ならない。

ような気がする。
さっさと階段をあがっていくのは、申しわけない。
ような気がする。
すべて、
（ような気がする）
だけだったが、なんとなく、そういう気がして、じいっと立っていた。[21]

従来の氷室作品は地の文、会話文ともに、テンポのよい文体が特徴となっていた。しかし、氷室がここで意図的に取り入れたのは、従来とは趣の異なる、いわば〝鈍さ〟のある文体である。ここで試みられた新たな文体への模索は、のちに発表する『海がきこえる』に対するアプローチに際しても、形を変えて継続された。『海がきこえる』でもまた、氷室は自身がそれまで得意としてきた軽快なリズムから離れ、今度は『冬のディーン　夏のナタリー』とも異なる、情景描写や心理描写が印象的な、透明感のある文体を生み出すことに成功する。新たな文体獲得の実験という意味において、『冬のディーン　夏のナタリー』は、プレ『海がきこえる』作品と位置づけることができる。

また、作品のなかで描こうとするテーマや文体もさることながら、『海がきこえる』の舞台として設定される高知という土地も、この作品にすでにうかがえるものである。もっとも、ワタルと蓉子がひと夏の体験を過ごす高知は、あくまで彼らの本拠地である東京から離れ、ひとときを過ごす海辺の街として登場するにすぎない。いわば従属的な道具立てであった高知という土地が、『海がきこえる』のなかでは重要な意味をもつことになる。

『冬のディーン　夏のナタリー』は三巻まで刊行されたが、物語は完結したわけではない。氷室は「この話は、本来なら、さっさとキャンパス編にゆく予定でした。なのに、体調が悪いばっかりに、導入部が長くなってしまいました。いずれキャンパス編にいって、花の大学ライフ物語になるはずでーす」[22]と、序盤の展開を説明する。結局、メインの内容となるはずのキャンパスライフはあまり書かれないまま、小説は中断した。

このシリーズが中断した直接的な理由は、氷室が古代ものの小説を書きたいと『Cobalt』の連載仕事を断り、準備に専念したからであろう（第9章参照）。また、氷室がこの作品で展開したいと考えていたキャンパスライフというテーマが、『海がきこえる』という別な作品に引き継がれた影響もあったのかもしれない。『冬のディーン　夏のナタリー』は、さまざまな意味で過渡期の作品であった。

第8章で取り上げる『海がきこえる』は、氷室冴子の少年主人公小説の集大成となる。「少女」とは距離を置いた一九八六年以降の氷室冴子のテーマは、脱・少女、脱・コメディ路線であった。加えて氷室はエッセイ執筆や一般向け小説の執筆という、新たなジャンルにも挑戦していく。コバルト文庫以外の氷室冴子の仕事を、次章ではみていきたい。

註

（1）氷室冴子責任編集『氷室冴子読本』徳間書店、一九九三年、二〇一ページ
（2）氷室冴子『なぎさボーイ』集英社、一九八四年、七―八ページ
（3）氷室冴子『シンデレラ迷宮』集英社、一九八三年、二六〇―二六一ページ
（4）前掲『なぎさボーイ』二七ページ
（5）前掲『なぎさボーイ』六九ページ
（6）上遠野浩平×西尾維新×北山猛邦「スーパー・トークセッション」『ファウスト vol.5』講談社、二〇〇五年、一六七ページ
（7）青山剛昌『名探偵コナン』87、小学館、二〇一五年
（8）『青山剛昌30周年本』小学館、二〇一七年、一八〇ページ、二二〇ページ
（9）前掲『氷室冴子読本』二〇ページ
（10）氷室冴子『北里マドンナ』集英社、一九九一年、一五―一六ページ
（11）前掲『北里マドンナ』三一二ページ
（12）氷室冴子『冴子スペシャル　ガールフレンズ』集英社、一九九〇年、三一二ページ
（13）前掲『北里マドンナ』一八〇―一八一ページ
（14）「氷室冴子さんに40Q」『ぱる』一九八五年一一月号、実業之日本社、八六ページ
（15）岩見沢市立図書館所蔵の氷室冴子手書き原稿の複写にて確認
（16）氷室冴子『少女小説家は死なない！』集英社、一九八三年、四一ページ
（17）二〇一八年三月二八日寺尾敏枝インタビュー
（18）前掲『氷室冴子読本』一五八ページ
（19）前掲『氷室冴子読本』二〇二ページ
（20）『冬のディーン　夏のナタリー①』集英社、一九八八年、一七九ページ
（21）前掲『冬のディーン　夏のナタリー①』一五五―一五六ページ
（22）前掲『ガールフレンズ』三一二―三一三ページ

第7章　少女小説から離れて——エッセイと一般小説の仕事

氷室冴子、東京へ

一九八五年一月、氷室冴子は札幌を離れ、東京へ拠点を移す。氷室が東京に出てくるきっかけとなったのは、高額の電話代だった。長電話好きの氷室は、毎月莫大な金額の長距離電話代を支払っていた。あるとき、その金額を部屋代にあてれば、東京でそれなりの部屋を借りられることに気づく。そう思い立つと、氷室はすぐに東京へ引っ越した(1)。

ところで、氷室の経歴が記述される際にしばしば参照元となる『氷室冴子読本』収録の「サエコストーリー——作家　氷室冴子の原点」には、氷室の上京が「1983年1月」と記されている。そのため、従来は一九八三年が氷室上京の年として認識されることが多かった。しかし、実際に氷室自身の証言をみると、この先に引用するインタビューをはじめ、彼女は複数の媒体で「東京に出てきたのは1985年」であると述べている。「サエコストーリー」の元原稿となった永倉万治による記事は『月刊カドカワ』一九八七年二月号に掲載されており、初出を確認すると、一九八五年一月に上京とある。(2) また、本書の増補改訂にあたって新たに行なった追加取材のなかで、元集英社の文芸編集者・村田登志江《としえ》は氷室の上京のタイミングについて、一九八五年一月一〇日であったと証言する。(3) 田辺聖子や佐藤愛子らの担当で知られる村田が札幌で氷室に初めて会ったのは一九八四年八月のことで、小説の好みや古典好きという共通点で意気投合し、翌年、氷室が曙橋のマンションに引っ越してきた際にも手伝いをした。そして、氷室が東京で本格的に仕事をするための大きな机を買いに行った日、日航機墜落事故が起きたことを記憶しているという。これら氷室当人や近い人物からの情報に基づけば、上京年は一九八五年であるとみてよいだろう。

上京以降の氷室の引っ越し歴は、『CREA』一九九〇年一一月号の氷室冴子邸訪問記事「Come on to My House.」に詳しい。この記事によると、最初は曙橋のマンションに一〇ヶ月、その後は京王線の聖蹟桜ヶ丘で一年半、次が成城で家賃が月四〇万のマンション暮らしをする。そして一九八八年一〇月に芦花公園の一軒家を購入し、ここが終の棲家となった。(4)『CREA』の記事にはカラーページで芦花公園駅の家が取り上げられており、氷室の寝室や自慢の地下バスルームも紹介されるなど、その暮らしぶりを垣間見ることができる。

東京に引っ越して環境が変わった氷室は、カルチャーショックに直面する。北海道と東京のギャップに加え、一九八五年はバブル時代の幕開けでもあった。筑摩書房から刊行されたエッセイ集『いっぱしの女』の巻末に収録された女優の高泉淳子《あつこ》との対談のなかで、氷室は上京後に直面したカルチャーショックについて、次のように語った。

私は六年前に東京に来たので、一九八五年、まさにバブル突入のときだった。いまから思えば東京のカルチャー・ショックのほかに、バブルのカルチャー・ショックがあって。でも、あのころは東京ってこんなに物事がすべて金とか業界人とか、そういうことばかりなんだろうかと。出版社や広告代理店の人たちは、二人か三人で食べたら二十万ぐらいするような所に平気で入っちゃう。もちろん交際費で落ちるわけですが。

私の価値観というのは、やはり昭和三十年代に作られましてね。私は昭和三十二年生まれで、しかも北海道や東北というと東京に比べて数年遅れていましたよね。物心ついたとき、うちは石油コンロを使ってたんですよ。そういったものをボーナスが出たらこうしようとか言って一個一個買い替えていく、人間のササヤカな幸福を一つ一つ追求していく生活をしていたわけですね。それが、こっちへ来たらとんでもない話で価値観が全部崩れていく。あまりにもおかしいと思って悲しくなって、過去に帰りたいという気持がものすごく強かった一時期があったんです。それでそういうエッセイや小説を書いたりして、自分自身を癒していたんですね[5]。

東京に対するカルチャーショック、バブルに対するカルチャーショック。これらに加え、一九八五年はいわゆる少女小説ブームの始まりの年でもあった。少女小説が社会的に注目を浴びるなかで氷室は疲弊し、少女小説とは距離を置くようになる。一九八五年の上京以降、氷室は少女小説から離れるように、エッセイと一般向け小説という、新しいジャンルの仕事に取り組んでいく。

エッセイと一般小説の連載状況

氷室冴子のエッセイや一般小説は、それまで氷室が主として執筆してきたコバルト文庫とは異なる媒体で発表された。エッセイ集は七冊、一般小説は四冊刊行されており（文庫化を含めない冊数。なお『海がきこえる』は一般小説には入れていない）、各タイトルと版元、刊行年月、連載媒体は表3・4のようになる。

版元をみると、コバルト文庫つながりで氷室とゆかりの深い集英社だけではなく、角川書店、新潮社、筑摩書房など、仕事の広がりを感じさせるラインナップとなっている。

氷室のエッセイや一般小説は、コバルト文庫の作品と比べると言及される機会が少ない。現状では氷室の少女小説以外の仕事は、埋もれた状態にあるともいえよう。一般小説とエッセイという二つのジャンルを取り上げ、氷室の幅広い仕事ぶりをみていきたい。

氷室冴子の一般小説

氷室冴子は一般小説を四冊著しており、『レディ・アンをさがして』と『碧《あお》の迷宮（上）』は、一九八九年に書き下ろしで角川書店から文庫として刊行された。

氷室の最初の一般小説『レディ・アンをさがして』は、形式・内容ともに、やや変わり種といえる。もともと「レディ・アンをさがして」は、氷室が原作を手がけた少女マンガ『ライジング！』

の劇中劇として作られたミュージカル演目であった。氷室自身もこの劇中劇を気に入っており、脚本形式の小説『レディ・アンをさがして』という新しいかたちで、作品がよみがえることになった。舞台は一九五〇年代のアメリカ。ヨーロッパの小国アルバの王女アントワージュ（通称レディ・ア

表3　エッセイリスト

タイトル	版元	刊行年月	連載媒体（途中休載あり）
『冴子の東京物語』	集英社	一九八七年五月	『青春と読書』一九八五年二月号〜一九八七年三月号
『プレイバックへようこそ』	角川書店	一九八九年九月	『月刊カドカワ』一九八八年一二月号〜一九八九年五月号
『プレイバックへようこそ2』	角川書店	一九九〇年七月	『月刊カドカワ』一九八九年七月号〜一九九〇年二月号
『マイ・ディア――親愛なる物語』	角川書店	一九九〇年一一月	書き下ろし
『いっぱしの女』	筑摩書房	一九九二年五月	『ちくま』一九九〇年四月号〜一九九二年一月号
『冴子の母娘草』	集英社	一九九三年七月	『青春と読書』一九九一年六月号〜一九九三年二月号
『ホンの幸せ』	集英社	一九九五年九月	一九九〇年代に各媒体に発表したものを収録

表4　一般小説リスト

タイトル	版元	刊行年月	連載媒体
『レディ・アンをさがして』	角川書店	一九八九年一月	書き下ろし
『碧の迷宮（上）』	角川書店	一九八九年一〇月	書き下ろし
『いもうと物語』	新潮社	一九九一年八月	『03』一九八九年一二月号〜一九九〇年一二月号
『ターン――三番目に好き』	集英社	一九九一年一一月	『non・no』一九八八年六月二〇日号〜一九九〇年三月二〇日号

ン）は、母国の財政危機を救うため、アメリカの富豪ロックフェラーと結婚することになった。見合いのために訪れたニューヨークで、レディ・アンはポップスを手がける人気作曲家ラルフ・ベッカーと出会う。政略結婚をしなければならないレディ・アンと、ヒットメーカーではあるがアイドル歌手専門の作曲家として鬱屈を抱えるラルフ。物語は『ローマの休日』を下敷きにしており、二日間の淡い恋と別れが描かれる。

『レディ・アンをさがして』

レディ・アンとラルフの愛は実らなかったが、彼女はラルフに忘れられない言葉を残していく。二、三ヶ月で消えるヒットソングだと自嘲するラルフに、レディ・アンは「歴史に残る……それ、大切なこと?」と問いかける。「でも、その二、三か月のあいだ、みんなが、あなたの歌を歌うわ」「アメリカじゅうが、あなたの歌をアイサツがわりに口ずさんで。ちょっぴり、いい気分になるんだわ。それって、素敵ね。とても」[6]。小説版ではマンガでは描ききれなかったラルフの内面や葛藤、劣等感などの心理描写が追加され、脇役のキャラクターも掘り下げられるなど、作品に小説ならではの深みが与えられている。

脚本が刊行されたことにより、『レディ・アンをさがして』は、ミュージカル作品として新たな命を得た。『レディ・アンをさがして』は、OSK日本歌劇団のトップスター煌《こう》みちるのお披露目公演の演目として、一九九六年二月三日から一二日まで上演された[7]（脚本・演出は吉峯暁子）。近年では、二〇一七年に東京学芸大学附属高校の文化祭で高校生が『レディ・アンをさがして』を上演するなど、息の長い作品となっている。(8)

同じく角川文庫の書き下ろしとして刊行された『碧の迷宮（上）』は、平安時代を舞台にしたミステリー小説である。氷室の得意とする平安ものではあるが、それまでのコメディ路線とは一線を画す、ミステリアスな雰囲気が漂う物語に仕上がった。

『ざ・ちぇんじ！』や『なんて素敵にジャパネスク』は、いかに活字でコメディを表現するかというコンセプトのもとで執筆されていた。そして前章でみたように、氷室は一九八六年頃からコメディ路線を脱却し、新しい作風を模索しはじめる。氷室が手がけた一連の一般小説も、脱・コメディの流れの取り組みと位置づけられる。コメディテイストを排した『碧の迷宮』は、「わたくし」という一人称で進む物語で、謎めいたストーリーと独特のぼんやりとした視点が魅力的な、氷室の新境地となった。

『碧の迷宮（上）』

主人公は香姫《こうひめ》という一八歳の少女で、受領《ずりよう》階級の娘に設定されている。『ざ・ちぇんじ！』や『なんて素敵にジャパネスク』では貴族の姫が主人公となったが、氷室は『碧の迷宮』では、それよりも身分の低い女性を主人公に据えた。香姫は安房守《あわのかみ》の娘で、七歳年上の姉、紀姫《きのひめ》と二人姉妹であった。紀姫は男を通わせて父親の怒りを買い、姉は京の都、妹は任地の安房で別れて暮らしていたが、ようやく再会できる矢先に、姉は琵琶湖に入水《じゅすい》する。二年後、一八歳になった香姫は、姉の死の原因となったと思われる男を探そうと京へ向かう。

『碧の迷宮』は未完の作品で、上巻だけが刊行されたまま、最後まで下巻が出版されることはなかった。それゆえ、この作品の核心である「姉を捨てた男は一体誰なのか」という謎は、永遠に解き明かされることがない。作中には前帝の第三子三井《みい》の宮というキャラクターが登場し、香姫はこの人が姉に通った男ではないだろうかと疑っている。ミステリーとして考えた場合、この描写はミスリードである可能性が高いだろう。下巻ではどんな展開が予定されていたのか、そして姉の死の真相は……。「庭はみるみる潤みだし、やがて白い夕顔も、青々しいばかりの透垣《すいがい》も、きらきらと燦《きら》めく筧《かけひ》の水も、なにもかもがゆるやかに混ざり合い、夏の白々とした陽ざしのなかに、溶けこんでいった[9]」という一文で、上巻は締めくくられる。未完であることが惜しまれる、魅力的な作品である。

第4章で取り上げたように、氷室は『シンデレラ』シリーズの三作目として、『おやすみのシンデレラ』という作品を書き進めていたが、その後、同作のモチーフに類似した事件が現実に起き中断を余儀なくされた。その『おやすみのシンデレラ』の舞台を変えて、平安朝ストーリーにしたのが『碧の迷宮』だと氷室は『ガールフレンズ』のなかで説明する。[10]こうした設定が未完の理由と関係があるのかは定かではないが、作品が生まれた背景として、あわせて紹介したい。

氷室冴子の小説仕事は、ある時期までは集英社のコバルト文庫と、その母体雑誌『小説ジュニア』、のち『Cobalt』に限定されていた。これ以外の媒体に発表した小説では、一九八四年の『ショートショートランド』（講談社）九月＋一〇月号への短編寄稿が、早い段階における外部での仕事となる。氷室は「三年」というタイトルで、一人の女性の死とその遺産をめぐる夫婦のやりとりをショートショートとして発表した。

続いて氷室は、『月刊カドカワ』一九八五年七月号に、「薔薇色同盟」という作品を寄稿する。「薔薇色同盟」は「花の女子学生結婚願望コメディ」と銘打たれ、見合いが主題となった作品である。氷室が現代を舞台にした大人の恋愛小説に取り組もうとするときに、主題として浮上するのが「見合い」であった。この作品の場合、主人公が女子大生なので「大人の恋愛」とは言い難いところもあるが、いずれにせよ、それまでの氷室作品の主人公たちよりは年齢が高い。「薔薇色同盟」は、氷室がこれまでコバルト文庫で手がけてきた、コメディ路線を踏襲した作品となった。「見合い」というテーマは大人向けではあるが、極端なキャラクター設定やドタバタ展開などは、従来の手法に基づくものである。女性側のお見合いへの強い意気込みと、不誠実な男のちぐはぐなやりとりを描いた「薔薇色同盟」は、率直に記せばそれほど出来のよい作品ではない。巻末には第一部完と記されたが、続きが掲載されることはなかった。

氷室は続いて、『月刊カドカワ』に「誕生石」シリーズを連載する。連載期間は一九八七年二月号から一九八八年九月号まで（途中休載あり）、誕生石をモチーフにした恋愛小説が一二篇発表された。作中人物のほとんどを既婚者に設定し、各編で描かれるのは不倫関係にある人々であった。

この「誕生石」シリーズは書籍化されておらず、氷室が大人向けの恋愛小説執筆にあたり、作風や内容を模索していた様子がうかがえる。

なお「誕生石」は、『月刊カドカワ』編集長が見城《けんじょう》徹だった時の連載だった。見城といえば、直木賞作品を五つ（有明夏夫『大浪花諸人往来』、つかこうへい『蒲田行進曲』、村松友視『時代屋の女房』、山田詠美『ソウル・ミュージック・ラバーズ・オンリー』、景山民夫『遠い海から来たCOO』）生み出したことで知られている。

この見城徹と直木賞、そして氷室の「誕生石」との間には、秘められた逸話があった。今回の増補版にあたり、本作の担当編集者であった松山加珠子《かずこ》に取材したところ、当時の状況を次のように振り返った(11)。

「当時、氷室さんに直木賞を獲らせたい思いと、『月刊カドカワ』から直木賞作品を出したいという思いが、見城さんの中にはあったと思います。確か、「誕生石」というタイトルやテーマも、見城さんが考えたものでした。真珠、エメラルド、ルビー、サファイヤ……一二の誕生石をモチーフに、恋愛、仕事、家族関係が重くのしかかる三〇歳前後の女性たちの物語を見事に書き分けていて、毎月、待った甲斐があったと思ったものでした」

一般文芸に執筆の場を広げていたこの時期の氷室にとって、「誕生石」はそれまでとは異なる評価や認知を受けるためのチャンスだったといえるかもしれない。しかし、「誕生石」は大きな成果として結実することはなかった。

「「誕生石」が本にならなかった理由は……私としてはすごく残念ではありますが、当時の氷室さんの状況を色濃く反映していたり、編集長に直木賞を煽られたり。決して出来がよくなかったとは思わないのですが、氷室さん自身が納得されていなかったということに尽きるかなと思います。氷室さんは、「必ず代わりのものを書くから」と言っていましたが、実現することなく、亡くなられてしまいました」

多数の人気作を手がけたベストセラー作家の氷室冴子ではあるが、その生涯は文学賞とは無縁であった。書籍化されることのなかった「誕生石」にまつわるエピソードからは、氷室冴子が一般文芸の世界でもがきながら模索していたこと、そして氷室のキャリアと文学賞との距離など、さまざまなものが垣間見える。

『ターン——三番目に好き』——大人の恋愛小説への挑戦

『ターン』単行本版

初めて書籍化された氷室の一般恋愛小説は、集英社のファッション雑誌『non・no』に連載されていた『ターン——三番目に好き』であった（以下『ターン』と略す）。一九八八年六月二〇日号から一九九〇年三月二〇日号まで連載されたのち、一九九一年一一月に単行本として発売される。帯には「待望の長編ＯＬロマンス小説」とあるように、主人公は社会人に設定され、大人の恋愛小説として執筆された。

主人公の鞠子は二四歳、母校の女子大の事務員として働いている。お見合いで知り合った渡辺祐一は、エレクトロニクス会社の研究所勤務の二七歳。見合いは順調に進んでいたが、大学時代の元恋人中沢幹彦の離婚を知ったことから、鞠子の心は揺れ出す。

鞠子と幹彦は大学三年生のときから付き合っていたが、四年生の夏休みから疎遠になった。大学を卒業する時期になって、鞠子は同級生の狩野まゆみから結婚招待状をもらい、結婚相手が幹彦であることに驚く。狩野まゆみは鞠子が紹介した幹彦を気に入り、アプローチをかけ、幹彦の恋人になっていた。鞠子は幹彦の結婚に衝撃を受け、さらに幹彦がある時期から二股をかけていたことも知る。幹彦とまゆみは卒業式の二日後に結婚式を挙げたが、結局一年で離婚する。そして鞠子は幹彦と再会し、まゆみいわく「やけぼっくいに火がつき」、再び関係をもつ。幹彦の登場で見合い相手の祐一には断られ、最終的に幹彦にも見切りをつけたところで物語は終わる。

『ターン』に登場するのは、ごく平凡なＯＬの生活と恋愛である。そのなかで描かれた女友達との会話は、ある種のリアリティがあるといえよう。しかしながら、これまで氷室が書いてきた作品群に比べると、魅力が劣る作品であることも否めない。

その理由の一つは、登場人物の造型である。従来の氷室作品には魅力的なキャラクターが数多く登場するが、『ターン』では主人公の鞠子を筆頭に、読者を惹きつけて興味を持続させるようなチャームに乏しい。元恋人の幹彦のふるまいにも身勝手さが目立ってしまうため、この物語においてなぜ鞠子が彼と復縁に至るのか、説得力に欠ける読後感を残す。

また、今日『ターン』を読むにあたって壁になるのは、本作にみられる仕事観や結婚観、男女観である。一九八〇年代終盤から一九九〇年代初頭に連載されたこの作品が前提としている諸々の社会観は、ある時代にはリアリティがあった。しかし社会状況、とりわけ女性の社会的地位をめぐる状況に大きな変化が生じたこの数十年の経過によって、『ターン』に登場するような、二四歳で結婚を焦る感覚や、長期キャリアとは無縁の仕事観は、現状とは大きく隔たるものになっている。

もちろん、それだけならばすべての創作にとって条件は同様である。どんな小説も時代的な制約から逃れることはできない。重要なのは、氷室がこれまで手がけてきた少女向けエンターテインメントは、そうした時代経過とは関係なく、少女の精神性の描写において時代を超えた普遍性を獲得していたということである。そこでは、細部が古びていくことは大きな問題ではない。『ターン』は氷室冴子の執筆歴においては、登場人物のキャラクターに豊かな魅力を吹き込むことができず、また物語を展開させるなかで、表層的な時代設定に左右されない精神性を宿すことも不調に終わった作品といえる。それゆえに、時が経つことで社会的背景の古さが際立って感じられるのだろう。

氷室もまた、インタビューのなかで『ターン』にふれた際、「たまたま『ターン』の時は「わたせせいぞうさんがイメージかな、内容が今一つだから絵で頑張ってもらおう」とか思って」[12]と発言している。氷室自身、この作品は「今一つ」であるという自己評価を下しているのかもしれない。

担当編集者として本作に関わった編集者の村田登志江もまた、内容が薄味な雰囲気小説だと認めつつも、『non・no』という発行部数一〇〇万部超のメジャーな雑誌に氷室が登場したこと自体の重要性を指摘する。当時の人気イラストレーターのわたせせいぞうとタッグを組み、人気雑誌

『non・no』に連載を持つという事実こそが、作品の内容如何よりも、作家としての氷室のキャリアを一段引き上げるものとして大きな意味を持ったのだ。

『いもうと物語』——幼年期の祝福

氷室冴子は大人の恋愛小説を手がける一方で、自身の幼年期をモチーフにした『いもうと物語』の執筆にも取り組んだ。『いもうと物語』は新潮社の雑誌『03』の一九八九年一二月号から一九九〇年一二月号まで連載され、一九九一年八月に単行本が刊行された。

『いもうと物語』は小学四年生の少女チヅルを主人公に据え、子どもの視点から一九六〇年代の岩見沢の風景や生活が描かれた小説である。氷室自身が断っているように、『いもうと物語』は「素材は現実からとってますが、ほとんどフィクション」[13]である。氷室の幼年期をベースに、子どもの視点から見た世界をプリミティブな感覚で構築することが、この作品のコンセプトだった。

氷室は長らく思春期の少女のメンタリティを小説のテーマにしており、少女を主題とした小説の執筆から離れた時期も、思春期はそのままに、主人公を男性にずらした作品を発表していた。小学四年生の女の子という、より低い年齢の子どもの世界を描くことは、氷室にとって新しい挑戦となった。次節でも取り上げるように、一九八八年から一九八九年の時期の氷室は、『プレイバックへようこそ』というレトロエッセイも連載するなど、過去を見つめ直す作品を数多く手がけている。

氷室は『ホンの幸せ』に収録された「『いもうと物語』自作を語る」のなかで、「この書いた時期というのがポイントで、今となっては過剰反応だったかなとも思うけれども、ともかく世の中のあまりのバブルぶりに絶望しちゃって、日々、ごく単純なことで傷ついていたわけです。で傷ついた自分を回復するというか、自分のなかの原風景を確認してみたい、それによって自分自身を癒したいという気持ちが強くなっていて、それで書いたのが『いもうと物語』（新潮文庫）です[14]」と、執筆動機を振り返る。バブル全盛期のなかで、己の依って立つ足元を確認し、自分自身を祝福するために書いた小説が、『いもうと物語』であった。

ストーリー自体はフィクションであるが、作品に登場する風景や生活のディテールは、氷室が生まれ育った時代の岩見沢がモチーフとなっている。故郷を直接題材にした作品として、『いもうと物語』は地元からの注目が高い。二〇一七年、岩見沢緑陵高等学校情報コミュニケーション科「CIVIC PRIDE 班」の学生五名は、課題研究として『いもうと物語』に登場する場所や、氷室ゆかりの場所を記した「いもうと物語めぐり」というマップを制作した[15]。氷室作品に登場する場所やゆかりの地を可視化した地図として、興味深い取り組みである。

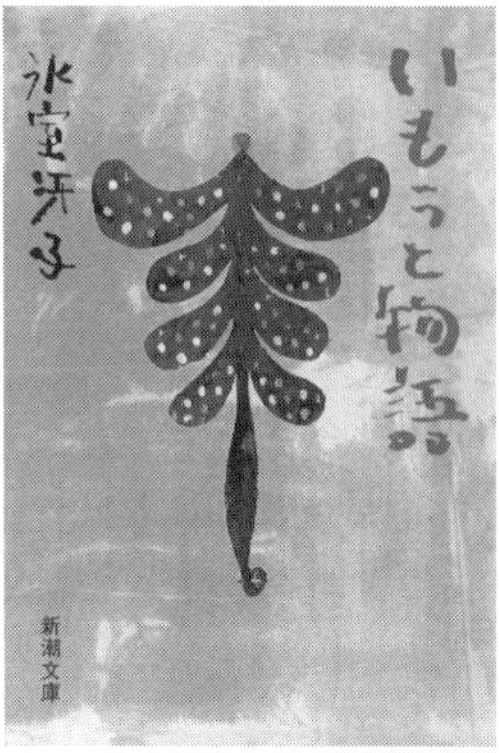

『いもうと物語』文庫版

岩見沢の風景は変わり、『いもうと物語』のなかに登場する場所の多くは、その面影を留めていない。そんななか、氷室が幼年期に眺めていた風景が、今もなお残された場所がある。氷室の叔父安藤良三に筆者が直接取材した折、氷室の原風景の一つだと案内してくれたのが、岩見沢レールセンターだった[16]。岩見沢レールセンターは、

『いもうと物語』の「遊び場の転校生」に、〈ハイシャ車庫〉という名称で登場する。

チヅルの家と学校のあいだの、ちょうど中間あたりに、〈ハイシャ車庫〉とみんなが呼んでいる遊び場があった。

どこまでもつづく野っぱらに、とうに使われなくなった旧線路が、ほったらかしにされていて、その、すっかり錆《さ》びついた赤い線路が続いてゆく果てに、大きなレンガ造りの車庫があるのだった。(17)

岩見沢駅北口からすぐの場所に位置する岩見沢レールセンター、旧北海道炭礦鉄道岩見沢工場は、一八九九年に鉄道関連の工場として建設された。北海道開拓の歴史、そして鉄道の町であった岩見沢の記憶を留める産業遺産であり、同時に現役の施設として今もなお稼働中である。当時の姿のまま稼働を続ける施設であるゆえに、かえって現代化の波にのまれることなく、古い時代の面影を残しているのだろうか。広がる野っぱらとレンガ造りの車庫が印象的なその一帯は、かつて氷室冴子の目に映っていた風景を、今に留めている。

ところで、『いもうと物語』は他の氷室作品とは異なる需要を喚起する作品でもあった。というのも同作品は、中学入試の問題に採用される機会がきわめて多いのだ。これは氷室の愛読者でも知らない人が多いであろう、『いもうと物語』の隠れた特性である。表5は、『いもうと物語』を入試問題に使用した学校名と年度、作中で使われた章をまとめた一覧である。

表5 『いもうと物語』入試問題使用状況

年度	学校名	作中で使われた章
一九九四	桐蔭学園	友だち
一九九五	東邦大付属東邦	角田牛乳
一九九五	攻玉社	角田牛乳
一九九五	清心女子	スケート場とおじさん
一九九五	大阪桐蔭	おねえちゃんの電話
一九九五	岡山白陵	チチノタマゴ
一九九九	森村学園	角田牛乳
一九九九	渋谷教育学園幕張	おねえちゃんの電話
二〇〇〇	洛南高校附属	おねえちゃんの電話
二〇〇〇	湘南学園	角田牛乳
二〇〇〇	聖光学院	石油ストーブのきた朝
二〇〇一	土佐女子	遊び場の転校生
二〇〇一	洛星	猫をすてる
二〇〇七	東京純心女子	猫をすてる
二〇〇七	城北	角田牛乳
二〇〇七	清泉女学院	遊び場の転校生
二〇〇七	清泉女学院	不明
二〇〇七	東京純心女子	不明
二〇一五	江戸川女子	友だち

出典:四谷大塚提供データをもとに一部改変・作成

この表が示すように、『いもうと物語』は刊行直後から二〇〇七年まで、中学入試の定番問題として使用されていた。二〇〇八年の氷室の死でその流れが途切れるが、二〇一五年には久しぶりに起用されるなど、いまだ存在感を発揮しているようである。『いもうと物語』は、従来の氷室作品とは異なるかたちで、「定番」というポジションを確立した作品ともいえる。

ここまで、氷室の一般小説を概観してきた。これらの作品群は、同時代からいかなる評価を受けていたのだろうか。

文芸評論家の関口苑生《えんせい》は、「エンターテインメント作家列伝11　すてきなジュニア小説」のなかで、氷室冴子を取り上げた。関口はジュニア小説に言及し、「そんな中で、ほとんど唯一といってよいほど、一般読者の鑑賞にも耐えうる作品を、次々と生み出し続けているのが氷室冴子である」と、氷室を高く評価した。関口はコバルト文庫から刊行された氷室作品の数々を紹介したうえで、「そんな彼女ではあるが「いもうと物語」「ターン」と続けて、一般読者を対象にした作品を平成三年に刊行したが、残念ながらこれはあまりいい出来ではなかった。これからどうなるか、いずれにしても注目したい」と記事を結ぶ(18)。

関口が言及した氷室の一般小説は『いもうと物語』と『ターン』の二作のみだが、コバルト文庫作品が高い評価を得ているのに対し、一般小説は「あまりいい出来ではない」とされた。筆者個人の評価を記せば、『ターン』に関しては関口と同意見だが、『いもうと物語』の方は見解が異なる。エンターテインメント小説としての華やかさには欠けるが、幼年期の世界をリアリティをもって構築した作品として、『いもうと物語』を評価したい。

それにも増して魅力的なのが『碧の迷宮』だが、この小説は下巻が刊行されていないという決定的な瑕瑾《かきん》があるため、評価を下すのが難しい。作品を完成させられなかったという意味では、辛い評価をつけざるを得ない。とはいえ、『碧の迷宮』はミステリアスなテイストで新境地を拓いた作品であることも間違いなく、脱・コメディを果たした平安小説は、氷室冴子が手がける一般小説の、一つの可能性となりえただろう。

いずれにせよ氷室冴子の一般小説は、少女小説において築いてきたものに比べれば、その実りが大きかったとは言い難い。他方、少女小説から離れた氷室冴子の仕事のなかで、今日に通じる鋭い問題提起にあふれているのが、エッセイである。

初エッセイ集『冴子の東京物語』

一九八五年以降、氷室冴子の仕事のなかでエッセイ執筆が増えていく。もっとも、これ以前に氷室がエッセイを著していなかったわけではない。

氷室冴子の最初のエッセイ連載は、小学館のマンガ雑誌『コロネット』掲載の「気まぐれ随想録《えっせい》」である。藤田和子のイラストつきで、一九八一年から一九八四年まで全一七回にわたり連載された。「気まぐれ随想録《えっせい》」はマンガ雑誌掲載であるため、字数はそれほど多くはない。しかしながら文体には氷室独特のリズムがあり、エンターテインメントとしてのエッセイが、すでに確立されている。

「気まぐれ随想録《えっせい》」という先例があったものの、氷室が本格的にエッセイを執筆するようになるのは一九八五年以降のことである。氷室は集英社のPR誌『青春と読書』に、一九八五年二月号から一九八七年三月号までエッセイを連載し、同年五月に『冴子の東京物語』としてまとめられた。氷室にとって初のエッセイ集であり、さらには初めての単行本でもあった。

『冴子の東京物語』単行本版

本章序盤でふれた元集英社の文芸編集者・村田登志江は、一九八四年から氷室と長く交流してきた人物である。知り合った当時、同じ集英社ながら全くの別部署である『Cobalt』の人気作家だった氷室に執筆を依頼することには、遠慮のような気持ちもあったという。それでも、氷室作品に惹かれていた村田は氷室にアプローチし、『冴子の東京物語』をはじめ、『ターン』『冴子の母娘草《ははこぐさ》』『ホンの幸せ』と多くの作品を共に生み出していった。村田によれば、『冴子の東京物語』の元となった『青春と読書』の連載は当初は三回の予定で、書籍化するつもりは全くなかったという。ところが氷室が綴るエッセイが望外に面白く、結果的に約一年の連載となり、単行本にまとめられることになった。

氷室自身が「はじめに」に記すように、タイトルに「東京物語」とはあるものの、作中には東京の話題はあまり出てこない。一九八五年一月の上京以後に執筆したエッセイということで、『冴子の東京物語』というタイトルになったという。エッセイには統一のテーマはなく、その月々で主題が変わる。それゆえバラエティに富んだ内容となっており、多様なテーマを通じ、氷室冴子の観察眼や軽快な文体を楽しむことができる一冊に仕上がった。

氷室と親の間の結婚観のずれに触れた「親心」、男性批評の「女の苦笑い」、女友だちとの関係を描いた「十年ののち」など、のちの『いっぱしの女』や『冴子の母娘草』の主題となる話題がある一方で、この本ならではのエッセイも収録されている。電話魔らしいエピソード「女の長電話」「間違い電話はミステリー」、氷室が好きな『北斗の拳』から話題が広がる「一子相伝の美学」、旅行がテーマの「女ひとり旅作法」「私の取材旅行」、父とその仕事を見つめる視点が印象深い「父の国鉄物語」など、話題は多岐にわたる。これまでの氷室は少女向けエンターテインメントのフィールドで活躍してきたが、『冴子の東京物語』は、氷室がエッセイにおいても卓越した書き手であることを、鮮やかに示す。

氷室はこの本について、「はじめてのエッセイで連載で、いろんな意味で楽しかったです。しかしクドいようですが、この連載のころは例の〝少女小説〟ブームのはじまりでもあって、精神的にはきつかったです。いろいろ悔しい思いとか、怒りとか押さえていてストレスたまっていたし、なんとか状況を明るく持っていこうとするあまり、いま読むと、イタイタしいなあと微苦笑をさそわれてしまう部分もあって……」[19]と、当時を振り返る。

氷室は初めてのエッセイ集のなかでは、少女小説ブームの渦中で味わった体験を描くことはできなかった。その体験を言語化し、アウトプットするには、今しばらくの時間が必要だった。一九九〇年以降になり、氷室は少女小説ブームとそれにまつわる悔しさや怒りについて、声をあげていくようになる。

『プレイバックへようこそ』――過去への視線と世代の相対化

続く氷室のエッセイ仕事は、『月刊カドカワ』連載の『プレイバックへようこそ』シリーズである。一九八八年一二月号から一九八九年五月号連載分が『プレイバックへようこそ』(一九八九年九月)、一九八九年七月号から一九九〇年二月号連載分が『プレイバックへようこそ2』(一九九〇年七月)として単行本化された。

『プレイバックへようこそ』シリーズはタイトルの通り、懐古語りをテーマにしたレトロエッセイである。氷室が育った一九六〇年代から七〇年代の出来事やカルチャーが、振り返られている。

このエッセイと重なる時期に、氷室は前述の小説『いもうと物語』を連載中だった。『『いもうと物語』――幼年期の祝福」の項ですでに取り上げたように、氷室は一九八八年から一九九〇年頃にかけて、過去をテーマにしたエッセイや小説に取り組んでいる。バブル時代の社会の動きに疲れ、過去を見つめることで自分の心を回復する。「懐古」や「過去」は、そんな氷室の内的欲求から生まれたテーマであった。『プレイバックへようこそ』の中心を占めるのは氷室自身のレトロ語りだが、『月刊カドカワ』の編集者松山加珠子が同連載のために集めてきた資料、さらには読者に呼びかけて集めたアンケートにも、文中で随時言及がなされた。個人の体験だけではない、ある時代の様相を描こうという視点がうかがえる。

この連載はくしくも、昭和天皇の体調悪化と崩御、昭和から平成へという時代の動きとリンクする。一九八九年一月七日に昭和天皇は崩御し、日本は平成という新しい時代を迎えた。これをきっかけに、各所で昭和の振り返りや、歴史の総括が進められていった。氷室の内的な欲求から進めていた過去の振り返りは、突如タイムリーなトピックとなる。この流れを受けて、氷室は「いまさら、〈プレイバックへようこそ〉どころの話ではないわ。日本じゅうが、〈ずずいと奥へ、奥へ〉の展開になってしまったんだから。おのれの企画力の先見性にはカンドーしたけど、いかんせん、情報量も処理能力もないもんだから、テレビみてるうちに絶望しちゃって、このエッセイの連載やめようかと思ってしまった[20]」と、己のアウトプットと時代とがはからずもシンクロしてしまったことを嘆いてみせる。

『プレイバックへようこそ』には、「オリンピックいろいろ」「なぜ、アイドルものではないか」

「子供の世界」「ならいごと編」「正調ならいごと」「クラブ活動」の六編が収録された。このエッセイ集はレトロ語りをベースに話題が縦横無尽に入り乱れており、脱線しながら進む自由な書きぶりに、独特の醍醐味がある。まるで氷室のおしゃべりを聞くようで、他のエッセイとは一線を画す奔放さが面白い。

レトロ語りの内容は、メディアイベントや流行歌、少女マンガ、文学、幼年期の体験など多岐にわたる。GS《グループ・サウンズ》をはじめとする音楽やアイドル、CMなどに関する話題も多く、ある一定年齢以上の読者にとっては懐かしく、その時代を知らない世代にとっては、昭和のトレンドを知るきっかけとなるだろう。氷室の他のエッセイではそれほど多くない歌謡曲ネタや芸能ネタがふんだんに語られているのが、『プレイバックへようこそ』シリーズの特徴ともいえる。書きぶりはラフではあるが、随所に氷室らしい批評眼も盛り込まれており、氷室流文化批評的な側面をもつエッセイ集となった。

『プレイバックへようこそ』
単行本版

さまざまなレトロ語りのなかで、「ならいごと編」は、氷室と少女マンガとの関係性を考えるうえで示唆に富む。氷室自身の少女マンガ体験と、少女マンガ評論に対する反発、さらには紡木《つむぎ》たく作品への言及が興味深い。氷室は紡木たくの登場で、「それは、いつもいつも同世代感覚と、とりあえず女の子の感覚で読めていた少女漫画が、はっきりと、（おまえはもう、わかる、という同世代感覚のキーワードでは、少女漫画は読めない）と宣告されたようなものだった」[21]と記す。ほかにも「クラブ活動」では田中英光『オリンポスの果実』をはじめとする日本の青春文学が取り上げられており、国文学科出身の氷室らしい文学少女の一面が発揮されている。

過去に向かうことは自分自身を癒す行為であったが、そこには単なる懐古趣味には終わらない視点も盛り込まれた。『プレイバックへようこそ』のあとがきは、団塊の世代の男性の話から始まる。団塊の世代とは一九四七年の第一次ベビーブームを中心に生まれた世代のことを指し、一九八九年の時点で四〇歳から四二歳となっている層であると、氷室は説明する。そのうえで、「その方々は、いまや社会の中堅どころになり、出版社でいうとデスク、へたすると編集長あたりにいらっしゃるのです。働きざかりでもあり、また数が多いんだ、これが。〔中略〕だから、かれらの考え方や嗜好をしらないことには、仕事がすすまなかったり、おもわぬギャップを感じるものだから、われわれの世代は、いっしょけんめい、お兄さんたちの歴史や、価値観をお勉強するのです」[22]と、やや皮肉を込めて語る。

作家である氷室の仕事先は、出版業界である。そして、仕事で直接かかわる相手のなかに、団塊の世代の男性が少なからずいたのであろう。『プレイバックへようこそ』はレトロエッセイとして執筆されているため、このなかでは出版業界の男性との摩擦は、直接的には書かれていない。しかし直接的なテーマとはならずとも、『プレイバックへようこそ』のなかにも同じ問題意識はあった。「かれらは、上の世代はともかく、自分たちより下の世代を、すべて、自分中心の視点でしか、見ていない」「それで、わたしはふと、わたし自身の世代を相対化することで、わたしの上の世代をもまた、相対化しちゃいたい誘惑にかられたのでした[23]」と、レトロ語りという体裁の背後に忍ばされた、ある世代の価値観を相対化してみせるという目的が語られた。仕事相手の男性との間で生じた価値観の違いや感覚のズレは、『いっぱしの女』以降のエッセイのなかで、さらに具体的に記されていく。

出版業界のなかの「女」――氷室冴子とフェミニズム

氷室冴子は一九八七年にデビュー一〇周年を迎えた。作品は版を重ね、氷室は女子中高生を中心に支持を集める人気作家としての地位を不動のものとする。そんな氷室は少女小説ブームのなかで注目を浴び、マスコミはさまざまなかたちで彼女を取り上げていった。この時期の氷室冴子は、少女小説というジャンルの代表的作家の一人として、多数の取材を体験する。氷室はこうした取材も仕事の一つと捉えて引き受けていたが、インタビュアーの発する質問や言葉に傷つく場面が少なからずあった。

氷室はエッセイ集『いっぱしの女』のまえがきのなかで、あるインタビューを受けた際に起きた出来事を記す。

彼はとある活字媒体の記者というのか編集者というのか、ともあれそういう人で、当時、その圧倒的な部数ゆえに無視できなくなっていた〝少女小説〟だの、〝少女小説家〟だのの記事を書くために、私にインタビューにきたのだった。

彼が聞くのは年収だとか部数だとか、やたらと数字のことばかりで、税務署か興信所みたいな人だなと思っていたのだけれど、その最後のほうで、彼はそう尋ねたのだった。もっと正確にいうなら、

「やっぱり、ああいう小説は処女でなきゃ書けないんでしょ」

という言葉づかいで。そのときの彼の口調は、すこしもイヤらしくはなく、どちらかというと好意的だったような気がする。(24)


この「処女」をめぐる発言は、『いっぱしの女』のなかでは、導入としての言及に留まる。しかし、のちに刊行されたエッセイ『冴子の母娘草』のなかでは、より率直な感情が吐露された。「〝少女小説〟のインタビューにきたアホな男に、いやー、ボロい商売やってますね、どのくらい儲けてんですかあといわれて、殴りつけてやりたいのをグッとこらえたことも無駄だったと。もっとアホな男記者に、ああいう小説は処女でなきゃ書けないんでしょといわれて、顎がはずれそうになりながらニッコリ笑って、そいつが帰ってから、家じゅうのワイン瓶ぶち割って、一晩泣いたことも(25)」と、氷室はその悔しさを記す。

氷室がインタビューで直面した悔しさや理不尽な体験は、当時はまだ概念としてさほど根づいていなかった「セクシャルハラスメント」と呼ばれるものであった。この時期の体験について、氷室は九〇年代以降、考えを示していくことになる。

一つの契機は、氷室が三〇代を迎えて「処女」関連の発言を受けなくなったことで、かつての経験を相対化できるようになったことである。氷室は以下のように綴る。


「あなたもいい鉱脈をみつけたじゃないですか」

「ああいう小説って、やっぱりアレでしょ。処女でなきゃ書けないんでしょ」

なんてことをインタビューの場で言われつづけていると、どこかで感覚がマヒしてきて、こういう無礼さがマスコミ業界の約束ごとなんだなァ、ついていけないなァ、どの作家もこんなこといわれても平気でいるのか、すごいなァ、この先もこんなこと言われつづけなきゃならないんなら小説家を辞めよう――なんて悩んでいるうちに、三十のヤマを越した。

するとアラアラ不思議、少なくとも〈処女関連〉のご意見は出なくなり（ナゼだ?・）、そうこうするうちにインタビュアーの世代交代もあって、高校生のときに読んでましたという若い女性ライターは、おもしろい質問をしてくださるようになった。(26)


あるいはまた、セクシャルハラスメントの概念を明確に認識することによって、自身や他の女性たちの受けた扱いを再定義できるようになったことも大きい。氷室は『いっぱしの女』収録の「なるほど」というエッセイで、「(セクシャル・ハラスメント)なる外来語を耳にすると、はた、と膝を打ち、このような言葉を口にする人々がいるからには、あのテのことに傷ついていた同胞はたくさんいて、わたしひとりが怒りっぽく、我慢が足りない、というわけではなかったのか、やっぱし！」[27]と、納得したことを明かす。

氷室はセクシャルハラスメントの体験とともに、作家として仕事をするなかで、男性編集者から対等な仕事相手として認識されていないことについても、声をあげていった。『ホンの幸せ』収録の「フェミニズムについて」（初出は『思想の科学』一九九三年五月号）には、四〇代後半の男性編集者との間で生じた、仕事にまつわるコミュニケーションの齟齬が登場する。

「ある時期、仕事にからんでですけれども、四十代後半の男性と意見が合わなかったんです。私には私の、まあ価値観とか美意識もあったし、向こうには向こうの思惑もあったんでしょうが、私としては、話し合いで解決できる問題のように思えました[28]」と、氷室はその体験を詳細に語る。立場や年齢の違いがあり、そこに利害も絡んでいることを理解したうえで、双方の考えが違うことを確認しあえば、氷室としては納得できた。しかし、そうした対等のコミュニケーションは行なわれず、考え方の違いが認められないまま、自分が一方的に説得されるかたちになることに氷室は違和感を覚える。


で、そのとき思ったんですね。「あー、彼は私のこと話し合う余地のある仕事相手と思っていないんだ。彼は私のいうことを、気の強い女の子がなんだか我をはってて、困っちゃうなあとホントに困ってるんだ。女の子＝ワガママで止まっちゃって、だから話し合いにならないわけか。私って、お互いの考えをいいあう対等な相手と思われてなかったのね。〔中略〕で、試みに「とても信頼している相談相手の男の人がいるんですけど、彼がいうには……」とフッて、そのあと、いつもの自分の考えいったら、彼ははじめてギョッとして、私のいうこと、とりあえずちゃんと聞いてましたね。事態がモメてから、初めてといっていい反応でしたよ。あー、こういう態度を最初からとってもらってたら、考え方が違っても、私はそれで納得して退いたかもしれないなと思ったほどでしたね。[29]

氷室がこだわったのは、自分の意見を通すことではない。一緒に仕事をする男性編集者にとって、「女の子」である自分は、対等な仕事相手として認識されていないということに対し、氷室は納得いかないと自らのなかにある違和感を言語化していった。こうした体験をもとに、氷室はフェミニズムに対する、自分のスタンスを表明する。

この件をめぐる一切について、なにかの本から知識を得たり、相談者がいたり、誰かから理論を借りてきたりということがなくて、自分が経験したことをひとつひとつシミュレートして、相手のなかに私を〝女〟というバイアスのかかった目でみる不可侵領域があって、それが（少なくとも私にとっては）事態を困難にしているなーなんて結論にいたったわけですが、この考えに一番ちかい理論、思想を現実に求めるなら、それはフェミニズムだろうという点で、私はフェミニズムを原則的に支持しています。[30]

男性編集者から対等な仕事相手とみなされていないエピソードは、原稿料にまつわる話のなかでも語られている。『本の雑誌』一九九三年七月号掲載の記事「原稿料を考える」は、大沢在昌《ありまさ》・氷室冴子・夢枕獏の三者が、表立っては語られにくい原稿料について、具体的な金額にも言及して語り合った座談会である。座談会のなかでは、氷室は新人作家時代に体験したエピソードを明かす。

氷室　新人さんは絶対に言えないですよ。私は全然他意もなく、デビューして二作目の時に原稿料の振込がよくわからなくて「これ、どういうことなんですか」って言ったら、説明されたあとに忠告してあげますという感じで「新人の頃は原稿料に関してはあんまり言わないほうがいいよ。僕はいいけど」って。

大沢　それはすごく嫌なやつだね。

氷室　そう。今はいなくなったから言うんだけど「僕だったからいいけど、それを言うと干されたりすることあるよ」って言われて、ヒャーッとか思ったことがあったから、新人さんは本当に大変だと思いますね。(31)

氷室は人気作家ではあったが、出版業界のなかでは、決して恵まれた立場を享受していたわけではない。氷室は「社会新報」の一九九二年一二月一日掲載の「中年の証明」（のち『ホンの幸せ』収録）のなかで、「しかし私も十五年間、若い女の子向けの読物作家をやってきてキッパリ断言するけれど、出版業界にははっきり階級制度が存在する。この場合、世間を反映していて、女であり、子どもであるところの〝少女〟を読者対象にしている小説を書いてるという点で、〝少女小説家〟くらい、この階級制度の最下級に属するモノ書きもいない[32]」と、怒りを込めて記す。

物書きとして、言葉を武器に、自分を抑圧する社会に闘いを挑む。そんな氷室の姿勢は、フェミニストと呼ぶこともできるだろう。もっとも、氷室本人はフェミニストと呼ばれることを拒否しないものの、自ら積極的に名乗ることからは距離を置く。「最初に思想ありきじゃなかったんで、この思想からなにかの影響を、いま現在も受けているとは思わないし、私は私の価値観と美意識で、私や私の愛する人たちを規制したり抑圧したりするあらゆる固定観念に（体力と気力がもつかぎり）立ちむかうぞー、勝って勝者のトキをあげようとは思わないけど、絶対負けるもんかーとか思って生きてますが、他人にも同じような生き方や価値観を強制するつもりはないです[33]」と、自身のスタンスを明確にする。

氷室にとって重要なのは、フェミニズムやフェミニストという言葉ではない。それゆえこうした言葉とは慎重に距離を置きつつも、氷室は自分自身の体験に基づき、「女」に向けられるバイアスや抑圧に対して、自らの意思を示していこうとする。

小倉千加子《おぐらちかこ》と氷室冴子の対談「少女と母とジャパネスク」（小倉『対談　偽悪者のフェミニズム』収録）は、氷室のフェミニズムに対するスタンスがあらわれたものとなっている。氷室は、日本におけるフェミニズムの牽引者である上野千鶴子に対して、自分の立場からはその方法論は認められないと、批判的なまなざしを注ぐ。

私、上野千鶴子さんの方法論自体が容認できないんですよ。つまり上野さんは、かなりプロデューサー的な発想で物事をやっておられますね。私はたとえ少女小説というジャンルであろうとも、やっぱり物書きですから、つまり表現者ですわね。だからある種の、あのプロデューサー的な発言というのは、非常にカンにさわるんです。そこに個人的な共感性とか、個別な個人の感受性を無視した効果とか効率とかを第一目的に持ってくる発想があるわけです。そういうベクトルで動くのはまさにフェミニストが批判している男社会のやり方ですよね。(34)

プロデューサー的な発言や手法に対する反発は、氷室自身の体験にも基づくものであろう。「少女小説」や「少女小説家」という言葉を使用したプロモーションに氷室が反発したように、他者からレッテルを貼られ、プロデュースされることに対して、氷室は強い拒否感を示す。それは氷室の作家としての矜持であり、また美学でもあった。

氷室は九〇年代の早い段階で、出版業界におけるセクシャルハラスメントや、作家として直面した理不尽な出来事について、異議を唱えている。セクシャルハラスメントという概念自体がさほど浸透していない時代、そうした問題提起をしても、今日の #MeToo のようにすぐさま共鳴の声を集めることが期待できるわけではない。自身が味わった悔しさや怒りを言語化し指摘することは、現在よりもはるかに勇気が必要であった。それだけに、軽やかでありながらもクリティカルな氷室の言葉には、凛とした力強さがこもっている。

『いっぱしの女』――「女」にまつわるエッセイ集

一九九〇年代以降、氷室は「女」をテーマにしたエッセイ集を二冊刊行する。『いっぱしの女』、そして氷室と母との親子の関係を記した『冴子の母娘草』は、三〇代を迎えた氷室の体験を総括したエッセイとなった。

筑摩書房刊行の『いっぱしの女』は、筑摩書房のPR誌『ちくま』に発表されたエッセイをまとめた本である。連載は一九九〇年四月号から一九九二年一月号まで、単行本『いっぱしの女』は、一九九二年五月に刊行された。氷室冴子のエッセイには社会への鋭いまなざしや、女性としての生き方について語ったものが少なからずあるが、『いっぱしの女』はそのなかでもとりわけフェミニズムをテーマにした項が多い。

『いっぱしの女』の連載は、氷室作品の愛読者だった筑摩書房の編集者・羽田雅美が、氷室に執筆依頼の手紙を書いたことから始まる。[35] しかし、氷室は当初、羽田からの連載依頼を引き受けるかどうか迷っていたという。「ところが、ホテルのティールームで氷室さんと待ち合わせた当日、氷室さんは財布をすられてしまったんです。その直後に打ち合わせることになった氷室さんは、損をしちゃったから取り返してやるということなのか、「すごく悔しいから、連載を引き受けます」と。それで『ちくま』での連載が決まりました」。『いっぱしの女』には社会に対する怒りが散見されるが、この連載のきっかけも怒りであ

『いっぱしの女』単行本版

ったというのが面白い。

先に紹介した「なるほど」は、氷室がセクシャルハラスメントという言葉を知り、自分以外にも傷ついている同胞がいることを知ったエピソードである。一九八九年八月、日本で初めてのセクシャルハラスメントを理由とした民事裁判が起こされ、一九八九年の新語・流行語大賞の新語部門・金賞にこの言葉が選出された[36]。こうした時代のなかで、氷室もこの用語を知り、自身の体験を言語化していった。一九九〇年代という早い段階で、女性作家として氷室が体験したセクシャルハラスメントに対して声をあげていったことは、改めて見直されるべきであろう。

スピルバーグの映画『カラーパープル』を題材にした「レズについて」は、氷室の女性観が強く反映されたエッセイである。「女が女に憧れ、その憧れが生きる力になってゆく微妙な感情、泣きたくなるような思い——私はそういう感情が好きだし、いくつも経験している。だから、信じている。〔中略〕女が女に、その社会的成功や美しさだけではなく、その魂において、いきる姿の強さと凜々しさにおいて、心を揺さぶられるほどの感動をもらい、深く愛してゆくということはあるのだ[37]」と、氷室は実感を込めて記す。女性に対する根強い信頼感は、氷室冴子の小説の根底にも流れている。

「一万二千日めの憂鬱」は、氷室の母が独身である娘のことで悩み、実名でテレビの結婚相談に出演した事件がテーマとなる。氷室はこのエッセイを「友人の電話があったのは、おりしも三十三歳の誕生日まぢかであった。三十三年といえば、一万二千日あまりである。一万二千日も生きてきて、ただ独身であるというだけで、実の母に非難され続けているのだ。どう考えても、これはただごとではないように思われる。いっぱしの女なのに[38]」と結ぶ。三三歳の誕生日を迎える直前に起きたこの一件は、次のエッセイ集のテーマとして、取り上げられていくことになる。

ちなみに、羽田によれば単行本版『いっぱしの女』の装丁は、氷室自身の意向に沿うものではなかったようだ。羽田は吉本ばなな『ＴＵＧＵＭＩ』などの方向性も念頭に置きつつ、氷室の明るくよく喋るパーソナリティからインスパイアされて、デザイナーにポップな感じで、と依頼したという。しかし、当の氷室は静かで凛としたイメージを求めていたらしい。もっとも、氷室は単行本の装丁に関して、芳しくない反応を見せつつもそれ以上の反対はせず、羽田の案が採用された。しかし、後年『いっぱしの女』が文庫化された折には、今度こそ氷室の意向をふまえながら装丁を制作したという。編集者としてのキャリアが浅かった当時を振り返り、羽田は苦い思い出とともに述懐する。

『いっぱしの女』文庫版

『冴子の母娘草』——母と娘の闘い

『冴子の母娘《ははこ》草《ぐさ》』は、集英社のＰＲ誌『青春と読書』一九九一年六月号から一九九三年二月号まで連載され、一九九三年七月に単行本として刊行された。これまでにも氷室は、母親との間で生じた結婚にまつわる対立を、エッセイや小説の題材として取り上げてきた。『冴子の母娘草』は、その集大成ともいえる、母と娘の闘いの記録である。

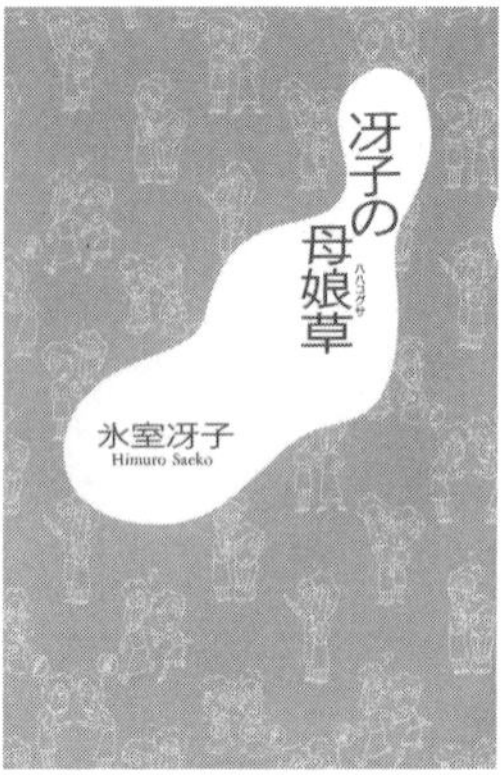

『冴子の母娘草』単行本版

『冴子の母娘草』は、母と娘の「ご先祖さま探訪ツアー」を導入に、長年にわたる二人の結婚をめぐる対立が語られていく。氷室の母親は、女は結婚をして子どもを産んで一人前という価値観をもっており、独身でいる娘の生き方に対し、理解を示すことができなかった。娘の結婚を願うあまり、氷室の母は二度にわたり、テレビ番組の結婚相談に出演している。

氷室の母が最初に出演したのは、氷室が二五歳のときのことであった。娘が結婚しないことに悩んだ母親は、氷室の手相を手に入れ、テレビ番組の手相占いコーナーに送った。このときはあくまで匿名での登場ではあったものの、テレビで娘の結婚相談をした母に氷室は激怒する。

そして氷室が三二歳の時、母親は再びテレビ番組の結婚相談に出演した。この時は作家をしている娘の結婚問題に悩む母親として登場し、本名をきっかけに氷室冴子であることが公衆の面前で曝《さら》されたうえで、結婚相談が進められていく。番組で行なわれた占いの結果は、手紙というかたちで氷室に手渡された。

『――娘さんの結婚相談について、回答します。娘さんは現在、知に走り才に走り、結婚を全く考えておりません。しかし、三十五歳には仕事と才能に限界をさとり、そのとき結婚を考えるでしょう（略）相手は一にも二にも、包容力のある優しい男性がよろしく、俳優でいえば竹脇無我《むが》さんのような人がよろしいでしょう。自分では見つけられないですから、周りが段取りしてあげるのがよろしく、知人の紹介が吉です。（39）〔後略〕』

氷室は手渡された文面を読み、母親が再びテレビの結婚相談に出演したことを悟った。これまでの自分の努力が全く認められておらず、結婚しない限り母にとっては何の価値もないことを思い知らされた氷室は、空港のトイレで号泣する。

氷室はその後友人からの電話を受け、今回の占いが匿名ではなく、本名とペンネーム、職業が明らかにされていたことを知る。「私はけっして虚栄心のつよい人間ではないとは思うけれども、しかししかし、人前で、三十五歳で仕事と才能に限界を悟るなどといわれて、それでも平静でいられるほどタイジンではないのであった。ひらたくいえばショック、さらにいえば恥ずかしさのあまり怒りが湧いてくるほどなのであった」（40）と、その心境を記す。この後、氷室が母に宛てて書いた怒りの手紙と、母からの詫び状は、二人の関係の壮絶さを鮮烈に伝えている。

氷室は時に感情的になりつつも、その鋭い観察眼をもって自分自身のこと、そして母親側の心理や、その行動に至る理由も冷静に分析してみせた。母娘関係や、家族関係を考えるうえで示唆に富んだエッセイ集、そしておそるべきノンフィクションでもある。

家庭小説の復刊――「角川文庫マイディアストーリー」とブックエッセイ

少女小説ブーム以降、氷室は「少女」や「少女小説」という言葉とは、距離を置くようになった。これまで取り上げてきたように、エッセイ仕事や一般向け小説を手がけ、コバルト文庫作品でも『北里マドンナ』や『冬のディーン　夏のナタリー』など、少年を主人公とした小説が増えていく。「少女」の商品化や、少女一人称ラブコメという様式のテンプレート化に苦言を呈した氷室ではあったが、少女小説ブームに対するいらだちは、このジャンルへの強い思い入れがあるからこそ生まれた感情ともいえよう。この時期の氷室は、別のかたちで少女向け読み物に関する仕事を手がけていた。往年の家庭小説の復刊とブックガイドの執筆である。

角川書店から刊行された「角川文庫マイディアストーリー」は、往年の翻訳家庭小説を復刊したシリーズである。家庭小説とは、家庭に題材を求め、女性を主たる読者層とする通俗的な小説を指す。このシリーズが刊行された経緯は、書き下ろしブックエッセイ『マイ・ディア――親愛なる物語』（以下『マイ・ディア』と略す）のあとがきに詳しい。家庭小説に思い入れのある氷室は、初めて自ら出版社に企画を持ち込み、品切れとなった翻訳家庭小説を、「角川文庫マイディアストーリー」として復刊した。翻訳家庭小説のクラシックが、愛らしい赤いギンガムチェックのカバーという、新しい装いで生まれ変わった。

氷室と家庭小説との本格的な出会いは、高校時代までさかのぼる。第1章で引用したとおり、『赤毛のアン』シリーズからはじまり、オルコット、ケート・D・ウィギン、ジーン・ポーター、エレナ・ポーターなどの翻訳家庭小説を愛読した氷室自身の読書体験が、このシリーズを生み出す

背景となった。(41)

「角川文庫マイディアストーリー」は、以下のようなラインナップで刊行された。角川書店がもっている版権で、なおかつ品切れの作品という縛りがあるなかで編まれたシリーズであるため、いわゆる家庭小説の定番の一部は除外されている。

『八人のいとこ』オルコット　村岡花子訳
『花ざかりのローズ』オルコット　村岡花子・佐川和子訳
『昔気質《むかしかたぎ》の一少女』(上・下)オルコット　吉田勝江訳
『ライラックの花の下』オルコット　松原至大訳
『若草物語』(上・下)オルコット　吉田勝江訳
『続・若草物語』(上・下)オルコット　吉田勝江訳
『第三若草物語』オルコット　吉田勝江訳
『第四若草物語』オルコット　吉田勝江訳
『そばかすの少年』ジーン・ポーター　村岡花子訳
『リンバロストの乙女』(上・下)ジーン・ポーター　村岡花子訳
『ケレー家の人々』ケート・D・ウィギン　村岡花子訳
『少女レベッカ』ケート・D・ウィギン　大久保康雄訳
『レベッカの青春』ケート・D・ウィギン　大久保康雄訳

『砂の妖精』Ｅ・ネズビット　石井桃子訳
『若草の祈り』Ｅ・ネズビット　岡本浜江訳
『十七歳の夏』モーリーン・デイリ　中村能三訳
『村の学校』ミス・リード　佐藤健一訳
『村の日記』ミス・リード　佐藤健一訳
『村のあらし』ミス・リード　佐藤健一訳
『制服の処女』クリスタ・ウインスローエ　中井正文訳
『ワルツへの招待』ロザモンド・レーマン　増田義郎訳

このシリーズにあわせ、氷室は書き下ろしの家庭小説ブックガイド『マイ・ディア』を刊行する。挿絵はきたのじゅんこが手がけた。『マイ・ディア』では、『赤毛のアン』『秘密の花園』『あしながおじさん』など、「角川文庫マイディアストーリー」には収録されていない、家庭小説の定番作品も取り上げられた。

『マイ・ディア』では、氷室の家庭小説体験が詳しく語られていく。小学六年生のときに『赤毛のアン』を親に買ってもらったものの、当時すでに文学に目覚めていた氷室にとって、この本は子どもっぽく感じられた。結局『赤毛のアン』は読まないまま、氷室は日本や海外の名作を乱読する文学少女に成長する。

氷室が家庭小説の面白さに気づいたのは、高校時代に入ってからであった。『赤毛のアン』を読み、家庭小説の世界に魅了された氷室は、目録をたよりに次々と家庭小説を読破していった。家庭小説というジャンルは文学史的にみれば、高い評価を受けているとは言い難い。『マイ・ディア』ではそんな家庭小説を取り上げ、さらには作者である女性作家にも目を向け、愛とリスペクトを込めて作品の魅力が語られた。

『マイ・ディア』で取り上げられた翻訳家庭小説の多くは、日本でいえば明治時代に執筆されたものである。女性を取り巻く社会状況が今よりも厳しい時代のなかで、作家として活動した女性に、氷室はあたたかいまなざしを注ぐ。「オルコットかモンゴメリか」では、「今よんでも、百年前の〈家庭小説〉の主人公たちは、みんな意志的で、理想にもえ、社会に有益な人間になろうと努力する、涙ぐましい女の子ばかり。それは、みえない偏見と闘いながら、書くことをやめなかった女流作家の、理想の女の子像でもあったのでした[42]」と記し、「ハウス食品にお願い」では「ただ、〈家庭小説〉とひとくくりされがちな小説群だって、ひとつひとつ書いた、ナマ身の女流作家がいて、作家はみな、時代の制約のなかで、さまざまな環境や人生をせおいながら、自分に忠実に、もてるかぎりの武器をつかって、仕事していたということです[43]」と説明する。

『マイ・ディア』

作中ではさまざまな家庭小説が取り上げられていくが、氷室が一番好きな家庭小説として紹介したのが、ジーン・ポーターの『リンバロストの乙女』である。作者は名の知れた植物学者でもあり、それゆえリンバロストの森の自然描写がとりわけ美しい。主人公エルノラは、リンバロストの森で採取した蝶の標本を売り、そのお金で学校へ通う。他の家庭小説とはひと味異なる『リンバロストの乙女』は、『マイ・ディア』を通じて最も手に取りたくなる小説の一つであろう。

「ひとやすみにお茶を…」という章で書かれるのは、家庭小説の醍醐味の一つといえる食べ物とドレスの描写に特化したエッセイである。どちらかといえば素朴な、それでいて魅力的な食べ物の数々、少女が心をときめかすドレスや生地のディテールなどが紹介され、氷室は巧みな引用で作品の細部に光を当てていく。

この本のなかで、他とはやや異なるトーンで語られているのが、モーリーン・デイリの『十七歳の夏』だ。原著の刊行は一九四二年と、取り上げられた家庭小説のなかでは新しい。アメリカの田舎町を舞台にした、少女アンジイの一七歳の夏。氷室はブックガイド執筆のため、初めてこの小説を読んだという。一度きりの美しい季節を描いた青春小説として、氷室は感傷を込めてその魅力を語る。

文学的には一段下の位置に置かれている家庭小説というジャンルを取り上げ、作家や翻訳者への敬意をあらわし、物語を楽しむ心地よさを読者に伝えていく。氷室の筆致には好きなジャンル、好きな作品を語る喜びが満ちあふれている。家庭小説の世界の扉を開く極上のブックエッセイであり、「角川文庫マイディアストーリー」と『マイ・ディア』は、氷室の名仕事の一つといえるだろう。

「角川文庫マイディアストーリー」は、柚木麻子の単行本デビュー作『終点のあの子』収録の「ふたりでいるのに無言で読書」のなかに登場する。「赤いチェックの装丁に惹かれて借りた「リンバロストの乙女」は面白かった[44]」と、氷室冴子がとりわけ愛した『リンバロストの乙女』が作中で言及されている。柚木は氷室冴子青春文学賞の審査員を務めているが、そんな彼女による氷室へのリスペクトが読み取れる描写である。

『ホンの幸せ』――書物へのまなざし

氷室のもう一つのブックエッセイ『ホンの幸せ』は、一九九〇年以降、氷室がさまざまな媒体に発表した本にまつわる文章を中心にまとめた一冊として刊行された（一部、本以外に関するエッセイも含まれる）。佐々木譲のハードボイルド小説、張承志『紅衛兵の時代』、吉屋信子、田辺聖子や瀬戸内寂聴による古典ものなど、取り上げられる本のジャンルは広く、少女マンガに言及した内容も多い。

『ホンの幸せ』単行本版

幅広いジャンルを対象とした『ホンの幸せ』のなかで、異色とも言えるのが、「わたしはどうやってポルノ小説を読むか――宇能鴻一郎讃」であろう。宇能鴻一郎を軸としたポルノ小説論でもあり、さらに氷室冴子自身の「ヰタ・セクスアリス」として異彩を放つ。

「愛がなくっちゃ」は、氷室の少女マンガ批評に対する見解が強く反映されたエッセイである。氷室は夏目房之介の仕事を取り上げ、「『夏目房之介の漫画学』で、べつに少女漫画について何かを評論しているわけではない。けれど〈描線〉と〈コマ〉という少年漫画も少女漫画もひとしくお世話になるモノにこだわることで、彼はあきらかに、これまで少女漫画を語るときに野放図に、だらしなく使われてきた〈感性〉だの〈幻想〉だのという男性のためのファンタジー用語をこえた漫画評論の方法に王手をかけている[45]」と、その仕事を評価した。

氷室は少女マンガに対するステレオタイプな評論や、少年マンガを語るときには登場しない「感性」や「幻想」などの言葉を用いて少女マンガを語ることに対して、一九七〇年代から反発をみせていた。その姿勢は時を経ても一貫しており、すべてのマンガに共通する描線とコマを分析する夏目の表現論に共感を示す。のちに氷室は夏目の『手塚治虫はどこにいる』の解説も手がけた。

氷室冴子の小説の主要読者は、中高生の少女たちである。一方で、エッセイ仕事は読者層が異なり、大人や男性も少なくなかった。氷室は一九九三年の時点で、「このころになると、エッセイを読んでくださる読者と、小説を読んでくださる読者がはっきり分かれてしまっていて……淋しい。どちらも氷室冴子なんだが[46]」とこぼす。

この章で取り上げたように、一九八〇年代末から九〇年代の初頭にかけて、氷室はこれまでの少女小説のキャリアとは異なるジャンルの書き物に取り組んだ。その仕事の広がりは、氷室の次なる可能性を宿したものとなった。

一九九〇年一〇月に文庫化された『冴子の東京物語』の解説を書いた夢枕獏は、氷室の同業者兼友人として、この時期の彼女の可能性を的確に指摘する。「少女小説というジャンルは、すでに氷室冴子には狭すぎるようにぼくには思われる。氷室冴子という書き手の持つ翼は、もう少女小説というジャンルでは閉じ込めきれない飛翔力を有しているのである。本人はとっくにそのことに気づいている。一部の編集者も気づいている。飛ぶべきであろう。いや、すでに氷室冴子は飛びはじめているし、そのことに気づいている読者も少なからずいるはずである(47)」

八〇年代後半から九〇年代にかけて、氷室の仕事の幅が大きく広がった。一般向けの作品では、特にエッセイというジャンルにおいて、重要な仕事を残している。

作家としての可能性を広げた氷室は、小説の方でも、新たな挑戦を進めていった。九〇年代の氷室冴子は、『海がきこえる』と『銀の海　金の大地』という、作風の全く異なる、二つの代表作を世に送り出す。

註

(1) 氷室冴子『冴子の東京物語』集英社、一九九〇年、七ページ
(2) 永倉万治「文学少女は言葉でソロバンはじいた」『月刊カドカワ』一九八七年二月号、角川書店、九一ページ
(3) 二〇二三年二月九日村田登志江インタビュー。以下出典のない村田の証言はこのときのものになる
(4) 「Come on to My House.」『CREA』一九九〇年一一月号、文藝春秋、一八五ページ
(5) 氷室冴子『いっぱしの女』筑摩書房、一九九五年、一七六―一七七ページ
(6) 氷室冴子『レディ・アンをさがして』角川書店、一九八九年、二〇一―二〇二ページ
(7) 「OSKトップスターの東雲あきらが1月最終公演「次期」煌みちるお披露目公演」『読売新聞』一九九五年一二月二日大阪夕刊・七ページ

(8) 二〇一七年九月九日、九月一一日上演。https://lookingforladyanne.wixsite.com/lookingforladyanne［最終アクセス二〇二三年五月一五日］
(9) 氷室冴子『碧の迷宮（上）』角川書店、一九八九年、二三三ページ
(10) 氷室冴子『冴子スペシャル　ガールフレンズ』集英社、一九九〇年、三一三ページ
(11) 二〇二三年五月二〇日松山加珠子インタビュー
(12)「一九九二年氷室冴子インタビュー」共立女子短期大学国文研究室『あかね』三八号、引用は再録の『文藝別冊　氷室冴子』一三ページ
(13) 氷室冴子責任編集『氷室冴子読本』徳間書店、一九九三年、一二八ページ
(14) 氷室冴子『ホンの幸せ』集英社、一九九八年、二一八ページ
(15)「いもうと物語めぐり」は佐藤萌果、坂本憩音、蛯名美輝、春田紗也香、江郷杏未果の五名が作成したマップである。『文藝別冊　氷室冴子』一〇八―一〇九ページに掲載
(16) 二〇一八年七月一三日安藤良三取材
(17) 氷室冴子『いもうと物語』新潮社、一九九四年、五七ページ
(18) 関口苑生「エンターテインメント作家列伝11」共同通信、一九九一年一二月一一日配信記事
(19) 前掲『氷室冴子読本』二〇一ページ
(20) 氷室冴子『プレイバックへようこそ』角川書店、一九九一年、一〇五―一〇六ページ
(21) 前掲『プレイバックへようこそ』一二五ページ
(22) 前掲『プレイバックへようこそ』二一五ページ
(23) 前掲『プレイバックへようこそ』二一六ページ
(24) 前掲『いっぱしの女』六―七ページ
(25) 氷室冴子『冴子の母娘草』集英社、一九九六年、一〇五ページ
(26) 前掲『ホンの幸せ』一〇五ページ
(27) 前掲『いっぱしの女』一〇三ページ
(28) 前掲『ホンの幸せ』一九一ページ
(29) 前掲『ホンの幸せ』一九三―一九四ページ
(30) 前掲『ホンの幸せ』一九六ページ
(31) 大沢在昌・夢枕獏・氷室冴子「座談会　原稿料を考える」『本の雑誌』一九九三年七月号、本の雑誌社、九七ページ
(32) 前掲『ホンの幸せ』一〇六ページ
(33) 前掲『ホンの幸せ』一九六―一九七ページ
(34) 小倉千加子・氷室冴子「少女と母とジャパネスク」小倉千加子『対談　偽悪者のフェミニズム』学陽書房、一九九一年、一六四ページ
(35) 二〇二三年二月七日羽田雅美インタビュー。以下出典のない羽田の証言はこのときのものになる
(36) 稲垣吉彦『平成・新語×流行語　小辞典』講談社、一九九九年、四四ページ
(37) 前掲『いっぱしの女』八二ページ
(38) 前掲『いっぱしの女』六一ページ

（39）前掲『冴子の母娘草』一〇二ページ
（40）前掲『冴子の母娘草』一一八ページ
（41）前掲『ガールフレンズ』一一七ページ
（42）氷室冴子『マイ・ディア――親愛なる物語』角川書店、一九九〇年、六四ページ
（43）前掲『マイ・ディア』九六ページ
（44）柚木麻子『終点のあの子』文藝春秋、二〇一二年、一四二ページ
（45）前掲『ホンの幸せ』四七ページ
（46）前掲『氷室冴子読本』二〇五ページ
（47）前掲『冴子の東京物語』二五八―二五九ページ

第8章　イメージから生まれた物語――『海がきこえる』

九〇年代の氷室冴子は、『海がきこえる』と『銀の海　金の大地』という、作風が異なる二つの代表作を発表した。かたや高知を舞台にした青春グラフィティ、かたや古代を舞台にしたハードファンタジー。『銀の海　金の大地』は、氷室にとって最も縁が深い雑誌『Cobalt』に連載されたのち、コバルト文庫として刊行された。それに対し、『海がきこえる』は、アニメ雑誌『アニメージュ』に連載ののち徳間書店から刊行されている。後者は氷室にとって初めての版元から発売された小説となった。

高知と東京という二つの土地を舞台に、主人公・杜崎《もりさき》拓とヒロイン・武藤里伽子《りかこ》の高校から大学時代までを描いた『海がきこえる』には、それまでの氷室作品とは異なる情緒や余韻が漂っている。のちに詳しくみていくように、氷室はこの作品で今までの手法をあえて手放し、文体やストーリー作りに新しい方法論を取り入れ、新境地を切り拓いた。同時に、さまざまな手法を経たうえでみずみずしく静かな文体に到達しており、小説家・氷室冴子の集大成と呼ぶにふさわしい作品である。『海がきこえる』は一九九三年、スタジオジブリによってアニメ化された。アニメを通じて『海がきこえる』を知ったという人も、少なくないであろう。氷室の小説はさまざまなメディアミックスが行なわれているが、アニメ化された唯一の作品は、現時点において『海がきこえる』のみである。『アニメージュ』での連載、さらにはスタジオジブリによるアニメ化の影響も相まって、『海がきこえる』はこれまでの氷室ファンの枠を超え、幅広い読者の支持を受けた。「従来の作品ではほとんどが若い女性読者で占められていた。しかし、今回の手紙などの反応は7割くらいが男性だという。40代の男性にまで新たな読者層を獲得している(1)」とあるように、男性読者の支持が高いのも、『海がきこえる』の特徴の一つといえるだろう。

本章では、氷室冴子による小説版『海がきこえる』を中心に、この作品を掘り下げていく。なお『海がきこえる』は初出の雑誌版と、それを大幅に削除・改稿した単行本版(のち文庫化)『海がきこえる』の、二つのバージョンが存在する。書籍化されたバージョンだけではなく、変更の多い雑誌版にも目を配りながら進めていきたい。

高知との出会い

『海がきこえる』は、『アニメージュ』一九九〇年二月号から一九九二年一月号まで、全二三回にわたり連載された(一九九一年二月号は未掲載)。このうち第一部は一九九〇年二月号から一九九一年一月号まで、第二部が一九九一年三月号から一九九二年一月号まで掲載された。氷室冴子が『アニメージュ』へ連載することになった経緯は、担当編集者だった三ツ木早苗が同誌二〇〇八年八月号のなかで明かしている。三ツ木によれば、普通の若者が読む小説を掲載することで『アニメージュ』の誌面に普遍性をもたせたいと考え、アニメがらみではないメジャーな作家の作品を載せる企画を立てるなかで、氷室に作品を依頼したという(2)。

『海がきこえる』の挿絵は、雑誌連載、そして単行本ともに、近藤勝也が担当している。近藤はアニメ『魔女の宅急便』のキャラクターデザインなどで知られ、若手アニメーターとして活躍中だった。『海がきこえる』は他の小説よりも挿絵が占める割合が大きく、雑誌連載ではカラー挿絵が毎回八枚ほど挿入されている。単行本にもカラー挿絵が多数収録されており、鉛筆と水彩で描かれた透明感のあるイラストは、『海がきこえる』の世界を作り上げるうえで大きな役割を果たした。近藤はのちにアニメ『海がきこえる』でもキャラクターデザインやレイアウトを担当するなど、アニメ版の制作にも参加している。

『海がきこえる』単行本版

初出となった『アニメージュ』連載版は原稿用紙六〇〇枚ほどの分量があるが、氷室は単行本版を出すにあたって大きく手を入れ、その結果枚数も三〇〇枚〜三五〇枚ほどになった。連載時の後半、高知で展開されたストーリーが単行本版の改訂後は削られ、残された箇所にも内容や表現に手が加えられている。氷室は通常の作品でも書籍化する際に手直しをするが、ストーリーがここまで再構成された作品は珍しい。のちに文庫版の『海がきこえる』も刊行されるが、こちらは若干の修正に留まり、内容的には単行本版と同じといえる。ここでは今日も入手できる文庫版をもとに、『海がきこえる』の作品世界を紹介していきたい。

『海がきこえる』は、氷室冴子が高知という土地に出会い、その風土に魅了されたことがきっかけで生まれた物語である。「子どもの本を考える会」の誘いを受けて初めて高知市を訪れた氷室はこの街に惚れ込み、いつかここを舞台にした小説を手がけたいと、その後もたびたび足を運び取材を進めていた(3)。

第6章で述べたとおり、氷室は『海がきこえる』以前にも、作中に高知を登場させている。『冬のディーン　夏のナタリー』では主人公ワタルの祖母の家が高知という設定で、夏休みに出かけたこの街の海辺で出会った蓉子とひと夏の体験をする。もっとも『冬のディーン　夏のナタリー』のなかの高知は、東京から離れた海辺の街という以上の意味をもたない。

それに対して『海がきこえる』は、高知という土地と深く結びついた物語として執筆された。一九八〇年代後半から九〇年代初頭にかけては、テレビにおけるトレンディドラマの流行にみられるように(一例として一九八六年の『男女7人夏物語』や一九八八年の『君の瞳をタイホする!』など)、都会を舞台にした青年男女の恋愛物語が花盛りだった。そうした時代にあって、氷室は都会だけでなく地方にも目を向ける。『海がきこえる』ではローカル性にこだわり、土佐弁や情景描写など、高知の風土が作中にふんだんに盛り込まれている。あくまで都会に生きる青年男女のラブストーリーが主題であった『冬のディーン　夏のナタリー』は、いわばプレ『海がきこえる』と呼べる作品として位置づけることができよう。それを経たうえで、氷室は地方都市から上京する人物を主人公に、地方と都会の物語を作り上げていった。

『海がきこえる』のストーリー

『海がきこえる』は、高知で過ごした中学・高校時代と、東京で過ごす大学時代という、二つの時間軸が交差しながら物語が展開する。

やや長くなるが、登場人物のやりとりを引用しつつ、『海がきこえる』のストーリーを紹介したい。物語は、主人公の杜崎拓が大学進学のために上京する場面から始まる。高知で生まれ育った拓は進学先に東京の大学を選び、石神井《しゃくじい》公園のアパートで一人暮らしをスタートさせる。東京という都会にとまどいつつも、新しい場所で生活を始めた拓は、元クラスメイトで同じ上京組のアサシオこと山尾忠志から電話を受ける。この電話で拓は、武藤里伽子が周囲に黙って東京の大学へ進学したことを知る。


「なんでここに、武藤里伽子が出てくるがな」

ぼくは用心深くいいながら、すこしドキドキした。

人の名まえというのは不思議だ。

卒業式前後のどさくさで、すっかり忘れていた高校の教室とか、夕暮れのグラウンドとか、自転車に乗ってかよった通学路とか、そのときのさらっとした潮風の匂いなんかまで、一瞬のうちに、どうっと甦《よみがえ》ってきてしまう。どうしようもなく切ない気持ちになってしまう。

「あいつは、地元の国立バリバリ、高知大うかったろ。ずっと、あっちぞ」

「なに、いーゆうがよ、拓。え、じゃ、知らんかったが？」

アサシオは根がすなおだから、意地悪をいうとか、嫌味をいうというのではなしに、純粋にびっくりしているようだった。

「リカちゃんはさ。母親の手前、高知大受けといて、ウラで、東京の父親とツーツーだったらしいで。国立の試験のあと、友達と卒業旅行にいくとかなんとかゆうて、東京にきてさ。こっちの大学うけてたんやと。母親になんもかも隠しておいて、卒業式のあとのドサクサで、サーッとこっちに来たらしい(4)」


武藤里伽子は、拓にとって因縁の相手であった。高校二年の秋、里伽子は両親の離婚にともない、拓の通う中高一貫の進学校に転入した。東京から来た里伽子は成績優秀、スポーツ万能、おまけに美人で、高知になじめないままクラスのなかで浮いた存在となっていた。

高校二年生の修学旅行で話しかけられて以来、拓は里伽子に振り回され、親友の松野豊との関係も途切れるなど、高校生活の最後をかき乱された。進学先が離れ、もう会うこともないだろうと思っていた里伽子が同じ東京にいると知り、拓は動揺する。アサシオの電話をきっかけに里伽子とのさまざまな場面を思い出した拓は、「ぼくはそのとき初めて、里伽子をすごく好きだったことに気がついて、とりかえしのつかないような哀しい気持ちになった(5)」。東京の大学生活から始まった物語は、過去へと時間軸が戻り、高知を舞台にした高校時代が語られていく。

拓が通う中高一貫の名門私立校は、高知県下一の進学校だった。しかし拓が中学三年生のときにライバル学校に現役合格率を抜かれ、その余波で中学の修学旅行が中止になる事件が起きる。勉強時間を確保するという名目のもと、学校は中学の修学旅行を高校と一本化することを決定した。学校側の一方的なやり方に腹を立てた拓は抗議し、この事件をきっかけに、同じ学年の松野豊と知り合う。

『海がきこえる』の第二章は「マン」と題され、中学三年生の修学旅行中止事件を中心に、松野との友情が描かれる。拓には映画好きの年上のイトコがいて、彼女は「西部劇は、ボーイがどうやってマンになれるかの話なが(6)よ」と、その魅力を語る。拓にとって松野は「マン」であり、他の友人連中とは少し違う、特別な存在だった。

もっとも、修学旅行事件のような波乱は例外的な出来事であり、拓は平穏で平凡な学校生活を過ごしていく。そんななかで、高校二年生の夏休み中という、季節はずれの時期に武藤里伽子が転入してきた。松野は里伽子に一目ぼれをし、拓も里伽子が気になりつつも、無意識のうちに松野に遠慮し、自分の気持ちには蓋をする。

ところが、高校二年生のハワイ修学旅行の最中、拓は突如里伽子に話しかけられる。お金を落としてしまったから貸してほしいと頼まれた拓は、彼女に六万円を渡す。のちに判明することだが、お金を落としたというのは嘘で、里伽子は東京の父親へ会いに行くための資金を作るため、アルバイトをしてお金がありそうな拓に話しかけたのであった。

以後、里伽子と交流のない日々を過ごしていた拓は、高校三年生のゴールデンウィークの最中、クラスメイトの小浜祐実から突如電話を受ける。里伽子は小浜と大阪へ旅行に行くはずだったが、それはカモフラージュで、里伽子は東京の父親へ会うため、勝手に東京行きの飛行機を手配していた。里伽子の身勝手さに怒った拓は、小浜の助けに応じて空港まで出向く。しかし、そこで予定外の生理になり体調がすぐれない里伽子に同情した拓は、小浜に代わって東京へ付き添うことにする。


「おまえ、体調よくないんだって」

おそるおそる声をかけると、里伽子ははっきりと目をみひらいて、

「あたり。あたし、生理の初日が重いの。貧血おこして、寝こむときもあるのよ。男にはわからないでしょ、どうせ」

まるでケンカを吹っかけるような勢いでいった。

たぶん、里伽子はほんとうにケンカを吹っかけていたのだろう。

男にむかって、わざわざ生理の初日がどうのこうのという理由がないし、ぼくを脅すつもりだったとしか思えない。そして、ぼくは確かに、いっきに混乱した。[7]

空港で里伽子が拓に投げつける「生理の初日」というセリフは、作中でも印象に残るフレーズの一つとなっている。これまでの氷室作品にもたびたび生理は登場したが、『海がきこえる』では、初めて男性側から見た生理が描かれた。男性に視点を移したことで、生理は女性の身体感覚とは異

なる意味を帯びたものとなる。
氷室は『氷室冴子読本』のなかで、「これは、良く思われたい男には女の子は言わないセリフなんです。でも「こいつなんてなにさ」って思ってる男の子には言うんですよ」[8]と、女性側の心情を説明した。こうした女の子側の気持ちは、作中では描かれない。あくまで拓の視点、男子のカメラアイを通じた里伽子の姿となっている。少年というフィルターを通し、それまで氷室が書き続けた女の子の姿が、違うかたちで浮かび上がっていく。

　東京へ戻ってきたものの、里伽子の父はすでに若い女性と同居しており、かつてあった里伽子の居場所は失われていた。里伽子は拓のいるホテルに押しかけ、胸の中で泣き崩れる。それをなだめた拓は里伽子をベッドで寝かせ、自分は毛布を持ってバスルームで寝る。気持ちを立て直そうと里伽子は翌日昔のボーイフレンドを呼び出すが、彼はすでに新しい彼女を作っていた。ここでもまた里伽子の居場所は失われていた。

　さんざんな東京旅行となり、同じホテルに泊まるというきわどいシチュエーションを過ごしたものの、拓と里伽子の間には何事もなかった。七月に入り、拓は松野から呼び出され、二人の東京旅行がうわさになっていること、さらに松野が里伽子にふられたことを知らされる。憤った拓は里伽子を呼び出し、「おまえのおかげで、ひでえ迷惑したよ。最低だよ、おまえは」[9]となじる。里伽子は拓を平手打ちし、拓も殴り返し、以後二人はほとんど口をきかない関係となった。

　一一月の学園祭で準備をさぼった里伽子は、クラスの女子からつるし上げをくらう。その場面を偶然目撃した拓は、助けに出なかったうしろめたさもあり、「つるしあげゆう方《ほう》が、涙ぐんじょったもんな。たいしたもんだ」[10]と里伽子に声をかけ、平手打ちされる。涙ぐんだ里伽子を見かけた松野は心配し、拓はつるし上げの状況を、さすが武藤だよ、気が強くて大したもんだとおもしろおかしく説明した。松野は拓を力いっぱい殴りつけ、以降卒業するまで、拓のことを一切無視し続けた。

高知時代は松野の存在があり、里伽子が好きだと自覚することもないまま過ごした拓だったが、上京後に里伽子と再会したことで、その関係は少しずつ変わっていった。再会のきっかけを作ったのは、拓の大学の先輩・津村知沙だった。拓は授業で隣になった大学三年生の津村知沙に誘われ、彼女の知人の受賞パーティーに参加する。その会場で、東京の女子大生となった里伽子と再会を果たす。

大学時代のキーパーソンとなる知沙は、魅力的で、そして傷ついた女性であった。少し前までサークルのOBと不倫をしていた知沙は、リハビリという名目で田坂浩一と付き合っている。田坂も同じ大学の学生で、拓の住む石神井公園前の書店でアルバイトをしていた。津村知沙は東京時代の重要キャラクターで、続編となる『海がきこえるII――アイがあるから』では、彼女のエピソードが掘り下げられている。

知沙から里伽子の連絡先を教えてもらった拓は、里伽子の家を訪れ、それをきっかけに交流が復活する。大学生活初の夏休みで拓は高知に帰省し、松野との和解を果たす。里伽子も高知へ戻り、松野に謝り、さらに同窓会にも出席するなど、かつてのわだかまりを解消していった。物語の最後でも、拓と里伽子の関係は明確なものとはなっていない。拓は里伽子を改めて好きだと自覚し、これからの展開を期待させる余韻を残し、物語は幕を閉じる。

ここまでみてきたように、『海がきこえる』では、衝撃的な事件が起きるわけではなく、移ろってゆく日常のなかで揺れ動く少年の気持ちが描かれた。ドラマティックな展開は意図的に排除され、熱を抑制することで生み出された『海がきこえる』は日常的であるがゆえに、普遍的な感情を描き出すことに成功している。少年の視点を通じて語られる女の子の「わからなさ」は、同時に魅力にもつながっており、『海がきこえる』に男性ファンが多いというのもうなずける。友情と恋愛、受験、そして上京。いつの時代の若者にもある環境の変化にともなう心の揺れは、ある世代にとってはリアルで、そしてより上の世代にとってはかつて過ごした青春の日々を思い出す懐かしさに満ちている。等身大の青年男女の姿を描き、普遍性のある青春グラフィティとして、氷室冴子の到達点といえる作品である。

情景の見える文体へ

『海がきこえる』は、それまでの氷室作品とは異なる手法で執筆された。単行本版『海がきこえる』だけに収録された「あとがき」で、氷室は自身の創作手法や文体について率直に綴った。「いつごろからかなー、自分の文章にふいに飽きちゃった時期がありました」という氷室は、ストーリー作りのテクニックを身につけた反面、イメージを広げる書き方がしにくくなってしまったことを記す。「それで、ぜんぜん違う書き方をしてみたのが、この『海がきこえる』です。最初にストーリーありきじゃなくて、風景とか、シーンとか、そんなイメージだけを連ねていくことで、ひとつの物語を書ききれるかどうか、やってみたかったのです(11)」

ストーリーに先導されるのではなく、イメージを表現することに重きを置きながら物語を紡ぐ。そう方針を立てた氷室は、登場人物の心理状況の説明に偏るのではなく、その場面ごとの情景描写を強く意識した文体を模索する。また、作中に現れる女性、すなわち武藤里伽子や津村知沙といったキャラクターを、拓という少年の目を通して記述したことで、女性の登場人物たちの描写には直接的でない、ある種の距離感が生まれていく。『海がきこえる』に通底する抑制のきいた、それでいて叙情的な文体は、少女が主人公では生まれにくかっただろう。氷室は『海がきこえる』で試みたこれらの文体や視点を指して、「情景が浮かび上がってくるような文章」「粘っこくない一人称」「浮力を持った一人称」と呼んだ。(12)

夕闇の奥に、ぼうっと浦戸湾の海が浮かびあがってみえた。

海沿いに建っているふたつのリゾートマンションの夜光灯が反射して、海の表面は鏡の粉をまいたようにきらきらと光っていた。そのむこうの夜の海には、漁船のあかりが、ひとだまのように尾をひいて、ぷかぷかと動いていた。

〔中略〕

勉強に飽きたり、いやなことがあったり、楽しいことがあったときでも、ぼくはなんとなく窓をあけて、遠くにひろがる海をながめる。

ながめるうちに、いつのまにか波の音が耳になじんできて、それはレールを走る列車の音のようにも、風の音のようにも聞こえて、ぼくは一瞬、ここではない違うところにいるような錯覚におちいる。

そうして人恋しいような、なつかしい気持ちになって、すっかり満足して窓を閉めるのだった。

遠い海の音をききながら、ぼくはふと、掲示板の前を素通りしていった里伽子を思いうかべた。

里伽子の、薄そうな肩を思いうかべた。[13]

ここに引用したのは、風邪で学校を休んだ里伽子の家を松野が見舞ったことを、拓が電話で聞かされた後の文章である。過剰に感傷的ではなく、でもどこか切なくなるような景色と感情が、透明感のある文体で描かれている。

『海がきこえる』と挿絵の世界

氷室冴子の文章だけでなく、近藤勝也が描く挿絵も、『海がきこえる』の世界を作り上げる重要な要素となった。近藤の挿絵について、編集者の三ツ木は以下のように見解を語る。

氷室さんは、勝也さんが描いたそのイラストを見て、触発されたとおっしゃっていました。勝也さんの描いたキャラクターには〝憂い〟があったんです。もともと、そんなにウェットな作品を書くタイプじゃなかった氷室さんが、その絵にインスパイアされたことで、独特の雰囲気のある『海がきこえる』が生まれていったんだと思います。[14]

氷室冴子は近藤の挿絵を非常に気に入っており、熱い想いは『ガールフレンズ』収録の「長生きしてね──近藤勝也くんのこと」に綴られている。一般的に小説の挿絵は、具体的な場面を描くのではなく、イメージ重視のイラストとなる場合が多い。しかしアニメーターである近藤は、キャラクターの表情をはじめ、動きや景色をリアルにすくい上げてみせる。特に人物の表情が秀逸で、ニュアンスのある表情は、繊細な心理描写を取り入れた『海がきこえる』の世界を挿絵として具現化していった。

作家が挿絵にインスパイアされ、物語のイメージをさらに膨らませていく。近藤もまた、作家の文章を受けて、次のように挿絵を描いた。

──近藤さんが挿絵を描く時に気をつけていたことは何ですか?

近藤　行間を読むということですね。書かれた文章を理解した上で、そこには書かれていない行間を埋める絵を描くのが、挿絵の仕事だと考えていました。裏を返せば、氷室さんはこういうシーンを見たいんじゃないかな、という絵を描いたんです。言ってみれば、氷室さんと僕の交換日記のような感覚でした(15)。

雑誌連載版、単行本版ともにカラーでふんだんに挿絵が収録されており、挿絵と小説が融合することで、『海がきこえる』のイメージ世界は広がっていった。近藤が『アニメージュ』連載にあわせて描いた挿絵は、単行本や文庫本、さらには氷室との共著『──海がきこえる　より──僕が好きなひとへ』（徳間書店）など、さまざまな媒体に収録されている。

『海がきこえる』のヴァリアント

『海がきこえる』には、連載前に書かれた二種類のプロットが残されている。そしてそれらのプロットは、実際に完成版として世に出された小説とは異なる内容構想が記されている。それらは、氷室がどのようにストーリーやキャラクターを煮詰めていったのか、その作業過程を垣間見ることができる資料である。ここでは残されたプロットから、『海がきこえる』の構想過程の一部に触れてみたい。

現在確認できる『海がきこえる』のプロットは、連載前に近藤勝也が受け取った「『海がきこえる』覚えがき」（『文藝別冊　氷室冴子』収録）と、『氷室冴子読本』に収録されたものがある。近藤の手元に残されていたプロットは最初期段階のもので、連載時とは大きく異なるストーリーが記されている。『氷室冴子読本』にみられるプロットでは実際に登場するキャラクターが記されるなど、より連載版に近い段階まで内容が煮詰められた。

近藤が『文藝別冊』に提供した「『海がきこえる』覚えがき」の段階では、物語は高知に限定されており、東京は登場しない。主人公も土佐育ちの女の子であり、彼女は受験で関東の有名私大をめざすなど、実際の物語と大きく異なる設定が記されている。少女は土佐、四国の女としての性質を強くもった性格で、その方向づけとして柴門《さいもん》ふみ、宮尾登美子、瀬戸内晴美、倉橋由美子など、参考イメージとして挙げたと思われる具体的な名前が列記されている。高知の進学校を舞台に、学園祭というイベントを通じた青春グラフィティを描くというのが、この時点での大まかな枠組みであった。このように最初期の『海がきこえる』の構想は、連載版と比べると、相違点が目立つ。[16]

『氷室冴子読本』収録の「『海がきこえる』創作メモ」（以下「創作メモ」）は、最初の「覚えがき」よりも、実際の物語にかなり近づいたものになった。この段階では、『海がきこえる』でおなじみのキャラクターたちが、ほぼ同じ姿で現れる。主人公は杜崎拓に設定され、ほかにも武藤里伽子、高校のクラスメイト山尾タダシ（アサシオ）や小浜裕美（単行本では祐実）、担任のカワムラ、東京で関係するキャラクターとして書店バイトの墨田雄一（『アニメージュ』連載版の名前は墨田浩一。単行本では田坂浩二）や津村知沙が登場する。

ストーリーは、地方都市から東京に出てきた拓と、転校生である里伽子のラブストーリーと大枠は固まっているものの、細かい内容は実際の連載とは異なる。プロット段階では、津村知沙が積極的に拓にアプローチをかける設定になっており（寝ようと拓を誘う記述もある）、拓が里伽子と知沙の間で揺れ動くという三角関係が考えられていた。

しかし、この時点では、氷室はまだ『海がきこえる』の肝を探りあてられていない。「創作メモ」の最後の方で、氷室は「ストーリーとして、形は調っているが、なにかが足りない。ようするに、テーマはなんなのか。それがはっきりしていないから、書き手の姿勢もさだまらない。テーマはなに？」[17]と、自問自答する。

この「創作メモ」には、『海がきこえる』の重要なキャラクターである松野豊がまだ存在していない点に注目したい。松野豊は、高校時代の時間軸のなかでは、里伽子と並ぶ重要人物といえる。

松野および「マン」という言葉について、氷室は以下のように説明した。「杜崎拓にとって、松野は自分が持っていない、周りを気にしない強さを持っていて、それは自分がそうありたい〝マン（MAN）〟の雛形《ひながた》だと思っている、ということなんです。だからこそ、彼が好き。そして、こんちくしょう、こいつには勝つ、という気持ちがある。そして拓は里伽子がいいと思う。だけど、自分がいいと思うより先に、自分がこうありたいと思っている〝マン〟の原型としての松野が里伽子を好きになる。それで、拓には二重のロックが掛かってしまうんですよ[18]」

このように松野は、『海がきこえる』のなかで重要な役割を担うキャラクターである。それにもかかわらず、松野、そして「マン」というテーマが、あらかたストーリーが出揃った後の、構想の最終段階で出現したであろう点が興味深い。

『アニメージュ』連載版『海がきこえる』

『アニメージュ』に連載された『海がきこえる』は、全二三回連載、六〇〇枚という分量になった。単行本化にあたり、氷室は第一九回以降、大学時代における高知パートを削除する。削除された箇所では津村知沙が高知に押しかけ、拓と里伽子、松野と知沙の四人で高知観光をするストーリーが描かれた。このパートを削除したことにより、『海がきこえる』の津村知沙の登場場面は大幅に減少した。氷室は単行本では書き切れなかった津村知沙を、のちに刊行する続編のなかで掘り下げていく。

単行本版の『海がきこえる』は、連載版では第一八回までの内容が中心となっている。ここも雑誌連載そのままのかたちではなく、リライトされた。『海がきこえる』の加筆修正は、細かい表現の手直しだけに留まらず、ストーリーの重要な箇所を異なる展開にするなど、内容面における修正も多い。一番大きな変更点は、拓と里伽子のキスシーンが削除されたことであろう。連載版では帰省した拓と里伽子はクラス会を抜けだし（ここまでは雑誌版・単行本ともに同じ）、高知城の前でキスを交わす。雑誌連載ではキスシーンの挿絵も描かれたが、単行本ではキスシーン自体が削除された。

キスシーンの削除を筆頭に、単行本化を進めるなかで、氷室はさまざまな箇所でストーリーに修正を加えていった。第一章「フェアウェルがいっぱい」では里伽子の上京を知った拓が、小浜祐実に電話をかけようとする。雑誌連載版では神戸の女子寮にいる小浜に電話をかけ、里伽子についての話を聞く場面が展開された。しかし、単行本では拓は迷った末、結局小浜には電話をしない。また、第四章「里伽子ふたたび」には、拓が里伽子の昔のボーイフレンド岡田と対面する場面があるが、初出の連載版では拓は岡田や里伽子に対して腹を立て、「くだらんで、おまえも、そっちの男も[19]」と言い捨てて席を立つ。一方、単行本では拓は岡田にネガティブな感情を抱くことはなく、淡々とその場に同席した。

ここで取り上げたのはごく一部の変更点であり、細かい文章表現を含め、単行本で変更された箇所は多い。二つを読み比べてみると、ある風景や場面などのイメージに導かれて生まれたと思われるシーンは手直し程度に留まっているのに対し、あらかじめのプロットとして組み込んでいたと思《おぼ》しきストーリー展開には大きな変更が目立つ。これまでのストーリーありきの手法から離れようとした試行錯誤の軌跡がここにもうかがえるようである。単行本化のためのリライトを進めるなかで、物語はよりパッションを抑えて平熱になり、書き込みすぎた表現はそぎ落とされ、抑制の利いた独特のトーンが魅力の文体が生み出されていった。

『涼宮ハルヒ』シリーズのなかの『海がきこえる』

『海がきこえる』は従来の女性読者だけではなく、男性にも広く読まれた作品となった。作品の受容の一つのかたちとして、谷川流《たにがわながる》の『涼宮ハルヒの憂鬱』（角川書店）シリーズに登場する『海がきこえる』を紹介したい。

谷川流の『涼宮ハルヒの憂鬱』は、二〇〇三年から刊行されている人気ライトノベルである。このシリーズのサブヒロインの一人、長門有希は、無口でいつも本を読んでいる。そんな読書好きの長門がおすすめの本を紹介する「長門有希の100冊」という記事が、雑誌『ザ・スニーカー』二〇〇四年一二月号に掲載された。さまざまなジャンルの本が取り上げられるなかで、九九冊めの本として、長門は氷室冴子の『海がきこえる』を紹介する。この本を選んだ長門に対し、『ハルヒ』シリーズに登場する古泉一樹は、「うらやましくなるくらいの爽やかな青春ドラマですね。長門さんもそうですか？」と問いかけるコメントを寄せる。(20)

『海がきこえる』らしき本は、『涼宮ハルヒの憤慨』のなかにも登場する。

喜びいさんでパクつき始める妹を横目に、俺は机の上に置いていたハードカバー本を取り上げた。

一週間くらい前だ。学期末考査の終わった頭をクールダウンでもさせようと部室の本棚にあった長門の所蔵本を借りてきたやつである。「なんか面白い本ないか。今の俺の気分にぴったりなものは」という俺の問いに、長門は五分ほど棚の前で硬直していたが、おもむろにこれを俺に突きつけた。まだ中盤までしか読めていないが、それは高校生から大学生に至る二人の男女が織りなす恋愛小説らしく、ＳＦでもミステリでもファンタジーでもない、ごく普通の世界の物語で、様々な意味でその時および現在の俺の気分に合致していた。長門は獣医でもアロマセラピストでも占い師でもなく、将来は司書になるべきだ。[21]

作品名こそ伏せられているものの、内容や形態、そして「長門有希の１００冊」で取り上げられたことをふまえると、この本は『海がきこえる』だろう。『海がきこえる』は、人気ライトノベルのなかにも、ひそかに登場しているのであった。

アニメーション版『海がきこえる』

『海がきこえる』は、ドラマティックな展開を排し、淡々とした日常のなかに普遍的な少年少女の姿を描き出した青春小説である。アニメーション向きとはいえないこの小説を、一九九三年にスタジオジブリはアニメ作品に仕立てた。

スタジオジブリの歴史のなかで、『海がきこえる』は若手クリエイターが制作した作品として、宮崎駿・高畑勲作品とは異なる系譜に位置づけられる。公開も劇場版映画としてではなく、スタジオジブリ初のテレビスペシャルとして制作された。『海がきこえる』は一九九三年五日五日に日本テレビ系で放映され、夕方四時台という時間帯ながら高視聴率を確保し、内容も好評をもって受け入れられた[22]。

『海がきこえる』はプロデューサーが高橋望、監督が望月智充《ともみ》、キャラクターデザイン・作画監督が近藤勝也、美術監督が田中直哉と、若手クリエイターを中心に制作が進められた。監督を務めた望月はもともと氷室作品のファンであり、その時は実現しなかったものの、アニメ化の企画を出したこともあったという[23]。望月にとっては、念願の氷室作品のアニメ化であった。近藤勝也は原作の挿絵から引き続き、アニメの企画でもキャラクターデザインを担当している。

テレビスペシャルとして企画されたこともあり、作品の尺は結果的に七二分しかなかった。原作（この時点では『アニメージュ』連載版）では大学時代（東京）と高校時代（高知）の二つの時間軸があるが、アニメでは高校時代のエピソードを中心に構成された。それゆえ拓の大学時代は登場せず、里伽子とは吉祥寺駅で再会するという、アニメ版オリジナルの場面で物語は幕を閉じる。

『海がきこえる』にかかわったスタッフは、作品のキーワードとして、「平熱感覚」という言葉を挙げる[24]。アニメーション特有の誇張された動きをあえて取り入れず、アニメという表現のなかでのリアルさを追求することがテーマとなった。アニメーションとして制作することで、実写では表現できない、統制された画面作りが可能となる。

原作でも印象的な里伽子の「アタシ、生理の初日が重いの」というセリフは、アニメ版にも登場する。他のジブリヒロインとはひと味異なる、生々しい女の子のリアリティを持ち合わせた里伽子を象徴する場面である。原作の持ち味を生かしたこうした表現がある一方で、後半のストーリー改変では、氷室の描いた里伽子とはやや異なる性格づけがなされた。物語は中盤までは原作に沿って展開するが、後半は改変が目立つ。一番大きな変更点は、高知の同窓会に里伽子が参加しないことであろう。この同窓会に参加した拓は、里伽子が「東京にね、わたし会いたい人がいるんだ。その人はね、お風呂で寝る人なんだよ」と発言していたことを知る。

宮台真司はアニメ『海がきこえる』を高く評価したうえで、後半部について「こんなセンチメンタルなセリフは原作にはない。こうした男性ラブコメ的とも言える「甘さ」が後半オリジナル部に散見され、トーンを下げているのは惜しい[25]」と、アニメ版の限界を指摘した。この改変について氷室も、「それは女は言わないよなー、でも、男は言って欲しいんだね、きっと、と思ったわけです[26]」と感想を述べている。限られた尺のなかに物語をおさめるために改変した箇所に、原作小説にはない「男のロマンチズム」が顔を出す。

こうしたやや後退ともいえる改変がある一方で、ラストシーンは、それまでの静かな物語を打ち破るような、アニメーションならではの動きを取り入れた場面が展開された。拓は吉祥寺駅のホームで里伽子を見かけ、必死に反対のホームへ走っていく。この時の拓の走り方は、アニメ的な表現とリアルさが融合した、秀逸な動きに仕上がっている。そして里伽子と再会する最後のシーンで、初めてカメラが回転する。ラストシーンにアニメーション的な「動」の動きを集約し、拓と里伽子の再会を印象的に演出した場面で物語は終わる。アニメ的ではない『海がきこえる』の世界を、アニメーションとして描ききった『海がきこえる』は、スタジオジブリの異色作として今も根強い支持を受けている。
ところで、『海がきこえる』は、宮崎駿の「怒り」を買った作品であった。近藤勝也は、宮崎の『海がきこえる』に対する反発が、次の作品『耳をすませば』を生み出したと語る。

宮崎さんは「俺だったらあんなことしない」と言って『耳をすませば』を作りました。だから『耳をすませば』は〝アンチ『海がきこえる』〟なんです。宮崎さんは、少女の恋愛ものをすごく作りたかったんだけれど、恥ずかしくて躊躇してたんです。でも僕が『海がきこえる』をやったでしょう。それを見て、「こんなくだらないものをつくりやがって！」と導火線に火がついたんですよ。『海がきこえる』がなかったら、たぶん『耳をすませば』はなかったと思う。(27)

『海がきこえる』はアニメーション観や少年少女観において、宮崎駿の方法論と異なる作品であった。反発というかたちでクリエイターの創作欲に火をつけた作品として、『海がきこえる』はスタジオジブリの歴史に確かな足跡を残したといえよう。

続編『海がきこえるⅡ——アイがあるから』

『海がきこえる』の続編『海がきこえるⅡ——アイがあるから』（以下『海がきこえるⅡ』と略す）は、書き下ろし単行本として一九九五年五月に徳間書店から刊行された。拓の大学生活を中心に、里伽子とのその後、さらに拓を取り巻く東京の人間関係が描かれ、挿絵は引き続き近藤勝也が担当した。

『海がきこえるII』では、里伽子とともに、津村知沙もフィーチャーされている。氷室は「続編を書こうと思った時のモチベーション、動機づけというのは、連載の時にあそこまで書いた津村知沙、私は彼女が好きだったのに、最初の単行本ではけずってしまったから、あの子をなんとかしたいという気持ちがあって、それが一番大きいですね。だからパートIIは津村知沙の見えざるラブストーリーに沿って物語が展開するという形ですね」と、津村知沙に対するこだわりをみせる。(28)『海がきこえるII』では、里伽子と拓の関係性だけではなく、二〇代の津村知沙、里伽子の父の新しいパートナーである三〇代の美香のドラマも描かれた。女性だけなく、拓のよき先輩の田坂浩一、大学の同級生水沼健太など、大学時代の人間関係や学生生活も展開される。

大学時代を中心としたストーリーであるため、物語は前作に比べ、より都会的な匂いをまとう。とはいえ、クライマックスでは拓が土佐弁で啖呵《たんか》を切るなど、ふとした瞬間に高知の姿が立ち現れる。父のパートナーの美香が流産し、美香の友人安西から里伽子が責められた場面で、拓は「おんしゃあ、いいかげんにさらせや。おい、おばァ、えっらそうに。しゃべくりすぎて舌噛まんかったかや。もう、とっととといねや!(29)」と叫ぶ。普段はもの静かな拓が、感情を爆発させるシーンとして印象深い。

『海がきこえる』で用いられた浮力のある文体は引き継がれ、ごくあたり前の日常生活のなかで、東京に生きるさまざまな人の姿、そして心の痛みが描かれた。『海がきこえるII』は、青春小説として前作より少し大人びた趣をもつ。クリスマスの風景を描いたラストシーンは、高知の海と、かつて海だった銀座の夜のイメージが重なり、華やかで哀しい都会の風景が幻想的に描かれた。「ぼくらは色とりどりの灯が揺れて滲む街中に、昔は海の底だった場所に、手をつないで歩き出した」[30]と締めくくられるこのラストシーンは、氷室が手がけた情景描写のなかでもひときわ美しい。

『海がきこえるII』は、一九九五年一二月二五日、テレビ朝日系クリスマススペシャル「海がきこえる――アイがあるから」として実写化された。杜崎拓は武田真治、武藤里伽子はオーディションで選ばれた佐藤仁美というキャスティングである。テレビドラマの脚本を手がけた岡田恵和《よしかず》は、『海がきこえる』と『海がきこえるII』の二つを織り込んだ物語として、シナリオを仕上げている。実写版「海がきこえる――アイがあるから」の記録は、『海がきこえるCOLLECTION』にまとめられ、徳間書店から刊行された。

『海がきこえるII』を経て、氷室の志向は三〇代の女性のラブストーリーへと向かっていった。氷室が次なるテーマと見据えていた「大人の恋愛小説」執筆については、第10章のなかで改めて取り上げていく。

註

(1)「氷室冴子　武田真治主演でテレビドラマ放送『海がきこえるII――アイがあるから』」『ダ・ヴィンチ』一九九六年一月号、リクルート、四五ページ

(2) 望月智充・近藤勝也・高橋望・三ツ木早苗「『海がきこえる』と氷室さんの想い出」『アニメージュ』二〇〇八年八月号、徳間書店、一〇〇ページ

(3) 氷室冴子『冴子スペシャル　ガールフレンズ』集英社、一九九〇年、一六〇―一六一ページ

(4) 氷室冴子『海がきこえる』徳間書店、一九九九年、一八―一九ページ

(5) 前掲『海がきこえる』二七ページ
(6) 前掲『海がきこえる』三六ページ
(7) 前掲『海がきこえる』一二四ページ
(8) 氷室冴子責任編集『氷室冴子読本』徳間書店、一九九三年、四七ページ
(9) 前掲『海がきこえる』一八八ページ
(10) 前掲『海がきこえる』二六四ページ
(11) 氷室冴子『海がきこえる』徳間書店、一九九三年、二七〇―二七一ページ
(12) 前掲『氷室冴子読本』二三ページ
(13) 前掲『海がきこえる』一九九九年、八〇―八一ページ
(14) 前掲「『海がきこえる』と氷室さんの想い出」一〇〇ページ
(15) 前掲「『海がきこえる』と氷室さんの想い出」一〇〇ページ
(16) 「『海がきこえる』覚えがき」『文藝別冊　没後10年記念特集　氷室冴子　私たちが愛した永遠の青春小説作家』河出書房新社、二〇一八年、五九ページ
(17) 「創作メモ」前掲『氷室冴子読本』一二五ページ
(18) 前掲『氷室冴子読本』四二ページ
(19) 『アニメージュ』一九九〇年一二月号、徳間書店、九九ページ
(20) 『ザ・スニーカー』二〇〇四年一二月号、角川書店、一七ページ
(21) 谷川流『涼宮ハルヒの憤慨』角川書店、二〇〇六年、二九〇ページ
(22) 『スタジオジブリ作品関連資料IV』徳間書店、一九九六年、一一六ページ
(23) 『アニメージュ』一九九三年一月号、徳間書店、二五ページ
(24) 『海がきこえる』DVD特典、映像・座談会「あれから10年、僕らの青春」ブエナ・ビスタ・ホーム・エンターテイメント、二〇〇三年
(25) 宮台真司・石原英樹・大塚明子『増補　サブカルチャー神話解体――少女・音楽・マンガ・性の変容と現在』筑摩書房、二〇〇七年、三六四ページ
(26) 前掲『氷室冴子読本』四六ページ
(27) 近藤勝也「『海がきこえる』挿絵からアニメ化まで」『文藝別冊　氷室冴子』五六ページ
(28) 『海がきこえるCOLLECTION』徳間書店、一九九五年、一三〇ページ
(29) 氷室冴子『海がきこえるII――アイがあるから』徳間書店、一九九九年、二四五ページ
(30) 前掲『海がきこえるII』二九二ページ

第9章　古代への情熱――『銀の海　金の大地』

『銀の海　金の大地』は数多い氷室冴子の著作のなかでも、他の小説とは少し異なる、独特の〝熱〟を感じる作品である。ここで言う〝熱〟とは、作品そのものが孕《はら》む血みどろの激しさと、さらには物語の続きを待ち望んだ読者側の強い思い入れとの両方を指す。

二〇一八年に刊行された『文藝別冊　氷室冴子』には、『銀の海　金の大地』が未完に終わったことを惜しむ声が数多く掲載された。そのうちの一人、高殿円《たかどのまどか》は、「『銀の海　金の大地』の続きが読みたかった、という方はたくさんいらっしゃるだろう。私だってそうだ。読めないと思うと気が狂いそうだったから、実は私は続きを勝手に書いた(1)」と告白する。物語が中断したあとも、いつか続巻が出るかもしれないと、読者は続きを待ち続けた。

古代転生ファンタジーと銘打たれた『銀の海　金の大地』は、『海がきこえる』と並ぶ、九〇年代の氷室冴子の代表作である。コバルト文庫から一一冊刊行されており、既刊部分は「真秀《まほ》の章」

にあたる。「全部で6部構成」と氷室がたびたび公言したように、『銀の海　金の大地』は古代日本を舞台に、四世紀から聖徳太子の父・用明天皇の時代までの約二五〇年を描く物語として構想されていた。(2)「真秀の章」が完結し、第二章にあたる「佐保彦《さほひこ》の章」の連載が予告されていたものの、それ以降の物語が書かれることはなかった。

『クララ白書』などの初期作品に登場する『古事記』というモチーフを、長編小説『銀の海　金の大地』として昇華させるまで、氷室はさまざまな試行錯誤を繰り返した。『銀の海　金の大地』の連載前後の動向を中心に、氷室が情熱を注いだ最後の長編小説についてみていきたい。

九〇年代とファンタジーの潮流

『銀の海　金の大地』の話に入る前に、この時期のコバルト文庫について確認しておく。

一九八五年以降の少女向け読み物は、少女小説ブームと呼ばれるほど大きなマーケットに成長し、社会的にも注目を浴びたことはここまでたびたび取り上げてきた。少女小説は少女を主人公とした口語一人称の文体、学園を舞台にした恋愛小説が様式とされ、多くのレーベルがこのフォーマットに追従し、多数の作品が刊行された。

しかし一九九〇年頃を境に、少女の一人称による口語小説、学園ラブコメという流れとは異なる作品が台頭する。この時期に新たな人気ジャンルとして浮上したのが、ファンタジーの系譜であった。ファンタジー小説の人気は、少女向けレーベルだけには留まらない動きとなり、九〇年代のエンターテインメント小説界全体の潮目が変わっていく。(3)

少女向けレーベルのなかで、最も早くファンタジーの流れを取り込んだのが、コバルト文庫であった。コバルト・ノベル大賞という新人賞出身の若手作家、前田珠子、若木未生《みお》、桑原水菜らがこの流れを牽引し、それまでとは趣の異なる作品が刊行され、読者の支持を集めていった。

コバルト文庫にファンタジーの風を吹き込んだのが、前田珠子である。前田の二冊めの本として刊行された『イファンの王女』（一九八八年九月）は、少女を主人公にした三人称のファンタジー小説という内容だった。前田珠子のデビュー作はSFだが、ファンタジー好きの前田は編集者に頼み、『イファンの王女』を執筆する。さらに一九八九年一一月、ファンタジー小説の『破妖の剣1 漆黒の魔性』が刊行された。破妖剣士の少女ラエスリールと護り手の闇主《あんしゅ》が人を脅かす魔性と戦うこの作品は、前田の代表作として人気を博す。

前田珠子は少女を主人公にしたファンタジー小説を手がけたが、若木未生と桑原水菜は、少年主人公ものを開拓していった。若木のデビュー作『天使はうまく踊れない』（一九八九年一二月）は、「ハイスクール・オーラバスター」シリーズの第一作に当たる。高校一年生の崎谷亮介を主人公に「妖の者」と「空の者」の闘いを描いたファンタジー小説で、レーベルを変えながらも刊行が続き、三二年の時を経て完結した人気シリーズである。桑原のデビュー作『炎の蜃気楼《ミラージュ》』（一九九〇年一一月）は、現代日本を舞台に、戦国時代の武将が生者の肉体を奪う「換生」を繰り返して闘うサイキック・アクションとして始まった。上杉景虎《かげとら》の現在の姿である主人公仰木《おうぎ》高耶《たかや》と、その臣下直江《なおえ》信綱《のぶつな》を中心に、男同士の愛憎劇を描いた『炎の蜃気楼《ミラージュ》』は、熱狂的なファンを生み出した。

このように九〇年代のコバルト文庫は、前田珠子・若木未生・桑原水菜らを筆頭に、新しい世代の作家たちが活躍し、レーベルに新風を吹き込んでいった。学園ラブコメを中心とした少女小説ブームは一九九二年頃には収束し、替わってファンタジー小説が人気ジャンルとして、各レーベルのなかで勢いを増していく。

氷室は以前から『古事記』をモチーフにした長編小説を書きたいと考えていたものの、長い間物語はかたちにまとまらず、アイディアをあたため続けていた。コバルト文庫の流れが学園ラブコメからファンタジーへと変わりゆく時代のなかで、氷室もまた古代もののアイディアを具体化させ、『銀の海　金の大地』執筆へと動き出した。

『銀の海　金の大地』連載まで

日本最古の歴史書として知られる『古事記』は、七一二年に太安万侶《おおのやすまろ》の編纂で成立した。近い時期に成立した歴史書としては『日本書紀』があり、こちらは舎人親王《とねりしんのう》らの撰で、七二〇年に完成する。『古事記』と『日本書紀』は近い時代に成立した歴史書ではあるが、この二つにはさまざまな相違があり、氷室冴子はとりわけ『古事記』の方を好んでいた。

『古事記』のなかで氷室が特に惹かれたのが、中つ巻の垂仁《すいにん》天皇の条にある「沙本毘古《さほひこ》の叛乱」というエピソードであった。「沙本毘古の叛乱」は、一九八〇年刊行の『クララ白書』のなかに、劇中劇「佐保彦《さほびこ》の叛乱」として登場する。一九八六年に刊行された歴史ファンタジー『ヤマトタケル』も『古事記』をモチーフにした物語で、この作品でも「佐保彦の叛乱」のエピソードがかかわっている。

前述のとおり氷室が自信作として発表した『ヤマトタケル』は、氷室の期待ほどは読者の支持を受けなかった。『銀の海　金の大地』一巻のあとがきのなかで、氷室は「話せば長くなりますが、今をさること7、8年前、私は『ヤマトタケル』という古代ファンタジーを書いたのです。しかし時期が早すぎたというのか、私の才能がなかったというべきか、なんか、あんましウケなくってさ。いえ、もちろん読んでくださった方も多いし、朗読をテープに入れて送ってくださったりとか、一部には、イヨーに評判よかったんだけど、やっぱり当時は、古代という舞台設定も特殊だったし、私もヘタだったし[4]」と、最初の古代ものがそれほど成功しなかったことを明かす。『ヤマトタケル』の反省をふまえ、氷室は次こそは『古事記』をモチーフにしたエンターテインメント小説を手がけたいと、アイディアをあたため続けていった。

『non・no』一九八八年六月五日号には氷室への取材記事が掲載されているが、そのページには「今書いてみたいのは、古典ものなら『古事記』の世界。歴史もの、というよりはファンタジーとして挑戦してみたいそう[5]」と書き添えられている。一九八八年の時点で氷室は、『ヤマトタケル』とはまた違った、『古事記』をモチーフにしたファンタジー小説を着想していた。しかしながら、実際に連載が始まったのは、この発言から三年以上も経ってからである。

長年決め手に欠けていた物語は、あるきっかけから具体化へと動き出し、『Cobalt』一九九一年一〇月号から連載がスタートする。古代ものの構想がまとまった経緯については、『氷室冴子読本』のなかに詳しい。

ああ思いおこすも懐かしい、今から3年前の1990年の5月。東京都だかどこだかの水道局が制作したマンガイラストのポスターが、あっというまに盗まれるという新聞記事を読んでいるとき、そこに載っていたヒロイック・ファンタジーのヒーローみたいなイラストをみて、なぜか天啓をえる。「あー。もうダメだ。こういうの書きたい。こういうハッタリきいた歴史ファンタジーふうの物語が絶対、書きたいのよう！　雑誌の連載がどうしたとか、そんなことといってる場合じゃない。いま持ってる全部の連載きって、古代ものの準備しよう」と思いたって、コバルト担当の川野氏に「古代もの書く準備したいから、無期限でコバルトの仕事、やすみま～す」といっていたという……(6)。

『氷室冴子読本』のなかでは「マンガイラストのポスター」としか記されていないが、一九九二年に共立女子短期大学の学生が氷室に行なったインタビューでは、「ドラクエの水道局のポスター」(7)と、具体的なモチーフが明かされている。ドラクエことドラゴンクエストは、スクウェア・エニックス（旧エニックス）が制作しているファミリーコンピューター用ゲームソフトの名前である。第一作は一九八六年に発売され、一九八八年発売の「ドラゴンクエストⅢ　そして伝説へ…」は大ヒットとなり、社会現象として取り上げられた。とはいえ、氷室はドラゴンクエスト自体はプレイしておらず、具体的な内容は知らなかったという。しかしながらそのポスター絵から受けたインスピレーションは、古代ファンタジー小説執筆へと大きく背中を押すことになった。『銀の海　金の大地』は氷室の古代への関心と、ファンタジーという時代の流れの二つが重なって生まれた物語であった。

古代ものの連載準備に専念するため、氷室は長年続けてきた『Cobalt』への寄稿を休止する。氷室は『Cobalt』の創刊号にこそ登場していないが、それ以降は毎号同誌に小説を発表し続けてきた。その仕事をすべて断り、古代ものの準備に取り組んだところからも、連載に懸ける意気込みがうかがえよう。

突然の氷室の宣言に対し、編集者は次号の原稿だけはと頼み込み、一九九〇年一〇月号に「月の輝く夜に」が掲載された。この作品は平安時代を舞台にした短編で、第10章で改めて取り上げる。「月の輝く夜に」を最後に氷室は小説の寄稿を休み、『銀の海　金の大地』が始まる一九九一年一〇月号まで、準備に専念した。この間、一九九一年二月号には松苗あけみvs氷室冴子対談「やっぱり恋愛は活力《エナジー》のもとね!」、さらに一九九一年六月号には『赤毛のアン』をめぐる短いエッセイ「愛なしには……」を寄稿するなど、小説以外のかたちで二度誌面には登場している。

そして一年近い準備期間を経て、氷室の積年の願いであった古代転生ファンタジー小説は、『銀の海　金の大地』というタイトルで始動する。

『銀の海　金の大地』の世界

『銀の海　金の大地』は、雑誌『Cobalt』に連載され、その後コバルト文庫として刊行された。挿絵は連載版、コバルト文庫ともに、飯田晴子が担当した。『Cobalt』での連載は、本編が一九九一年一〇月号から一九九五年四月号まで、番外編の「月がみていた」が一九九五年八月号と一〇月号に掲載された。コバルト文庫では、一巻は一九九二年三月、最終巻の一一巻は一九九六年一月に発売となった。

『銀の海　金の大地』は、一四歳の少女真秀《まほ》を主人公にした、古代四世紀の物語である。真秀は二六歳の兄真澄、母の御影《みかげ》と三人家族で、淡海《おうみ》の息長《おきなが》族の邑《むら》で暮らしている。真秀と真澄の父親は、ヤマト中央の大豪族の首長《おびと》、和邇《わに》の日子坐《ひこいます》で、息長の首長・真若王《まわかおう》と、丹波《たんば》の首長・美知主《みちのうし》は、異母兄弟にあたる。一四年前、父王が手をつけたあげく捨てた女の子どもとして、真秀と真澄は美知主によって淡海へ連れてこられたよそ者であった。息長族ではない真秀は疎外感を覚えながら、ただの奴婢《ぬひ》よりはましな扱いの暮らしをおくっていた。

　兄の真澄は、目も耳も口も使わない神々の愛児《まな》として生まれた。真秀とだけは心の声で会話をすることができ、兄と妹で寄り添うように生きている。真澄に霊力があることが知られると引き離される恐れがあるため、その力は二人だけの秘密となっていた。母の御影も神々の愛児で、五歳の子ども程度の言葉しか話せず、おまけに数年前から業病《ごうびょう》に侵され、寝床から起き上がることができない。


　母の御影は、病気で寝たきりだし。

　兄の真澄も、目をみひらくほどの美しさを神々から貰うかわりに、目の光も、声も、音もない世界を生きている。

　真秀は、自分ひとりの方に、なにもかもすべてが掛かっていると強く感じる。御影のいのちも、真澄の生活も、すべて自分ひとりで、守らなければならないと。

けれど、今年十四になったばかりの真秀には、御影の薬を手に入れるのもひと苦労だし、卑しげな口ぶりで真澄をからかう連中を殴るときも、内心、びくびくしているのだ。

たまらなく心細くて、ときどき、涙が浮かびそうになる。

（あたしは同族がほしいんだわ。おまえは、たしかに、この一族の者だといってくれる、夢の一族、仲間が欲しい……。それがたったひとりでもいい。御影や真澄のほかに、もうひとりいてくれたら、あたしはどんなに嬉しいだろう。心強いだろう）[8]

物語のはじめから、真秀は過酷な状況に曝《さら》されている。生きることに必死で、歯を食いしばって孤独に耐える少女の姿は、現代ものの小説では描くことができないタイプのヒロインだ。運命に翻弄され続ける真秀の行く先には、さらに過酷な道が待ち構えている。

『銀の海　金の大地』1巻

物語は、御影の業病に効く薬をもらうため、真秀が美知主のいる丹波へ出かけるところから始まる。美知主は薬と引き換えに、真秀に宴へ出るよう強要する。宴へ出るために着飾らせられた真秀は、美知主の娘の一人氷葉《ひば》州姫《すひめ》から、御影が佐保一族の出身であることを知らされる。

佐保一族なら自分たちを同族だと認めてくれるかもしれない。真秀は希望を抱くものの、その願いはすぐに打ち砕かれた。佐保は同族間でのみ婚姻を結ぶほど一族の絆が深く、御影は佐保から追放された身であった。佐保一族は、霊力のある巫女や巫王《ふおう》を生み出す「巫王の血脈」でもある。真澄の身に宿る霊力は、佐保の血が流れていることの証であった。

佐保一族のことを知った真秀は、一巻の最後で初潮を迎える。初月立《ういつきたち》のあかしを迎え、身体的にも女性となった真秀は、真澄の霊力を増幅させる力を得た。真澄に手を出した阿由女《あゆめ》に対して真秀は怒り、破格な霊力を発動させる。真秀は佐保一族の「巫王の血脈」の力を目の当たりにすることになる。

阿由女は真秀に復讐するため、鮒彦《ふなひこ》という男を使い、真秀を襲わせた。真澄の霊力で鮒彦を殺し、なんとか逃げだした真秀は、運命の相手、佐保彦の一行と鉢合わせる。佐保彦は佐保の王子であり、ある用件のために招かれ、息長の邑へたどり着いたところであった。「星がまたたくつかのま、あるいは無窮《むきゅう》のとき。ふたりは激しく、ほとんど憎みあうように、離れがたい運命の引き綱をひきあうように、凝視《みつ》めあっていた(9)」と描写された真秀と佐保彦の出会いは、『銀金』のテーマである「愛と憎しみ」を象徴する場面である。

真秀が御影の子であることを知った佐保彦は、鞭で真秀を打ち、「おまえは滅びの子だ、禍《まが》つ子だ」と憎しみをあらわにする。佐保彦の母は大闇見戸売《おおくらみとめ》という佐保の女首長で、御影とは双子だった。御影と大闇見戸売が生まれるときに神託があり、霊力がある姫が産む子は佐保を永遠に生かし、霊力がない姫が産む子は、佐保を滅ぼす滅びの子であると予言された。霊力は、姉である大闇見戸売の身に宿っていた。

運命は、日子坐が佐保で御影と共寝《ともね》をしたことから大きく動き出す。御影は日子坐の子どもを産むが、誰が父親であるのかを明かさなかった。佐保一族は彼女を殺そうとしたが、大闇見戸売がかばったため、かろうじて御影と真澄は殺害を免れる。そもそも日子坐が御影に手を出したのは、姉の大闇見戸売と見誤ったからであった。一〇年ののち、日子坐は御影を利用して、大闇見戸売に妻《つま》求《ま》ぎの夜討《ようち》ちをかける。そうして生まれたのが佐保彦であり、妹の佐保姫だった。子を産んだ大闇見戸売は霊力の大半を失い、御影は佐保一族の憎しみを一身に受ける。御影と真澄は殺されかけたところを美知主の手で救われ、二人は淡海へと逃れた。

真秀は自分が滅びの子であり佐保一族に憎まれていること、さらに自分の本当の父親が美知主であることを知る。真澄の父は日子坐、真秀の父は日子坐の子美知主。真澄と真秀は、同母異父の兄妹であった。この時代の婚姻は、同母は禁忌であったが、異父の場合は認められていた。複雑で濃い血のつながりが、以降の展開の鍵となっていく。ここまで紹介したのは、二巻までのあらすじである。真秀と佐保彦の二人を中心に、物語は最後まで激動の展開が続く。

佐保彦は最終的には人気キャラクターとなったが、「初登場で総スカンくった」(10)と氷室も言うほど、登場当初は読者の不評をかった。真秀に感情移入をしていた読者の多くは、初登場のシーンで彼女を鞭で打ちつけ、滅びの子だと罵《ののし》る少年に反発を覚えたのだろう。驕慢《きょうまん》な王子として登場した佐保彦は、物語が進むにつれて、さまざまな顔を覗かせる。佐保彦と佐保姫は一族からは愛されているものの、母の大闇見戸売は日子坐に襲われたことを怨み、その子である佐保彦たちを疎んでいた。真秀と出会ったことで佐保彦自身の運命も動き出し、物語の最後では衝撃の事実が明かされることになる。

『銀の海　金の大地』に登場するキャラクターは、氷室によるオリジナルと、『古事記』に登場する人物の二つのパターンがある。真秀や真澄、御影、佐保彦の供人燿目《かがめ》や速穂《はやほ》児《こ》、波美《はみ》一族の波美王などは、氷室による創作である。一方で、日子坐や美知主・真若王、佐保彦と佐保姫、美知主の娘の氷葉州姫や歌凝姫《うたごりひめ》などは、『古事記』が元ネタとなったキャラクターだ。

『古事記』に登場する人物も名前の表記がアレンジされており、道主王は美知主など、漢字の選び方に氷室の美意識がうかがえる。人物の造型にも、氷室の独自設定が加えられた。例えば『銀の海　金の大地』では絶世の美姫として登場する歌凝姫は、『古事記』のなかでは醜女《しこめ》として描かれた女であった。その醜い容貌ゆえ、垂仁天皇に輿入れした六人の姫のなかで、円野《まとの》姫《ひめ》とともに戻された歌凝姫は、『銀の海　金の大地』では美貌の姫となる。

『銀の海　金の大地』に登場する男性キャラクターは、それまでの氷室作品と比べると、年齢層が幅広い。『Cobalt』一九九一年一二月号に掲載された読者投稿では、「銀の海、金の大地よかったです。氷室冴子先生って、人の心情を書くのが本当に上手いですよね。時代の雰囲気にどっぷり浸らしてもらいました。私は個人的に美知主が好き♡[11]」という投稿が掲載された。美知主は四〇代の設定だが、読者からの人気が高いキャラクターの一人であった。氷室もインタビューのなかで「私の中で大人の男を書きたいという気持ちが強くなってきた頃にはじめた話だから、私も結構美知主にはリキ入れてます[12]」と、意気込みを語る。

「大人の男」のもう一人の代表格は、波美王であろう。氷室いわく「心のなかに〝永遠の謀叛〟をもっている男」[13]は、名もなき反逆者の姿を代表するキャラクターといえよう。佐保彦をはじめとする若い世代だけではなく、「大人の男」の野心やドラマが描かれているのも、『銀金』の魅力の一つである。

挿絵と古代の文化

『銀の海　金の大地』は、多くの読者にはなじみの薄い古代が舞台となっている。イメージがわきにくい古代の世界を具現化し、少女たちを物語世界に誘ううえで大きな役割を果たしたのが、飯田晴子による挿絵だった。『銀の海　金の大地』の読者は、飯田が描く真秀や真澄、佐保彦らの姿を、今も鮮やかに思い浮かべることができるだろう。

飯田を挿絵に抜擢した経緯は、『銀金』二巻のあとがきに詳しい。飯田の挿絵デビュー作である手塚一郎『弦奏王』（ＪＩＣＣ出版局）を見た氷室は、「この絵だ！　イメージぴったり！」とイラストに惚れ込み、連絡先がわからない飯田をなんとか探し出して挿絵を依頼したという[14]。以下、筆者が飯田晴子に行なったメールインタビューを参照しつつ、『銀の海　金の大地』の挿絵の世界をみていきたい[15]。

飯田によると、『銀金』挿絵の依頼は、当時勤務していた会社宛の電話で受けたという。氷室は飯田を探しあてるまでに相当の苦労をしたことを『銀金』二巻のあとがきで記しているが、どのような経緯で飯田にたどり着いたのかは定かではない。いずれにせよ、氷室は『銀金』の挿絵にこだわり、自分のイメージにあったイラストレーターに依頼をするなど、イラストの役割を重要視していた様子がうかがえる。

挿絵については、「とにかく佐保の一族は美しく描いてくれ」とオーダーを受けたと、飯田は振り返る。佐保彦一行が初めて登場する二巻には、「男たちはみな、二十《はたち》前後の若者だった。しろい頬にも、目尻にも、黥《いれずみ》ひとつない面差《おもざ》しは艶《えん》にうつくしい(16)」という記述が登場する。氷室は本文だけではなくイラストでも佐保一族の美しさを追求していった。

佐保一族を美しくというオーダーを受けた飯田は、氷室に美形の理想形をたずねたところ、漫画家の清水玲子の名が挙がったという。飯田は清水玲子のマンガやイラスト集、さらに清水が参考にしたとされるバレエの動きを学ぶために、バレエの関連書も資料として集めていった。清水玲子を手がかりに、飯田は氷室の好む美形の方向性の研究を進めていく。氷室の清水への思い入れは『ホンの幸せ』収録の「私が清水玲子さんの漫画を雑誌で読んだのはたぶん『チェンジ』あたり、さらに強烈な印象で清水さんの名前が記憶に刻まれたのは『メタルと花嫁』で、いわば完成された物語美の美しさ、品のよさに魅惑された(17)」という記述にもうかがえる。このエッセイには「美」という言葉が何度も登場しており、飯田の証言とあわせ、氷室の「美しさ」の嗜好を知る手がかりとなるだろう。

氷室は飯田に挿絵用の資料を提供しており、飯田は手元に残っているものとして、以下の名前を挙げた。
・日本の服飾美展　パンフレット中部日本新聞社

・高松塚壁画の新研究（飛鳥資料館特別展示カタログ第九冊）奈良国立文化財研究所飛鳥資料館
・倭国――邪馬台国と大和王権　京都国立博物館
・宝塚歌劇スター切り抜き画像など数点

展覧会の図録などヴィジュアル資料が多く、また飯田に提供した資料のなかに宝塚の切り抜きが含まれているところも、氷室らしい選択といえる。

飯田も台湾の国立故宮博物院に出かけて本やビデオを購入し、さらには吉野ヶ里遺跡にも通うなど、独自の取材を進めていく。さまざまな資料をもとにして、古代世界のヴィジュアルが生み出されていったのであった。

挿絵に対しては佐保一族を美形にという以外の指定はなく、キャラクターのデザインは飯田が作り上げていった。飯田によると、読者から人気が高かったのは真秀と佐保彦で、美知主も人気があったという。飯田はお気に入りのキャラクターとして、中性的な月眉児《つきみこ》を、また描きやすかったキャラクターとして、表情がわかりやすい速穂児を挙げた。

なお、燿目のキャラクターデザインは氷室のイメージと異なっていたようで、その点は指摘を受けたという。氷室のなかでは、燿目はストレートな長髪のイメージであり、飯田によるややワイルドな髪型は方向性が違っていたようだ。『銀金』二巻のあとがきには、「かと思うと、燿目がですね、あああ、けっこう好みの燿目がイラストの外見上、「鏡獅子みたーい。アダ名は若白髪のライオン丸です」といわれてしまうなんて、なんか悲しい。しくしくしく」(18)とあり、確かに氷室が燿目の髪型には納得していなかった様子がうかがえる。燿目もまた佐保一族の男であり、その美しさについて、氷室のなかで強いこだわりがあったのだろう。

『銀の海　金の大地』の世界を彩る美しいカラーイラストは、一九九七年に『銀の海　金の大地イラスト集』としてまとめられた。『銀金』連載時の飯田は、彩色に「ＤＩＣオーバーレイ」というカラートーンを大量に使用するテクニックを取り入れていた。この手法は、影響を受けたイラストレーターの一人、水戸岡鋭治《みとおかえいじ》の技法を参考にしたものだという。飯田は思い入れのあるカラー絵として、第六章「禍《まが》つ恋」の表紙と佐保彦が雨に打たれるシーンを挙げる。この挿絵は、初めての二色刷り原稿だった。

『銀の海　金の大地　イラスト集』刊行に合わせ、飯田は『Cobalt』一九九七年一二月号から一九九八年一〇月号まで、パロディマンガ「銀のあめ　金のムチ」を連載した。この企画は、かつて飯田が『銀の海　金の大地』六巻のあとがきに、ギャグとして一頭身の美知主を描いたことがきっかけで生まれたものであった。「私があとがきで小ネタを描いてたら面白がってもらえたようで、雑誌に掲載しないか？　と担当さんに企画を持ちかけられました。ですがギャグでしたし。案じて担当さんに「これを載せて大丈夫でしょうか？」とお伺いしたことがあります。氷室先生のご反応は問題無かったのか、そこを通過しての雑誌掲載でした」と、飯田は連載の思い出を語る。シリアスな本編とはひと味違う『銀金』のパロディ世界が、飯田の手によって展開された。

飯田は氷室冴子との思い出として、「舞台や資料とは関係なく先生がおっしゃってたことは、物語をしっかりとまとめあげたくて本当に色々な作品の研究をした。けれど、実際物語がまとめられる様になると勢いが無くなる。粗削りでもいいから勢いはあったほうがいい、そんなことをお話しくださいました。大変勉強になり今でもよく思い出す会話です」と語った。

飯田は『銀金』の連載の後も、時折氷室とは連絡を取っており、博多座のチケット『王様と私』を譲られたこともあったという。「若い人を育てる…そんなことを時々お聞きしてた気がします。私も育てていただいたうちの一人だと思っていました。感謝を言葉に出来なかった若い頃が悔やまれます」と振り返る。

一九九二年に行なわれた夢枕獏との対談のなかで、氷室は「「イラストどうします」って言われて、誰でもいいとも言えないから、新人さんで才能あって、あとはチャンスだけって人が私の小説を踏み台にしてメジャーになってくれるといい、とかいう基準で決めてるもん。もちろんイメージに合うってのがあるけど[19]」と明かす。作家としてキャリアを重ねた氷室は、自分の作品をきっかけに、才能のある新人に羽ばたいてほしいという気持ちがあったのだろう。現在漫画家として活躍する飯田の初期の代表作として、『銀の海　金の大地』のキャラクターたちは、今もなお『銀金』読者の記憶に刻まれている。

氷室と飯田のタッグは、『Cobalt』一九九二年六月号掲載の特集「「銀の海　金の大地」の舞台を旅する」でもみることができる。この特集では作品の舞台である琵琶湖や奈良を取材しており、『銀の海　金の大地』の「聖地」をめぐる最良の手引きとなっている。三上《みかみ》山や佐保山、琵琶湖などの自然、遺跡としては日子坐の古墳、日葉酢媛命《ひばすひめのみこと》陵《りょう》、和爾《わに》下《した》神社、古代を知るための施設として野洲《やす》の銅鐸博物館、奈良県立橿原《かしはら》考古学研究所附属博物館などが取り上げられており、『銀金』ゆかりの場所を知る手がかりとして必見の特集だ。

『銀の海　金の大地』にみる古代の風俗描写

氷室冴子作品の魅力の一つは、細やかな資料渉猟に基づいたリアリティである。古代や平安を舞台にした小説でもさまざまな資料を駆使し、作品の舞台やキャラクターに説得力を与えている。古代をテーマにした『銀の海　金の大地』のなかで、氷室は四世紀に生きる人々の暮らしを詳細に描き出す。古代は平安時代と比べて謎が多いが、氷室は多数の資料を読み込み、さらには巧みなフィクションも加えることで、『銀の海　金の大地』の世界を創造した。真秀をはじめとする登場人物が何を食べ、何を身につけ、どのように暮らしていたのか。そのディテールを記すことで物語に奥行きが生まれ、ページの上に古代世界のリアルな情景が浮かび上がった。

『銀の海　金の大地』三巻のあとがきにある「銀金の用語解説」のなかで、氷室は作中に登場する耳慣れない単語を読者に解説した。氷室は執筆にあたり『岩波古語辞典』を活用し、古代の習俗をさりげなく作中に取り入れている。

その一方で、古代の慣習に着想を得た氷室独自の創作の一部も紹介された。「雨遣《あまや》らいの祭り」は氷室の創作で、雨ごいの祭りがあるのだから、その反対の雨を追いはらう祭りがあってもよいのではという発想から生まれたと説明する。また作中の食べ物として登場する「海亀の羹《あつもの》」（羹はスープのこと）は、「この当時あったかどうか、さだかでない。でも、美知主の婿入りさきの丹波は、海亀もとれるし、仏教が入ってくるまでの古代は、喰えるもんはなんでも喰ってたはずだし(20)」と登場させた。物語の導入となる第一巻には、真秀が湯あみをし、美しい衣を着て化粧をほどこされる場面が登場する。古代ならではの手法で真秀が磨き上げられる場面は、装いにまつわる魅力的なディテールが展開されて印象深い。

『銀の海　金の大地』は、氷室が高校時代から関心をもち続けた民俗学の知識を取り入れた作品の集大成といえるだろう。『銀金』を連載中に受けたインタビューで、氷室は古代に関連した本は月五冊から一〇冊くらい読んでいると答えている。[21] 最新の研究やニュースにも目を配り、多数の資料を読み込んだうえで、氷室は古代ファンタジーの世界を創り上げていった。

真に迫った古代世界の描写は、日常的な場面だけではない。第四巻では、佐保彦を筆頭とする佐保一族一行が、鉄づくりのタタラ屋を見学するシーンが登場する。美知主は、真若王ですら滅多に出入りできない鉄づくりの現場に佐保彦を案内することで、息長豪族の力と豊かさを佐保彦に見せつけた。

鉄づくりの現場に圧倒された佐保彦は、「われら一族は、このさきも永遠でいられるのか。この技と、富と、それらが蓄える武力をまえにして。だれからも奪おうとせず、そのために誰からも奪われずにすんできた遠い日々は、すでに昔語りなのか。これからは、武力と武力の時代なのか[22]」と自問する。このタタラ屋は、感情的で子どもじみた佐保彦が自身の幼さに気づき、大人へと変わりはじめる端緒となった場面である。少年が青年へと成長するきっかけとなったのは、ラブシーンでもバトルシーンでもなく、静かな迫力に満ちたタタラ屋だった。氷室の真に迫った鉄づくりの描写が、この場面に強い説得力を与えている。『銀金』の隠れた名場面の一つである。

コメディベースの『なんて素敵にジャパネスク』では、現代的な用語を積極的に取り入れた文体が採用された。しかし『銀の海　金の大地』はシリアスな作風であるため、氷室は古代世界の雰囲気を壊さないよう、極力横文字を使わず執筆している。佐保一族の燿目は銀白の髪で赤い瞳の神人という設定で、現代の言葉でいえばアルビノである。「アルビノの日本語もあるし、古語も『祝詞《のりと》―大祓《おおはらえ》』にちゃんと出てきますが、今だと差別ぽいので使いたくなくて。横文字をいっさい使わず小説書くのは、けっこう大変」と氷室は記す。(23) 一四歳の少女真秀を主人公に据え、読者が感情移入できるポイントを作りながらも、古代世界の雰囲気は壊さずにストーリーを書き進めていく。『銀の海　金の大地』で氷室は、古代世界のリアリティと、エンターテインメント性の両方を追求していった。

少女小説の限界へ――『銀金』にみるヴァイオレンス描写

『銀の海　金の大地』は全六章の構成で、「真秀の章」は序章にあたる。「真秀の章」を書き始めた氷室は、早い段階で当初の予定より長い物語になりそうだという感触を抱いていたようだ。『銀金』一巻のあとがきで氷室は、「最初は、全10冊くらいかなーと思ってたんですが、なんせ1冊分と踏んでた〈真秀の章〉が、どうも4冊になっちまうのです。こうなると、最低でも全20冊はいきます(24)」と記した。「真秀の章」は実際には四冊でも収まりきらず、序章が一一冊というボリュームになった。

この時期の氷室の発言には、念願の古代ファンタジー小説を執筆できる喜びや充実感が満ちあふれている。『氷室冴子読本』収録の、「氷室冴子の追っかけ華麗な1週間」一九九三年五月一三日の日記を紹介したい。

『銀金』の話もすこしする。古代転生ファンタジーと銘打ってあるわりに、文庫本6冊分2千枚突破してるのに、ま〜だ転生の〝て〟の字もない。ファンタジーもあやしいもので、どんどんハードになってくし。「これは古代を舞台にしたビルドゥングス・ロマンで、ピカレスクで、ラブロマンスありアクションありなんでもアリ大河ロマンなのよ」と力説する私に、川野氏はあやふやに頷く。不安なんだろうなー。全6部構成で、今はまだ第1部の、ようやく3分の2を超えたところだもんな。へんだなあ。ひきのばしてるつもりはないんだけど。ともあれ「小説を書いてるなー」と実感できる作品。こういうの書けて、小説家になって良かったとしみじみ思う。[25]

ここで、氷室が「ファンタジーもあやしいもので、どんどんハードになってくし」と記している点に注目したい。『銀の海　金の大地』のキャッチコピーは「古代転生ファンタジー」だが、最後まで転生が書かれることはなかった。転生もなく、ファンタジーもあやしいものになった『銀の海金の大地』は、ハードボイルド小説と呼びたいほど作中にヴァイオレンス描写が登場する。

ここで唐突にハードボイルド小説という言葉を持ち出したが、同時代の氷室冴子の発言をみると、この指摘はあながち的外れではない。一九九三年四月二九日号の『週刊宝石』「本のレストラン」には、「ハードボイルド小説が好き！　ハマっちゃってます」という氷室のインタビューが掲載されている。この記事には「〝少女小説の女王〟というイメージが強い彼女だが、意外にもハードボイルド小説が大好き。「船戸《ふなど》与《よ》一《いち》さんが死ぬほど好き！　ハマっちゃってどうしようというくらい。だから、女の子がネチネチ悩んでいる文章なんか読んでらんないですよ。あっ、あのぅ、これ書かないでくださいね[26]（笑）」」という氷室の言葉が登場する。こうしたインタビューから明らかなように、この時期の氷室はハードボイルド小説に傾倒していた。

一九九〇年代のコバルト文庫では、バトル描写のあるファンタジー小説が人気ジャンルの一つであった。しかしながら、こうした時代のなかでも『銀の海　金の大地』のハードさは、少女小説の表現の限界にまで迫るものとなっている。

古代をテーマにする以上、近親相姦が出てくるのは必然といえよう。『銀金』では近親相姦を筆頭に、さまざまなかたちでの濡れ場、共寝《ともね》や強姦などきわどいシーンが登場し、流血や死の場面も生々しく描かれた。氷室は「古代ものを書くかぎり、近親相姦は避けて通れない。通さないしさー。各種、濡れ場シーンでおわかりのように、この銀金にタブーはありません。なんでもアリです[27]」と宣言する。かつて氷室は、瑠璃姫と高彬の初夜を「今までになく、仲良しになった」と表現した。しかし『銀の海　金の大地』ではこれまでの作品とは異なり、直接的なラブシーンや、暴力的な描写が頻出する。読者からも「コバルト史上、類をみない超ハードなシリアス展開」や、「さすが、読者のリクエストを踏みこえて、エゴイスティックに筆をすすめる氷室冴子の本領発揮」といった言葉が手紙で寄せられるなど、その過激さに対する反響がみられた[28]。

『銀の海　金の大地』では、多くの登場人物が死を迎える。その死の場面も直接的に描写されており、痛みや苦しみ、流血が生々しく記された。七巻のあとがきで氷室は、腕を切り落とされて死んだ忍人《おしひと》に言及し、以下のように語る。

この小説では、そういう感覚、腕をふっとばされた忍人とおなじ感覚を、ほんの一瞬、読者にも味わわせたい。痛い、苦しい感覚は、現実には味わっていないけど、何行かの文章それだけで、一瞬でも実感させられたら、それも小説の力、おもしろさだな、とか思いながら書いたりしています。

霊力シーンも、ただ絵が目に浮かぶというのではなく、読んでいる人が一瞬、痛さを感じてウッと息をのんでしまう――そういう身体的な感覚を刺激したい。みたいな感じ。(29)

ファンタジー小説におけるバトル描写は醍醐味の一つであり、流血や死も当然のように描かれるだろう。九〇年代のコバルト文庫は多様性に富んでおり、『銀の海　金の大地』はそのなかに登場したハード路線といえる。このハードさは、確実に『銀の海　金の大地』の大きな魅力である。しかしながら、その苛烈な作風ゆえに、それまでの氷室作品にあった親しみやすさやポピュラリティが後退した一面も指摘できよう。

なお、ここで紹介した血みどろの『銀の海　金の大地』七巻発売時の「乙女ちっく通信」(文庫折り込みのコバルト文庫販促ペーパー)一九九四年二月号で、『銀の海　金の大地』が大きく取り上げられている。「乙女ちっく通信」のなかで『銀金』は、「読んでるうちに〝がんばろう!〟って気にしてくれるヒロイン・真秀の活躍を、たくさんの人に楽しんでもらいたいな♡」と紹介された。苛烈きわまる『銀金』の内容とギャップを感じる文面だが、中高生を読者層とする少女小説レーベルの販促として、編集部の方向性は納得できる。むしろ違和感を抱かせる『銀の海　金の大地』の方こそが、少女小説の表現の限界に迫る、あるいはその限界を超えかねない内容だったといえよう。

『文藝別冊　氷室冴子』のなかで、作家の荻原規子《のりこ》は、氷室との思い出を記している。


　今でも記憶に残るひとことは、氷室さんが、

「『空色勾玉《そらいろまがたま》』を読んだとき、私も自分の一番書きたいことを書こうと決心した。だから、何が何でも『銀の海　金の大地』を書くことにした」

と、語ったことです。

『なんて素敵にジャパネスク』で一世を風靡した作家には、膨大な愛読者の期待という重圧があったでしょう。なじみの少ない『古事記』が舞台の作品には、編集部がいい顔をしなかったのかもしれません。覚悟をにじませる口調だったのを思い出します。『銀の海　金の大地』はもっと売れ行きが伸びていいはずで、これから伸ばしてみせるとも語っていました。

　私には何も意見が言えなかったけれど、氷室さんが並々でない思い入れで『銀の海　金の大地』を執筆していることは感じ取れました。その渾身の大作が第一部で中断してしまったことが、今も惜しまれてなりません。(30)

氷室は『銀金』一〇巻のあとがきで「書いている間じゅう、血管がキレそうなほど昂奮してました。あんまり嬉しくって。バトルシーンなんか、もっと書きたかった」[31]と、その昂揚ぶりを記す。氷室の熱量が注ぎ込まれた激動の『銀の海　金の大地』は、熱烈な愛読者を生み出した。

しかし他方で、氷室の作風は読者に戸惑いをもたらす側面もあったようだ。『銀金』の「真秀の章」終盤期、氷室は珍しく読者からの声にいらだった様子を見せた。同じ一〇巻のあとがきのなかで、氷室は読者からのハガキを取り上げ、「私はあんまり、ヘンなお手紙をいただくことがないのですが、最近、「雑誌で最終章まで読んだけど、これは2〜3巻でまとまったはずだ」みたいなハガキをいただいて、「あ、そう。そういうアラスジが読みたいんなら、アラスジだけの小説読めば」とか思っちゃった」[32]と、突き放す。これまでの氷室は、作品が遅い、続編が出ないという読者からのお叱りの声をユーモラスに取り上げたことはあったが、読者にいらだちをぶつけることはなかった。氷室は受け手との摩擦をもいとわず、それまでのポピュラリティとは異なる境地に手をのばそうとしていたのかもしれない。

しかし、その昂揚とは裏腹に『銀の海　金の大地』は突然、歩みを止めてしまう。

まぼろしの「佐保彦の章」

『銀の海　金の大地』の「真秀の章」は、一九九五年四月号をもって完結した。翌六月号では「銀の海　金の大地〈真秀の章〉総集編」というこれまでのストーリーを振り返る特集が組まれた。

この号には、『銀の海　金の大地』のその後の展開が、わずかながら記されている。「この後、時代はヤマトタケルなどで有名な内乱状態↓5世紀の河内王朝の応神・仁徳期。さらに雄略期。また内乱があって6世紀の継体天皇を経て、聖徳太子の伯父さんの敏達《びだつ》天皇↓用命《ママ》天皇（聖徳太子の父）↓暗殺された崇峻《すしゅん》天皇↓あの推古天皇の時代となりますが、そのあたりでイロイロ書きま〜す。運命の皮肉というか、ふたりの転生先は仇ともいえる「春日豪族」。大豪族「春日氏」を中心に、一大古代ロマンになるのではないかなーと。美貌の皇后とか、暴虐な大王にイビられる憂愁の貴公子とか出てくる、はず……[33]」とあり、氷室が「真秀の章」以降の構想を具体的に練っていたことがわかる。

一九九六年一月刊行の『銀の海　金の大地』一一巻のあとがきでも、氷室は「佐保彦の章」への熱い意気込みを綴った。「『銀の海　金の大地』の序章ともいえる［真秀の章］を経て、物語はいよいよドトウの本編に突入です。文庫本11冊分つかって序章だ、すごいぞ。その後の真秀の姿は、チラッと番外編『月がみていた』に出てますが、死んでしまった真澄の転生先とか。ふたりの再会のかたち。波美王の人生や。歌凝姫と須久泥《すくね》王《おう》のその後も。それに大王《おおきみ》の嫁さんになった佐保姫の運命、佐保彦の運命、いや佐保一族や大和そのものの運命を、いざ書き出したときはノンストップで駆け抜けます。ご期待ください[34]」

『Cobalt』一九九五年八月号と一〇月号には番外編「月がみていた」が前後編で掲載され、真秀と波美王を中心に「真秀の章」後の物語が描かれた。後編が発表された一〇月号の巻末には、『銀の海　金の大地』新章の予告が掲載されている。「完結に3年半を要した〈真秀の章〉から半年、あの壮大な歴史ファンタジーが、いま、新しい幕をあける！[35]」と、新章が一二月号からスタートすることが華々しく告知された。一ページをまるごと使った告知からも、新章連載への期待の大きさがうかがえる。

しかし、新章がスタートするはずの一二月号では、表紙に佐保彦が登場しながらも、氷室の原稿が載ることはなかった（左図）。巻末には「氷室冴子先生の『銀の海　金の大地』は、都合によりしばらく休載いたします。再開をお楽しみに！」[36]と小さく記された。そして休載となった『銀金』はこの後も再開することはなく、シリーズは一九九六年一月刊行の一一巻を最後に中断する。

『銀の海　金の大地』は一体なぜ中断をしたのか。その理由を氷室の闘病に求める見解はしばしば見かけるが、第10章で取り上げるように、彼女の肺がんが発覚するのは二〇〇五年四月のことであり、『銀金』が歩みを止めた直接的な原因とするにはそぐわない。また氷室は一九九六年三月から単行本で旧作を復刊する「Saeko's early collection」シリーズを刊行するが、これらは単なる出し直しではなく、作品に大幅な修正を加えたリライト版となっている。こうした仕事ぶりからも、健康面などで氷室の執筆活動を阻む大きな問題はなかった様子がうかがえる。刊行のタイミングからすれば、「Saeko's early collection」は、『銀の海　金の大地』新章執筆の代わりの企画だったのかもしれない。この後、氷室は旧作の加筆修正は行なうもの

『Cobalt』1995年12月号表紙

の、新作小説は数編の短編を発表するに留まり、二〇〇一年以降は休筆期に入った。

　では、氷室は『銀金』中断ののち、継続への動きをいっさい止めてしまったのだろうか。集英社の文芸編集者であった村田登志江の証言からは、むしろ氷室がコバルトにこだわらず『銀金』の続きを進めようとしていた様子がうかがい知れる。[37]『Cobalt』誌上での『銀金』休止後、村田は氷室から『銀金』第二部冒頭の原稿を見せてもらったことがあるという。そして、『Cobalt』以外の雑誌であっても続きを掲載できないだろうかと相談を受け、他雑誌に打診をして第二部の連載を掛け合ったものの、実現には至らなかったと村田は回顧する。その際、少女を主たる読者層としていない、より一般向けの雑誌に『銀金』連載の話を持ち込んでみて直面したのは、「『Cobalt』の作家でしょ」と少なからず少女小説を軽んじる空気であったという。氷室冴子の名は知っていても、まともに読んだことのない男性編集者と対峙することになり、他雑誌で『銀金』を再開する目論見は不調に終わったようだ。

　ならば、『Cobalt』の側に『銀金』を連載し続けられない理由があったのか。しかし、コバルト文庫で氷室冴子の担当だった集英社の堀井さや夏《か》によれば、編集部は『銀金』の連載中断から時間が経過してのちも、折にふれて氷室に連載再開の打診をしていたという。[38]「私は98年に入社し、コバルト編集部に配属後は氷室先生の担当になりました。引き継ぎのとき、前任担当者からは氷室先生が書かなくなって長いけど、折々に銀金の続きどうですか、それが難しいのなら新作はどうですかとお声がけを続けるよう言われました」。こうした証言からも、少なくともコバルト側には『銀金』再開にあたっての障害はなかったと考えられる。

上記二つの証言は、今回の本書増補改訂にあたって新たに行なった取材で得られたものだ。これらを考え合わせる限りでは、元々連載していた『Cobalt』側には再開の意思があり、氷室も『銀金』を継続する意思は確実に表明していたことがわかる。それでもなお、氷室は物語を書きあげるには至らなかったのである。

「真秀の章」完結から二年半ほどが経過した一九九七年一一月、『銀の海　金の大地　イラスト集』が発売された。飯田晴子のイラストがカラーで多数収録されたこのイラスト集には、氷室による書き下ろし短編「羽衣《はごろも》の姫」も収録された。歌凝姫と須久泥王のその後の物語となる「羽衣の姫」では、愛と憎しみに彩られた二人がそれぞれに新しい道を歩み出すさまが描かれた。絶望には終わらない二人の姿は、『銀金』の世界に差し込む光となる。

『銀の海　金の大地　イラスト集』

前述のとおり、イラスト集発売にあわせ、飯田は『Cobalt』にパロディマンガ「銀のあめ　金のムチ」を全六回にわたり連載した。この連載が、『Cobalt』に掲載された『銀の海　金の大地』関連の、最後のコンテンツとなった。

もとより、氷室は従前からたびたび、『銀の海　金の大地』全体構想が最初の時点から固まっていたことを語ってきた。一九九二年に共立女子短期大学の学生が行なったインタビューでは、「終わり方は決まってるんですか？」という質問に対し、「決まってます。六部全部の枠組みも、みんな。後はもう書くだけで。漫画の原作みたいに、要所要所のシーンとあらすじを合体させたのは、もう書いてあるんですよ。聖徳太子のお父さんの時代までいきます。期待してて下さい」と返答した[39]。また、漫画家の萩尾望都も、氷室から構想を打ち明けられていた一人だった。萩尾はのちに「彼女の作品の『銀の海　金の大地』は未完成のままです。この全構想（おおよその）を以前伺っていたので、もう続きは読めないのかと、それも惜しまれます[40]」と振り返る。

一九九九年八月に刊行された新装版『なんて素敵にジャパネスク6　後宮編』のあとがきで、氷室冴子は『銀の海　金の大地』を「未完の大作（笑）」と記した。具体的な構想を語っていた時分からすれば幾分、作品に対する距離も感じられる言及だが、このとき氷室のなかで『銀の海　金の大地』はいかなる存在になっていたのだろうか。

一九九九年一二月六日に発売された『週刊朝日百科　世界の文学21』に、氷室は「兄妹の恋と絆」というエッセイを寄せている。「古事記　日本書紀　風土記」を扱ったこの書籍のなかで氷室は、『古事記』の「沙本毘古と沙本毘売」のエピソードについて語った。

丹波のミチノウシとは、『日本書紀』の「崇神紀《すじん》」に「丹波道主命《たにはのみちぬしのみこと》をもて丹波に遣《つかは》す」とされた四道《しどう》将軍のひとりで、沙本毘古と沙本毘売には異母兄にあたり、父は和邇《わに》氏の祖とされる日子《ひこ》坐《います》である。

兄妹の謀叛の後々、応神《おうじん》（第十五代に数えられる天皇）・仁徳《にんとく》（第十六代に数えられる天皇）以降には、この和邇氏の系列から、后妃が多く出ている。天皇家に后妃を出すにふさわしい大豪族の和邇氏をさかのぼれば、悲劇の后であった沙本毘売と、妹を死なばもろともとばかりに謀叛にまきこんだ沙本毘古の兄妹の、不思議な絆と運命に辿《たど》りつくのだ。后妃の正統な系譜に、なにか根拠を与えるにふさわしい霊的なものが沙本毘売に、その兄も含めた幻の一族にあったのだろうか……と夢想の翼は無限に羽ばたく。(41)

氷室冴子が『古事記』で最も心を惹かれたのは「佐保彦の叛乱」のエピソードであり、その場面を小説化することは、氷室にとって古代ファンタジーを手がける原動力になっていたはずである。だが、奇しくもそのエピソードをまさに手がけようとする直前で、『銀の海　金の大地』は歩みを止めてしまった。

コバルト文庫の氷室作品の多くは電子化されているが、『ヤマトタケル』、そして『銀の海　金の大地』などの古代ものは、いまだそのラインナップから除外されている。氷室の強い思い入れに反し、古代を舞台にした作品群は、現状ではアクセスしにくい状況が続く。氷室冴子が情熱を注いだ古代世界に、再び光が当たることを期待したい。

註

(1) 高殿円「舞踏会でお逢いしましょう」『文藝別冊 没後10年記念特集 氷室冴子 私たちが愛した永遠の青春小説作家』河出書房新社、二〇一八年、一一九ページ

(2) 氷室冴子責任編集『氷室冴子読本』徳間書店、一九九三年、二〇五ページ

(3) ファンタジー小説をめぐる歴史的な経緯は拙著『コバルト文庫で辿る少女小説変遷史』(彩流社、二〇一六年)第三章に詳しい

(4) 氷室冴子『銀の海　金の大地』集英社、一九九二年、二四五ページ

(5)「人気作家の素顔　氷室冴子」『non・no』一九八八年六月五日号、集英社、一三三ページ

(6) 前掲『氷室冴子読本』二〇五ページ

(7)「一九九二年氷室冴子インタビュー」『文藝別冊 氷室冴子』、一四ページ

(8) 前掲『銀の海　金の大地』四七―四八ページ

(9) 氷室冴子『銀の海　金の大地』二巻、集英社、一九九二年、一四八ページ

(10)『Cobalt』一九九五年六月号、集英社、一九ページ

(11)『Cobalt』一九九一年一二月号、集英社、一八九ページ

(12)『Cobalt』一九九二年六月号、集英社、一五ページ

(13) 氷室冴子『銀の海　金の大地』五巻、集英社、一九九三年、二〇一ページ

(14) 前掲『銀の海　金の大地』二巻、二四〇―二四一ページ。なおこのなかで氷室は『幻奏王』と記しているが、正しくは『弦奏王』である

(15) 以下の内容は二〇一九年三月二九日の飯田晴子へのメール取材に基づく内容

(16) 前掲『銀の海　金の大地』二巻、一五四ページ

(17) 氷室冴子『ホンの幸せ』集英社、一九九八年、一七〇―一七一ページ

(18) 前掲『銀の海　金の大地』二巻、二三九ページ

(19) 夢枕獏・氷室冴子「特別対談　ヤングアダルト小説の現在・過去・未来」『花とゆめ増刊　花丸』一九九一年一一月、白泉社、一三六ページ

(20) 氷室冴子『銀の海　金の大地』三巻、集英社、一九九二年、二三八ページ

(21) 前掲「一九九二年氷室冴子インタビュー」一二ページ

(22) 氷室冴子『銀の海　金の大地』四巻、集英社、一九九三年、四五ページ

(23) 前掲『銀の海　金の大地』四巻、二三九ページ

(24) 前掲『銀の海　金の大地』二四八ページ

(25) 前掲『氷室冴子読本』一三八ページ

(26)『週刊宝石』一九九三年四月二九日号、光文社、一六三ページ
(27) 前掲『銀の海 金の大地』四巻、二四〇ページ
(28) 前掲『銀の海 金の大地』四巻、二四〇ページ
(29) 氷室冴子『銀の海 金の大地』七巻、集英社、一九九四年、二三八―二三九ページ
(30) 荻原規子「記憶に残るひとこと」『文藝別冊 氷室冴子』八六ページ
(31) 氷室冴子『銀の海 金の大地』一〇巻、集英社、一九九五年、二五一ページ
(32) 前掲『銀の海 金の大地』一〇巻、二五三ページ
(33)『Cobalt』一九九五年六月号、集英社、二〇ページ
(34) 氷室冴子『銀の海 金の大地』一一巻、集英社、一九九六年、二七四ページ
(35)『Cobalt』一九九五年一〇月号、集英社、三二八ページ
(36)『Cobalt』一九九五年一二月号、集英社、三二八ページ
(37) 二〇二三年二月九日村田登志江インタビュー
(38) 二〇二三年三月一五日堀井さや夏インタビュー
(39) 前掲「一九九二年氷室冴子インタビュー」一六ページ
(40) 萩尾望都『物語るあなた 絵描くわたし――萩尾望都対談集1990年代編』河出書房新社、二〇一二年、二五二ページ
(41) 氷室冴子「兄妹の恋と絆」『週刊朝日百科 世界の文学21 古事記 日本書紀 風土記』朝日新聞社、一九九九年一二月二六日、九ページ

第10章　氷室冴子は終わらない——九〇年代後半以降から

　一九七七年のデビュー以来、氷室冴子はコンスタントに新作小説を発表し続けてきた。そんな氷室が、『銀の海　金の大地』「真秀の章」完結のあと、新作小説の執筆から遠ざかる。

　しかしながら、作家氷室冴子の歩み自体がここで止まったわけではない。氷室は新作小説こそ発表しなくなるものの、かつてコバルト文庫から刊行した旧作のリライトを手がけていった。このリライト仕事を中心に、エッセイ仕事も時折引き受けるなど、氷室はそれまでとはやや異なるかたちで作家活動を続けていく。

『銀の海　金の大地』一一巻刊行以降の氷室冴子の仕事は、次ページ表6のようになっている。こうして一覧にすると、一時期よりも活動量こそ減っているものの、氷室が二〇〇一年刊行の新装版『クララ白書』までは、作家として仕事を継続していたことが確認できる。そして二〇〇一年八月以降はこの流れが止まり、旧作の加筆仕事やエッセイ仕事からも遠ざかる、作家活動の空白期が生

表6　一九九六年年二月以降の仕事

タイトル	掲載媒体・月年
氷室冴子・一路真輝「エリザベートの物語」	『青春と読書』一九九六年二月号
言いたい放題1996　今年、私はこれが気になる！　きちんと洗練された大人になることが今の目標です	『LEE』一九九六年二月号
別れたあとの痛手について	『CREA』一九九六年二月号
『ざ・ちぇんじ！（前編）』『ざ・ちぇんじ！（後編）』（Saeko's early collection）	集英社・一九九六年三月
『クララ白書Ⅰ』（Saeko's early collection）	集英社・一九九六年五月
『クララ白書Ⅱ』（Saeko's early collection）	集英社・一九九六年七月
『アグネス白書Ⅰ』（Saeko's early collection）	集英社・一九九六年九月
作家に聞いた「そこまでマンガにこだわる理由」	『ダ・ヴィンチ』一九九六年七月号
映画のあとで	『青春と読書』一九九六年七月号
冴子の母娘草	『クロワッサン』一九九六年九月二五日
『アグネス白書Ⅱ』（Saeko's early collection）	集英社・一九九六年一一月
『雑居時代Ⅰ』『雑居時代Ⅱ』（Saeko's early collection）	集英社・一九九七年一月
羽衣の姫	『銀の海 金の大地 イラスト集』集英社・一九九七年一一月
あひるの王様	『朝日新聞』夕刊一九九六年一二月六日・一三日・二〇日
「なんて素敵にジャパネスク」徹底研究　氷室冴子さん・制作秘話を語る！	『PUTAO』一九九八年一月号
電話魔の真実	『ホラーウェイヴ01』一九九八年七月
梅の木も今はなく。	『東京人』一九九八年八月号
この世で一番残酷な読書	『青春と読書』一九九八年一〇月号

氷室冴子&後藤星なんて素敵にジャパネスク	『Cobalt』一九九九年四月号
『なんて素敵にジャパネスク』一巻・二巻 『ジャパネスク・アンコール!』『続ジャパネスク・アンコール!』(新装版)	コバルト文庫・一九九九年四月
とっとり花回廊	『とっとりNOW』四二号一九九九年六月
『なんて素敵にジャパネスク』三巻・四巻(新装版)	コバルト文庫・一九九九年六月
『海がきこえる』『海がきこえるII　アイがあるから』	徳間文庫・一九九九年六月
『なんて素敵にジャパネスク』五巻・六巻(新装版)	コバルト文庫・一九九九年八月
「海がきこえる」氷室冴子×岡田恵和対談	『ダ・ヴィンチ』一九九九年九月号
『なんて素敵にジャパネスク』七巻・八巻(新装版)	コバルト文庫・一九九九年一〇月
野菜畑のマダム・アリス	新井素子『近頃、気になりませんか?』(巻末エッセイ) 講談社文庫・一九九九年一一月
人には教えたくない「行きつけの店」	『週刊現代』一九九七年五月一九号
兄妹の恋と絆	『週刊朝日百科　世界の文学21』一九九九年一二月二六日
夢に喰われる悦び	花組芝居『泉鏡花の天守物語』パンフレット・二〇〇〇年一月
媚びないまっすぐな瞳——『あしたの少女たち』を見る	『本の窓』二〇〇〇年七月号
爽快だった読後感	宮台真司『援交から革命へ　多面的解説集』 ワニブックス・二〇〇〇年九月
舞台「ざ・ちぇんじ!」の稽古場訪問!	『Cobalt』二〇〇〇年一二月号
氷室冴子、ジャパネスクな女の子のルーツを探る 斎宮歴史博物館・榎村氏との対談	『Cobalt』二〇〇一年六月号
『クララ白書I』(新装版)	コバルト文庫・二〇〇一年六月
『クララ白書II』(新装版)	コバルト文庫・二〇〇一年七月
月の輝く夜に	『Cobalt』二〇〇五年二月号

じた。この空白期を経て、氷室は『Cobalt』二〇〇五年二月号に加筆版「月の輝く夜に」を発表する。この「月の輝く夜に」が、氷室冴子生前最後の仕事である。

話をやや先取りすれば、氷室冴子は二〇〇五年四月に肺がんのステージⅣの診断を受け、闘病生活に入る。作家としての活動休止期間を経て、「月の輝く夜に」で再始動した矢先のことであった。このあたりの経緯は、「休筆期のこと——氷室冴子の二〇〇〇年代」で改めて言及する。まずは九〇年代後半の氷室の仕事について、旧作を「今」の時代にあわせてアップデートした一連の書籍について、みていきたい。

旧作のアップデート

氷室冴子は一九九六年から二〇〇一年まで、一九八〇年代にコバルト文庫から刊行した旧作を新しい形態で再刊するという、リライト仕事に取り組んだ。

最初に刊行されたのは、「Saeko's early collection」という、集英社が版元の単行本シリーズである。ラインナップは『ざ・ちぇんじ!』『クララ白書』『アグネス白書』『雑居時代』で全八冊、挿絵はなしという形態で刊行された。続いて、一九九九年にコバルト文庫から新装版『なんて素敵にジャパネスク』が全一〇巻、二〇〇一年には新装版『クララ白書』が全二巻で刊行される。こちらは旧版と同じコバルト文庫からの出版だが、イラストレーターが変更になり、『なんて素敵にジャパネスク』は後藤星《せい》、『クララ白書』は谷川史子が挿絵を担当している。

「Saeko's early collection」、そして新装版コバルト文庫は、単なる旧作の復刊ではない。多くの作品は一九八〇年代前半に執筆されており、刊行からすでに一五年近い月日が経っていた。そのまま作品を出し直すと、今の時代にあわない固有名詞や表現が残ってしまう。再刊の対象となったのはコメディ路線全盛期の作品であり、コメディ作品の「ノリ」や「笑い」には、執筆時の時代性が強く刻まれている。時の流れのなかで若者文化、そしてさまざまな感覚は変わっていく。そうした時代の変化をふまえて、氷室は旧作をそのままのかたちで出し直すのではなく、今の時代、今の読者にあわせ、積極的に改稿を進めていった。

「Saeko's early collection」（以下単行本版と呼ぶ）として刊行された四作のうち、『ざ・ちぇんじ！』はこのシリーズで唯一修正が少なく、一九八三年発売のコバルト文庫版とほぼ印象が変わらない作品となった。コメディではあるが、平安時代を舞台にしているため、現代的な風俗描写や用語はそこまで多くはない。それゆえ、かえって古びる部分が少なかったのだろう。

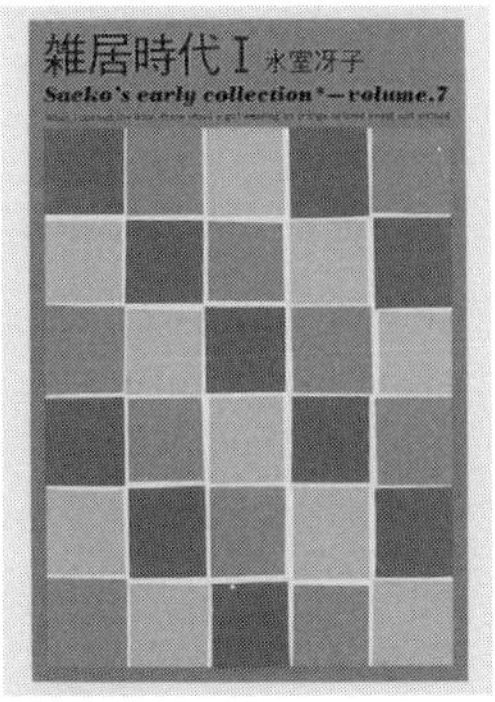

『雑居時代Ⅰ』Saeko's early collection 版

それに対し、現代ものの『雑居時代』『クララ白書』『アグネス白書』は、コバルト文庫版から大幅なリライトがなされた。『雑居時代』は時代にあわない表現を削除する方向で修正が進められ、一方の『クララ白書』『アグネス白書』では削除だけに留まらず、ディテールをリニューアルするなど、より積極的なリメイクが行なわれている。

まずは『雑居時代』をみていきたい。コバルト文庫で一九八二年に刊行された『雑居時代』は、第3章で取り上げたように、主人公倉橋数子の二面性のある性格が同時代の読者の支持を集めた。作中には数子の優等生的な表の顔とギャップの大きい、過激な発言が次々と登場するが、こうした数子の過激な物言いは、リメイク版の単行本ではかなりの部分が削除されている。

旧版と単行本版をそれぞれ引用する。まずはコバルト文庫版の数子と鉄馬《てつま》（ゲイという設定）との会話である。

「そんなこと言ってるから、ぽっと出のメギツネに譲さんをかっさらわれたのよ。四の五の言わせず押し倒して、ブスッと一発やってたら、こんなことにはならなかったのに！」

「す……すごいこと言うね、数子ちゃん。しかし、譲先生は、黙って強姦される人間じゃないよ。第一、向こうのほうが体力はありそうだし」

「それをするのが、あんたのテクニックじゃないの。そんな自信もないの!? 何年、ホモやってんのよっ。純情ぶりっこのホモなんて、カマトト女より、まだクサいわよっ」

「あ……き……傷ついた……。いまのフレーズ……」

「いくらだって言ってやるわよ。ホモ、すけべっ、テクなし肉弾男！」

「か、数子ちゃん……」(1)

このくだりでも顕著なように、旧版の『雑居時代』には「ホモ」を笑いにした表現が頻繁に登場する。ある時代にはコメディとして成立した描写が、今の視点から見れば、セクシュアリティに配慮が足りない表現となってしまうあやうさが指摘できよう。

同じ箇所は、単行本版では以下のように修正された。


「そんなことといってるから、ぽっと出のメギツネに譲さんをかっさらわれたのよ。四の五のいわせず押し倒してたら、こんなことにはならなかったのに！」

「す……すごいこというね、数子ちゃん。しかし、譲先生は、黙って押し倒される人間じゃないよ。第一、向こうのほうが体力はありそうだし」

「それをするのが、あんたのテクニックじゃないの。そんな自信もないの!? からだ張る根性がなくて、どうするのよ！」

「……傷ついた……。いまのフレーズ……」(2)


話の展開上、数子が鉄馬を罵倒する流れは同じである。しかしコバルト文庫版で目立った「ホモ」にまつわる描写の大半が、単行本版では削除された。

『雑居時代』が書かれた一九八〇年前後の社会は、同性愛者を笑い者にする表現に関して、今日よりもずっと無頓着であった。氷室は一九九七年という早い時点でその問題点を自覚し、作品を新しいかたちで世に出し直すときに、その箇所を修正していった。

コバルト文庫版の過激な物言いは、こうした「ホモ」関連以外にも散見される。家弓《かゆみ》が花取邸に居候することになったとき、数子は「漫画だの芝居だのと、あんなものは水商売、ヤクザ稼業の一種よ。健全な市民のめざすものじゃないんだ。それを、夢だ理想だとうかれやがって」「うるさいわね！　同じようなもんよ。だいたい、十年一日《いちじつ》のごとく、花とばして、顔が取り柄の男と、脳の軽いカマトト女がくっつく話をかいて、金をもらおうという、その根性が甘い！」(3)と、マンガを馬鹿にした発言をする。ほかにも「そもそも芝居なんてのは、実直な勤労者になるだけの根気も誠実さもない社会不適応者が、食うために、やむなく、からだを張って投げ銭を稼ぐ、その手段なんだ。芝居の役者なんてのは人生の落伍者《らくごしゃ》がなるもんであり、女優はみんな、酌婦《しゃくふ》の卵と思ってまちがいない」(4)と言う場面も登場する。

氷室冴子は少女マンガと演劇を愛好しており、当然のことながらこれらの過激な物言いは、コメディの手法として意図的に取り入れた表現であった。『雑居時代』が連載された時点では、数子のような優等生美少女がこうした過激な発言をすることが、コメディとして成り立つ時代であった。しかし、このような描写もまた、時を経るにつれて、かつてとは異なる意味作用をもつことになる。氷室は時の経過によって生じるそうした変化を細やかにキャッチアップし、そのつど新たに刊行するにふさわしい作品にするべく改訂していく。ここで引用した描写は単行本版ではすべて削除・修正された。

『雑居時代』では配慮的な修正以外でも、叔父という設定の修正（単行本版では血縁関係がないことにされた）や、固有名詞の削除（一例として今の読者にはわからない勉の「クリスタル族」設定や当時の人気タレントの名前）など、さまざまな箇所が手直しされている。

一方、その意図をはっきりと記すことによって、あえて当時の表現を保つようなケースもある。例えば、一九七〇年代に連載された大和和紀の『はいからさんが通る』には、主人公紅緒《べにお》の幼なじみとして、蘭丸という「おかま」が登場する。二〇一六年刊行の『新装版　はいからさんが通る』の巻末には、大和と『デザート』編集部から「読者の皆様へ」と題されたメッセージが掲載された。作中の表現が一九七〇年代の男性同性愛者に対するステレオタイプな認識があらわれていることを指摘したうえで、「性的マイノリティの人権保護が叫ばれる今日、不適切な表現ではありますが、該当箇所を修正・削除することは、その時代に世間から誤解され、差別を受けた人々がいた事実をも覆い隠すことになります。作者と編集部は、あえて連載当時の表現を掲載し、読者の皆様に差別の歴史と人権意識の変化を伝えることが、真の差別解消につながると考えました(5)」と記された。今の時代から見た不適切な表現に対し、真摯に向きあったメッセージである。

氷室自身は改稿の意図を説明した発言を残していないが、その根底にあったのも同じく、ある時代のステレオタイプが刻まれた表現の問題であろう。旧作を新たな時代の感覚にあわせていくことは困難をともなう。まして、一九八〇年前後の日本社会におけるさまざまなステレオタイプな認識を「笑い」にしたコメディ『雑居時代』を改稿することは、作品の根幹にかかわる難しい作業である。『雑居時代』に対して氷室が行なった改訂は、時代感覚にフィットさせることには成功しても、同時に、オリジナル版がもっていた、当時の表現ゆえの勢いのよさは削いでしまっている。この微妙なバランスの難しさは、リメイクにとっては不可避のものだろう。しかし氷室は一九九七年という時点でその問題点を自覚し、セクシュアリティをはじめとする表現に配慮し、自身の作品のリライトをあえて選択した。

『クララ白書』のリメイク

修正よりも削除が多かった『雑居時代』に対し、『クララ白書』シリーズでは、リメイクとも呼べる積極的な改稿が行なわれた。単行本版『クララ白書Ⅰ』のあとがきで氷室は、次のように改稿のコンセプトを説明する。


愛さずにはいられない作品だと、今回、リニューアル版にするにあたって自覚しました。

そのために、あちこちに手を入れています。

こういうリニューアル版の場合、とる道はふたつだと思うのです。

初版時の匂いとか原型を大切にして、あえて、手を入れないか。

それとも大幅に手を入れてしまうか。

この『クララ白書』に限っては、かなり手をいれましたが、それもこれも、なんていうのかなあ、いまの読者の方、初めての方にも、ぜひ読んでいただきたいと思ったからです。

古っぽいギャグや、書いた当時には通用したけれども今はワケがわからない形容詞、ハヤリものふうの単語などは、かなり抜いています。〔中略〕

でも、いまだに愛さずにはいられない作品だなーと実感したからこそ、いま読んでも、それなりに面白いと思っていただきたくて、今の作品として読んでいただきたくて、あえて手を入れま

した。(6)

氷室はどの作品であれ、新しい形態で刊行する際には原稿に手を加え、その時代にあわせて加筆修正する書き手であった。常によりよい作品を目指して手直しし、さらには最新の時代動向や読者の嗜好を捉え、作品を「今」にアップデートしようとする氷室の商業作家としての鋭敏な感覚が、ここにはあらわれている。そんな氷室は『クララ白書』では従来の加筆修正の枠をこえ、「今の作品として読んでいただきたくて」より積極的なリメイクを進めていく。

なお、『クララ白書』シリーズのリメイク版は、二種類刊行されている。「Saeko's early collection」として発売された単行本版の『クララ白書Ⅰ・Ⅱ』『アグネス白書Ⅰ・Ⅱ』全四巻と、コバルト文庫の新装版『クララ白書Ⅰ・Ⅱ』全二巻は、それぞれ内容が異なるリメイク版である。

『クララ白書Ⅰ』新装版

第2章で取り上げたように、一九八〇年刊行の『クララ白書』には、同時代の少女マンガが多数登場した。少女マンガを筆頭に、ある時代の読者間では共有される固有名詞も、時間が経つにつれて古びた印象を与えてしまう。氷室は今の読者にはなじみが薄くなった細かい固有名詞は削除するなど、時代性を排するかたちで改稿を加えている。

もっとも、作中に描かれる少女たちの生活のディテールは、『クララ白書』の大きな魅力の一つでもある。それゆえ、現役感のうすれた固有名詞が登場する会話をそのつど削っていては、作品そのものが味気なくなってしまうだろう。そこで氷室は固有名詞をただ削除するだけではなく、一部のブランド名などは時代にあわせて変更した。ドーナツ騒動の場面でマッキーはレオタード姿に加えて腰にスカーフを巻いて登場するが、一九八〇年版と単行本版ではハナエ・モリ、新装版ではエルメスのスカーフとアイテムが変わっている。

　このように描写の細部には、若者文化や同時代文化の移り変わりが反映された。漫画家志望の菊《きっ》花《か》にスペースを提供するアグネスの上級生向井さんは、単行本版と新装版では小説系同人作家という設定に変更されている。特に新装版では「友人達と小説系同人誌のようなものを出したりもしているコミケ系の人らしいけど[7]」と記され、オタク系女子という属性が強められた。「私も小説の同人誌出してるから、イラスト描いてもらえるし。おあいこよ[8]」という向井さんは、この時代ならではのリアリティがつけ加えられた。

　新装版には、携帯電話やインターネットも登場する。「世間では携帯だネットだといっている時に、クララは竜宮城みたいに時間がとまっていて情けないというか、なんというか[9]」という一文には、往年の『クララ白書』読者は驚くかもしれない。

『クララ白書』には『雑居時代』のような過激な描写は少ないが、マッキーが父親の犬を死なせてしまうエピソードは、新装版では修正された。犬にオレンジを食べさせようとする流れは同じだが、新装版では犬の死因はあくまでオレンジ事件がきっかけで見つかった腸のポリープと、手術の麻酔ショックと改変された。動物を殺してしまうというエピソードが、時代にあわないと判断したゆえの変更であろう。

『クララ白書』の二種類のリメイク版を読み比べると、単行本版はところどころ中途半端に古い要素が残っており、一方、新装版では思いきったリメイクがなされたため、現代的な印象が強くなる。

単行本版の冒頭では、しーのが姉に書く手紙のなかに、一九八〇年版から引き継がれた固有名詞としてアラン・ドロンが登場する。しかし、アラン・ドロンは一九九六年の中学生が挙げる名前としては、いささか古めかしい。なお新装版では、アラン・ドロンは完全に削除された。マッキーがわざと落下させた下着の名称も、一九八〇年版と単行本版では「スキャンティ」表記だが、二〇〇一年では「ぱんつ」になる。こうした例からも明らかなように、二〇〇一年刊行の新装版『クララ白書』の方がより思いきった改稿をしており、新たな時代の空気を参照したリメイク版という意味では、改稿が多い新装版の方がより徹底したものとなっている。

作品世界のディテールの数々が変更される一方で、変わらない固有名詞もある。それは吉屋信子をはじめとする少女小説の描写であり（『紅雀』や『わすれなぐさ』、大林清『母恋ちどり』などはどのバージョンにも登場する）、しーのが愛好するくるみ屋のシフォンケーキもそのまま残された。これらの言葉は、時を超えて『クララ白書』シリーズを象徴するモチーフと言えるだろう。

一九八〇年版の『クララ白書』を読んで育った世代にとっては、様変わりした新しい『クララ白書』は見慣れないかもしれない。個人的な感想を記せば愛着を覚えるのは一九八〇年版だが、若い世代に勧めるのであれば、新装版が読みやすいだろう。いずれにせよ、女子校の寄宿舎という「閉じた」場所で展開される『クララ白書』シリーズは、社会からある意味で距離を置いた場所が舞台になっていることで、ディテールや道具立てを変更してのリメイクが行ないやすい。それゆえ、さまざまなバージョンが存在しつつも、そのいずれもが、少女の普遍的感覚を宿したスタンダードたりえている。

新装版『なんて素敵にジャパネスク』

コバルト文庫の新装版『クララ白書』を先に取り上げたが、一九九九年には『なんて素敵にジャパネスク』シリーズが、新装版として全一〇巻刊行された。『なんて素敵にジャパネスク』も『ざ・ちぇんじ！』同様平安時代を舞台にしているため、現代ものよりは修正点が少ない。とはいえ、氷室はこの作品にも細かく手を入れており、さまざまな箇所で表現が変更された。

具体的な修正箇所をみていきたい。一九八四年版にある「だけど、こういうのは都の若い連中の間で流行してる、ナウいコピーなのである[10]」という八〇年代の匂いが残るフレーズは、新装版では「けれど、こういうのが今、都の若い連中の間で流行しているお歌なのである[11]」と変更された。ほかにも、瑠璃姫の乱暴な口調が一部直されている。一九八四年版では「くっそー、いい殿方を摑まえたなー。われながら、でかした！[12]」という独白が、「なんかさー、いい殿方を摑まえたなー。われながら、でかした！[13]」と修正された。ほかにも一九八四年版では「乙女感覚《オトメチック》だわー。今も未来も変わらぬ少女恋物語《ラブストーリー》の典型よ[14]」など、ルビを使用した言葉遊びがたびたび登場する。こうした表現も修正され、新装版では「やっぱりロマンよー。今も未来も変わらぬラブ・ストーリーの典型よ[15]」となっている。

『なんて素敵にジャパネスク』は帥《そち》の宮《みや》編で終了となったが、当初はその続きを書くことが予定されていた。しかし、結果的にその後の物語は刊行されなかった。新装版のあとがきで氷室は、「ある時期から、「瑠璃姫はもういいかな」という気持ちになっていて、なぜ、そんなふうに思うのか自分でもわからないまま、いつのまにか続きを書かなくなっていました。〔中略〕瑠璃姫にヘンに物のわかった大人になってしまわれるのが嫌で、でも物がわからない大人になられるのはもっと嫌です。それでいつのまにか続きを書かなくなってしまったような……」[16]と、胸中を率直に明かしている。

同じあとがきのなかで、氷室はもし今の私が『ジャパネスク』のようなものを書くのであれば、主人公をキャリウーマンの女房の方に設定しただろうと述べている。もしくは、女房仕えはしなくとも、高彬とすぐに結婚してもらい、結婚してから始まるほんとうの恋を書くのも面白いのではないかと、別なパターンの可能性にも言及した。なお、氷室がここで示した「結婚してから始まる恋」は、二〇〇〇年代のある時期以降、少女小説のなかで増加していくモチーフである。

こうした発言からもうかがえるように、氷室自身の感覚も、時の流れのなかで変わっていく。それぞれの物語は、ある年齢の、そしてある時代のなかだからこそ、執筆できるものであった。

『なんて素敵にジャパネスク』新装版

そして、感覚が変化したことで、かつてと同じ手法では、少女というモチーフ自体にも向き合えなくなっていく。この時期、四〇歳前後の氷室冴子が関心を示したテーマは、「大人の恋愛小説」だった。

大人の恋愛小説執筆をめぐる模索

ここまでみてきたように、九〇年代後半の氷室冴子は、旧作のリメイクに取り組んでいた。新作小説執筆は、短編小説をいくつか発表するに留まっている。一九九六年『朝日新聞』連載の「あひるの王様」、そして一九九七年刊行『銀の海　金の大地　イラスト集』収録の「羽衣の姫」などが、この時期に発表された新作短編である。

公の媒体に発表された新作は、わずかな本数の短編に限られた。しかしながら、この時期の氷室冴子が新しい物語を書いていなかったわけではない。一九九八年から氷室の友人として交流があった田中二郎は、この時期の氷室について、貴重な証言を残している。

――作品のお話をされることは？

田中　あまり作品について話すことはなかったですね。でも、時折氷室さんから、こんな作品を考えているけど、どうかな、と訊かれることがありました。恋愛物で、北海道の離島に大人の男女四人がいて、というこの関係どう思う？　とか。

これは私の考えなんですが、当時の氷室さんは少女小説家という肩書から抜け出したかったんじゃないかと思います。『海がきこえる』や『ターン』なんかの方向で。野球の選手がフォームを変えてレベルアップするように、三十代後半から四十代にかけて少女小説から次の段階に行こうとあがいていたんだと思います。でもなかなか自分の気に入ったものが作れなかったんじゃないでしょうか。

――恋愛小説ではなく、たとえば藤本ひとみさんのように歴史小説に行くということは……？

田中　人が進んだ道には行きたくなかったんでしょうね。ある程度構想が固まってきても、他の作家の似たような作品が世に出ちゃうと、う～んって考え込んじゃってました。同時代の他の作品や流行りは、かなりしっかり見ていましたし。(17)

氷室冴子はそのときどきに書きたいテーマを見定め、そのテーマにあわせて文体や作風を変えてきた。氷室は理知的な作家であるが、それと同時に「その時の自分の感覚に合うもの」を重視する、感覚的な側面も備えている。

『ダ・ヴィンチ』一九九六年七月号のマンガ特集には、氷室冴子の表現者としての意識が垣間見える、興味深い発言が掲載されている。インタビューのなかで氷室は、ある時期からかつてとは同じ感覚で少女マンガが読めなくなったことを語ったうえで、「その時期、岩館《いわだて》真理子さんがレディースコミックとも少女マンガとも異なるヤングレディースで、ある種の女性が持っている生理的な幻想を描き始めて、面白いところに展開しているなと思いました。表現物の向こうには、常に自分あるいは同世代のテーマを持った表現者の姿がある。表現者が自分の生理に合わせたものを描きたいと思ったときに生まれてくる新しいテーマや領域があって、私は常にそういうものに惹かれるんです[18]」と述べる。

ここで氷室が語ったのはあくまでマンガについての話であるが、「表現者が自分の生理に合わせたものを描きたいと思ったときに生まれてくる新しいテーマや領域」というのは、そのまま氷室自身のスタンスにも通じる言葉だろう。

三〇代後半に差しかかった氷室が関心を示したテーマが、三〇代の女性を主人公にした恋愛小説であった。大人の恋愛小説という次なるテーマについて氷室は、一九九五年刊行の『海がきこえるCOLLECTION』のなかでも、以下のような発言を残している。


これまで色々な小説を書いてきましたけれど、「海がきこえる」は一種の原型になるなという感じはしているんです。というのは、氷室さんは恋愛小説を書かないんですかと言われた時、「海がきこえる」はこれまでとは違うイメージで、しかもある種の関係性のなかでそれが書けたという点で好きな小説なんですが、これが書けたら、30代の女性を主人公にした恋愛小説が書けたるかなと思ったりしたんです。今、恋愛小説に気持ちが行っていて、それも女がいて、男がいて、そこに別の男が現れて、心が揺れて、というような展開にはうんざりなんですが、それこそ津村知沙の心情みたいなもの、恋愛の傷の不思議さみたいなものをテーマにしたら書けるんじゃないか、とかは思いますね。[19]

『海がきこえるII』を経て氷室の関心は大人の恋愛小説へと向かい、そのなかでも挑戦したい主題が、三〇代の女性を主人公にした作品だった。氷室にとって、「少女」が普遍的なテーマであったことは間違いない。しかし四〇歳前後という時期の氷室にとって、かつてと同じ感覚で少女小説を手がけることは難しくなっていたのだろう。

八〇年代のインタビューのなかで、氷室は自身の創作スタンスについて、「けれど結局、私が書いているものは、少女期に自分が読めば楽しめただろう、こういう小説が読みたかったという書き手本意の世界で、決して今現在の少女たちににじり寄ったものではない。〈中略〉どちらかといえばそれに反発しつつ、私の中の〝少女〟の部分を増幅させて書いているに過ぎないのだ[20]」と語っている。「私の中の〝少女〟の部分を増幅」して手がける少女小説は、自分のなかの少女性と向き合う必要のあるジャンルである。しかし、四〇歳前後という年齢を迎えた氷室は、少女に対する距離感や向き合い方を変えざるを得なかった。

今の自分の「生理」にフィットするジャンルである大人の恋愛小説を、氷室冴子は書こうとした。一九九〇年代終盤の氷室を知る田中二郎は氷室がさまざまなプロットを考え、作品を書き進めることもあったと証言する[21]。しかしながら執筆は難航し、連載や出版というかたちで実を結ぶ作品は生まれなかった。

刊行済みの氷室作品に登場する大人の女性の恋愛は、恋愛の当事者が直接書かれるのではなく、それを外側から俯瞰する他者の視点を通じて描写されている。『海がきこえるII』に登場する三〇代の美香は、里伽子の父親と不倫のうえで同棲〈事実婚〉したが、その姿はあくまで主人公である拓の視点から語られた。同じく『海がきこえる』シリーズに登場する津村知沙は二〇代とやや年齢が下がるが、彼女の恋愛体験とその恋愛から受けた心の傷も、拓の視点というワンクッションを経た距離感から描写されている。

『朝日新聞』に発表された「あひるの王様」は、小学生であるサツキの目線から、母親とその恋人でのち父親になる恭平の関係が描かれた短編である。フリーライターである母親は、結婚をせずにシングルマザーとしてサツキを育てていた。「「もともとお父さんはいないの。お母さんひとりだけ。シングルのマザーだよん」とお母さんは楽しそうにいっていて、ひとりでもふたり分、バリバリ働くもーんと夜中に突然、元気よく叫んだり(22)」する母親は、年下のトラック運転手の恭平と恋に落ち、同棲を経て結婚する。旧弊な家族観に縛られない魅力的な大人の女性とその恋愛が描かれたが、この作品も母親が主役ではなく、娘である幼い少女の視点から語られた。

『海がきこえるCOLLECTION』収録のインタビューなどから推測すると、氷室が書きたかったのは、こうした他者の目線から見た大人の恋愛ではなく、当事者である人物の視点を直接描いた恋愛小説であろう。氷室がそれを実践し、世に送り出すことは叶わなかったが、彼女に潤沢な時間が残されていたならば、どこかでブレイクスルーをみたのかもしれない。このもどかしい模索もまた、作家氷室冴子の一つの軌跡である。

休筆期のこと――氷室冴子の二〇〇〇年代

氷室冴子は二〇〇〇年頃までは、旧作の改稿刊行やエッセイ仕事、さらに水面下では大人の恋愛小説執筆に取り組んでいた。しかし二〇〇一年七月に刊行された新装版『クララ白書II』を最後に、氷室は表舞台に登場しない休筆期に入る。

この時期の氷室は、二〇〇〇年五月一八日に父が亡くなるなど、プライベートな方面で落ち着かない状況にあった。氷室の母もまた、二〇〇六年一月二九日に亡くなる。(23) この頃の氷室は複数の要因が重なり、作家業への専念が難しかったと思われる。

作家業から離れていた時期の氷室は、演劇や旅行など、趣味を楽しむ生活をおくっていた。演劇ライターの大原薫は、この時期の氷室とともに、宝塚観劇をはじめ、さまざまなジャンルの芝居へ出かけたと回想する。(24) のちに氷室の闘病を支えることになった友人の寺尾敏枝と知り合ったのも、花組芝居の舞台がきっかけであった。

二〇〇一年に刊行された新装版『クララ白書I』に寄せた解説で、氷室との観劇経験にもふれている作家の桑原水菜は、当時の仔細を次のように語る。(25)

「新人賞を受賞したコバルトのパーティーで氷室先生にお祝いの言葉をいただいて以後、しばらくはパーティーで遠くからお見かけする程度の関わりでした。ただ、一九九九年から私が『赤の神紋』という現代演劇をテーマにした作品を書いていたこともあり、その頃に三度お芝居をご一緒させていただきました。最初は花組芝居の二〇〇〇年一二月公演『泉鏡花の海神別荘』です。私は氷室先生とご一緒していることに舞い上がってしまい、どんな会話をしたのかほとんど覚えていません。ただ、終演のあと楽屋挨拶に伺ったとき、氷室先生が花組芝居主宰の加納幸和さんに、画集をお見せしながらお話ししていたのを覚えています。どなたのどのような作品かは記憶していませんが、竜宮城のような豪華絢爛な雰囲気の絵を見せながら、泉鏡花はここから着想を得たんじゃないか、といったことを語られていましたね」

花組芝居に関する桑原の回想からは、他者を気遣う氷室の人柄もうかがえる。

「花組芝居が『かぶき座の怪人』を上演する折には、氷室先生にお誘いいただいて、稽古場にもお邪魔しました。演劇業界にまだあまり詳しくない私に、氷室先生は面倒見よくいろいろなことを教えてくださいましたね。それと、私はお店で買ったちょっとしたお菓子を差し入れで持っていったんですが、氷室先生はいなり寿司を手作りして、それも大きな器に大量に詰めて持ってきていた。劇団の方々もそれを見て盛り上がっていました。お腹いっぱいになってもらいたいという、氷室先生の気遣いですよね。本当、素敵だなと思いました」

演劇を介した関わりはまた、氷室という作家のパーソナリティにふれて刺激を受ける、得難い機会だったのだろう。

「氷室先生と最後に観劇に出かけたのは、ベニサン・ピットという劇場でした。終演後、二人で都営新宿線に乗って帰りながら、奈良のお話などをしました。私は奈良のお寺が大好きなんですけど、氷室先生も奈良がお好きということで盛り上がって。『銀の海　金の大地』も舞台は奈良ですよね。氷室先生のペンネームも、奈良にある氷室神社からとったんだ、というようなお話をそのときにうかがいました。

氷室先生は、とにかくバイタリティにあふれたエネルギッシュな方でした。小説家としてこうあるべき、というモデルみたいな。そんなところは、やはり影響を受けていると思います」

二〇〇〇年代頃の氷室と交流を重ねた桑原の言葉からは、この時期もやはりエネルギーにあふれ、周囲に気を配る氷室の姿が浮かび上がる。改めて作家としての人物像にふれられる証言であり、この時期の氷室の様子を知る貴重な手がかりでもある。

二〇〇〇年代の氷室は小説執筆からは遠ざかっていたが、小学館漫画賞の審査員を第四三回(一九九七年度)から第五〇回(二〇〇四年度)まで務めた。この期間、少女向け部門では、以下の作品が小学館漫画賞を受賞している。

第四三回(一九九七年度):渡瀬悠宇《ゆう》『妖しのセレス』
第四四回(一九九八年度):該当作なし
第四五回(一九九九年度):いくえみ綾《りよう》『バラ色の明日』
第四六回(二〇〇〇年度):篠原千絵『天は赤い河のほとり』
第四七回(二〇〇一年度):吉田秋生《あきみ》『YASHA―夜叉―』、清水玲子『輝夜姫《かぐやひめ》』
第四八回(二〇〇二年度):矢沢あい『NANA―ナナ―』、渡辺多恵子『風光る』
第四九回(二〇〇三年度):中原アヤ『ラブ★コン』
第五〇回(二〇〇四年度):芦原妃名子《ひなこ》『砂時計』、小畑友紀『僕等がいた』

これら受賞作のうち、矢沢あい『NANA』に関する氷室の視点を、萩尾望都の証言からうかががうことができる。萩尾はよしながふみと行なった対談の折、『NANA』を読めないおじさんたちがいるという話題のなかで、氷室冴子の名を挙げ、次のように言及した。

よしなが　きゃしゃな絵柄や外からもれ伝わってくる内容だけで遠巻きにしているのか…。ハチは恋愛主義で浮気性のように言われることもありますが、普通に考えると、ハチのつきあってきた男の子の人数というのは、それほど多くはないと私は思ったのですが、世のおじさんたちにはあまりよろしく受け取られなかったのでしょうか。

萩尾　確かに、私の知っている某おじさんは、ハチのように次から次へと恋愛をしている女の子は好きではないと言っていましたね。ただ、その話が出たときにその場にいた氷室冴子さんが、ハチは単に浮気性で恋愛を次から次へとしているわけではなくて、心の中にある空白を埋めたいと思っていて、一つ一つの恋愛を真剣にやっているのだと真剣に弁明していました。[26]

氷室が審査員を務めている時代に『NANA』が小学館漫画賞を受賞したこととあわせて、彼女の少女マンガの読み方を示唆する興味深いエピソードである。氷室は一読者として少女マンガの最新動向を追いかけており、また審査員というかたちでも、マンガというジャンルにかかわり続けていった。

コバルトという場所

一方、氷室が審査員を務めていた漫画賞のパーティーで顔を合わせたという、作家の若木未生は、その場で氷室と以下のような言葉を交わしている[27]。

「氷室さんに、「氷室さんが小説を書かれないと、コバルトはもう背骨がなくなっちゃったような状態です」と言ったんです。そうしたら氷室さんはカラカラ笑って、「あなたたちに任せたわ」って。氷室さんはコバルトにおける教科書のような存在です。だから、寂しい気持ちとありがたくて責任重大という気持ちの両方がありました。「預かった」みたいな気持ちですよね」

それからしばらく経って、なじみの鍼灸院で偶然居合わせた若木と氷室は、南青山の青山ティーファクトリーに移動してお茶の時間を共にした。

「当時、私は原稿をコバルトの編集部に渡しても、なかなか本にしてもらえない状態が続いていました。その悩みを話したら、氷室さんはすごくさっぱりと「若木さん、〔もうコバルトに作品を出すのを〕やめなさい」って仰ったんです。それは、コバルトなんてどうでもいいわよ、という意味ではありません。氷室さんはあんなにもコバルト文庫を大事にしてきた人で、以前はコバルトを「任せるわ」と私に言ってくださっていた。その氷室さんが「やめなさい」と言われるのは、「もう、あなたがいる場所ではないわよ」というニュアンス。それで吹っ切れて、自分がコバルト文庫から卒業するきっかけの一つになりました」

氷室にとっても、また若木にとっても重要な場所であったコバルトだが、時代を経るにつれ、また作家のキャリアが移ろっていくにつれ、距離感は変わっていく。

「読者の方がコバルト編集部を訪問したときに、「氷室さんは新作を出さないのですか？」と聞くと、ある編集の人が「氷室さんはお金に困ってないからね」と答えたらしく、その読者の方がそのことをネットに書き込んだんですね。氷室さんもそれを人づてに耳にして、傷ついたと仰っていました。私もそれを聞いて、お金に困ってないから書かないとか、作家ってそういう生き物じゃないのにと思いましたね。もちろん小説を書くのは作家の責任ですが、待ち望んでいる読者さんに対しても氷室さんに対しても、もう少し寄り添ってほしかった。氷室さんの原稿をとってこれなくて編集部の力不足でごめんなさいっていう話ならともかくも、お金に困ってないからという、すごく世俗的な話にされたのが悔しくて残念でした」

経済的状況で執筆の如何が決まるというほど単純なわけはなく、本章で紹介した証言が示すように、氷室は新作を書き上げようと試行錯誤を続けていた。若木が氷室に向けるシンパシーからは、作家という生業を背負う者たちにしかわからない葛藤が垣間見える。

「氷室さん個人だけの問題じゃなくて、ほかの元コバルト作家たちも含めて、私たちって同じ荷を背負っていて、同じ問題で傷ついたりしていたなとか、そういうことを考えますね。その気持ちがあるから、氷室さんのことも他人事じゃなくなっちゃうんです」

休筆期の氷室の思いは当人以外に知る由はないにせよ、氷室が抱えていたであろう懊悩は、氷室ひとりの個人的な問題には留まらず、他の作家たちにも共通するものなのかもしれない。

やがて、作家業から遠ざかっていた氷室は二〇〇五年、旧作の加筆というかたちで再始動する。

作家としての再始動——「月の輝く夜に」の加筆をめぐって

数年間の休養期間を経て、二〇〇五年から氷室は作家業を再開した。旧作の加筆というかたちではあるものの、久しぶりに氷室冴子の作品が商業誌に登場する。『Cobalt』二〇〇五年二月号に、氷室の短編「月の輝く夜に」が、今市子《いまいちこ》の挿絵で掲載された。「月の輝く夜に」はもともと『Cobalt』一九九〇年一〇月号に発表された小説で、新作ではない。氷室は過去に発表した短編を加筆し、新バージョンとして発表した。

「月の輝く夜に」は、平安時代を舞台にした心理小説である。氷室の平安小説は『ざ・ちぇんじ！』や『なんて素敵にジャパネスク』などのコメディ路線が有名であるが、「月の輝く夜に」では、シリアスな作風の平安ロマンが描かれた。氷室は一九八九年に角川書店から『碧の迷宮（上）』を刊行したが、こちらもシリアスな作風の平安ミステリーである。一九八六年以降の氷室はコメディ路線から離れており、同じ平安作品でも、それまでの小説とは異なる大人向けの路線に向かっていった。

「月の輝く夜に」の主人公の貴志子《きしこ》は一七歳。亡き和泉守《いずみのかみ》の娘で、従姉の葛野《かずの》とひっそりと暮らしている。貴志子には父親ほど年の離れた大納言の有実《ありざね》という恋人がおり、有実の頼みで、彼の娘晃子《あきらこ》を屋敷で預かることになった。晃子の母、そして有実の正室である豊姫《とよひめ》は、かつて貴志子に嫉妬し、草刈り鎌を片手に切りつける醜態を見せたことがあった。こうした騒動もあり、貴志子は有実の家族とは微妙な関係にあった。

晃子は美しい姫だが、三年前に都で流行った疱瘡《ほうそう》にかかり、顔の右側にはアザが残っている。そんな晃子は、入内《じゅだい》が決まっていた。この入内は政治的な思惑が絡んだものであり、晃子は帝に愛されない姫としての役割を果たしにいく。「ねえ、貴志子さま。あたしは入内しても、けっして今上《きんじょう》のご愛情はいただけないわ。後宮のひとすみで、誰からも忘れられて生きるのよ」[28]（引用は一九九〇年版）と、晃子は自らの運命を受け入れる。

　話が進むにつれて、ぼんやりとした娘に見えた貴志子が、有実ではない別の男に思い焦がれていたことが明らかになる。貴志子が愛した人は、不実な、哀しい男だった。そして目立たない男に見えた有実の、別の一面も浮かび上がる。いつの世も変わらない、人間の心にある愛憎をテーマにした「月の輝く夜に」は、やるせなさを抱え、それでも生き続けていく人間の姿を描いた氷室の傑作小説である。

　一九九〇年版も名作ではあるが、加筆された二〇〇五年版の「月の輝く夜に」は、より一層磨き上げられた。一九九〇年版では、前半の筆の運びにややコメディ路線の名残が感じられる。二〇〇五年版では全面的に加筆修正され、作品は独特の淋しさのあるトーンに整えられた。

　先に引用した一九九〇年版の晃子の言葉は、二〇〇五年版では次のように変更された。「わたしは入内したら、二度と里には退出しない。月に還った赫弥《かぐや》姫《ひめ》のように、濁りのある人の世には戻らないわ。後宮のひとすみで忘れられたように生きながら死ぬのよ。だから、あなただけでもわたしを覚えておいてね[29]」。「あなただけでもわたしを覚えておいてね」という言葉が、二〇〇五年版では追加された。

　一九九〇年版では明確には描かずにいた描写も、二〇〇五年版では書き込まれている。この変化について、コバルト文庫編集部の堀井さや夏は「九〇年のときは、「あなたはどう思う？」「いろんな受け取り方をしてね」と読者に想像の余地を与える書き方だったけれど、最近の読者には、「私はここでこういうふうに感じてほしいの」「このキャラクターはこういうふうに思ってるの」と明確に伝えたほうがいい、とおっしゃって。当時の読者さんの感覚・動向を的確にとらえていらっしゃいましたね。作品を書かれなくなっても、一般からライトノベルまで目を配り、ちゃんと読まれていたと思います。〔中略〕常に、読者が読みたいものを探っているということでしょうか。ずっと現役感がありましたね」と、氷室の「現役感」を指摘する。(30)

読者の嗜好や読み方の変化を捉え、その変化にあわせて作品をアップデートする。ブランクの期間を経ても、氷室の作家としての感覚は、変わらずに鋭かった。

完全な新作ではないとはいえ、「月の輝く夜に」は、読者にとっても待望の氷室冴子の再始動であった。二〇〇五年一月刊行の『ライトノベル完全読本 Vol.2』は「決定版　少女ノベル大全」という特集を組み、このなかでライターのみのうらは、氷室冴子の再始動を取り上げた。「Cobalt 2月号で待望の再始動!!　伝説の少女小説作家・氷室冴子とは?」とリードがつけられた記事には、一日千秋の思いで再始動を待っていたファンの心理が率直に綴られ、氷室の執筆再開を待ち望んでいた一読者の喜びが伝わってくる。(31)

他方、作り手の視点から振り返る加筆版『月の輝く夜に』の制作プロセスからは、氷室のポリシーやその後の展望がさらに具体的に浮かび上がってくる。今回の本書増補改訂にあたって行なった堀井さや夏への取材では、「月の輝く夜に」の加筆についても貴重な言及があった。(32)

「氷室先生へは常に新作執筆のお声がけをしていました。そんななか、氷室先生自身も好きな作品だけれど文庫化されていない、『月の輝く夜に』という作品があるとのこと。それなら書き下ろしを加えて刊行しましょうと提案しました。ただ、いきなり新規に書き下ろすのはハードルが高かったようで、加筆版を雑誌『Cobalt』に掲載することにしたんです。ちなみにこのような形で再度発表する場合、通常は慣例として「加筆修正」版という文言を用います。けれど氷室先生は、「あくまで加筆なので、修正という言葉は入れないでください」とおっしゃりました。加筆はしているけれども、展開を変えたりセリフを全く違うものにする「修正」はしていない。だから、それにふさわしい言葉を使ってほしいというこだわりがあったんですね」

加筆版「月の輝く夜に」は、二〇〇五年一月一八日発売の『Cobalt』二〇〇五年二月号に掲載された。氷室の再始動が現実のものとなったことで、次のステップとして『月の輝く夜に』書籍化への計画も進んでいった。

「加筆版『月の輝く夜に』に書き下ろしを加えれば、一冊の本になる。コバルト文庫で出すことにこだわらず単行本での刊行でもよいのでは、と具体的に打ち合わせを進めていきました。イラストをあえて入れないのもよいかも、なんて話もしましたね。ハードカバーにするかソフトカバーにするか、どんな紙がいいかなども相談していました」

このとき氷室は新作として書きたいテーマが浮かんでいたのか、現代ものの書き下ろしを収録することを提案していたという。本来ならば平安小説で統一した方が一冊としてのまとまりはよい。しかし、氷室が久々に新作を書き下ろすのであれば、それは堀井にとっても願ってもないことだった。

「ところがそのタイミングで、風邪が治らないといって氷室先生は検査入院され、その後二回目の入院でご病気が判明しました」

新作発表の計画も浮上し、まさに本格的なリスタートに向かっていた矢先の二〇〇五年春、氷室はステージⅣの肺がんの宣告を受け、再び執筆から離れざるを得なくなった。

闘病期

氷室冴子のがんが発覚した経緯は、田中二郎によるＨＰ「氷室冴子を偲ぶ会」に詳しい。氷室は体調を崩し、二〇〇五年の二月頃は気管支炎や肺炎と診断されていたが、四月にステージⅣの肺がんであることが判明する[33]。

友人として氷室の入院生活を支えた藤田和子や田中二郎は、「かなり衝撃的な告知だったようで、精神的にもつらかったらしく」「癌告知のすぐ後は落ち込んで、じったんばったんしていた感じです」と、当時の氷室の様子を語る[34]。

『冴子の東京物語』には、「病は気から」というエッセイが収録されており、そのなかには咳が止まらずに病院を受診したエピソードが登場する。オチはペットの猫の毛を吸い込んだことによるアレルギー喘息だったことが判明する笑い話だが、診断が出るまで、氷室は本当は肺がんで、医者は隠しているのではないかと思い悩む。「肺炎か肺結核。万が一には、肺ガン。どれをとっても、病名だけで人ひとり殺せそうな雰囲気の病気である。こんなにあっけなく死ぬのだろうかと思うと、じわじわと涙まで浮かんだ[35]」というくだりは、氷室が肺がんで亡くなったあとに読むとつらくなる描写である。

もっとも、状況を受けとめてからの氷室は、残された時間を正面から見据えるような日々を過ごす。

告知直後の落ち込みを経て、氷室は抗がん剤による治療を開始。そして副作用と闘いながら、氷室は墓や葬儀の手配など、「氷室冴子の最期」を迎えるための準備を進めていった。抗がん剤の治療に入る前に氷室が行なったのは、遺影のための写真撮影だったという。撮影につきそった寺尾敏枝は、「氷室さんは「遺影用です」と言って撮影に臨み、写真屋がびびってました」と、その様子を振り返る。(36)

岩見沢の市営墓地には、碓井家の墓地がある。氷室はさらに、東京にも氷室冴子個人の墓地を購入した。東京・龍善寺にある氷室の墓には、氷室冴子のサインと桃の花が刻まれている。この桃の花は、『海がきこえる』で一緒に仕事をした近藤勝也にデザインを依頼したものであった。近藤は「「お墓に桃の花を彫るから勝也くんがデザインして」と氷室さんがおっしゃるので、「僕でよければ」と。手帳の記録によると二〇〇六年にイラストを渡していますね」と、当時の思い出を語る。(37)

氷室は自身の葬儀の手配も進め、葬儀委員長を作家の菊地秀行に依頼した。また、生前に法名をもらい、「東本願寺で法名もらったんだ。お父さんとお母さんの久しいという字をもらって久恵《くけい》。いつもいつもごめんねってこころで言ってるんだ」と、氷室は二〇〇七年一二月四日に語ったという。(38)

最後まで氷室冴子としての責任をもち、生前にすべて準備し、手続きを進めていくこと。今でいうところの〝終活〟だが、この単語が広く一般化する前に氷室はそれを行なっていたといえる。氷室の行動はその美意識に基づき、最後まで「鮮やか」だった。「鮮やか」という言葉は、新装版『続ジャパネスク・アンコール！』のあとがきで紹介された、氷室の父の口癖である。氷室の父にとって最大のほめ言葉であった「鮮やか」という言葉は、氷室自身にとっても美意識の一つとなっていた(39)。

自らの終わりを準備しつつ、氷室は残された時間を楽しんでいく。氷室は入退院を繰り返しながら治療を続けていたが、体調のよい期間には旅行や観劇にも出かけている。がんの発覚後にイタリアを旅するなど、闘病中でもそのパワフルさは変わらなかった。

二〇〇七年一二月、最初の脳転移が見つかった。脳への転移以降の病状は思わしくなく、氷室は二〇〇八年三月、抗がん剤治療から緩和ケア中心の療養生活に入る。

『月刊カドカワ』で氷室を担当した編集者の松山加珠子《かずこ》は、彼女の最期の日々を見届けた一人であった。『月刊カドカワ』から書籍部に異動し、メディアミックス仕事に携わっていた松山は、大島弓子の『グーグーだって猫である』の写真集やノベライズを担当していた。そのため、二〇〇八年九月公開の映画『グーグーだって猫である』の完パケが手元にあり、氷室にそれを見せる約束をしていたという。

「私はメディアミックスを担当していたので、完パケをもらっていました。もしかすると音楽が全部ついていなかったり、仮編集のものだったかもしれませんが、それでも氷室さんがとても観たいとおっしゃったので、入院先のクリニックに持っていく約束をしました。氷室さんはＤＶＤデッキも準備して、私を待っていたそうです。ところが私は約束の日に行けず、翌日に出かけたところ、氷室さんはもう意識がありませんでした。一日遅れてしまい、『グーグーだって猫である』を観ていただけなかったのは、今でも心残りです。葬儀のときに、「氷室さんが観たいとおっしゃった作品だから」と、棺にＤＶＤを入れていただきました」と、松山は果たせなかった約束を悔やむ。[40]

大島弓子の『グーグーだって猫である』は、猫との生活を描いたコミックエッセイであり、また大島自身の闘病記としての一面をもつ。大島は一九九七年一二月に卵巣がんの手術を受け、その闘病をエッセイというかたちで発表した。大島弓子は氷室が一〇代の頃から読み続けた思い入れの強い漫画家であり、またがんという自身ともかかわるテーマを扱った作品として、映画にも関心を示したのだろう。

氷室冴子は六月二日に昏睡状態となり、六月六日早朝、五一歳で永眠する。

六月九日に通夜、翌一〇日に葬儀が営まれた。葬儀会場には氷室冴子のメモリアル映像のほか、スタジオジブリのアニメ『海がきこえる』も流れていた。これらもすべて、氷室が生前に指定したものであった。

氷室冴子の早すぎる死は、多くのファンに衝撃を与えた。通夜や葬儀には二〇代から四〇代の女性読者が集まり、氷室の死を悼んだ。「10年以上前に書いた作品で、これだけファンに涙を流させるなんて」[41]と葬儀委員長の菊地秀行が驚いたように、氷室冴子の名前は、いまだ多くの読者の心に刻まれていた。氷室の遺骨は岩見沢市営墓地の碓井家の墓、東京の龍善寺、そして京都の東本願寺に収められた。

氷室冴子の死とメディア報道

氷室は生前、病気のことを伏せており、仕事の関係者であっても知らせる相手を選んでいた。二〇〇四年から『なんて素敵にジャパネスク　人妻編』を連載中の山内直実は、氷室冴子が亡くなった日に、編集者からの電話で初めて氷室が闘病中であったことを知らされた。「編集さんもその時の担当じゃなくて昔の担当の菅原さんだったので何かと思ったら、「氷室さんが亡くなった」と言われて「え?」って。すとんと入ってこなかった。二〇〇六年に氷室さんと会食をしているんです。そのときはちょっと痩せてはいらしたんですけど、かなりお元気でしたから。でもすでにご病気だったんですね[42]」と、氷室の死を知らされた時の衝撃を振り返る。

白泉社の編集者菅原弘文には氷室の病状は伝えられていたが、氷室は山内の仕事に支障が出ないよう気を遣い、闘病のことは伏せていた。白泉社は二〇〇六年のはじめに、氷室冴子原作・山内直実作品の一〇〇〇万部突破記念パーティーを開催している。このときにはすでに氷室のがんがわかっていたので、目出度いことをしたかったと、菅原は今だから言える当時の裏事情を明かした[43]。

葬儀の後、菅原のもとに氷室冴子からのハガキが届いた。「お葬式が全部終わって、少し時間がたってから、氷室さんからハガキが届きました。亡くなる前に書かれていて、頼まれたどなたかが投函されたのだと思います。フラ・アンジェリコのTriptych of St. Peter Martyrが描かれたハガキに直筆で「生前は、いろいろお世話になりました。ジャパネスクは我子のように可愛い作品です。どうぞ、著作権継承者にお力添え頂きますよう、よきアドバイスをお願いします」と書かれていました。関係者の方、皆さんに送られたのではないかな。最後の最後まで、準備されていたんですね。改めて凄い人だったと思います[44]」と振り返る。氷室は生前、自身の葬儀後に関係者へ御礼の直筆ハガキが届くよう、周到に手配していたのだ。気配りと「鮮やかさ」にあふれた、氷室の置き土産だった。

氷室冴子の死は、新聞をはじめ、さまざまなメディアで報道された。その死から少し経った二〇〇八年九月二日の『読売新聞』には、「追悼抄　作家・氷室冴子さん　10代少女の「バイブル」生む」と、氷室の功績を振り返る記事が掲載される。

母親とは正反対の価値観で描いた少女像は、時代の波に乗り、多くの女性読者の共感を呼んだ。大量のファンレターをさばいていたコバルトの元編集者は「人気小説の枠を超え、女性に生き方の選択肢を示してくれた」とみる。

「感情移入しやすい主人公を描くのがうまい」と言うのは、20年近いつきあいの菊地さんだ。おっちょこちょいで意地っ張りだが、情に厚い。まるで自分のクラスにもいそうな少女たち。「青春時代に作品に出合った読者は、まるで友達と過ごすように登場人物と一緒に成長してきた。だからこそ氷室さんの死を身近に感じたのでは[45]」

この記事にあるように、ある世代の読者にとっての氷室冴子は、小説という以上に大きな意味をもつ存在であった。

雑誌などの各媒体も、氷室冴子の追悼特集を企画する。『アニメージュ』二〇〇八年八月号では、六ページにわたる氷室冴子追悼特集が組まれた。『アニメージュ』とゆかりが深い『海がきこえる』を中心とした特集で、連載の担当編集者三ツ木早苗、挿絵の近藤勝也、アニメの監督望月智充とプロデューサー高橋望による座談も掲載され、『海がきこえる』の思い出が語られた。この特集にあわせ、書評家の三村美衣《みい》も「少女の「今」と「心」を描き続けた不世出の作家」と、氷室の仕事を総括した記事を寄稿した。

『なんて素敵にジャパネスク　人妻編』を連載中の『別冊花とゆめ』二〇〇八年八月号には、山内直実と編集部による追悼文が掲載された。山内は二〇〇八年一一月刊行の『なんて素敵にジャパネスク　人妻編』第七巻のコミックスでも、氷室冴子への追悼を捧げている。

雑誌『CREA』は、二〇〇八年九月号で追悼特集「みんな、氷室冴子さんが好きでした」を組む。この追悼特集は一ページと短いものの、読者と編集部の愛があふれた記事として印象深い。『CREA』の読者層的に、リアルタイムで氷室作品に親しんだ世代が多かったのだろう。読者からの投稿は、氷室冴子黄金期を体験した世代の声を体現したものであった。旧作と新装版の内容の違いや、少女マンガ原作の『ライジング！』にも言及するなど、短いながらも氷室冴子に対する深い理解を感じさせる特集である。

直接的な氷室冴子追悼記事ではないが、『本の雑誌』は二〇〇八年一〇月号で「少女小説の逆襲！」という特集を組んだ。特集の巻頭には「氷室冴子が亡くなってはや3か月。『クララ白書』が打ち出した20世紀後半の等身大少女小説はどこにいってしまったのか⁉　というわけで、今月は黄金期（と勝手に思っている）少女小説にどっぷりつかる特集だ！」(46)と記されるなど、企画の背景には氷室の死が少なからぬ影響を及ぼしていることがうかがえる。タイミング的にも氷室を取り上げた読み物が多く、久美沙織の「正しい少女小説の書きかた」は、氷室冴子の近くでコバルト文庫にかかわった作家ならではの証言となっている。すでに述べたように「座談会コバルト文庫黄金時代ベスト10」では、氷室の『恋する女たち』が第一位に選出された。ほかにも、書店員・高頭《たかとう》佐和子による氷室冴子作品全作レビュー（ただし『碧の迷宮（上）』をのぞく）など、氷室冴子の比率が高い、充実した少女小説特集だ。

集英社の『Cobalt』は、二〇〇八年一一月号に「特集氷室冴子　「少女」は永遠に」という追悼記事を掲載した。しかしながら追悼記事としては遅く、またその内容も、氷室のコバルト作品のカタログ的な紹介に留まっており、レーベルへの貢献度をふまえると物足りなさを感じずにはいられない。

氷室冴子受容の「断絶」

氷室の死は、彼女の作家としての影響力を改めて確認することにもなった。ただしまた、若年層のなかでの氷室冴子受容には、氷室が現役作家であった時期においても、少しずつ変化が生じていたことも事実である。端的にいえば、時代の移り変わりのなかで、ある時期から氷室冴子は少女たちにとって縁遠い作家となっていった。

その予兆を一九九〇年代前半に見出すのは、児童文学評論家の赤木かん子である。氷室の友人であった赤木は、氷室が手がけた角川文庫マイディアストーリーが実現するきっかけを作った人物でもある（『マイ・ディアー――親愛なる物語』収録の「友人Aへの手紙」の友人Aとは、赤木かん子のことである）。子どもの本の現場に詳しい赤木への取材を行なった折、中高生に氷室冴子が読まれなくなる転機について赤木は、一九九三年との見解を示した。[47]

「子どもを取り巻く本の状況が、何もかも変わっていくのが一九九三年で、一九九八年から本格的に新しい世界が始まったんです。九〇年代はいわば日本全体の「オタク化」が進んだ時代だけれども、氷室さん自身はオタクではなかったので、九〇年代の時代感覚には乗り切れなかったんだと思う」

こうした赤木の体感は、およそ数年のタイムラグを経てデータのうえでも明らかになってくる。毎日新聞社が毎年実施する学校読書調査と、この調査にみる氷室冴子受容は、第5章ですでに取り上げた。氷室冴子は一九八二年に初めてランキングに登場し、以後は女子中高生の定番読み物として毎年ランクインしていた。一九九五年の結果を紹介すると、中学三年女子の六位に『銀の海　金の大地』、高校一年女子の五位に『なんて素敵にジャパネスク』、一九位に『銀の海　金の大地』が入っている。[48]ここまではまだ、若年層に知られる作家として氷室は存在している。

そうした氷室冴子の人気に変化が起きたことがうかがえるのが一九九六年だ。一九八四年の初登場以来、長らくその名を刻み続けた『なんて素敵にジャパネスク』が、一九九六年の学校読書調査で初めてランク外となった。ロングセラーであり、一九八〇年代を通じてランキング上位の常連だった『ジャパネスク』の名前が同調査から消えたことは、若年層のなかで氷室作品の立ち位置が変わる、一つの象徴といえよう。

もっとも、この時点ではまだ、学校読書調査から完全に氷室の名前が消えたわけではない。同年は高校二年女子の一八位に『海がきこえる』[49]、翌一九九七年の高校二年女子の一七位に『海がきこえる』[50]、一九九八年は高校三年女子一八位に『銀の海　金の大地』と、下位ながらも九〇年代の氷室作品が登場してはいる（ちなみに、この年は高校一年生男子の一二位に『海がきこえる』が入っており、男子のランクに氷室が登場した珍しい年でもあった[51]）。

その後、一九九九年には『なんて素敵にジャパネスク』新装版がコバルト文庫から刊行された影響を受けて、同作が久しぶりに高校二年女子の一五位に入った[52]。また、二〇〇〇年は中学二年生の六位に『銀の海　金の大地』、一四位に『なんて素敵にジャパネスク』、高校一年女子二〇位に『海がきこえる』がランクインする[53]。かつてのようにトップ10圏内を常にうかがうような存在ではないものの、ここまではまだ若年層からの支持を受ける作家としての氷室の姿があった。

そして、氷室冴子の名前が学校読書調査に登場したのは、この二〇〇〇年が最後となった。

学校読書調査の推移を要約すれば、一九九六年以降氷室作品の勢いが落ち、二〇〇一年以降は中高生女子の間で氷室冴子が読まれなくなったということになる。一連の流れは、一九九六年以降氷室冴子が新作小説を発表しなくなり、二〇〇一年以降は休筆期に入り作家業から遠ざかる動きと、ほぼ連動しているといえよう。

学校読書調査とあわせて、『なんて素敵にジャパネスク』の重版状況も、この作品の受容を知る手がかりとしてみていきたい。**表7**は、一九八四年刊行の『なんて素敵にジャパネスク』第一巻の

表7 『なんて素敵にジャパネスク』第一巻重版状況

発行日	刷
一九八四年五月一五日	一刷
一九八四年八月一〇日	三刷
一九八五年一月二五日	六刷
一九八五年八月一五日	一三刷
一九八五年九月二〇日	一四刷
一九八七年三月三〇日	二七刷
一九八七年八月一五日	三二刷
一九八七年一一月一五日	三四刷
一九八八年五月二五日	三九刷
一九八八年一二月一五日	四四刷
一九八九年七月二〇日	五〇刷
一九九〇年四月二〇日	五六刷
一九九一年六月一五日	六五刷
一九九三年三月二〇日	六六刷
一九九四年三月一五日	六七刷
一九九八年二月一〇日	六九刷

重版状況をまとめたものである。なおこの重版状況調査は私的に調査した範囲での情報であり、一九九八年の第六九刷は、あくまで今回確認できた最後の重版である。新装版が刊行される一九九九年まで、その後も重版された可能性があることもあわせて記しておく。

一九八四年の刊行以降、『なんて素敵にジャパネスク』はハイペースで重版がかかっているが、一九九一年六月一五日の六五刷以降は重版のペースが鈍る。重版のペースの変化は、少女小説ブームが一九九二年前後に収束したこととも、少なからず関係があるだろう。

参考までに、同じコバルト文庫の人気作品、新井素子『星へ行く船』の重版状況もあわせて紹介したい。『星へ行く船』は一九八一年三月一五日に発売され、『なんて素敵にジャパネスク』と同じく、ハイペースで重版を続けた。『星へ行く船』の詳細な重版データは、新井素子研究会によるまとめに詳しい。(54) このデータによると、『星へ行く船』の五九刷が一九九二年六月一五日、次の六〇刷が一九九二年一一月二五日で、ここから一気に間が空き六一刷は二〇〇一年六月一〇日であった。なお、この六一刷が

『星へ行く船』のコバルト文庫での最後の重版となった。『なんて素敵にジャパネスク』と『星へ行く船』という、八〇年代刊行の人気小説の重版が、ほぼ同じ時期にペースダウンするのは示唆的である。

ある年齢以上の人にとって氷室冴子は、一度はその名を耳にしたことがあるような、ポピュラーな作家として認識されているだろう。しかし二〇〇一年頃から状況が変わり、氷室は若年層読者にとって、縁遠い存在となっていった。この時期以降に思春期を過ごした少女は、氷室冴子の名前を知らない、氷室作品に触れたことがない世代となる。

氷室冴子受容の「断絶」を示す証言として、ライトノベル研究会の山田愛美の証言を紹介したい(55)。一九九一年生まれの山田は昔から小説が好きで、本を沢山読む少女だったという。そんな山田は、最近まで氷室冴子という名前を全く知らなかったと告白する。

氷室冴子の名前を知らない山田は、一方で、児童文庫で親しんだ折原みとや倉橋燿子の名前は認識していた。折原と倉橋は講談社X文庫ティーンズハートで活躍した作家で、そののち活動の場を児童文庫に移している。

少女小説レーベルで活躍し、のちに児童文庫で作品を手がけた作家としては、折原や倉橋以外では、小林深雪、藤本ひとみなども挙げられる。これらの作家の名前は、児童書という媒体を通じ、二〇〇〇年以降に思春期を送った少女の間でも認知度が高い。折原みとや倉橋燿子、小林深雪や藤本ひとみは知っていても、氷室冴子の名前は知らないという読者は、決して珍しくはないだろう。

山田はまた、平安時代を描いたエンターテインメント作品として、学校の先生に紹介された大和和紀のマンガ『あさきゆめみし』の名を挙げるが、『なんて素敵にジャパネスク』はタイトルすら知らなかったと証言した。『源氏物語』のマンガ化である『あさきゆめみし』は、今日でも学校をはじめとする教育の現場で紹介されるような、古典的名作としての立ち位置を築いている。一方で氷室オリジナル作品の『なんて素敵にジャパネスク』は、氷室冴子がメジャー作家であった間は、少女たちにとって古典の世界を知る最良の入り口となっていた。しかし氷室自体が読まれなくなれば、『なんて素敵にジャパネスク』は教育の場でも言及されなくなるだろう。

山田は「おそらく、一九九〇年以降の生まれの人は、このような感じで氷室冴子に関してまったく知らないのだと思います。教育の場面で取り上げられたことも、私の記憶ではありません」と語った。作家を知るきっかけは人それぞれであり一般化することは難しい。学校読書調査と、二〇〇〇年以降に思春期を送った読書好きの証言。限られた資料を使用した分析であるという限界をふまえたうえで状況を総括すれば、二〇〇一年頃を境に、氷室冴子受容をめぐる大きな「断絶」が生じた。それ以降の世代にとって、氷室冴子はもはや名前すら知らない作家となっている。

氷室冴子は二〇〇八年に亡くなった。作家の死が作品の復刊や再刊の契機となり、新しいかたちで読者層を開拓することもある。しかし氷室の場合は、その死が作品復刊にはつながらなかった。近年はコバルト文庫作品の電子書籍化が進められており、これ自体は歓迎すべき流れではあるが、紙媒体で氷室作品に出会いにくい状況は解消されていない。現状での氷室冴子の知名度は、ある世代以上の間ではその名を広く知られ、それ以下の世代では名前を耳にしたことがないという、二極化が進んだ状況にある。

継承へ向けて

氷室冴子の死後、根強いファンを中心に、その功績を語り継ぐ草の根の動きが始まった。田中二郎による「氷室冴子を偲ぶ会」は、毎年六月の第一土曜日に龍善寺で開催されている。この会は七回忌からは「藤花忌」という名称になり、氷室冴子のプライベートな友人や仕事の関係者、そして氷室冴子ファンが集まるイベントとして、氷室の思い出を語り継ぐ場となった。

氷室の死後も、氷室の関連書やコミカライズなど、新しい動きが生まれていった。

『別冊花とゆめ』では二〇一二年二月号から、山内直実による「月の輝く夜に」のコミカライズが連載された。このコミカライズは、氷室冴子からのオーダーだったという。「『Cobalt』に書いた作品で、まだマンガになっていないものがあり、山内さんにマンガにしてほしい、と。二〇〇五年に「月の輝く夜に」が『Cobalt』に再録されたタイミングだったと思います[56]」と白泉社の菅原弘文は振り返る。コミカライズ版『月の輝く夜に』は、花とゆめCOMICSスペシャルとして二〇一二年八月に発売となった。

白泉社は氷室冴子の七回忌にあたる二〇一四年、あゆみBOOKS早稲田店と芳林堂高田馬場店で氷室冴子作品フェアを開催した。フェアの様子は、白泉社のブログに詳しい[57]。山内直実によるコミカライズ作品を中心にしたラインナップで、徳間書店の『海がきこえる』や集英社文庫の『ターン――三番目に好き』『ホンの幸せ』なども並んでいる。氷室関係者によるメッセージ入りフェア帯（全九種類、新井素子・山内直実・藤田和子・ひかわ玲子・唯川恵・榎木洋子・立原透耶・田中二郎・寺尾敏枝）

のついたコミックスが販売され、山内直実直筆のカラー色紙の展示や氷室へのメッセージボードの設置など、さまざまな趣向が凝らされたフェアとなった。

　集英社は、二〇一二年に氷室の関連書籍をいくつか刊行する。児童文庫レーベルである集英社みらい文庫に『なんて素敵にジャパネスク』が収録され、一巻が三月、二巻が七月に発売となった。同書の担当編集者である石川景子は、『なんて素敵にジャパネスク』の連載を雑誌『Cobalt』で追いかけていた、氷室冴子の愛読者である。[58]「みらい文庫の創刊は二〇一一年三月、私はその三ヶ月後に配属されました。もっとも、『なんて素敵にジャパネスク』みらい文庫版を出したい、という声は編集部内でずっと上がっていたそうなので、自分で企画を出したわけではありませんが、思春期の頃から氷室先生の大ファンだったので担当できたのは嬉しかったですね。奥山景布子《きょうこ》さんに解説執筆を依頼したのですが、わかりやすい解説文を書いていただき、現代の子たちに繋いでいただけたと思っています。当時、みらい文庫ではここまで厚い作品を出したことがなかったので、本文イラストに工夫をしたり、『ジャパネスク』用の文字組みを作ったりと、ミリ単位で調整をした記憶があります」

　そして九月にはコバルト文庫から『月の輝く夜に／ざ・ちぇんじ！』が刊行された。これまで書籍未収録となっていた「月の輝く夜に」と、『少

『なんて素敵にジャパネスク』1巻 集英社みらい文庫版

『月の輝く夜に／ざ・ちぇんじ！』

『なんて素敵にジャパネスク』復刻版

女小説家は死なない！』の番外編「少女小説家を殺せ！」、『クララ白書』番外編「お姉さまたちの日々」に加え、『ざ・ちぇんじ！』が収録されている。

氷室冴子の没後一〇年に当たる二〇一八年は、氷室に関連するさまざまな動きが生まれた一年となった。

二〇一七年に氷室の出身地岩見沢市の有志を中心にして立ち上げられた新たな文学賞・氷室冴子青春文学賞の作品募集が開始。小説投稿サイトのエブリスタとタッグを組んで作品を募集し、地元出身の作家を表彰したローカルな文学賞として、現在も注目を集めている。歴代選考委員には久美沙織、辻村深月、朝倉かすみ、柚木麻子、町田そのこといった人気作家たちが名を連ね、第一回大賞受賞の櫻井とりお『虹いろ図書館のへびおとこ』（河出書房新社）や、第二回大賞の佐原ひかり『ブラザーズ・ブラジャー』（河出書房新社）らがこの文学賞をきっかけにデビュー、新たな作家が飛躍する場となっている。

二〇一八年八月には、河出書房新社から没後一〇年記念特集の『文藝別冊　氷室冴子』が刊行された。また集英社のコバルト文庫は氷室の代表作『なんて素敵にジャパネスク』をイラストなしの復刻版として二巻まで復刊する。この復刊とあわせてコバルト作家によるトリビュート集『ジャパネスク・リスペクト！』も刊行された。

氷室冴子をテーマにした展示も開催されており、岩見沢郷土科学館では「氷室冴子――文学にかけた想い」展が二〇一八年一二月一五日から二〇一九年一月二七日まで、京都市中央図書館では二〇一九年二月一四日から三月一四日までパネル展「なんて素敵な氷室冴子　京都でよむ、平安京の物語」、また関連イベントとして記念トークショーも行なわれた。

こうした催しなどにみられるように、没後一〇年を契機に氷室冴子の仕事を再評価する機運が少しずつ高まっているが、いまだ大きな流れになっているとは言い難い。氷室の再評価が進むとともに、電子化や書籍の復刊など、作品を読む環境が今後整えられていくことを期待したい。

氷室冴子作品復刊の動向

二〇一九年に本書を刊行して以降、氷室冴子作品の復刊が進んだ。本増補版ではそれら最新の動向をみていきたい。

まず二〇二〇年には集英社から『さようならアルルカン／白い少女たち　氷室冴子初期作品集』が刊行された。これは雑誌『小説ジュニア』に掲載された、書籍未収録の短編四作を収録した初期

『さようならアルルカン／白い少女たち　氷室冴子初期作品集』

『いっぱしの女』文庫版新版

作品集である。

そして、さらに新鮮なインパクトをもたらしたのが二〇二一年、筑摩書房から復刊されたエッセイ集『いっぱしの女』であろう。『いっぱしの女』は一九九二年に単行本が発売、一九九五年に文庫化されたものの、二〇〇〇年頃から長らく品切れの状態が続いていたという。本書を手がけた編集者の砂金《いさご》有美によれば、復刊に至るまでには今日だからこその背景があった。[59]

「復刊のきっかけになったのはSNSでした。ほかの作家さんや氷室さんの読者の方々が、Twitter上で『いっぱしの女』を復刊してほしいと、長年にわたって声を上げてくれていたんです。一つ一つのツイートへの反応は規模としては大きかったわけではないけれど、発信に一〇年近い積み重ねがあって、単純な数だけでは測れないその重みが、企画を後押ししてくれました」

加えて、『いっぱしの女』復刊の企画が実現した背景には、チョ・ナムジュ著『82年生まれ、キム・ジョン』（二〇一八年）をはじめとして、筑摩書房が刊行してきたフェミニズム的なメッセージを強くもつ書籍の成功も大きかったという。『いっぱしの女』は三〇年前に出版されたフェミニズムエッセイとしても注目を集め、現時点で六刷となるなど好調だ。

「今読み直してみてもめちゃくちゃ面白いし、あちこちに響く言葉がある。圧倒的な芯の強さを文章から感じました。エッセイの執筆というのはとても難しいものだと個人的には考えていて、売れる小説やいい小説が書ける作家さんであれば必ず面白いエッセイも書けるかっていうと、絶対に違うんですね。物語とエッセイでは、書き手の自意識をどう出すか、どこまで出すかといったバランスの違いなどもあるのだと思います。でも、氷室さんのエッセイは、文章を通じて著者の目を貸してもらっているような感覚や、氷室さんの部屋に招いてもらっているような感じもあって。とにかく、エッセイストとしての無二の力量に圧倒されました」

『冴子の母娘草』集英社文庫版

『冴子の東京物語』中公文庫版

『海がきこえる』新装版

なお、『いっぱしの女』復刊にまつわる詳細については、二〇二一年に筆者がウェブメディアで砂金に実施したインタビューを参照されたい(60)。

砂金が言及するようなエッセイストとしての力量、そして現在に強く響くフェミニズム的なメッセージが込められた『いっぱしの女』の復刊は大きな話題を呼び、改めて氷室の仕事が見直される契機となった。二〇二二年五月には集英社文庫から『冴子の母娘草』が、翌六月には中公文庫で『冴子の東京物語』が刊行と、まさに『いっぱしの女』が呼び水となったように氷室のエッセイが次々復刊される。

氷室への注目度が高まったこともあってか、小説作品にも再度光が当てられ、徳間書店は復刊専門のレーベル「トクマの特選！」で、二〇二二年七月に氷室冴子デビュー四五周年企画として『海がきこえる』を復刊した。カバーには九〇年代の連載当時に添えられていたイラストから、怒りを感じさせる武藤里伽子の眼差しが印象的な一枚をセレクトし、令和によみがえるにふさわしいヴィジュアルで書店に並んだ。

これら近年の復刊は、氷室冴子という作家を未来へ繋いでいくうえでの新たな、そして重要な動向といえるだろう。

作家・氷室冴子像とその先の可能性――古典への志

本書を締めくくるにあたって、氷室冴子という作家の姿を改めて総括しつつ、氷室と関わりの深かった編集者の証言を手がかりに、ありえたかもしれない氷室の仕事にも想像を広げてみたい。

氷室冴子の歩みから通じて浮かび上がるのは、そのときどきで自分の書きたいテーマと方法論を定め、作風や文体をも変えていく、たゆみなき作家の姿である。

一九八〇年の『クララ白書』を皮切りに、氷室冴子は少女向けのエンターテインメント小説の新たな可能性を開拓し、それまでのジュニア小説とは異なる、どこにでもありそうでどこにもない、等身大の女の子の世界を創造した。初期の氷室はコメディ路線を追求し、この時代に生まれた代表作も多い。多くの人が抱く氷室冴子像も、この時期の作品や作風に基づくイメージであろう。

少女向けエンターテインメント小説のパイオニアとなり、最前線で活躍した氷室は、大きな成功を収めたコメディ路線に安住することなく、さらなる変化を遂げていく。一九八六年以降はコメディからの転換を試み、それまでの少女小説とは異なる方法論を追求していった。さらにはエッセイ執筆や一般小説のジャンルにも活躍の場を広げるなど、氷室の仕事は少女小説には留まらない広がりを獲得する。新作小説を発表しなくなった時期も、旧作を今の時代にあわせてリライトするなど、氷室は常にアップデートした表現を心がけていたフロントランナーであった。

氷室は四〇歳前後から大人向けの小説という方向性にも取り組んでいたが、五一歳という若さで亡くなり、模索をするための時間が残されていなかった。『月刊カドカワ』の編集者・松山加珠子は、「氷室冴子さんは男前でかわいく、物知りで、仕事をしやすい作家でした。私は氷室さんの一学年年下で歳が近く、同じ時代を生き抜く同志のように感じていました。そんな氷室さんとまた一緒に仕事をしたいと思いつつも、ついにその願いは叶いませんでした。時間が足りなかったことが、ただただ残念です」と悼む。

氷室はさまざまな可能性を残したまま亡くなった。改めて、その早すぎる死が惜しまれる。

氷室冴子は少女のための読み物を真剣に手がけ、普遍的な少女小説を発表した書き手として、吉屋信子の精神を受け継いだ作家と位置づけられるだろう。またその多様な仕事ぶりは、田辺聖子の古典仕事や、森茉莉のエッセイの系譜と結びつけて語ることも可能ではないだろうか。氷室自身も一九八五年のインタビューで、「田辺聖子さんのような作家を目指しているとこ、あります(61)」、と語っている。奇しくも氷室冴子と森茉莉、田辺聖子の命日は、同じ六月六日である。

また古典の翻案仕事としては、一九九三年に少年少女古典文学館の『落窪物語』(講談社)を手がけており、生前最後の仕事となった「月の輝く夜に」では、平安時代を舞台に複雑な人物の心理を巧みに描写した。氷室の平安小説は、『なんて素敵にジャパネスク』や『ざ・ちぇんじ!』のようなコメディ路線だけではない。

二〇〇一年に氷室冴子と対談した斎宮歴史博物館の榎村《えむら》寛之は、氷室から平安時代の斎宮を舞台にした新作の構想を打ち明けられており、「哀悼　氷室冴子先生」という追悼エッセイで、その小説の輪郭が語られた。斎宮に仕える筆頭女官、もしくは内侍《ないし》を主人公にした物語は、「聡明な斎王と賢明な内侍の少女コンビが、時には弥次喜多《やじきた》のように、時にはホームズとワトソンばりに立ち向かっていく」ストーリーとして構想されていた。[62] 年齢を重ねた氷室冴子らしい少女の物語であり、この作品が書かれないまま終わったことが惜しまれる、魅力的なシノプシスである。

これらを振り返るとき、その先の氷室にとって古典とのかかわりは、重要な鍵となったのではないか。集英社の文芸編集を務めた村田登志江もまた、氷室の古典の才能を高く評価する一人である。村田はそんな氷室を後押しするように、田辺聖子や瀬戸内寂聴にも紹介した。[63]「田辺さんと氷室さん合同のフェアをやったり、『冴子の母娘草』の解説を書いてもらったり、寂聴さんとは京都の寂庵にうかがってお会いしたりしてね。やっぱり、田辺さんや寂聴さんに会うと、ものすごく刺激を受けていましたよ。氷室さんは勉強もよくしていましたしね。彼女は古典をやりたかったと思う」

物書きとしての苦悩

村田は古典を手がけることを氷室に勧め、氷室も意欲を見せていたという。けれども、それは簡単なことではなかった。村田は編集者として関わる立場から、作家としての氷室のウィークポイントを振り返る。

「ただね、氷室さんの原稿が遅いことは嫌というほど知っていますからね。口では書けるって言っていたし、もちろん書くつもりなんだけれども、いざ筆を執るとやっぱりものすごく逡巡してしまう。私も書いてくださいとは言うけれど、原稿って依頼するだけで入手できるものではないですから。氷室さんにはいろんな出版社から声がかかって、書きたい気持ちも野心もある。けれど、計画通りに本ができないと、編集者たちもずっと付き合ってくれるわけでもないですよね。何度もやると言ったのに、なかなか書けなくて、挙げ句あの企画は他社に持っていくわと言われたこともあって、そのときはさすがに、ここまで尽くしたのにどうして、って思ったりもしました」

才能も意欲もあるが、いざ執筆となるとスムーズにアウトプットできないもどかしさと、それゆえにさまざまな計画が狂い、編集者との意思疎通にも難が生じるやるせなさ。氷室の遅筆に対峙してきた村田の言葉からは、作品を読むだけでは見えてこない、作家の実像が浮かび上がる。

「私ももっと一緒に仕事をしたかったけど、ほかにも関わっている作家の方々はたくさんいて、どの作家も大事ですから、連絡が間遠になっていくこともあった。だから、氷室さんからしてみたら、どこかで私が冷たくなったように感じていたかもしれないですね。あんなに自分の小説に理解を示して、一緒にやろうって言ってくれてたのに、って」と当時の氷室の胸の内を推し量る。

氷室冴子を未来へ繋ぐ

村田は、氷室が少女小説から脱したものを書きたいと考えていたはずだと語る。その糸口の一つはもちろん古典への志向であろうが、今日的な観点に引きつけてみたとき、氷室自身のリアルから発される、女性の自立的なライフスタイルの記述などにも、可能性が見出せるかもしれない。

結婚しない選択や、気の合う仲間と共同生活を営む暮らしなど、氷室がエッセイのなかに記した生き方は、今の時代にも響く女性のありようを示す。氷室は一九九一年の時点で、「あと、老人になったら同棲でもいいね。男の人でも女の人でも。私の老後のイメージって豊潤なんですよ。老人ホームにしてもね、ちっちゃな一軒家で、2DKとか2LDKですね、二人くらいと同居してとかね。それ同性でも異性でもいいんです。ばあさん同士で同居するとか、そういうイメージがわりとあるんです[64]」と書き記す。こうした氷室の発言は、一つの生き方として、今のように女性同士の同居が進んだ時代においてこそ、より共感を呼ぶだろう。既刊のエッセイ集は氷室の二〇代、三〇代の記録だが、四〇代以降の氷室ならば、自分自身や社会の動向にどのような鋭い視線を注いでいったのだろうか。

氷室冴子が遺した言葉は、今もなお私たちの心にくさびを打ち込んでいく。

氷室冴子がエンターテインメントの世界に、そして後続の作家に与えた影響は計り知れないものがあるが、その功績と影響は、充分に語られない状況が長らく続いてきた。また、複数の時代感覚を巧みにミックスさせる文体や、視点の移動などを用いながら多彩な語り口を見出していくテクニック、魅力的なキャラクター造型、ストーリーテラーとしての熟練など、文章を構築する者としての彼女の技巧も、より一層注目されねばならないはずだ。氷室冴子は変わりゆくことで、エンターテインメントの最前線で闘い続けた作家であった。我々は今こそ、ステレオタイプな氷室冴子像をアップデートすべきであろう。

そして、何より重要なのは、氷室冴子が描いてきた作品、描いてきた軌跡を見つめ、伝え続けていくことだ。そのための手がかりとなる宝物は、氷室自身が存分に遺してくれているのだから。編集者として歩んだ村田の言葉は心強く響く。

「作家が亡くなって、新しい作品が出なくなれば、やっぱり自然と忘れられていくんですね。当時、一緒に仕事をしていた人たちも異動や定年退職したり変わっていく。だけど、不思議なものでね、いつも新しい編集者と新しい読者によって「発見」されるんですよ。作品さえ残っていれば。氷室さんは二〇〇八年に亡くなったけれど、しばらく経てばまた新しくね、「こんな作家がいたんだ、これ面白いよ」なんて言って発見される。そういうものだと思うんですよ」

本書もまた、まだ見ぬ新しい読者へと繋ぐ橋渡しの一つになればと願っている。

註

(1) 氷室冴子『雑居時代』上巻、集英社、一九八二年、一一ページ
(2) 氷室冴子『雑居時代Ⅰ』集英社、一九九七年、一二ページ
(3) 前掲『雑居時代』上巻、三一ページ
(4) 氷室冴子『雑居時代』下巻、集英社、一九八二年、八八ページ
(5) 大和和紀『新装版　はいからさんが通る1』講談社、二〇一六年、二二二ページ
(6) 氷室冴子『クララ白書Ⅰ』集英社、一九九六年、二三七ページ
(7) 氷室冴子『クララ白書Ⅰ』集英社、二〇〇一年、一三三ページ
(8) 前掲『クララ白書Ⅰ』二〇〇一年、一六四ページ
(9) 前掲『クララ白書Ⅰ』二〇〇一年、二一五ページ
(10) 氷室冴子『なんて素敵にジャパネスク』集英社、一九八四年、一〇五ページ
(11) 氷室冴子『新装版　なんて素敵にジャパネスク』集英社、一九九九年、一〇三ページ
(12) 前掲『なんて素敵にジャパネスク』一二四ページ
(13) 前掲『新装版　なんて素敵にジャパネスク』一二一ページ
(14) 前掲『なんて素敵にジャパネスク』四三ページ
(15) 前掲『新装版　なんて素敵にジャパネスク』四二一四三ページ
(16) 前掲『新装版　なんて素敵にジャパネスク』二八九―二九〇ページ

（17）田中二郎「私のこと、忘れないでね」『文藝別冊　没後10年記念特集　氷室冴子　私たちが愛した永遠の青春小説作家』河出書房新社、二〇一八年、七三ページ
（18）『ダ・ヴィンチ』一九九六年七月号、リクルート、二一ページ
（19）『海がきこえるCOLLECTION』徳間書店、一九九五年、一三四ページ
（20）氷室冴子「こちら側から」『思想の科学』一九八五年二月号、思想の科学社、六一ページ
（21）二〇一八年七月一三日田中二郎インタビュー
（22）氷室冴子「あひるの王様」『少女物語』朝日新聞社、一九九八年、一六六ページ
（23）岩見沢市市営墓地の碓井家墓誌にて確認。なお氷室冴子の叔父安藤良三によると、明了寺はあくまで隣接する寺であり、場所は市営墓地となる
（24）二〇一八年五月一六日大原薫インタビュー
（25）二〇二三年三月一日桑原水菜インタビュー
（26）よしながふみ・萩尾望都「マンガ＝24年組というくらい…」よしながふみ『あのひととここだけのおしゃべり』白泉社、二〇一三年、二八九―二九〇ページ
（27）二〇二三年二月四日若木未生インタビュー
（28）氷室冴子「月の輝く夜に」『Cobalt』一九九〇年一〇月号、集英社、八九ページ
（29）氷室冴子『月の輝く夜に／ざ・ちぇんじ！』集英社、二〇一二年、四五ページ
（30）堀井さや夏「ずっと現役感がある方でした」『文藝別冊　氷室冴子』六八ページ
（31）みのうら「伝説の少女小説作家・氷室冴子とは？」『ライトノベル完全読本Vol.2』日経BP社、二〇〇五年、七九ページ
（32）二〇二三年三月一五日堀井さや夏インタビュー
（33）田中二郎「氷室冴子を偲ぶ会」。肺がんの診断を受けたと田中二郎のもとに電話がかかってきたのが二〇〇五年四月一二日のことだったという。当時の状況については田中による「氷室冴子を偲ぶ会」HPに詳しい。https://nerimadors.or.jp/~saeko/［二〇二三年五月八日確認］
（34）前掲『文藝別冊　氷室冴子』三〇ページ、七三ページ
（35）氷室冴子『冴子の東京物語』集英社、一九九〇年、一〇二ページ
（36）二〇一八年三月二八日寺尾敏枝インタビュー
（37）近藤勝也「『海がきこえる』挿絵からアニメ化まで」『文藝別冊　氷室冴子』、五七ページ
（38）二〇〇八年八月九日「碓井小恵子を偲ぶ会」遺族作成資料
（39）氷室冴子『続ジャパネスク・アンコール！』集英社、一九九九年、二六五ページ
（40）二〇一九年六月一九日松山加珠子インタビュー。本章で引用した松山の証言も以下同じ

（41）「追悼抄　作家・氷室冴子さん　10代少女の「バイブル」生む」『読売新聞』二〇〇八年九月二日東京夕刊、一二ページ

（42）山内直実「「好きなようにやってください」——『ジャパネスク』の出来るまで」『文藝別冊　氷室冴子』、四一ページ

（43）菅原弘文「コミカライズを担当して」『文藝別冊　氷室冴子』、四九ページ

（44）前掲「コミカライズを担当して」四八ページ

（45）前掲「追悼抄　作家・氷室冴子さん　10代の少女の「バイブル」生む」一二ページ

（46）『本の特集』二〇〇八年一〇月号、本の雑誌社、四ページ

（47）二〇二三年二月六日赤木かん子インタビュー

（48）毎日新聞社東京本社広告局編『学校読書調査』一九九六年版、毎日新聞社東京本社広告局、一四一ページ、一四三ページ

（49）毎日新聞社東京本社広告局編『学校読書調査』一九九七年版、毎日新聞社東京本社広告局、一三七ページ

（50）毎日新聞社東京本社広告局編『学校読書調査』一九九八年版、毎日新聞社東京本社広告局、一一九ページ

（51）毎日新聞社東京本社広告局編『学校読書調査』一九九九年版、毎日新聞社東京本社広告局、一三〇—一三一ページ

（52）毎日新聞社東京本社広告局編『学校読書調査』二〇〇〇年版、毎日新聞社東京本社広告局、一二三ページ

（53）毎日新聞社東京本社広告局編『学校読書調査』二〇〇一年版、毎日新聞社東京本社広告局、一四一ページ、一四三ページ

（54）「あなたの持っている『星へ行く船』は、いつ発行された本ですか?」https://togetter.com/li/1009083 [最終アクセス二〇二三年五月八日]

（55）二〇一八年五月二三日山田愛美メール取材

（56）前掲「コミカライズを担当して」四八ページ

（57）白泉社「〝コミ編〟ブログ」二〇一四年六月三日 https://www.hakusensha.co.jp/hbstation/blog/2014/06/post_135.html [最終アクセス二〇一九年六月三〇日]

（58）二〇二三年二月二七日石川景子インタビュー

（59）二〇二三年二月七日砂金有美インタビュー

（60）FRaU Web　二〇二一年七日二二日「ああいう小説は処女でないと書けないんでしょ」少女小説の旗手・氷室冴子が立ち向かったもの」https://gendai.media/articles/-/85381 [最終アクセス二〇二三年三月二三日]

（61）「ミス・ヒーローインタビュー」『ミス・ヒーロー』一九八五年五月号、講談社、一一七ページ

（62）榎村寛之「哀悼　氷室冴子先生」『文藝別冊　氷室冴子』八四ページ

（63）二〇二三年二月九日村田登志江インタビュー。

本章で引用した村田の証言も以下同じ
(64) 小倉千加子・氷室冴子「少女と母とフェミニズム」小倉千加子『対談 偽悪者のフェミニズム』学陽書房、一九九一年、一五六ページ

おわりに　心に金の砂をもつ――氷室冴子と私

多くの人にそれぞれの思い出があるように、私にもまた、氷室冴子にまつわる懐かしい記憶がある。

しかしながら、「氷室冴子の本を出すような人は、熱心な読者だったに違いない」という期待を、私の読書歴は裏切ってしまうだろう。私が思春期に読んだ氷室作品は、『海がきこえる』と『銀の海　金の大地』の二作だけである。成人後に再会し、それ以降は八〇年代の代表作を含め、幅広く氷室の作品を読み進めていった。大人になってからの時間を含めると、氷室作品とは密な関わりを築いていると自信をもって言える。とはいえ、多くの少女が思春期に味わったであろう、氷室冴子体験を逃してしまったという後悔の念は、今もどこかでぬぐいきれない。

記憶にある最初の氷室冴子作品は、『アニメージュ』で断続的に読んだ『海がきこえる』だ。「ふしぎの海のナディア」（一九九〇年四月～一九九一年四月放映）をきっかけにテレビアニメの面白さに目覚めた私は、アニメ情報を求めて『アニメージュ』を購入するようになった。そして雑誌を読み進めていくなかで、多くのページを彩るアニメ絵とは異なる雰囲気をたたえた挿絵が目に留まり、『海がきこえる』と出会う。

もっともこの時期の記憶はあいまいで、小説よりも挿絵の印象の方が強い。今でも覚えているのは津村知沙が日傘を片手に高知の浜辺ではしゃいでいるイラストで、本書執筆のために『アニメージュ』を調査し、自分の記憶にある挿絵は一九九一年九月号、連載第一九回のものであることが判明した。私は一九七九年生まれなので、小学六年生のときということになる。『海がきこえる』は小学六年生には難しい話だったし、そもそも毎月雑誌を買っていたわけではないので、話の筋をちゃんと追えるはずもない。それでも、幼いながらに『海がきこえる』という世界の感触がとても心地よく感じられたことを覚えている。

スタジオジブリによるアニメもリアルタイムで観たが、物語として『海がきこえる』を読み込んだのは単行本刊行以降のことだった。中学生になった私は『海がきこえる』、そしてのちに発売された『海がきこえるⅡ――アイがあるから』を購入し、この二冊を繰り返し手に取った。札幌という地方都市に暮らす私にとって、『海がきこえる』に描かれる東京という街、そして拓のおくる大学生活の描写はたまらなく魅力的だった。

『海がきこえる』は、私のなかにある「東京」というイメージの原風景かもしれない。『海がきこえる』が現実と重なる東京のイメージの源流であるとすれば、同時期に愛読したＣＬＡＭＰの『東京ＢＡＢＹＬＯＮ』は、光と影をまとった孤独な都会の幻影を生み出した作品だった。皇昴流《すめらぎすばる》と北《ほく》都《と》の姉弟、桜塚星史《せいし》郎《ろう》の三人を中心にした同作は、陰陽師ものというファンタジー路線と、東京に生きる人々を描いた社会派ドラマが融合した、八〇年代末の日本社会の匂いを濃厚にまとった作品である。少女時代の私の心の王国にはこの二つの作品を通じて生まれた虚構の「東京」があり、そこは現実から離れてここではないどこかへ行ける、自分だけの遊び場だった。

『海がきこえる』がアニメ経由での出会いだとすれば、『銀の海　金の大地』は、古代への関心からたどり着いた作品といえる。八〇年代から九〇年代にかけて、少女向けエンターテインメントでは、古代をテーマにした魅力的な作品が多数出版されていた。美内すずえ『アマテラス』、荻原規子『空色勾玉』『白鳥異伝』、山岸凉子『日出処《ひいづるところ》の天子』……。小説・マンガと形式を問わず面白い古代ものを探しては読み進めていくなかで、『銀の海　金の大地』に出会う。そしてこの作品をきっかけに、私はコバルト文庫の読者になった。やがて文庫で追うだけでは飽き足らず、連載をいち早く読むために雑誌『Cobalt』も買い求めるようになる。雑誌を通じて強固な読者共同体が生まれていたあの時代、ファンタジー路線を手がける若手作家が次々とデビューしていた九〇年代の『Cobalt』をリアルタイムで味わうことができたのは幸福な体験だった。

私は物語の脇にいるキャラクターを好きになる傾向が強く、『銀の海　金の大地』では須久泥王と歌凝姫、そして波美王がお気に入りだった。美しい歌凝姫のおごり高ぶった哀れさと自分の愚かさを自覚した痛ましさ、須久泥王の諦めを受け入れた人生観や処世術は、まっすぐでひたむきなキャラクターとは程遠い人物像である。真秀のような清廉さや強さとは異なり、心を濁らせ、それでも生き続けていくその姿に惹かれずにはいられなかった。波美王は歴史のアウトサイダーともいえる人物で、彼を中心とした「わたしという名の王国」という章は、自分自身を見失いそうになった時に今でも思い出す場面である。

『銀の海　金の大地』で一番好きなシーンは、贔屓のキャラクターが登場しない、六巻一七節「心に金の砂をもつ」という真秀と小由流《さゆる》のエピソードである。墳墓のなかに小由流とともに閉じ込められた真秀は、王族の墓を暴いて副葬品の小太刀を取り出し、その小太刀を研いで小由流に干肉を食べさせる。小由流はそんな真秀をみて、心に金の砂をもつすごい娘だと褒める。「蝦夷《えみし》の人たちの川底では、ほんのすこし金の砂が採れるともいうわ。それは光り輝く神の身から零《こぼ》れおちた、神の雄々しい魂のかけらだって。水があらう川底で、きらきらと輝く金の砂は、きれいでしょうね。心に金の砂をもつって、きっと心にくもりがなくて、輝いていて、けっして挫《くじ》けない勇気があることをいうんだと思うわ。神の雄々しい魂のかけらを、心にもつ者のことよ」。

小由流に友情を感じた真秀は、墳墓の骸《むくろ》から対になった勾玉を奪い、その片方を彼女に渡す。瑠璃でできた月の勾玉は自分の胸に、そして紅《くれないのはり》水晶の日の勾玉を小由流に。死臭漂うあなぐらのなかで交わされる二人の少女の束の間の交流は、禍々しくも美しい。現代ものの小説では味わえない、極限状態の少女同士の関係性に私は酔いしれた。この場面が収録された『銀金』六巻には、ほかにも歌凝姫と須久泥王のエピソード「忘れ草で身を飾り」、先に挙げた波美王と真秀のエピソード「わたしという名の王国」も収録されている。印象的なタイトル、人間心理を描いたドラマチックな展開と、『銀の海　金の大地』シリーズのなかでもとりわけ読み込んだ思い出深い一冊だ。

氷室作品を貫くテーマの一つが「少女」であるが、私が思春期に読んだ作品がいささか偏っていたため、この時点では少女というキーワードと氷室は結びつかなかった。成人後に『クララ白書』

や『さようならアルルカン』を手に取り、これをきっかけに、かつては通り過ぎてしまった氷室作品と向き合うようになった。その後、コバルト文庫作品のみならずエッセイ集などにも手をのばし、氷室の幅広い仕事を追いかけていった。

『氷室冴子とその時代』を執筆する原動力となったのは、思春期の原体験よりも、この時代に体感した「大人になってから読んでも氷室冴子は面白い」という実感のような気がする。もはや少女ではない私が作品に感動し、その言葉に触発されていく。いつの頃からか、氷室冴子をテーマにした本を手がけたい、氷室冴子を真正面から取り上げて、その全体像を論じたいと考えるようになった。一冊の本にまとめるまで随分と時間がかかってしまったが、長年の目標をかなえることができた喜びをかみしめている。

氷室作品を読むなかで、一〇代の読書体験の一コマが、氷室とつながっていたことを知る場面があった。高校時代の私が愛読した小説の一つに、山田詠美の『放課後の音符《キイノート》』がある。『風葬の教室』や『ぼくは勉強ができない』などがラインナップに含まれる新潮文庫を私は集めていたが、ふとしたときに角川文庫の『放課後の音符《キイノート》』を読み、巻末の解説に強い感銘を受けた。山田の小説をベースに「女の子」を語ったその解説は、どうやって少女が自己を獲得していけばよいのかという、手がかりを当時の私に示してくれた。解説には「そういう女の子でいっぱいのこの小説は、ほんものの女の子のための小説、つまり少女小説です」という一文が登場し、最後は「少女小説という言葉が褒め言葉にならないとしたら、山田さんには申し訳ないですが」と結ばれていた。「少女小説という言葉が褒め言葉にならない」というフレーズが妙に印象的で、この言葉も含め、解説は私の心に忘れられぬものを残していった。

のちに氷室の仕事を追いかけていくなかで、角川文庫の『放課後の音符《キイノート》』解説が彼女によるものだったことに気づく。今の私ならば少女小説ブームに巻き込まれ、少女小説という言葉に対して複雑な感情を抱いていた氷室の心情がわかるし、そうしたなかであえて褒め言葉として使ったことの重みも感じ取れる。「大人の女になるには早すぎて、少女のままでいるには心も体も熱すぎる女の子」を語る氷室の文章は、氷室流の少女論ともいえる。氷室冴子が少女について語る言葉はいつも鋭くそしてやさしく、今もなお私のなかの少女を震わせる。

作家としてのキャリア、そして年齢を重ねていくなかで、氷室冴子が少女以外にも関心を広げていたことは今後も考え続けていかなければいけない課題であろう。氷室自身が四〇歳を迎える前後の時期に、かつてよりは少女というモチーフに対して距離が生まれていたであろうことは、本書で取り上げてきたとおりである。このように年齢による変化は生まれていたものの、それでも氷室は少女に対して関心を失っていたわけではないと私は思う。確認できる範囲での氷室冴子最後の書評では藤田ミラノの画集『あしたの少女たち』を取り上げており（『本の窓』二〇〇〇年七月号掲載）、奇しくも少女がテーマとなっている。「媚びないまっすぐな瞳」と題されたその書評に綴られた少女への氷室のまなざしはあたたかい。「媚びない」という言葉は、氷室が一九九二年に萩尾望都と対談した際にも登場した、氷室の少女観の根底をなすキーワードでもある。氷室自身もまた媚びることなく、作家として闘い続けた女性であった。そんな氷室の作品を読んで育った私たちが、彼女の功績を語り継いでいかなければならない。そんなひそかな使命感に駆られて、私は氷室冴子と向き合った。

多くのファンが一度は夢想するように、私も時折、書かれなかった作品に思いを馳せることがある。『銀の海　金の大地』や『碧の迷宮』をはじめとする未完作品の続きをというのは当然のこととして、それ以外で個人的に読みたかったモチーフを二つ挙げてみたい。

『青春と読書』一九八五年一〇月号に掲載された田辺聖子との対談のなかで、氷室は「私は高校時代に、『夜半《よわ》の寝覚《ねざめ》』を読んで、こんなに素敵な恋愛小説があるのかと、王朝小説にのめり込んだんです」と、発言している。『夜半の寝覚』とは、『夜の寝覚』や『寝覚』とも呼ばれる平安時代後期に成立した王朝物語である。中間部と末尾に大きな欠落があり、ある時期までは重視されずにいた古典作品であった。戦後に研究や再評価が進み、中村真一郎が『王朝文学論』のなかで取り上げるなど、注目を集めていった。おそらく氷室が高校時代に同作品に触れたというのも、中村の『王朝文学論』がきっかけであろう。

氷室が直接『夜半の寝覚』に言及したのは、管見の限りでは先に紹介した田辺との対談の一度限りである。しかしながら、『なんて素敵にジャパネスク』にはこの古典作品の影響を感じさせる言葉を垣間見ることができる。二巻から登場する「大皇《たいおう》の宮」というこの呼称は『夜半の寝覚』に由来するものである。この物語を読み込んでいた氷室は、自らの作品のなかにその読書体験の一端を忍ばせた。『夜半の寝覚』は姉妹の「いもうと」の物語であり、成長する女性の生き方や心理描写に重きを置いた古典と位置づけられることが多い。それら氷室の関心とも重なるキーワードで語られる『夜半の寝覚』について、小説であれエッセイであれ氷室の解釈を読んでみたかったと、今でも考えることがある。円地文子は『夜半の寝覚』の欠落した箇所を埋める『やさしき夜の物語』という小説を手がけているが、氷室冴子ならば何を書いただろうか。

もう一つ、氷室の生前に企画が進められなかったことが惜しまれるのは、少女マンガをテーマにしたエッセイ集である。本書でもみてきたように、氷室は少女マンガというジャンルを生涯にわたり愛好し続けた。そして年齢を重ねるにつれて、氷室の関心は少女マンガだけではなく、レディースコミックにも広がっていく。氷室は一九九一年四月二五日号の『朝日ジャーナル』に、「女を美しく開放させるセックスを謳って隠微で受け身な性意識を超える」というタイトルの、四ページにわたるレディースコミック論を発表した。一九九一年という早い時期に発表された、このジャンルに対する深い造詣に基づく卓越したレディースコミック論であり、改めて注目すべきテキストとしてここで言及したい。

氷室と世代の近い作家では、一九五三年生まれの中島梓が『マンガ青春記』を、一九五八年生まれの姫野カオルコが『ああ、懐かしの少女漫画』と、それぞれマンガをテーマにしたエッセイを上梓している。この世代の作家にとって、マンガというジャンルが与えた影響の強さを認識するとともに、氷室による少女マンガ論やレディースコミック論が一冊の本として展開される時間が残されていなかったことが惜しまれる。とはいえ氷室はまとまったエッセイこそ残していないものの、著作のなかでたびたび少女マンガについて言及しており、「少女マンガの可能性」はその原点ともいえるだろう。

本書を執筆するために全作品を読み直し、その作業のなかでさまざまな気づきが生まれていった。氷室は一度刊行した作品をそれで終わりにせず、新しいかたちで出版するたびに内容に手を加え、作品をアップデートしていく。改稿という、これまで意識していなかった仕事の重要性に遅まきながら気づかされた。

『なぎさボーイ』シリーズでは脇役の森北里が私の好きなキャラクターで、彼が主役の『北里マドンナ』を贔屓にしているが、今まではコバルト文庫版しか手に取ったことがなかった。今回初めて単行本を読み、自分が親しんでいるコバルト文庫との違いに驚いた。単行本は北里の心理描写の書き込みが多く、より情けない男の子の内面が展開されている。長年読み続けた思い入れも含め、個人的には抑制がきいたコバルト文庫の方が気に入っている。とはいえ単行本を読んだことで、なぎさと北里が一緒にお風呂に入るという、文庫化では削られたエピソードを知ることができた。この場面はおそらく、なぎさと北里が親密に見えすぎてしまうと考えて削除したのだろう。文庫では幻となってしまった男の子が二人でお風呂に入る場面は微笑ましく、時折このシーンを単行本で読み返している。

私は今後も氷室冴子を読み続け、そのときどきの年齢やタイミングで、新しい何かに気づいていくのだろう。本書の刊行は一区切りではあるが、終わりではない。氷室冴子についてこれからも考え続け、自分にできることをしていきたいと思う。

*

増補版では、自分の中での課題であった、氷室冴子の担当編集者へのインタビューを行うことができた。この作業を通じて特に掘り下げたのは、氷室と一般文芸との関わりについてである。ここでは少しばかり、増補版にあたっての取材を通じて感じたことを記しておきたい。

一九九〇年代後半以降、少女小説をバックグラウンドとする女性作家たちの仕事に注目が集まり始めた。そうした流れもふまえ、斎藤美奈子は旧来の「女流文学」とは異なる「L文学」を提唱し、斎藤の編著によって二〇〇二年に『L文学完全読本』なども刊行される。直木賞を受賞した山本文緒、唯川恵《けい》、角田光代（彩河杏）らはこの系譜に連なる作家たちだが、いずれも少女小説からキャリアをスタートしたのち、一般文芸の世界に完全に軸足を移して広い層に認知され、高い評価を受けた。

一方、こうした作家より早くに少女小説でデビューし、人気を博した氷室冴子もまた、キャリアのある時期から一般文芸の世界でも活動を広げていった。しかし、右に挙げた作家たちと氷室が異なるのは、少女小説レーベルであるコバルト文庫からは卒業せずに、いわば一般文芸と少女小説とを並行した立場にあったことだ。

こうした立ち位置の差異は、世間的な認知度ばかりでなく、出版界における扱いにも影響を与えていたように思う。取材で当時の様子を垣間見るにつけ、少女小説というジャンルを足場にしているというだけで、一段低く見積もられるような空気があったことが端々にうかがわれた。とりわけ、少女小説というジャンルをよく知らない男性編集者からは、偏見混じりの目が向けられ、一人前の作家として扱われない局面も少なくなかったようだ。このような氷室への評価のありようからは、まさに「その時代」が抱え込んでいた価値観が浮かび上がる。

しかしもちろん、ある時代における位置づけや世間的評価が、その作家の真価を決定するものではない。そうした問い直しの契機として、氷室冴子の足跡をたどる本書が役立てばと改めて願う。

＊

執筆にあたり、多くの方々からのお力添えをいただいた。貴重な資料を提供してくださった岩見沢市立図書館の方々、取材にご協力いただき氷室冴子との思い出や得難いエピソードをお聞かせくださった方々、『なんて素敵にジャパネスク』の重版情報を寄せてくださった各地の図書館や氷室冴子読者の方々、古典文学について助言をくださった桜井宏徳さん、またここに書ききれなかった多くの皆様に心から感謝を捧げたい。そして前著『コバルト文庫で辿る少女小説変遷史』に引き続き、編集を担当していただいた小鳥遊書房の林田こずえさん、増補版でお世話になった河出書房新社の岩﨑奈菜さんにも御礼を申し上げたい。

嵯峨景子

附録　氷室冴子「少女マンガの可能性」

附録として全文掲載する「少女マンガの可能性」は、氷室冴子が藤女子大学在籍時に執筆した少女マンガ論である。氷室が学生時代に執筆したテキストであり、キリスト教に対する解釈や、同性愛についての見方など、今日的な観点では不適切と思われる表現が文中にみられる。しかしながら、少女マンガ論の黎明期である一九七〇年代半ばという時代のなかで発表されたという背景、そして資料的価値を考慮して、そのままの内容で掲載した。

「少女マンガの可能性」で展開された『トーマの心臓』とキリスト教や聖書を結びつけた分析は、一九九二年開催の萩尾望都・氷室冴子対談のなかで、氷室が披露した分析の原型と位置づけられる。氷室のこうした視点が、大学時代からすでに着想していたものであることを「少女マンガの可能性」は示している。なお本文中にみられる、知人の意見を土台にしたやや行き過ぎた表現は、少女マンガを真摯に語ろうとする氷室の気負いのあらわれでもあろう。「少女マンガの可能性」はもともと広く読まれることを想定したテキストではなく、大学の同級生を聴衆にした講演の資料であったという前提のうえでみていく必要がある。

なお、氷室冴子はある時期に発表したステレオタイプな偏見や間違った認識を、後年修正していった作家であった。本書第10章で取り上げたように、氷室は一九八二年刊行の『雑居時代』にある「ホモ」を笑いにしたコメディ表現を、一九九七年版では削除した。また第4章で言及したように、『シンデレラ迷宮』に記載した自閉症に対する誤った認識を、一九九四年版の単行本で修正している。もし氷室が存命であれば、このテキストの内容をそのままにはせず、手を加えたことであろう。そうした氷室のスタンスをふまえたうえで、一九七〇年代という時代における氷室の見解が反映されたテキストとして取り扱いたい。

（嵯峨景子）

序　一

まずおことわりしておきたいのは、「少女マンガの可能性」などと大見得をきった題目をつけたことに対する弁解です。〝講演〟というのは、教養あふれた人々が知的向上をめざして集い、立派な論を傾聴する行事である、という貧困極まりないイメージをぬぐい去ることのできない私が成り行き上、少女マンガを講演することになってしまったわけですが私が〝りっぱな論〟なるものを持っているかといえば、いささか（というより、かなり）疑わしいのです。

それなら、内容がだめならせめて題目だけでも目のくらむような知性にあふれたものにしよう！と気負った結果が「少女マンガの可能性」と相成《あいな》った次第です。

ただ、我々が、マンガと共に育ってきたのは確かですし、私と同年代の方を含めて、我々の感覚や発想がマンガからそれなりの影響を受けているのは否めません。

私より年上の方々はディズニーから、私と同年代の方は手塚治虫や石森章太郎から始まった、というのはあまりに総括的に過ぎますが、ただ大人のひんしゅくをかいつつ、親に隠れながらマンガを読みふけったり、ノートのすみに似顔絵を描いたりした思い出を、たいていの方が持っているのではないでしょうか。私もまたそういう人間です。私がマンガについて語りたいと思うのは、マンガへの依怙地なまでの愛情ゆえなのです。

私が、この講演で述べたり、この文を書いたりすることを、何にでも理屈をつけたがり、いっぱしの専門用語を連ねてもっともらしく論じるのが得意な学生のそれだと思わないで下さい。これは私の、マンガへの公用ラブレターです。愛の告白です。と同時にマンガを排斥しつづける人々へのひかえめな反抗であり、聞かせるおのろけです。

ですから、先にも言いましたように、〝マンガ〟の風俗史的見地による考慮とか〝情緒教育にマンガはどこまで貢献しうるか〟などという、いさましくも高貴な内容でないことだけは確かです。

二

対象は〝少女マンガ〟に限定されますが、これは、私がかつて少女であり、読むマンガは少女マンガであったこと、そしてそのためか今現在でもマンガの中で少女マンガを一等好んでいることによります。少年マンガを少女マンガの下に定置させようとかいう意図は全くありません。ただ、同じマンガ世代でありながら、特に男性が少女マンガを不当に嫌って軽視しているのを怒り、悲しまずにはいられないかつての少女が、少女マンガの名誉回復を目論んでいるのは確かです。

おめめきらきら、母恋い物語、男の子と女の子のお定《ママ》まりのラヴ＝ストーリー等々、嫌っている理由は多くあり、そういう作品が多いのは事実ですが、その固定概念にとらわれすぎるあまり、秀作を見落としている場合があるのもまた事実です。萩尾望都氏は「ポーの一族」によって、一躍注目されたマンガ家ですが、絵柄の美しさ、抒情性等、少女マンガに不可欠なものをそなえつつ、その作品どれもこれまでの少女マンガと一風異なったものです。

商業雑誌に発表されているという様式、いいかえれば○○が金で買って読むマンガには、売れなければならないという金科玉条があります。（詩や小説にも根本にはそれがありますが、文学であるという芸術的倫理によって、ある程度保護されています）。描きたいものを描きたい描き手にとって、売れなければならないというのは、当然、一つの重荷、制約になってきます。多くの作品が画一化された形式に陥ってしまうのは、ひとつにはそれが原因でしょう。しかし萩尾望都氏の作品は、その制約を受けつつも、読者の好み、あるいは流行にひきずられることなしに、独自の世界の創造にある程度成功している点において、少女マンガにおけるひとつの可能性を示しています。といっても、それならば萩尾望都氏が完璧かといえば、決してそうではありません。

ともかく、いささか観念的になってきたきらいがあるので、萩尾望都氏の一作品「トーマの心臓」を例にとって、具体的に論じることにしましょう。

本論

第一章

「トーマの心臓」の舞台は、西ドイツの高等学校《ギムナジウム》であり、登場人物は、およそ13歳から14・15・16・17歳までの少年たちである。

ドラマは、トーマという少年がユリスモール（ユーリ）という一歳年上の少年に恋しつつ、彼だけにわかるやり方で自殺するところから始まり、あくまで表面的にいうと、トーマの死の波紋がドラマの一貫した進行をうながしているといってよい。

ところで「トーマの心臓（これより以下、小学館フラワー・コミックス・トーマの心臓Ⅰ・Ⅱ・Ⅲ巻をテキストとする）」を読み進んでゆくと、やたらとキリスト教的な断片が表われるのを誰しも気づくであろう。イザークの犠牲（Ⅰ巻P19）「神さま、神さま、御手はあまりに遠い」（Ⅱ巻P18）「キリストのせりふ、ユダに言った…」（Ⅱ巻P42）、そしてⅢ巻の後半に頻出する、神、ユダ、等々という言葉や長々しい説明。

もちろん、これらをもって即「トーマの心臓」をキリスト教と結びつけるのは性急である。少女マンガでは詩、伝説、神話等を引用するのは常套手段で、それらに特別深い意味を持たせないことも多々あるのだから。それが衒学からくるものなのか、それとも、すでに評価の定まっている権威ある創造を作品に引用することによって力不足を補い、作品の不完全性を隠ぺいしようとするためなのかははっきりしない。

しかし、たとえば、大島弓子氏の作品「雨の音が聞こえる」では、バイロンの詩「想いおこさすな」が引用されているが、もともとの主題が恋愛であるのに比べ、「雨の音が聞こえる」の引用では、人生が主題になっている。これは見ようによっては「想いおこさすな」の詩本来の姿を自分勝手にねじまげている、ということもできるのであるが、この場合、それは「想いおこさすな」という詩の題名と内容によって誘発される大島弓子自身のイメージであり、そのイメージは、それを包かつする作品世界の重厚さに支えられ、その詩が本来の与え得る感動とは異なる新たな感動を我々にもたらす。

　大島弓子が意図したのはバイロンの詩を引用することではなく、彼女独自のイメージに適合して引用した詩が偶然バイロンの詩であったにすぎないのであろう。

　このような見方を「トーマの心臓」に即して言うなら、ヨーロッパの全寮制学園を舞台にした場合に必要な宗教的雰囲気を出すために、キリスト教に関する伝説、聖句等を引用したということになるかもしれない。しかしはたしてそれだけだろうか。

　ユーリは過去に思い出したくないできごとがあり、それがしこりとなってトーマを愛しつつも拒みつづけた。トーマはユーリが何に悩んでいるのか具体的には知らぬままに、ユーリが愛を拒むことを悲しみ、「彼を生かすため」に自殺した。

　彼の死はⅢ巻Ｐ１１０にあるように、愛しているといったその時から彼《か》の人の罪を許す。そして彼の人を生かすための死という思想の具現である。そしてこの思想こそ、実は、神の子キリストは人間の罪を背負い、十字架の死を受けたとするキリスト教の贖罪の思想に他ならない。

「トーマの心臓」のはしばしにちらつくキリスト教の伝説や〝神〟という言葉はギムナジウムという舞台設定の必然からくる宗教的雰囲気をもりあげるための装飾などではなく、「トーマの心臓」を形造る上での根本テーマなのである。

　キリスト教を念頭におき、「トーマの心臓」を読みなおしてみよう。

　ユーリには南の血が混じっているという精神的痛みがある。それ故、彼はふつうの少年以上によきドイツ人たらんと努力している。後の品行方正成績優秀さはそれに起因する。いくらか象徴的に、彼《ユーリ》は、より天使的であらんことを欲した、と言おう。

彼は心の中に善い種と悪い種とを持ち（Ⅲ巻Ｐ１０１）、トーマを愛しつつも、上級生サイフリートの誘惑に心動く。こじつけといわれるのを恐れずに言えば、ユダの裏切りといえるかもしれない。いわゆる〝悪い種〟なるものの芽吹きである。「ぼくは翼をかきちぎられたと言ったけど、サイフリートの招待に応じた時から自分で捨てていたんだ」の傍点部分（筆者）はキリスト教でいうところの〝色情をもって女を見れば、精神はすでに姦通している〟に照応する。いろいろと系統だった論理を経ねばなるまいが、ひとくちで言うと原罪である。

サイフリートの誘惑に応じ、彼におしつけられたタバコの火による胸のやけどのあとはその原罪の象徴であり、例えて言うならカインの刻印である。ユーリは罪の意識におののく。彼には人を愛することは許されない。なぜなら、愛するということは、自分がすでに翼をもたない堕天使であることを強く意識させられ、罪なき人々、翼をもつ天使たちと自分の格差を思い知ることに他ならないのだから。

しかしトーマはユーリを愛する。南国の血をひく美しい容姿、品行方正な態度、成績の優秀なこと等それらを越えたユーリの全存在を、自らの全存在をかけて愛するのである。まさに、キリスト教における〇〇〇である。ユーリはトーマの愛に耐えられない。トーマの自分への愛を信じる信じない以前に、自らの存在に疑問を、罪を感じているから。トーマの至純な愛は、いやがうえにも汚れた自分の罪を思い知ることになり、それに耐えられないから。

ユーリはトーマを否む。ペテロは我が身の安全を思い、キリストを三度否んだという。「私はそんな人を知らない！」とは、新約聖書にみるペテロの裏切りといわれる場面のペテロのせりふである。Ｉ巻Ｐ１２１にユーリがトーマをふる回想シーンがあるがその時のユーリのせりふは「君なんか知らない」であった。

トーマは自殺する。しかしそれは愛する人にふられたための絶望の死ではない。「ぼくはこの半年の間…」にはじまるラヴ・レターとも詩ともつかない一文を思い出してほしい。「彼を生かす」ためにトーマは死ぬのである。愛する者の罪を許し、その罪を超えてなお愛する、その証としての死。それはまさに、キリストが人間の罪をあがない、十字架の死を受けたとする教義に一致するものであり、ここにおいてトーマは、ユーリのイエス・キリストとなるのである。

（註）私はキリスト教については、はなはだ一般的かつ微少な知識しか持たなかったのであるが、私の尊敬する知人が「パウロの神学」の贖う者の概念を教示してくれた。すなわち、人間の罪を代わって自ら贖い、神と人との架け橋となるというものである。

ユーリは、トーマの愛の真の姿を知った。すなわち、神の自分への姿を信じることができたその時、長い間の苦悩から解かれ、神学校へ行くことを決意するのである。

第二章

さて、第一章で「トーマの心臓」とキリスト教の関わりを述べた。考えてみれば、これほど観念的な主題をもった少女マンガを、私は「トーマの心臓」以外に思い出すことができない。（いくつかの成功したとは言い難い短編の名を挙げることはできるが）。が、しかし、私が「少女マンガの可能性」という時、娯楽的色彩の濃いマンガに、ある観念をとり入れたことがすばらしく、それが、可能性だというのではない。では何を可能性というのか、説明しよう。

「トーマの心臓」の読者は皆、キリスト教を知っているだろうか。たぶん否であろう。「トーマの心臓」が連載されたのは少女コミックという週刊雑誌であり、読者の低年層を小学三・四年生と規定しよう。小学三・四年生にキリスト教を理解せよといっても無理であり、よしんば知っていたにしても「トーマの心臓」との関わりを納得しつつ読むことはできまい。

また、小学三・四年生ならずとも、我々の中にもキリスト教に興味のない人もいるだろうし、また知っていても、第一章で述べたごとくに理解することはないかもしれない。

では、キリスト教との関わりを意識しないままに「トーマの心臓」を読んだ時、話の筋は全くとだえ、作品の享受は不可能となるだろうか。

視点を変えよう。

私は「トーマの心臓」のキャラクターを愛する。ユーリ・オスカー・エーリク・ヘルベルトやリーベ等、個性のある魅力的な少年たちを愛する。また、他のマンガ家にはない、萩尾望都氏独得の、リズムのあるセリフに酔う。それぞれの性格をみごとに反映させた、何気ない会話に感嘆する。そして何より、美しい絵に心引かれる。

他の人はどうだろうか。私と大同小異ではなかろうか。私の周囲にいる人々はオスカーの不良っぽさがたまらなくステキだと言い、エーリクの単純明晰な性格が好きだと言い、ユーリの苦悩をひめたなんともいえぬ表情が良いと言う。そして、その人達は私以上に「トーマの心臓」の愛読者である。萩尾望都氏はそれに答えるかのように、トーマとユーリの関係に終始せず、オスカーやエーリクの生いたちを何気なく語り、共感を誘う。

シェイクスピアの戯曲について、「一番単純な観衆のためには筋がある。もっと思慮のある観衆のためには性格の対立葛藤がある。さらに文学的な観衆のためには、ことばとことばづかいがある。さらに音楽に敏感な人々のためにはリズムがある。一層すぐれた理解と鋭さとをもつ観衆のためにはだんだんとはっきりしてくる深い意味がある。」と言われるが、誤解を恐れずに言えば、「トーマの心臓」もまたそう言うことができるのではないだろうか。「まず絵の美しさが――話の筋が――キャラクターの魅力が――微妙なセリフの連鎖が――そして思想性が――」というように。

繰り返して言う。トーマのユーリへの愛は、キリスト教の観念によって初めて真に深く理解されるが、キリスト教なくしても、少年独得の感性ゆえ、と、我々が思えるだけの透明な美しさをもっている。卑俗に言えば、トーマ達の愛は同性愛となるが、その言葉が我々に与える好ましくない印象がトーマやユーリの愛にはない。それは極端に精神的なものに昇華されたからなのであろうが、それ故、キリスト教がなくとも、少年たちの愛は美しく、我々を○○○誘う。

「トーマの心臓」の作品全体が、キリスト教を考えなくとも、ギムナジウムにおける感受性豊かな少年たちの愛をめぐる青春群像と見ることができるし、それでも充分に楽しめるのである。

実に、「トーマの心臓」におけるこの重層性こそが、多くの読者を獲得せねばならないという制約の中で描かれるマンガに、一つの可能性を示しているのである。萩尾望都氏がこれを意図して構成したかどうかは定かではない。しかし事実、作品として出版された「トーマの心臓」に、この性格は認められるのであるから、作者が意図したか否かはさほど重要ではあるまい。意図したとすれば研究熱心なのであり、意図しなかったとすればそれは彼女の才能のなすところなのである。

おめめきらきら、母恋い物語、男の子と女の子のラヴ・ストーリーという侮蔑の言葉と共に、少女マンガを不当に排斥する殿方に、この「トーマの心臓」を、そっと差し出したいという、いたずらっぽい願望を、私は常に抱いている。

あとがき

「トーマの心臓」とキリスト教のかかわりについて、どうしても一言記しておかねばならないことがあります。「トーマの心臓」を愛読している私は、その欠点を卑怯にも本論で述べたくなかったために、つい「あとがき」までずるずるともちこしてしまいました。

「トーマの心臓」がキリスト教を根本テーマにしていることはすでに充分論証したと思います。しかし、作者萩尾望都のキリスト教のつっこみの足りなさが随所にあることも事実のようです。

第一章の終わりで、私にパウロ神学を教えてくれた知人のことを記しましたが、以下は彼女の指摘です。

『ユーリは単に「原罪」に縛られた一人の人間ではないのか。作者はユーリをユダだと言うが、もしもユダなら、イエスとの関わり方がもっと特殊なものになるであろう。また、ユダにペテロのセリフを言わせるのはいいかげんである――等々』

　つまり、イメージとしてのキリスト教はあるが、理論としてのキリスト教を吸収しきっていない、という旨です。私自身、「トーマの心臓」Ⅲ巻後半で述べられるユダとキリストの関係は、非常に達眼であると認めますが、それが「ジーザス・クライスト・スーパースター」に影響されているものであり、（萩尾望都氏は「トーマの心臓」連載当時、別誌に「まんがＡＢＣ」という読み切りを発表しましたが、そこに「ジーザス――」が暗示されています。興味ある方は「まんがＡＢＣ」の表紙をじっと、すみからすみまでごらん下さい）作者自身の論理的体験（吟味）が欠けているのは事実だと思います。

　これらの適確な指摘は、シェークスピアと較べた時の（第二章）の〝思想性〟をあやうくするものであり、重要極まりない鋭い指摘です。

　しかし、「少女マンガの可能性」の可能性という言葉を、私は作品の重層性という、どちらかといえば方法論的な意味合いでつかっているのであり、その分にはどう影響はないと思われます。

　萩尾望都にかかわる人がより堅固な理論に裏うちされたひとつの観念あるいは思想を、私のいう、重層性を持った作品世界の中で展開させた時こそ、少女マンガは、停滞ぎみと言われている少年マンガを完全に陵駕し、文学に迫るものだと確信します。

＊明らかな誤りは正し、不鮮明な文字は○で示しました
（編集部）

氷室冴子略年譜

新装版は除外。
＊はマンガ原作・マンガ化作品

西暦	年齢	主な出来事	刊行書籍
一九五七年		一月一一日北海道岩見沢市に生まれる。本名は碓井小恵子。	
一九六三年	六歳	岩見沢市立北本町小学校に入学。六年生の時、青春大河小説「青春の四季」を書き上げる。	
一九六九年	一二歳	岩見沢市立緑中学校に入学。堀辰雄やサガンを読む。	
一九七二年	一五歳	北海道岩見沢東高校に入学。三年生の時に与謝野晶子訳の『源氏物語』に出会う。	
一九七五年	一八歳	岩見沢東高校を卒業、『源氏物語』研究を志し、札幌の藤女子大学国文学科に入学。在学中、近代文学に志望を変更、志賀直哉と国木田独歩に没頭。	
一九七七年	二〇歳	大学三年生の時、「さようならアルルカン」で第一〇回小説ジュニア青春小説新人賞佳作入選。脚本を手がけた演劇『源氏物語』が大学祭で上演。	
一九七八年	二一歳	初の著書『白い少女たち』が集英社文庫コバルトシリーズから刊行。	『白い少女たち』
一九七九年	二二歳	藤女子大学国文学科を卒業。卒業論文は堀辰雄をテーマとした「「菜穂子」論――菜穂子原型とその周辺」。就職口がなく、母と喧嘩し実家を出て、札幌で友人二人と共同生活を始める。「極貧」生活のなか、小説を書き続ける。	『さようならアルルカン』

一九八〇年	二三歳	藤女子中学の寮をモデルに書いた『クララ白書』が集英社文庫コバルトシリーズから刊行。 重版を重ね、小説家として軌道に乗る。 原作・氷室、マンガ・谷川博実による『ラブ♥カルテット』連載開始。	『クララ白書』 『クララ白書ぱーとⅡ』
一九八一年	二四歳	原作・氷室、マンガ・藤田和子による『ライジング！』連載開始。 取材のため、兵庫県宝塚市に転居。 以後、約一年間ファンクラブ活動を行なう。 『小説ジュニア』で初連載『雑居時代』開始。 『なんて素敵にジャパネスク』第一話を発表。	『恋する女たち』 『アグネス白書』
一九八二年	二五歳	札幌に戻る。 『小説ジュニア』廃刊、『Cobalt』創刊。 以降、『Cobalt』の看板作家として活躍。	『雑居時代』上・下 『アグネス白書ぱーとⅡ』 ＊藤田和子『ライジング！』 （〜八五年全一五巻で完結） ＊谷川博実『ラブ♥カルテット』 ＊みさきのあ『クララ白書』 （〜八三年全三巻完結）
一九八三年	二六歳		『ざ・ちぇんじ！』前編・後編 『シンデレラ迷宮』 『少女小説家は死なない！』
一九八四年	二七歳		『シンデレラ ミステリー』 『なんて素敵にジャパネスク』 『蕨ヶ丘物語』 『なぎさボーイ』 ＊みさきのあ『アグネス白書』（全二巻）

一九八五年	二八歳	札幌・東京間の長距離電話代に一念発起し、上京。 〝少女小説〟ブームの喧騒に巻きこまれる。 『クララ白書』が少女隊主演で『クララ白書・少女隊PHOON』として映画化。 山内直実による初の氷室作品コミカライズ『蕨ヶ丘物語』連載開始。 原作・氷室、マンガ・香川祐美による『螺旋階段をのぼって』の連載開始。	『多恵子ガール』 『なんて素敵にジャパネスク』二 『ジャパネスク・アンコール！』 ＊香川祐美『螺旋階段をのぼって』 （〜八六年全三巻完結）
一九八六年	二九歳	『なんて素敵にジャパネスク』が富田靖子主演でドラマ化。 『恋する女たち』が斉藤由貴主演で映画化。	『ヤマトタケル』 『続ジャパネスク・アンコール！』 ＊山内直実『蕨ヶ丘物語』
一九八七年	三〇歳	作品の刊行部数が九〇〇万部を超える。 初のエッセイ集『冴子の東京物語』刊行。	『冴子の東京物語』 ＊南部美代子『恋する女たち』（全二巻） ＊山内直実『ざ・ちぇんじ！』 （〜八八年全四巻完結）
一九八八年	三一歳	山内直実によるマンガ 『なんて素敵にジャパネスク』連載開始。	『なんて素敵にジャパネスク』三 『北里マドンナ』 『冬のディーン　夏のナタリー』一 ＊山内直実『雑居時代』（全三巻）
一九八九年	三二歳		『レディ・アンをさがして』 『なんて素敵にジャパネスク』四 『冬のディーン　夏のナタリー』二 『プレイバックへようこそ』 『碧の迷宮』（上） ＊山内直実『なんて素敵にジャパネスク』 （〜九三年全一一巻完結）

一九九〇年	三三歳	『なんて素敵にジャパネスク』連載完結。 『アニメージュ』二月号から『海がきこえる』連載開始 （九二年完結）。	『なんて素敵にジャパネスク』五・六 『冴子スペシャル　ガールフレンズ』 『プレイバックへようこそ』二 『マイ・ディア――親愛なる物語』
一九九一年	三四歳	『Cobalt』で古代転生ファンタジー 『銀の海　金の大地』連載開始（九五年第一部完結）。	『なんて素敵にジャパネスク』七・八 『いもうと物語』 『ターン――三番目に好き』
一九九二年	三五歳		『銀の海　金の大地』一〜三 『いっぱしの女』
一九九三年	三六歳	『海がきこえる』がスタジオジブリにより テレビスペシャルとしてアニメ化。	『冬のディーン　夏のナタリー』三 『銀の海　金の大地』四〜六 『海がきこえる』 『―海がきこえる　より―僕が好きなひとへ』 （近藤勝也との共著） 『冴子の母娘草』 『氷室冴子読本』 『落窪物語』（少年少女古典文学館）
一九九四年	三七歳	演劇集団キャラメルボックスにより 『シンデレラ迷宮』がミュージカル化。	『銀の海　金の大地』七・八 ＊にしざわみゆき 『少女小説家は死なない！』（全二巻）
一九九五年	三八歳	『海がきこえるII――アイがあるから』が 武田真治主演によりドラマ化。	『銀の海　金の大地』九・一〇 『海がきこえるII――アイがあるから』 『ホンの幸せ』
一九九六年	三九歳	『ざ・ちぇんじ！』『クララ白書』『アグネス白書』『雑居時代』が 「Saeko's early collection」として刊行（〜九七年）。 OSK日本歌劇団により『レディ・アンをさがして』が舞台化。	『銀の海　金の大地』一一

一九九七年	四〇歳	小学館漫画賞審査員を務める（第四三回・九七年度〜第五〇回・〇四年度）。	
一九九九年	四二歳	『なんて素敵にジャパネスク』シリーズ新装版刊行。	
二〇〇〇年	四三歳	テアトル・エコーにより『ざ・ちぇんじ！』舞台化。	
二〇〇一年	四四歳	『クララ白書』新装版刊行。	
二〇〇四年	四七歳	山内直実のマンガ『なんて素敵にジャパネスク　人妻編』連載開始。	
二〇〇五年	四八歳	「月の輝く夜に」を加筆、『Cobalt』二月号に掲載。 肺がんの告知を受ける。	＊山内直実 『なんて素敵にジャパネスク　人妻編』 （〜一一年全一一巻完結）
二〇〇八年	五一歳	六月六日肺がんで逝去。享年五一。 早稲田・龍善寺で葬儀が営まれる。 『CREA』『アニメージュ』『Cobalt』『別冊　花とゆめ』に追悼記事が掲載。	
二〇〇九年		第一回氷室冴子を偲ぶ会開催。 日本橋学館大学で「氷室さんを偲ぶ一日」開催。	
二〇一二年		集英社みらい文庫版『なんて素敵にジャパネスク』、『月の輝く夜に／ざ・ちぇんじ！』刊行。 山内直実によるマンガ『月の輝く夜に』刊行。	『月の輝く夜に／ざ・ちぇんじ！』 ＊山内直実『月の輝く夜に』

二〇一五年

七回忌の折、氷室冴子を偲ぶ会が「藤花忌」と命名される。
あゆみBOOKS早稲田店と芳林堂書店高田馬場店で
コミカライズ作品のフェアが行なわれる。

二〇一七年

岩見沢の有志により氷室冴子青春文学賞が創設される。

二〇一八年

岩見沢で第一回氷室冴子青春文学賞授賞式開催。
『なんて素敵にジャパネスク』復刻版と
『ジャパネスク・トリビュート』が共に集英社コバルト文庫から刊行。
『文藝別冊　氷室冴子』刊行。
岩見沢郷土科学館で「氷室冴子――文学にかけた想い」展開催。

二〇二〇年

『さようならアルルカン／白い少女たち　氷室冴子初期作品集』刊行。

二〇二一年

『いっぱしの女』新版刊行。

二〇二二年

『冴子の母娘草』『冴子の東京物語』復刊、
『海がきこえる』新装版刊行。

『冴子スペシャル　ガールフレンズ』（集英社コバルト文庫）、氷室冴子責任編集『氷室冴子読本』（徳間書店）、
氷室冴子青春文学賞実行委員会編「氷室冴子のあゆみと主な作品」、『文藝別冊　氷室冴子』（河出書房新社）を参考に作成。

＊本書は二〇一九年小鳥遊書房から刊行された『氷室冴子とその時代』に加筆し、刊行するものです。
＊カバーで使用した写真につきまして、編集部で撮影者を調査しましたが判明しませんでした。お心あたりのある方は編集部までご連絡下さい。

嵯峨景子（さが・けいこ）

ライター・書評家。1979年、北海道札幌市生まれ。東京大学大学院学際情報学府博士課程単位取得退学。研究職に従事後、ライターに転身し、学究領域であった近代から現代に至る少女小説・少女文化を主軸に、出版メディア関連やポップカルチャーまで幅広い分野の執筆活動を行っている。著書に『コバルト文庫で辿る少女小説変遷史』（彩流社）、『少女小説を知るための100冊』（星海社）、共編著に『大人だって読みたい！ 少女小説ガイド』（時事通信出版局）など。

氷室冴子《ひむろさえこ》とその時代《じだい》　増補版《ぞうほばん》

二〇二三年六月二〇日　初版印刷
二〇二三年六月三〇日　初版発行

著者　嵯峨景子
発行者　小野寺優
発行所　株式会社河出書房新社
〒一五一-〇〇五一
東京都渋谷区千駄ヶ谷二-三二-二
電話　〇三-三四〇四-一二〇一（営業）
〇三-三四〇四-八六一一（編集）
https://www.kawade.co.jp/

装丁　堀口努（underson）
表作成　神保由香
組版　株式会社キャップス
印刷　株式会社暁印刷
製本　株式会社暁印刷

Printed in Japan
ISBN978-4-309-03114-9